总主编　张西平　全慧

白 晋 文 集

第一卷

白晋暹罗游记

〔法〕白晋　著

〔法〕J.C. 盖蒂　整理

祝华　译

商务印书馆
The Commercial Press
创于1897

本书以白晋的《暹罗游记》

（*VOIAGE DE SIAM* by Joachim Bouvet）为底本

参考法语版《白晋暹罗游记》

（*VOIAGE DE SIAM DU PERE BOUVET* by J. C. Gatty）

本书由北京外国语大学比较文明与
人文交流高等研究院、中国文化走出去
协同创新中心、中华文化国际传播研究院资助出版

北京外国语大学"双一流"建设重大标志性项目
"文明互鉴：中国文化与世界"
（2021SYLZD020）研究成果

国家社科基金重大项目
《17—18世纪西方汉学的兴起》
（22&ZD229）阶段性成果

白晋墓碑，现藏于北京石刻艺术博物馆"耶稣会士墓碑区"（全慧 摄）

总　序

张西平　全慧

　　白晋（Joachim Bouvet, 1656—1730），字明远[1]，是首批由法国国王路易十四派往中国的五名耶稣会传教士中的一员，1687 年来华，终老于北京，葬于正福寺墓地（旧称北堂墓地或法国人墓地）。[2] 由于在多方面的开创之功，故应被称为中法文化交流的开拓者、中欧思想交流的探索者。

　　对明清之际来华的传教士研究应放在 1500—1800 年的历史大背景下来理解。

　　今天的世界成为一个世界，各个民族和国家真正开始作为全球的成员，参与世界的活动，全世界在经济和文化上构成一个整体。这一切都源于 16 世纪的地理大发现。[3] "各个相互影响的活动范围在这个发展过程中愈来愈扩大，各民族的原始闭关自守状态则由于日益

---

[1]　《康熙与罗马使节关系文书》及梵蒂冈教廷图书馆藏有关白晋研读《易经》等文献中又称"白进""博津"等名。

[2]　原正福寺的包括白晋在内的 36 座法国来华传教士的墓碑，现藏于北京石刻艺术博物馆。

[3]　马克思在《共产党宣言》中说："美洲的发现、绕过非洲的航行，给新兴的资产阶级开辟了新的活动场所。"（《马克思恩格斯选集》第一卷，人民出版社 1972 年版，第 252 页。）；恩格斯在《反杜林论》中说："伟大的地理发现以及随之而来的殖民地的开拓使销售市场扩大了许多倍，并且加速了手工业向工场手工业的转化。"（《马克思恩格斯选集》第三卷，第 313 页。）

完善的生产方式、交往以及因此自发地发展起来的各民族之间的分工而消灭得愈来愈彻底，历史就在愈来愈大的程度上成为全世界的历史。"① 对明清史的研究必须置于地理大发现这一背景下。

由葡萄牙、西班牙开启的地理大发现的历史过程也是西方人用刀和火耕种这个世界的过程，地理大发现的历史同时也是西方殖民史开始的历史，拉丁美洲的血管由此被切开，葡萄牙从西非海岸贩卖奴隶也由此开始。② 当葡萄牙从印度洋来到中国南海，西班牙从太平洋来到中国近邻菲律宾，中国与欧洲在晚明相遇。

葡萄牙和西班牙在中国南海合围时，它们面对着一个有着悠久文明且十分强大的中国，同时中国在与它们的接触中开始利用西方人所开启的全球化网络，向世界展示自己的文明与文化。从全球史来看，晚明至清中期（1500—1800）的中西接触中，中国是以独立、强大的国家形象展现在世界舞台的。这一期间在中国与世界的互动中，中国处在中心和主动地位，这与晚清是完全不同的。

中国与葡萄牙在新会西草湾之战，葡萄牙船队大败。这是葡萄牙国王曼努埃尔一世海外扩张过程中遭遇的第一次军事挫折，也是近世中国与欧洲人的第一次小规模战争。③ 此后葡萄牙人在浙江沿海的双屿岛与华人海盗许二（许栋）、李光头及倭寇勾结，势力越来越大，以致无法无天，成为"福兴诸府沿海患"。朱纨遂命海道副使沈瀚及把总俞亨率福建兵船对双屿围剿，赶走葡萄牙人，填塞双屿港。

---

① 《马克思恩格斯选集》第一卷，第 51 页。
② 参见〔日〕布留川正博《奴隶打造帝国：征服、殖民、剥削，从奴隶船看资本主义的喋血贸易》，张萍译，（台湾）智富出版有限公司 2021 年版；高岱、郑家馨《殖民主义史：总论卷》，北京大学出版社 2003 年版；郑家馨主编《殖民主义史：非洲卷》，北京大学出版社 2000 年版。
③ 参见汤开建《胡琏其人与西草湾之战》，《明代澳门史论稿》（上），黑龙江教育出版社 2012 年版，第 37—65 页。

这是明军第二次与葡萄牙人交锋。嘉靖二十八年（1549）走马溪一战，第三次与葡军交锋，大胜葡军，抓葡人 16 名，奴隶 46 名，华人海盗 112 人，至此"全闽海防，千里肃清"。1554 年，葡萄牙船长索萨（Leonel de Sousa）与广东海道副使汪柏达成口头协议，允许葡萄牙商人进入广州及附近岛屿贸易。1557 年，葡萄牙人因协助明军消灭海盗，广东镇抚默许葡萄牙人居住澳门，1582 年居住在澳门的葡萄牙人得到两广总督的许可，澳门成为中国政府管辖下的中西文化交流的城市。[①]

中西关系在明清之际与在晚清是完全不同的，目前许多人一谈起中国与世界的关系都是在讲晚清，实际上晚明至清中前期近三百年也是值得重视的。这一时期中国在与世界的交往中，绝不是处在"野蛮的、闭关自守的、与文明世界隔绝的状态"[②]，相反晚明至清中前期的"中国看起来跟世界上其他任何发达地区一样'发达'，无论是以农业生产力的水平，制造业与市场的复杂程度，还是以消费水平来衡量都是如此。中国家庭也在控制其规模，并能根据变化的经济机会做出相应调整，当这些机会减少时便限制家庭规模，以维持消费水平高于基本生活所需；功能的专业化促成了市场和高度商业化经济的出现；覆盖甚广的、以水路为基础的运输系统，确保了商品和人员在帝国内部的有效流动"[③]。把明清时期的中国一概说成是"木乃伊式的国家"完全是对全球化早期的知识不足与偏见。

---

① 参见汤开建《澳门开埠初期史研究》，中华书局 1999 年版；万明《中葡早期关系史》，社会科学文献出版社 2001 年版。

② 《马克思恩格斯选集》第一卷，人民出版社 2012 年版，第 779 页。

③ 参见 Robert B. Marks, *The Origins of the Modern World: A Global and Ecological Narrative from the Fifteen to the Twenty-first Century,* 2nd ed., Laham: Rowman & Littlefield Publishers, Inc., 2007, p. 106。

这就是说，从晚明到清乾隆年间，中国在与西方的文化关系中处于主动地位，这与西方在非洲和拉丁美洲的殖民历史是完全不同的。此时来华的传教士也和晚清以后来华的传教士有着重要的区别，前者在中国明清政府的管理之下展开活动，成为中西文化交流的桥梁，后者则是在不平等条约背景下展开传教活动。[①] 所以，不能以晚清来理解明清之际。1500—1800 年是人类历史上少有的中华文明与欧洲文明和平交流的三百年，这是人类文明史的重要学术遗产。白晋就是这一时期法国来华耶稣会士的重要代表。

首先，白晋在中西关系史上扮演过重要角色，经历了几次重大事件：他来华传教是奉法王路易十四之命，此事件结束了葡萄牙人垄断对华传教事业的历史；1693 年，他奉康熙皇帝命令回法招募新的传教士，开中国政府与法国使节外交之先河；1698 年返华时，他不仅带回十名新的耶稣会士，更积极促成商船"安菲特里特号"（Amphitrite）的航行，这在当时也是一项历史突破。

其次，在中西文化交流史上，白晋作为集"西学东渐"和"中学西渐"两大"任务"于一身的学者，无论从著作数量与分量，还是从思想深度来看，他在耶稣会中，甚至在整个明清中西文化交流史中都独树一帜：作为康熙的近臣，他和张诚一起给康熙及皇子们传授西方数学、医学等自然科学知识；另一方面也将中国的文化、中医、风俗、儒家经典乃至清廷政治与政体等介绍到了西方，成为推动"中学西传"的重要人物。同时，他精研《易经》，试图借此打通中西宗教哲学思想，发展出令人耳目一新甚至过于大胆的"索隐主义"（figurism）。作为索隐派"先生"的他所带领的团队，留下了

---

① 从整体上晚清来华的传教士是在中国半殖民历史背景下展开各类历史活动的，尽管他们也为中国带来了西方新的科技和文化，有一定的贡献，但他们只是充当了历史的不自觉的工具。

近千页的探索中西文化会通之道的手稿，成为中欧初识时代思想交流史的珍贵文献。

在向欧洲介绍中国的过程中，他有三项贡献最为人所乐道：一是作为康熙敕使返回法国时期进献给法王的《中国（康熙）皇帝历史画像》（*Portrait historique de l'empereur de la Chine*），向欧洲全面介绍了中国当时的君主，多有褒扬，引起极大反响，并在客观上影响了欧洲 18 世纪"中国热"的历史进程；二是向欧洲介绍中医及其亲自参与的中国历史上最早最科学的全国地图《皇舆全览图》的测绘工作；三是向欧洲宣传、译介《易经》，并通过自己的研究，与当时欧洲最重要的思想家之一莱布尼茨直接交流，成就一段佳话，同时也引出二进制之"中源"说的历史误会。

如此丰富而具有戏剧性的人生经历，难怪会引起一代又一代不同领域的学者们的兴趣。

20 世纪以来的白晋研究

西方学者对白晋的研究一直保持较浓厚的兴趣，因为占有材料优势（相关中西文材料皆多藏于欧洲），故这项研究开展远较中国早，并已取得不菲的成就。20 世纪以来，除宗教界学者费赖之（Louis Pfister）[1]、裴化行（Henri Bernard 或 Bernard-Maitre）、荣振华

---

[1]　Louis Pfister, *Notices biographiques et bibliographiques sur les Jésuites de l'ancienne mission de Chine (1552–1773)*, Shanghai: Imprimerie de la Mission Catholique, 1932. 此著作有两个中文译本：冯承钧译《在华耶稣会士列传及书目》（中华书局，1995）和梅乘骐、梅乘骏译《明清间在华耶稣会士列传（1552—1773）》（天主教上海教区光启社，1997）。

（Joseph Dehergne）[①]、德礼贤（Pasquale D'Elia）[②] 等将其作为天主教中国传教史的重要人物进行了多方面的基础性介绍之外，还有多位学者在白晋研究中投入了较多的精力，有不少学者将其思想纳入他们的研究体系中，其中颇有影响的如下：

法国学者毕诺（Virgile Pinot）在 1932 年出版了博士论文《中国对法国哲学思想形成的影响（1640—1740）》（*La Chine et la Formation de l'Esprit Philosophique en Fance (1640-1740)*），1971 年再版，该书影响十分深远。白晋等人的索隐派理论在这本书中得到了充分的展现，毕诺从历史上最早的索隐派中找到了白晋等人的思想根源，同时指出这一派别最初的目的是为了维护《圣经》的真实性和权威性，至于后来越走越远的倾向则没有过多论述。也是他首先将莱布尼茨、培尔（Pierre Bayle）、弗雷列（Nicolas Fréret）等人作为深受耶稣会士影响的人物提出来，并辅以充足的论据证明他们思想的发展脉络。

美国学者罗伯塔姆（Arnold H. Rowbotham）著有《传教士与官员：中国宫廷里的耶稣会士》（*Missionary and Mandarin: the Jesuites at the Court of China*）一书，此后还发表过多篇相关论文，例如 1944 年的《儒教对 17 世纪欧洲的冲击》（The Impact of Confucianism on Seventeenth-Century Europe）、1950 年的《中国在〈论法的精神〉中之作用：论孟德斯鸠与傅圣泽》（China in the *Esprit des Lois*: Montesquieu and Mgr. Foucquet），以及 1956 年载于《思想史杂志》（*Journal of the History of Ideas*）第 17 卷的《索隐派耶稣会士与 18

---

① 荣振华著有《1552—1800 年入华耶稣会士汇编》（*Répertoire des Jésuites de Chine de 1552 à 1800*, Roma: Institutum Historicum S.I./Paris: Letouzey & Ane, 1973），并撰写数篇关于白晋的论文，如《康熙派往路易十四的一位使节——白晋神父》（Un envoyé de l'Empereur K'ang-hi à Louis XIV: Le Père Joachim Bouvet (1656-1730)）和《道教主义的耶稣会史学家》（Les Historiens Jésuites du Taoisme）等。

② 德礼贤著有《中国天主教传教史》，商务印书馆 1934 年版。

世纪的宗教》（Jesuit Figurists and Eighteenth-Century Religion）。其论著多以索隐派为一个整体，对其中的个人并没有太多的个案分析。

法国学者盖蒂女士（Janette C. Gatty）可以说是"发现"白晋神父之独立价值的第一人，她于 1963 年出版的《白晋神父的暹罗之行》（*Voiage de Siam du Père Bouvet*，即本文集第一卷《白晋暹罗游记》之底本）一书，是迄今发现最早的专论白晋的著作，同时论及法国耶稣会士传教区在中国之发轫，书中有长达数十页的参考书目与信件，是作者多年搜寻的成果。1974 年，她在法国尚蒂伊（Chantilly）的汉学研讨会上发表《白晋研究》（Les Recherches de Joachim Bouvet）一文，这是一篇珍贵的资料汇编。作者将巴黎国家图书馆、巴黎外方传教会档案馆、罗马国家图书馆、梵蒂冈教廷图书馆、罗马耶稣会档案馆、巴黎耶稣会档案馆等地所藏白晋的手稿进行了整理，从中挑出她认为最能反映白晋思想的专著和论文 53 篇，信件 62 封，都配有简短介绍。

澳大利亚学者鲁尔（Paul A. Rule）于 1972 年出版了《孔子，还是孔夫子？耶稣会士对儒学的诠释》（*K'ung-tzu or Confucius? The Jesuit Interpretation of Confucianism*）一书，也成为后来者频繁引用的一部著作；他还曾发表《耶稣会士的儒学诠释》（The Confucian Interpretation of the Jesuits）等文章。

耶稣会士魏若望（John Witek）于 1982 年在耶稣会历史研究所出版社（Jesuit Historical Inst.）出版专著《耶稣会士傅圣泽神甫传：索隐派思想在中国及欧洲（1665—1741）》（*Controversial Ideas in China and Europe: A Biography of Jean-François Foucquet, S. J. (1665-1741)*）。该书承上启下，在分析了前人对于这一小派别的研究多集中于整体、笼统性的叙述后，提出应当将其区别对待，毕竟白晋、傅圣泽、马若瑟（Joseph de Prémare）的思想并不完全一致，甚至多有冲突矛盾之处。此书业已成为研究索隐派及其主要参与者的必读之书。

　　德国学者柯兰霓女士（Claudia von Collani）在 1985 年以德文发表了博士论文《白晋的生平与著作》（*Joachim Bouvet S. J.: Sein Leben und Sein Werk*），对索隐派的历史进行钩沉，以索隐派思想作为全书的线索，在此基础上详细介绍了白晋的生活经历、思想历程，及其主要思想观点。柯兰霓早在 1982 年便在《中国传教研究（1550—1800）》（*China Mission Studies (1550-1800) Bulletin*）杂志上以英文发表过《欧洲人眼中的中国索隐派》（Chinese Figurism in the Eyes of European Contemporaries）一文，同一时期还发表过德文的《来华传教团中的索隐派人士》（Die Figuristen in der Chinamission）。柯氏一直在孜孜探索，随后又有不少相关成果问世：1987 年在《传教学新杂志》（*Neue Zeitschrift für Missionswissenschaft*）第 43 期发表《一封来自入华传教士的信：耶稣会士白晋关于福建宗座代牧主教颜珰之委任》（Ein Brief des Chinamissionars P. Joachim Bouvet S. J. zum Mandat des Apostolischen Vikars von Fu-kien, Charles Maigrot MEP）；1989 年在《莱布尼茨研究副刊》（*Studia Leibnitiana Sondrheft*）第 18 期发表《中国的科学院：耶稣会士白晋关于中国文化、语言和历史之研究致莱布尼茨和比尼翁的信》（Eine wissenschaftliche Akademie für China. Briefe des Chinamissionars Joachim Bouvet S. J. an Gottfried Wilhelm Leibniz und Jean-Paul Bignon über die Erforschung der chinesischen Kultur, Sprache und Geschichte）；1992 年在《中西文化交流丛刊》（*Sino-Western Cultural Relations Journal*）第 14 期发表《耶稣会士白晋关于象形文字的两封信》（Zwei Briefe zu den figuristischen Schriften Joachim Bouvets S. J.）；1993 年在《华裔学志》（*Monumenta Serica*）第 41 期发表《明朝史中的利玛窦：耶稣会士白晋 1707 年致安多的报告》（Matteo Ricci in der

Chronik der Ming-Dynastie. Der Bericht Joachim Bouvets S. J. an Antoine Thomas S. J. aus dem Jahre 1707）；2000 年在《从开封到上海：中国的犹太人》论文集中发表《中国的喀巴拉》（Cabbala in China）一文；2005 年整理出版了白晋从中国出使法国途中的日记《耶稣会士白晋神父：旅行日记》（*Joachim Bouvet, Journal des voyages*，即本文集第二卷《白晋使法行记》之底本）；2007 年在《华裔学志》第 55 辑发表《西方与〈易经〉的首次相遇》（The First Encounter of the West with the *Yijing*. Introduction to and Edition of Letters and Latin Translations by French Jesuits from the 18th Century）；2022 年，其新作《天道的原意（天学本义）：白晋（1656—1730）在中国的早期传教神学：拉丁文版本分析、转写与翻译》（*Der ursprüngliche Sinn der Himmelslehre (Tianxue benyi): Joachim Bouvets (1656–1730) frühe Missionstheologie in China: Analyse, Transkription und Übersetzung der lateinischen Fassungen*）出版。就白晋研究而言，柯兰霓女士可称得上是当今西方学者中的第一人。

已故丹麦汉学家龙伯格（Knud Lundbaek）先于 1988 年出版《中国铭文的传统历史：一位十七世纪耶稣会士的手稿》（*The Traditional History of the Chinese Script: From a Seventeenth Century Jesuit Manuscript*），继而在 1991 年发表了《耶稣会士马若瑟：中国的语言学与索隐派》（*Joseph de Prémare, S. J. 1666–1736: Chinese Philology and Figurism*），该书附有令人信服的诸种中外文资料。

此外，法国学者考狄（Henri Cordier）、安田朴（René Etiemble）、谢和耐（Jacques Gernet），美国学者孟德卫（David E. Mungello），加拿大裔韩国学者郑安德，日本学者后藤末雄，德国学者魏丽塔（Rita von Widmaier）等人的成果也曾或多或少涉及白晋或索隐派研究。

与国外白晋及索隐派研究逐渐形成了较为清晰的学术脉络相比，

国内的相关研究尚未形成体系。不过在中西哲学交流研究、中西交通史、《易经》在西方的传播与研究、儒家思想的诠释、礼仪之争、莱布尼茨科学和哲学思想研究、清史研究等领域的论著中，白晋和索隐派等字眼的出现频率亦不算低，例如：

中西交通史方面，陈垣先生考订编印了《康熙与罗马使节关系文书影印本》，其中有两篇提到白晋；阎宗临先生身后由其子整理出版的《传教士与法国早期汉学》一书中，有《白晋与傅圣泽之学〈易〉》和《关于白晋测绘〈皇舆全览图〉之资料》两篇文章，并且阎先生考得梵蒂冈图书馆内藏有的西士研究《易经》汉文抄本 14 种。此外，陈受颐先生著《中欧文化交流史事论丛》、王漪著《明清之际中学之西渐》、许明龙先生主编的《中西文化交流先驱》、李文潮主编的《莱布尼茨与中国》、何兆武先生的论文集《中西文化交流史论》、张国刚先生著《从中西初识到礼仪之争》及其与吴莉苇合著的《启蒙时代欧洲的中国观》、吴莉苇著《当诺亚方舟遭遇神农伏羲》、吴伯娅著《康雍乾三帝与西学东渐》等书中对白晋都有所提及，"索隐派"一词也从无到有，逐渐进入中国学界的视野。韩琦的研究则注意到了白晋的科学史研究价值，曾写过多篇关于他的论文，如《白晋的〈易经〉研究和康熙时代的"西学中源"说》《康熙朝法国耶稣会士在华的科学活动》《康熙的洋钦差：白晋》《康熙时代的数学教育及其社会背景》《科学与宗教之间：耶稣会士白晋的〈易经〉研究》，以及《再论白晋〈易经〉研究——从梵蒂冈教廷图书馆所藏手稿分析其研究背景、目的及反响》等，于他而言，白晋首先是位见证了中西方科技交流的数学家、科学家。

在哲学思想的中西交流研究方面，先行者朱谦之先生在其《中国哲学对欧洲的影响》一书中，专门为白晋作了小传（与张诚合传）。本书主编张西平先生则是目前在中国哲学西传方面研究较为深入且对白晋保持长期关注的学者，其《中国与欧洲早期宗教和哲学交流史》《欧洲早期汉学史——中西文化交流与西方汉学的兴起》《儒学西传欧洲研究导论——16—18世纪中学西传的轨迹与影响》《中西文化的一次对话——清初传教士与〈易经〉研究》等著作和论文从原始文献出发，分析梳理了白晋的《易经》研究过程及在中国哲学西传史上的影响。这方面近年来还有新成果出现：2017年，陈欣雨出版了《白晋易学思想研究：以梵蒂冈图书馆见存中文易学资料为基础》。

在对儒家思想的诠释研究这一层面上，刘耘华教授的《诠释的圆环——明末清初传教士对儒家经典的解释及其本土回应》堪称代表，该书详细梳理了《古今敬天鉴》的内容，别致地将白晋的这本"禁书"定位为"基于基督教立场对中国文化与基督教加以互证、互释的著作"。

在中外学者的共同努力下，经历独特、思想复杂的法国耶稣会士白晋的形象逐渐丰满清晰起来。但由于其研究对象复杂、其作品因被禁而流传度过低等原因，目前学界对此人的研究还远远算不上完整，正如柯兰霓女士在其书序言中所说："（这部作品）只是深入研究白晋的第一步……我只是对白晋手稿的一小部分进行了整理和评价，或许在图书馆和档案室里还有数以千计的手稿没有被研究过……还有就是，当我对面前的手稿进行研究的时候，还不得不将其中很多与数学有关的部分以及纯汉学的部分排除在外。"[①]中西方学者在汉学研究中各擅胜场，对白晋研究的侧重点也自然不同，这一

---

① 〔德〕柯兰霓：《耶稣会士白晋的生平与著作》，李岩译，大象出版社2009年版，"前言"第3页。

领域的研究空间还很大，亟待后来者的开发。这也是我们编撰本文集的初衷之一。

白晋的中外文作品

白晋进入中国宫廷之后，不久就开始了中国文献的研究，在其所受耶稣会精英教育而形成的知识架构的基础上，他很快就从晦涩难懂、自古就有多种解释方法的上古文献中清理出了一条"显而易见的"中国版"天主启示录"。这一发现尽管在他意料之中，但仍然使他兴奋不已，于是他持续多年笔耕不辍，写出了多篇相关论述文章，源源不断地寄往欧洲，期望引起耶稣会各位长上的承认，进而推而广之。

然而，一方面由于其理论确实太过大胆，多数人都难以接受；另一方面，这一阶段，欧洲来华教会内部产生了多种复杂的斗争：不同教会之间，同教会不同国家之间，同教会同国家但是立场不一、观点不一者之间，等等，矛盾丛生；其观点与作品既被其他教会利用来攻击耶稣会，又被耶稣会内部其他国家（以葡萄牙耶稣会士为甚）的传教士用来攻击法国耶稣会士，因此最终遭到了耶稣会长上的严令禁止。故而，白晋得以出版传世的作品不多，尤其是在其沉浸《易经》研究几十年所写的大量手稿落入历史的尘埃之中，无人问津。这不仅是其个人的遗憾，更为后来研究其思想的人带来了很大的难度。正如柯兰霓指出的那样，到今天为止，只有极少数的、散落在各个图书馆的白晋作品和手稿被比较完整地分析和评价过，更多的论文手稿可能已经遗失。至于白晋与同时代欧洲学者的通信，则要么没有登记在册，要么鲜为人知，就算是人们比较熟悉的那批信件也没有被好好地研究过：比如众所瞩目的白晋与莱布尼茨的通信，其实也并没有被完整地保存下来；甚至耶稣会上层人士的信件至今亦未被系统地分析和利用过。

为推动白晋研究，我们在海内外广泛收集了白晋的文献，并与欧洲学者展开合作，交由商务印书馆出版《白晋文集》白晋作品语言涉及法语、拉丁语、汉语和满语。据编者不完全统计，白晋发表过的著作、日记、有记录的零散未刊手稿及其大概写作时间如下[①]：

1685 年 3 月，六位"国王的数学家"从法国布雷斯特（Brest）出航，同年 9 月到达暹罗，在此期间白晋神父一直记着日记，他在世时没有发表。1963 年，盖蒂女士将之以 *Voiage de Siam du Pere Bouvet* 为题编辑出版。本文集第一卷《白晋暹罗游记》系其首个中文译本。

白晋 1688 年 2 月到达北京至 1693 年出使法国之前，与张诚二人作为帝王师，曾教授过康熙皇帝几何学、算术、欧洲哲学史、医学、人体解剖学等。其间二人合作用满文编写了实用几何学纲要《几何原理》[②] 和《几何原本》[③]，随后将两部作品都译成中文，后者本为七册，被选入《数理精蕴》[④] 时改成了 12 卷，由康熙亲自审定作序，现藏于故宫博物院。本文集第五卷将校点整理该《几何原本》。

白晋与张诚在给康熙帝进讲哲学期间，曾合作用满语写了一篇

[①] 本序言仅择要列举，相对完整的清单可参考：Louis Pfister, *Notices biographiques et bibliographiques sur les Jésuites de l'ancienne mission de Chine (1552–1773)*；J. C. Gatty, *Voiage de Siam du Pere Bouvet*, Leiden: Brill, 1963。

[②] 根据欧几里得《几何原本》和阿基米德原理编成。

[③] 根据法国巴蒂斯神父（P. Ignace-Gaston Pardies）的《理论和实用几何学》（*Éléments de géométrie*）译成。

[④] 《数理精蕴》（1713—1722），由梅瑴成等编纂，是康熙末年所编《律历渊源》的第二部分，共 53 卷，是一部融中西数学于一体、内容丰富的"初等数学百科全书"，包括上编 5 卷，下编 40 卷，数学用表 4 种 8 卷。上编名为立纲明体，《几何原本》《演算法原本》等为其中的重要内容。整部《律历渊源》共 100 卷，雍正元年（1723）十月方刻竣，获得广泛流传。

评论杜哈梅尔①《古今哲学》思想的文章。哲学课没上多久便由于康熙帝患病而中止。

　　不久，康熙帝的热情转到医学和解剖学上。于是，白晋和张诚用满语写了与此有关的八本讲稿。之后康熙皇帝又想了解疾病的物理原因，于是他们两人又用了两到三个月的时间写了18篇相关的文章。《格体全录》作为白晋、张诚与巴多明（Dominique Parrenin）合作的重要解剖学译著，将与《西洋药书》一同作为本文集的第四卷出版。

　　1693年6月8日，白晋离开京城，第二年1月10日从澳门出航，直到1697年5月方才抵达法国巴黎。这一路，他同样也留下了内容丰富的日记。其中从北京到广州段的日记在1693年由杜赫德收录在《中华帝国全志》中发表②；至于全文③，则由柯兰霓女士于2005年在台北利氏学社以《耶稣会士白晋神父：旅行日记》④为题整理出版。

　　到达法国后，白晋于1697年发表了两部在欧洲影响很大的作品：

　　一是《中华帝国现状——致勃艮第公爵与公爵夫人的画像》，（*L'Estat présent de la Chine, en figures dédié à Monseigueur le duc & à Madame la duchesse de Bourgogne*），1697年在巴黎出版。本书包含86张中国满汉文武官员及贵族妇女们的服装图样的草图和铜版画，白晋将画册献给法国王室勃艮第公爵及其夫人。在卷首，白晋介绍了中国的官员体制。

　　二是同年出版的《中国（康熙）皇帝历史画像》一书，把康熙

---

① 杜哈梅尔（Jean-Baptiste du Hamel，1624—1704）是法国王家科学院一位杰出的哲学家，他的理论以周密、清晰和纯洁而著称。

② 参见 Jean-Baptiste du Halde, *Description géographique, historique, chronologique, politique, et physique de l'empire de la Chine et de la Tartarie chinoise*, Paris: P. G. Le Mercier, 1735, Vol. l, pp. 95-105, Vol. 2, p. 108。

③ 据柯兰霓介绍，自广州以后的日记并非全出自白晋亲手，而是由其时任勒芒市长顾问的弟弟整理而成。

④ Claudia von Collani, *Joachim Bouvet, Journal des voyages*, Taipei: Ricci Institute, 2005.

皇帝描绘成文武全才，并与路易十四进行对比，将二人并列为当时全世界最伟大的两位君王。该书产生了极为深远的影响，让欧洲人对中国与中国皇帝有了一定的感性认识。此书在 1699 年以《中国（康熙）皇帝的故事》(*Histoire de l'empereur de la Chine*) 为题再版，内容一致。值得一提的是，这部薄薄的小书还引起了莱布尼茨的兴趣，他甚至请求白晋允许将其附在自己的《中国近事》(*Novissima Sinica historiam nostri Temporis illustratura*) 一书中。[①]

　　1699 年 9 月之前，白晋写成《中国语言中的天与上帝》(*Observata de vocibus Sinicis* T'ien 天 *et* Chang-ti 上帝)（拉丁文)。该书被罗马教宗特使铎罗 (Charles-Thomas Maillard de Tournon) 没收并查禁。[②] 然而此文却被译成了意大利语，保留在一本名为《1699—1700 年间中国礼仪问题》的书中。此外，1700—1701 年间，正值中国礼仪之争白热化的阶段，白晋与在北京的诸位神父联名写下了三篇文章寄往教廷，期望反驳其他教会对耶稣会的中伤，让中国礼仪合法化:《礼仪问题声明》(*Declaratio rituum*)、《北京耶稣会士的反驳信》(*Protesta de' Gesuiti di Pechino*)、《关于中国皇帝康熙 1700 年对于敬天、祭孔、祭祖等事宜的声明的简述》(*Brevis relatio eorum quae spectant ad declarationem Sinarum Imperatoris Kam-hi circa Coeli, Confucii et avorum cultum datam anno 1700...*)。[③]

　　1702 至 1703 年间，白晋以中文写就《古今敬天鉴》，当时的礼

---

① 莱布尼茨 1697 年 12 月 2 日致信白晋，信中不仅请求收入此书，同时还建议白晋将其译成拉丁语，以发挥更大作用。Rita von Widmaier, *Leibniz Korrespondiert mit China: der Briefwechsel mit den Jesuitenmissionaren (1689-1714)*, Frankfurt am Mai: V. Klostermann, 1990, p. 58.

② Pfister, op. cit., p. 438.

③ Gatty, *Les Recherches de Joachim Bouvet*, p. 144.

部尚书韩菼[①]特为其作序。过了四年白晋又对此书进行扩充，辑入了《日讲》等内容，并自己作了序。[②]

至 1707 年底，白晋继续写了一些与索隐派思想有关的书，如《论从中国古书中反映出的三位一体之秘密》（*Essai sur le mystère de la Trinité tiré des plus anciens livres chinois*）。[③]此外他还和赫苍璧（Julien-Placide Hervieu）及马若瑟共同绘制了一张《易经》的编码图表，并把它寄给冯秉正。

费赖之与盖蒂都记载，白晋曾编过一本《中法小词典》（*Petit vocabulaire chinois-français*），藏于勒芒学院图书馆，后转入巴黎国家图书馆；以及一本中文的《论中文词的含义》（*De significatione verborum sinensium*），藏于曼恩省图书馆。然而考狄并没找到这两本书。[④]

---

① 其名常被衍为韩琰、韩英，实为韩菼，清代第 14 位状元，自康熙三十九年（1700）起被任命为礼部尚书。

② 关于《古今敬天鉴》与《天学本义》的关系及写作时间，历来有不同的意见，最为普遍的观点是二者其实是同一本书的不同名字，如徐宗泽《明清间耶稣会士译著提要》及伯希和目录中均记其书名为《古今敬天鉴天学本义》，方豪《中国天主教史人物传》也认为二者其实是一本书，《古今敬天鉴》可能是后来改的名字；然而据香港中文大学博士肖清和考证，认为白晋在 1702—1703 年和 1706—1707 年两个阶段，写了两部《天学本义》，内容并不相同，前者是提纲性质，为张星曜辑录并引用，写成《天儒同异考》等书；后者则是更详细的专著性质，并更名为《古今敬天鉴》，有白晋 1706 年 9 月 12 日的亲笔签名，参见肖清和《张星曜与〈天儒同异考〉——清初中国天主教徒的群体交往及其身份辨识》；Janette Gatty, *Les Recherches de Joachim Bouvet*。《天学本义》藏于罗马国家图书馆，藏书号 Orient 192；《古今敬天鉴》有多个抄本，藏于多处：法国国家图书馆，古朗（Courant）编目为 7161 号，共 134 页；同馆还藏有一本，编目第 7162 号；梵蒂冈图书馆（Borgia cinese 316 (14)）、北堂图书馆（如今转入北京国家图书馆）、上海徐家汇藏书楼、莫斯科鲁缅采夫（Rumyancov）博物馆（编号 562）亦有收藏。另据魏若望记录，马若瑟曾将白晋的《天学本义》翻译成拉丁文（〔美〕魏若望：《耶稣会士傅圣泽神甫传：索隐派思想在中国及欧洲》，吴莉苇译，大象出版社 2006 年版，第 141 页）。

③ 白晋在 1707 年 11 月 5 日的信中提到此书，应为中文。

④ Pfister, op. cit., p. 438.

1712 年 11 月，白晋用拉丁文撰写了《易经大意》（*Idea generalis doctrinae libri Ye-king*），目前一份手稿抄件藏于耶稣会罗马档案馆（Jap. Sin. 174, pp. 290–291v）。柯兰霓女士已将其全文发表，并译成德文，做了英文摘要。[1]

1720 年之后，白晋将注意力集中于中国的象形文字，陆续写成《古代中国人的象形文字或曰象征神学之智慧》（*Sapientia Hieroglyphica seu Theologia Symbolica Priscorum Sinarum*）（约作于 1720 年，18 页）、《对古代中国人的象形文字或曰象征神学之智慧的证明》（*Specimen Sapientiae Hieroglyphicae seu Theologiae Symbolicae Priscorum Sinarum*）（约作于 1721 年，189 页）、《中国古迹中存留之古代族长象形文字智慧的样本》（*Specimen sapientiae hieroglyficae priscorum patriarcharum reconditae in vetustis Sinarum monumentis*）（约作于 1721 年，43 页[2]），分别藏于耶稣会罗马档案馆 Jap. Sin. IV. 5 H., Jap. Sin IV. 5 A., 以及 Jap. Sin. IV. 5 H。

费赖之还列举了白晋的几篇论文，有一篇关于《诗经》[3]，还有几篇由马若瑟完成，但其中的一部分材料是白晋搜集所得。费赖之的书还指出有一本《白晋神父游记》，收藏于慕尼黑，但不知具体指的是哪一阶段的游记。

白晋神父有三封信被收入杜赫德编《耶稣会士中国书简集》（*Lettres édifiantes et curieuses, écrites des missions étrangères: Mémoires*

---

[1]　Claudia von Collani, "The First Encounter of the West with the Yijing. Introduction to and Edition of Letters and Latin Translations by French Jesuits from the 18th Century", in *Monumenta Serica* 55 (2007).

[2]　编者在 Jap. Sin. IV. 25 文件夹还见到类似题目的一封短信，注明 1720 年 12 月 6 日寄给坦布里尼（Tamburini），可能为此 43 页版本的提纲。

[3]　可能指《先知书〈诗经〉一解》（Expositio unius odae propheticae libri canonici xi kim），藏于耶稣会罗马档案馆 Jap. Sin. IV. 5F。

de la Chine）：1699 年 11 月 30 日从北京致拉雪兹神父的信（记载从法国航行回到中国的经过）、1706 年关于在北京创设新的至圣善会的消息，无具体时间无收件人；1710 年 7 月 10 日从北京写往法国的信之节选，记载一位皇族贵妇信奉基督的经过。

白晋有三封信被收入《远东杂志》（*Revue de l'Extrême-Orient*），分别于 1726、1727 和 1728 年寄出。

1698 年 6 月 5 日在返回中国的途中写于好望角的信，被发表在《文雅信使》（*Mercure galant*）杂志的 1699 年 3 月版上。

费赖之、盖蒂、陈伦绪等还列举了多件白晋的或疑似白晋的作品，多含在白晋的信件里，大部分藏于耶稣会罗马档案馆；而本文集编者在该档案馆中还拍摄到了以上作品中均未提及的数篇拉丁语长文手稿，这些手稿也计划在本文集中翻译出版。而以《北京宫廷日记》（*Journal à la Cour de Pékin*）①为代表的一些篇幅较短的文章，将酌情翻译收录至相关的卷册。

以上白晋作品多为外文，对白晋中文著作手稿的研究方兴未艾，本文集主编张西平教授在其《欧洲早期汉学史——中西文化交流与西方汉学的兴起》中，专辟一章论述《索隐派汉学家——白晋》，其中对藏于梵蒂冈图书馆的白晋研究《易经》的中文文献进行了详细的梳理，通过对比余东目录与伯希和目录证明，属于白晋所作的文献共有 16 份：《天学本义（敬天鉴）》《易引（易考）》②二卷《择集经书天学之纲（天学本义）》《总论布列类洛书等方图法》《天象不均齐考古经籍（据古经传考天象不均齐）》《太极略说》《释先天未变始终之数由天尊地卑图而生》《易学外篇原稿十三节》《易学外篇八节（易学外篇）》《易学总说》《易经总说汇（易经总说稿）》

---

① 叙述了白晋为康熙帝授课的情况，法国国家图书馆，MS. Fr. 17240 f⁰ˢ 263–290vᵒ。
② 括号中为伯希和目录书目，括号外为余东目录书名。

《易稿》《易论》《易论自序（易论）》《周易原义内篇（大易原义内篇）》《周易原旨探目录》。尚未明确是否归白晋所创作的文献则有15份。①

综上所述，白晋在中国生活了42年（包括其间回欧洲的五年），对中国典籍的研究占据了其中的绝大部分时间。他一生勤于写作，成形的作品也有不少，然而由于不断被禁，无法结集发表，只得以一篇篇论文、一封封信的形式寄往欧洲，途中散失、损毁者甚多，因此后人不仅难以列出其完整书目，亦难以归纳其思想系统。基于上述原因，目前很难实现对白晋作品的完整收录，我们即将在商务印书馆出版的《白晋文集》致力于尽可能地搜集其已刊及未刊作品乃至论文与信件的手稿，并将这些作品尽量以中文形式呈现，以飨中国读者。

通过我们对白晋作品的整理和翻译，《白晋文集》具体安排如下（随着新材料和新研究成果的出现，本文集仍有继续扩充和调整的可能）：

第一卷：《白晋暹罗游记》，祝华译。

第二卷：《康熙皇帝传　中国见闻录》，系白晋生前已刊作品合集，含《中国（康熙）皇帝的故事》，杨保筠译；《中华帝国现状——致勃艮第公爵与公爵夫人的画册》，刘婷译；《耶稣会士中国书简集》中白晋部分，郑德弟等译；杜赫德《中华帝国全志》中白晋供稿的内容，杨保筠等译。

第三卷：《白晋使法行记》，张放、王晓丹、彭萍译。

第四卷：《西洋药书》（满文），蔡名哲译；《格体全录》（满文），高晞配图及导读、顾松洁译。本卷由张西平，全慧编。

---

① 参见张西平《欧洲早期汉学史——中西文化交流与西方汉学的兴起》，中华书局2009年版，第521—529页。

第五卷:《几何原本》,潘澍原校点整理。

第六卷:《易经总说》,系藏于梵蒂冈档案馆的白晋《易经》研究手稿汇编,张西平、谢辉点校整理。

第七卷:《中西会通之路:索隐汉学探求》,系欧洲档案馆藏白晋拉丁语论文手稿汇编,〔德〕柯兰霓、〔意〕弗洛里奥·西弗(Florio Scifo)、〔巴西〕莱奥纳多·拉莫斯(Leonardo Rosa Ramos)、〔意〕朱塞佩·夸尔塔(Giuseppe Quarta)、〔刚果(金)〕帕斯卡·姆波特(Pascal Mbote Mbote)、〔刚果(金)〕理查尔·古鲁鲁(Richard Kululu)、〔西〕胡安·昆塔纳(Juan Francisco Rodríguez Quintana)、〔意〕范狄(Dario Famularo)转写,柯兰霓校对,张天鸽、〔意〕范狄、寇蔻等译。

第八卷:《白晋书信集》,系欧洲档案馆藏白晋法语及拉丁语信件手稿汇编,〔德〕柯兰霓、〔意〕弗洛里奥·西弗、〔巴西〕莱奥纳多·拉莫斯、〔意〕朱塞佩·夸尔塔、〔刚果(金)〕帕斯卡·姆波特、〔刚果(金)〕理查尔·古鲁鲁、〔西〕胡安·昆塔纳、〔意〕范狄转写,柯兰霓校对,马莉、张天鸽、〔意〕范狄等译。

第九卷:《天学本义》与《古今敬天鉴》,张西平、李强点校整理。

需要说明的是,白晋与莱布尼茨的通信集等内容,因相关中文译本即将出版,故暂不收入本文集中。

所有文字均译自白晋所著的最初版本,这是本文集的特点之一,例如《中国(康熙)皇帝历史画像》已有数个中文版本,但杨保筠先生译本系少有的直接译自法语的版本;《格体全录》等则由巴多明和白晋的满文本译成中文;白晋的手稿信件中法语和拉丁语各占半壁江山,对于这些封存在档案馆中的手稿信件,我们采用了先请母语为法语或拉丁语造诣很深的西方学者将手稿转写为电子版、再由中国学者译成中文的办法,虽费时费力,毕竟诚意满满。

　　尽管我们并未收集到白晋的全部著作，但这已经是世界范围内第一次整理出版《白晋文集》，说明通过中外合作，中国学者在中西文化交流史和西方早期汉学的基础性文献的整理与研究方面已取得了一定的成果。通过这个文集可以展现出 16—18 世纪中华文明与欧洲文明之间多维度的深入交流，交错的文化史书写将取代单一的文化史书写，其学术意义重大。然而编者因能力所限，一些缺漏难以避免，恳请学界不吝批评指正。

　　本文集编撰过程中得到了德国学者柯兰霓女士的大力帮助，她不仅将其著作慷慨授权，同时对白晋手稿的转写、翻译进行了校对和把关，部分手稿由其亲自转写，并为本文集第三卷撰写了前言，特此致谢。藏在梵蒂冈教廷图书馆的文献复制工作由任大援先生完成，正是通过他的努力，我们方可展开点校与解读。北京外国语大学退休教授张放先生及其子张丹彤也参与了本文集多份文献的翻译工作。中央民族大学的顾松洁老师翻译了《格体全录》一书的满文，复旦大学高晞教授则提供了书中的插图并作学术导读；中央民族大学博士、台湾"中研院"近代史研究所助理研究学者蔡名哲先生基于对满文《西洋药书》的前期研究，也加入了文集的编译队伍，对译文做了数次精益求精的修改；中国科学院自然科学史研究所潘澍原先生对于《几何原本》的数个版本如数家珍，字里行间洋溢着充沛的学术能量与自信；北京外国语大学李慧老师组织转写和翻译了部分拉丁语手稿；台湾大学历史系古伟瀛教授对本文集的问世倾注了大量心力，并提供了多方位的帮助……对于以上诸位学者及对本文集予以关注并慷慨相助的其他国内外学者，我们深表感谢。文集出版耗时长久，我们在此感谢各位参与者的耐心和难以量化的学术贡献。

　　当然，最后我们应该感谢北京外国语大学，中国海外汉学研究中心诞生于此，《国际汉学》发展于此，张西平所率领的学术团队成长于此。《白晋文集》的出版标志着将"西学东渐"与"中学西传"汇集于一体的中西文明互鉴研究已经成为北京外国语大学"全球文化"一道靓丽的学术风景线。

白晋作为中法文化交流的奠基人，四百年来虽然有部分文献被整理出版，但一直没有对其全部著作做系统整理，这或缘于他在中文和欧洲语言等多种语言形态间写作，在人文研究和科学研究之间行走，整理起来困难较大。

《礼记》曰："作者之谓圣，述者之谓明。"学术的进步总是从基础性学术文献的整理开始的，思想的飞翔是建立在坚实的历史基础上的。对中西文化交流史的研究，唯如此才能有真实的进步，并为未来的学术研究打下坚实的基础。经过二十余年的努力，在中外学者的共同耕耘下，《白晋文集》终于出版了，从这里可以看到四百年前，全球化初期中国与法国以及中国与欧洲文化之间的真实历史书写。

2022 年夏

译者序

　　白晋神父，不仅是一位谦恭的传教士，更是一位渊博的学者。怀抱着为基督教事业献身的坚定理想，他全身心地投入到中国的传教使命中。尽管没有达成使康熙王朝自上而下改信基督教的愿望，但他将欧洲的天文学、数学、哲学知识传播到中国宫廷，并将他观察到的康熙大帝及其治下中国的方方面面介绍到法国，尤其是与德国哲学家和数学家莱布尼茨之间多次通信，就"八卦"和"二进制"之间的比较进行深入探讨，为17世纪中法两国乃至中国和欧洲的宗教和学术交流做出了重要贡献。不仅如此，他诚实谦逊的品行、虔诚的宗教信仰、千辛万苦达成使命的坚韧和孜孜不倦致力于学术研究的精神无不令人钦佩感怀。

　　本书以首次发表的白晋神父的《暹罗游记》手抄本为主体。该游记描述了他随法国赴暹罗使团远渡重洋、取道暹罗前往中国传教途中在海上航行和暹罗逗留期间的所见所闻，为我们研究17世纪欧洲人的远洋航行经历和那莱王统治下暹罗的外交、政治、社会等方面的历史提供了第一手资料。作为铺垫，本书还详细介绍了法国赴暹罗使团的背景和成员，使团出使前欧洲列强与暹罗的关系以及白晋神父的生平，尤其是他在中国的经历，对读者了解白晋此人和游记的历史背景颇有裨益。而白晋神父的著作和书信目录也为致力于相关研究的读者提供了宝贵的资料索引。

　　本书《暹罗游记》部分写成于17世纪，其中不乏古法语和拉丁语，翻译时颇费思量。另外，由于本书涉及暹罗历史、中国历史、欧洲传教士在远东的传教史甚至易学等方面的知识，本人在翻译过程中参考了《泰国通史》《传教士与西学东渐》《外国人眼中的中国人——康熙大帝》《跋涉——明清之际耶稣会的在华传教》《中国的基督教》和《白晋易学思想研究》等书，并在网上查阅了关于白晋生平和著作以及近代暹罗与西方关系等方面的资料。尽管如此，由于本人水平有限，错漏之处在所难免，敬请读者指正。

最后，很荣幸能为母校的研究项目略尽绵薄之力，同时感谢北京外国语大学法语语言文化学院全慧老师在本人翻译过程中给予的大力支持和对译稿的细心审校。

祝华

2020 年 8 月

目　录

告读者

  我将一篇关于我们的旅行的详实叙述寄给您，因为我没有时间将其提炼得更简短；我不辞辛苦地匆匆写成这本游记，只是为了让我的朋友们了解我们离开法国后经历的事，而且由于它将作为其他神父们的游记的备忘录，那本游记将更有条理地撰写这些回忆，使对与我们相关的事感兴趣的人们乐于阅读，所以我恳请您不要将它给任何人看，除了您知道的我对他们毫无保留的那些人，因为它还没有达到可供其他人阅读的状态。

图 1　暹罗王国及其附属国

来源：法国国家图书馆

a la plus grande gloire
De Dieu.

Memoires

De la plus Part des choses que
Les Six Peres Jesuites François,
Envoyes a la Chine
:Par Sa Majesté tres Chretiene:
Ont remarquées dans leur Voyage
Depuis Brest jusques a Siam;
Pris Sur L'Original Manuscrit
Du Pere Bouuet.

1685.

图 2 《暹罗游记》题记页

"献给上帝的最高荣光。关于被笃信基督的陛下派往中国的六位法国耶稣会神父
在他们从布雷斯特到暹罗的旅途中的大部分见闻的回忆录。援引自白晋神父的原
始手稿，1685 年。"

Voyage de Siam.

Lors que le Roy de France prit la Reso-
lution d'Envoyer une Ambassade au Roy de
Siam, Sur les assurances qu'on luy donna qu'elle
ackeusoit la connossion de ce Prince, qui cherchoit
par toute Sorte de Voyes son amitié; Sa Majesté
resolut aussi d'envoyer quelques Jesuites François
a la Chine. Premierement pour Suceder a ceux
qui y allerent il y a environ 30. ans, avec le
Pere Alexandre de Rhodes; dont la plus part
Sont morts, en travaillant aux Missions dans
ce vaste Royaume. En Second lieu pour travail
les eux memes a la Conversion de la Chine, qui
n'avoit plus que fort peu de Missionnaires ;
bien que l'Empereur leur fut toujours favorable,
& que les Vice-Roys & Gouverneurs de Pro-
vinces, a l'exemple du Prince continuassent
aussi de les Proteger. Troisiemem^t pour tirer le
Plus de connoissance qu'ils pourroient de ce grand
Empire, ou l'on Savoit que les Sciences fleurissoient
A.

图 3 《暹罗游记》正文第一页

暹 罗 游 记

法国国王决定向暹罗国王派遣一个使团，因为大臣们向他保证这个使团将使希望通过各种途径得到法国国王的友谊的暹罗国王改宗，与此同时，陛下还决定派遣几位法国耶稣会士前往中国。首先是为了接替大约 30 年前与亚历山大·罗德神父 ① 一起去中国的那些神父们（其中大多数已经去世），在那个幅员辽阔的王国中的多个传教会里工作。其次是为了让他们努力促成中国的改宗，因为那里只有极少数传教士；尽管康熙皇帝一直优待他们，各省总督和巡抚们也以皇帝为楷模，继续保护他们。第三是为了尽可能多地了解这个庞大的帝国，据人们所知，在那里，科学繁荣了四千年，有各方面的书籍，一些图书馆可与欧洲最好的图书馆相媲美。陛下向国务大臣卢福瓦侯爵先生（M. le Marquis de Louvoys）宣布了他的意图，卢福瓦侯爵除了战争事务和国王的宫殿外，还负责与科学和艺术有关的所有事务。卢福瓦先生找来了东方传教会管区代表韦尔朱思神父 ②。他要求韦尔朱思神父至少提供四名耶稣会士，他们应全部能够很好地执行国王的计划，并准备好六周以后登上运送赴暹罗的大使

① 亚历山大·罗德（Alexandre de Rhodes，冯承钧曾译为"罗历山"，为与罗历山主教 [Alessandro Cicers] 相区分，本书采用音译。——译者），出生于阿维尼翁（1591 年 3 月 15 日），1612 年 4 月 14 日加入耶稣会，在罗马进行初修和学习。1623—1624 年，赴日本的他在澳门等待一个有利的航行时机。赴日无望，他被派往交趾支那，在那里待了 18 个月，之后于 1626 年回到澳门（立誓修行）。1630—1640 年，在澳门生活的 10 年中，他竭尽全力劝说中国人改宗。当他再次出发去欧洲时，被荷兰人抓住，关在巴达维亚的监狱里。他最终被释放，回到罗马和法国，在那里为外方传教会的建立做出了贡献。1660 年，他在波斯去世。Pfister, pp. 184-186.［本文注释均由 J. C. 盖蒂女士撰写，下不一一说明。——编者］

② 韦尔朱思（Antoine Verjus），1632 年 1 月 24 日出生于巴黎，在布列塔尼的耶稣会各学院讲授人类学，之后被任命为东方传教会管区代表。他于 1706 年 5 月 16 日去世。

先生的舰船。

　　这个命令由国王的忏悔神父——尊敬的拉雪兹神父和韦尔朱思神父通知我们的长上们，他们也采取了一切措施来执行这一命令。省修会会长雅克·帕吕（Jacques Pallu）神父首先将视线锁定在洪若翰神父①身上，此人除了众所周知的表里如一的谨慎和美德之外，还具有高超数学造诣的优势，他在巴黎神学院教书八年以来，获得了所有学生的一致好评，他们对他的评价特别高。这些高尚的品质，加上这位神父二十多年来对中国和日本的传教会表现出的热切愿望，以及他经常提出的前往这两国的迫切请求，使他脱颖而出，被选为一项如此伟大的事业的领头人。这就是为什么省会长神父于12月13日召见了他，向他建议了国王的这项公务，尊敬的洪若翰神父全心全意地接受了他们向他建议的这项新工作，不停地赞美神圣的上帝为自己开启了一条如此美好的道路，使他能够最终到达期待已久的目的地，即这些东方传教会的所在地，那曾是他加入耶稣会的主要动机之一。

　　这位神父的出发决定做出后，在一所神学院为他找到一些同伴就不难了，比如巴黎神学院，在那里，几个月前与伟大的中国传教士柏应理神父②见过一面之后，就有许多人受到鼓舞，申请加入这个

---

① 洪若翰（Jean de Fontaney），1643年2月17日出生于圣波德莱翁（Saint-Pol de Léon）教区，1658年10月11日加入耶稣会。1676年8月15日，他立誓修行。多次前往中国并暂住之后，他被任命为拉弗莱什学院院长，1710年1月16日在那里去世。Pfister, pp. 419–433.

② 柏应理（Philippe Couplet），1624年5月31日出生于比利时梅赫伦（Malines），1641年加入耶稣会。1656年，他登船前往中国，在那里，由于虔诚的徐太夫人（教名甘地大）（Madame Candide Hui）的慷慨捐赠，他建造并修复了江南的许多教堂，他曾为徐太夫人作传。他的传教工作因1664—1671年间的一场迫害而中止，他被暂时流放到广东。1681年12月5日，他在澳门登上了一艘荷兰轮船，前往欧洲招募新的传教士，并为他们向罗马教廷申请用当地语言举行仪式的许可。在凡尔赛和巴黎短暂停留之后，由于罗马教廷与葡萄牙国王之间出现的关于庇护权的一些困境，

传教团。

第一个被任命的是吉耶讷省（Province de Guyenne）的居伊·塔夏尔神父①。他很久以前就恳请长上们同意他参加这个传教团，而通过未知途径将选定者派往人间的上帝四年前把他从所在的教省抽调出来，让他登上前往南美洲的国王舰队。从那里，他被派往巴黎，在巴黎他私下得知了这个机会，再三恳求后才进入备选人员的名单。

在他之后，他们选中了刘应神父②和我，当时我俩刚进入巴黎神学院神学专业三年级。对我而言，在加入耶稣会之前就已经酝酿了献身于中国传教事业的计划。从那时起，这个想法一直无比坚定，尽管后来我并未刻意去达成它，但借助天主的仁慈，我从未感觉最初的这种热情有丝毫减退，它将我的全部感情带到了东方最遥远的这片土地上；而且这是我在学习的专业和所有工作中为自己规划的唯一一件事，即专心致志地学习我认为引导中国民众信仰真正的上帝所需要的知识。另外，我在这件事上采取的行为与从前希望加入耶稣会时观察到的行为是一致的，也就是说，我全不在意预见到的在完成我的计划过程中可能遇到的某些困难，而是将成功完全交托给上帝，丝毫不怀疑我制定的这个计划是否来自上帝，因为我深

（接上页）他被迫在欧洲等了十年才重新出发。他利用延误的这段时间，于 1687 年出版了《中国哲学家孔子》（*Confucius Sinarum Philosophus*）一书。1692 年 3 月，在多人陪同下，他最终登上了去中国的船，但他永远也没有再见到中国，因为他于次年 5 月 15 日在果阿近海去世。Pfister, pp. 307-313.

① 居伊·塔夏尔（Guy Tachard），1651 年 4 月 7 日出生于昂古莱姆（Angoulême），1712 年 10 月 21 日在孟加拉去世（参见原书 p. XIX）。

② 刘应（Claude de Visdelou），1656 年 8 月 12 日出生于布列塔尼大区的卞纳西桑普雷讷夫城堡（château de Bienassis-en-Pléneuf）。他于 1673 年 9 月 5 日加入耶稣会。在中国礼仪之争中，他反对中国礼仪，将自己收集的与同僚们共同意见相左的所有材料呈送给铎罗主教（Patriarche de Tournon）。1708 年 1 月 12 日，他被任命为克洛德城（Claudiopolis）（下区）主教，之后被迫离开中国，他住在本地治里，直至 1737 年 11 月 11 日去世。

信，他一定会找到为了他的荣耀而使这个计划获得成功的方法。您看到了，事情甚至比我预期的来得更早。神圣的上帝掌握所有的事情，甚至是本应与我的计划相去甚远的那些事，所有人同时策划的满足我的心愿的那些事。因为您知道，如果没有患上这个比健康适时一千倍的病，使我离开政界，转攻神学，而且在此期间，我非常迫切地感到自己的内心促使我申请加入中国传教团，直至他们批准了我的请求，那么我今天可能仍然在扼腕叹息，或许会在多年后仍惋惜未能得到我现在所拥有的幸福。我还想到，仿佛上帝关照我的一个奇特的影响，我服从了前往布尔日（Bourges）的命令，在那里休养身体，同时在这个休养之地学习神学，无需操心任何其他事情。尊敬的克劳德·科莱神父（R. P. Claude Collet），当时的省会长，给过我重要的恩惠，他向我承诺会帮助我实现我的计划。在他去世前几天，为我留下了一道特别命令，派我去巴黎。我曾经告诉他无意在那里久留，只是希望找到一个机会，而当年我竟然找到了。为了遵从这个命令，在我得知不久前还在荷兰的中国传教会管区代表柏应理神父很快将前往巴黎后，修会的长上们在第一时间就送我去了巴黎。我将此人视为上帝派来为我打开中国大门的一个人。当时的省会长①在耶稣会接见了我，他很愿意帮助我完成第二志向。在省会长的建议下，柏应理神父一到巴黎，我就去修道院②找了他。我对柏应理神父敞开了心扉，他特别仁慈地听我讲话，并把我的名字写在他的记事簿上，使我能够亲自求见我们尊敬的总会长神父③，并替他

---

① 让·皮奈特神父（P. Jean Pinette）在 1671—1674 年间担任法国教省会长，并在 1684—1688 年担任位于圣安托万路的巴黎修道院的院长。

② 圣安托万路。

③ 诺耶尔神父（P. Charles de Noyelle），耶稣会第十二任总会长，1615 年 7 月 26 日出生在布鲁塞尔，1682 年 7 月 5 日全票当选总会长，1686 年 12 月 12 日去世。在会长选举期间，路易十四与英诺森十一世（Innocent XI）之间的冲突刚刚导致了著名的

转交一封信，当总会长离开巴黎去罗马，我在送他上船的路上转交了这封信。由于经常在柏应理神父的房间遇到为了同一计划而来的洪若翰神父，加上我也很信任他，就对他谈起了自己的事情，因为我猜想他已经知道了，尽管还只是在猜测。这位神父感动于我对他的信任，告诉了我国王从今年起将派遣耶稣会士去中国的计划，并解释了这个项目的整个计划。这就是为什么尽管考虑到当柏应理神父回东方时，法国教省已经提供了陛下想要的传教士人数，因此不再可能给洪若翰神父更多的名额，我仍然相信，上帝以这种方式让我知道了一件如此秘密的事情，就是想借此机会使我尽一切努力去获得提供给陛下的人员的名额。因此，我请求洪若翰神父向全权负责这件事的韦尔朱思神父求情。然后，我亲自去见他，表示我愿效全力。尽管我还没有荣幸地被这位神父所认识，但我已经极其景仰他高尚的品质，尤其是他为我们所有的东方传教团所提供的持续而非凡的帮助，而我自己也已经与他们的利益息息相关。他以我能从最好的朋友那里得到的最友好的态度接待了我，并向我许诺他会尽其所能使我入选。这次拜访给了我很大的希望，尽管我最初认为某些困难是无法克服的，因为难度太大，比如当时我还不是教士，而且才进入神学专业三年级。但是韦尔朱思神父的这次推荐卓有成效，我所信仰的圣灵赋予了他的话一种秘密的功效，使他一下子就排除了这些困难，这样做不只是为了我，也是为了刘应神父，他是第四个请求入选的人。

在此之前，刘应神父还没有申请加入传教团，但是他一直非

（接上页）"法国教士宣言"（1682 年 3 月 19 日）。耶稣会当时处于一种非常棘手的形势下，因为它对罗马教廷的效忠不符合"宣言"的精神。我们在 1684 年 12 月 29 日和 1685 年 3 月 14 日拉雪兹神父写给诺耶尔神父的关于我们的数学家传教士出发去暹罗和中国的两封信中可以看到这些困境的蛛丝马迹。引述参见 Chantelauze, *Le P. de la Chaise*, pp. 53-55。

常喜欢他们，而且这一次，他亲自去找长上申请名额。这位神父非常善于执行国王向我们建议的工作，因为除了他已学习了一些数学知识并具有这方面的天赋之外，他在语言方面也有一种非凡的才能，已经掌握了七八种语言，另外，在神学上，没有人能超越他，他具有一种罕见的温和且谦虚的品质——这一直是耶稣会创建的基础——以及一种完全符合宗教准则的行为。所有这些优良的品质使省会长神父听从了他的意愿，恩准了他如此虔诚的请求。

于是，我们四人在同一天接到通知，此时这一消息还没有在神学院公开。第二天，我们一起去了蒙马特（Montmartre）①，告知圣母和殉教者我们新的目的地，并怀着一颗充满喜悦的心，感谢上帝见证我们意外地得偿所愿。还不是教士的刘应神父和我从洪若翰神父的手中领了圣体，就像从前圣依纳爵（Saint-Ignace）与他最初的同伴们一起从勒费弗尔神父（P. le Fèvre）手中领圣体一样。我们将以圣牧首为榜样，不怕牺牲，把我们的余生投入到拯救灵魂的工作中去。至于我，主要请求上帝永远不要让我丧失耶稣会这些最初的英雄们的美德，他们如此有效地致力于宗教的发扬光大和道德的改良，祈求我过去生活中的罪孽不会使我没有资格承担一份如此神圣、如此崇高的职责。

从蒙马特回来后，我们发现修道院里的所有人都知道了我们的使命和国王的计划，知道了我们在那之前已被秘密选中。我说不上来有多少人自荐与我们同行，从最年轻的到在神学院里担任最高职务的那些教士们，尤其是当时有传言说我们需要去六个人。实际上，

----

① 1611 年发现的"圣德尼洞窟"（cave Saint Denys）。为纪念蒙马特的殉教者而建的朝圣之地，也是圣依纳爵、圣方济各-沙勿略（Saint François-Xavier）和他们的同伴们在 1534 年 8 月 15 日宣誓的教堂的遗址。现为圣德尼忠烈祠，安托瓦内特路 9 号。

卢福瓦侯爵先生只要求了四个人，而皇宫方面一直要求布雷斯特给我们保留六个位置，而且国王让他的大使向里斯本申请计划派往中国的六位耶稣会士的护照。这使长上们决定再给我们找两名同伴，他们就是香槟省的张诚神父①和吉耶讷省的李明神父②，他俩的功绩和美德众所周知，还是毫无争议的最好的神学家，曾被选定进行公开辩论。他俩在讲道方面都有很高的天赋，并具备完成我们所担负的这一项目所需的伟大才能。张诚神父已经在他所在的教省里教授了一段时间的数学，李明神父曾许过一个特殊的愿，一直向长上们申请加入外方传教会，直到他们亲口拒绝了他的愿望。当这个机会来临时，他俩都在巴黎修完了神学课程，因而这个多年来一直有幸以国王的庄严名字命名并受到特殊恩惠的神学院，用了八天时间就独立提供了国王陛下要求去地球尽头执行他的命令的所有传教士，从而借此机会得偿所愿地公开表达了他们的感激之情。

我们的旅行计划在巴黎公之于众，得到了所有学者的普遍认可，特别是王家科学院的先生们，他们对此表现出非同寻常的喜悦。这些先生们多年以来一直都在同心协力地完善天文学和修正地图。皮卡尔先生（Mr Picard）曾为此奉国王陛下之命去过丹麦，罗梅先生（Mr Romer）去过英格兰，德·海耶斯先生（Mr des Hayes）去过卡

---

① 张诚（Jean-François Gerbillon），1654 年 6 月 11 日出生于凡尔登，1670 年 10 月 6 日进入南锡初修院。他留下了两本未发表的暹罗游记（参见下文，第 17 页注释 1）。除了大量天文、历史方面的观察报告，一些供康熙使用的手册和一部满文语法书之外，他还记述了陪皇帝去大鞑靼地区的八次旅行。他于 1707 年 3 月 22 日在北京去世。Pfister, pp. 443–451.

② 李明（Louis Le Comte），1655 年 10 月 10 日出生于波尔多，16 岁加入耶稣会。在中国山西和陕西两省传教一段时间之后，他作为代表前往巴黎和罗马向他的长上们汇报澳门的葡萄牙人扣留法国寄给法国耶稣会士的膳宿费的行为。他曾被任命为勃艮第公爵夫人的忏悔神父，后被迫离职，因为他写的《中国现状新回忆录》（*Nouveau Mémoires sur l'état présent de la Chine*）以及他在中国礼仪方面的观点使他遭到了索邦神学院（Sorbonne）的指控。他于 1728 年 4 月 18 日在波尔多去世。Pfister, pp. 440–443.

宴和美洲各岛，瓦尔万先生（Mr Varvin）去过佛得角，德·拉伊尔先生（Mr de la Hyre）去过法国的各个港口和主要海岸。在天文台一直默默无闻的卡西尼先生 ①，为了与他们保持必要的通信，自己也几次离开首都，在巴黎中轴线的延长线上奔波。他们一心想寻找机会到整个欧洲的其他地方和费罗岛 ② 进行观测，在法国，第一条子午线就是取自费罗岛。但是为了使这个计划更完整，还需要派一些人去世界其他地区，主要是亚洲。通过每年调整的航线，他们开始对亚洲了解得更多。

派我们去中国的国王陛下将这个光荣的任务交给了我们；在与卡西尼先生进行了多次会谈之后，我们对如何执行好这一任务有了大致的了解。由于洪若翰神父与他有特别深厚的交情，他给卡西尼先生看了他做的木星的卫星列表，告诉他自己做第一张表时费了多少工夫，这些列表对于确定经度十分有用。洪若翰神父认识的博雷利先生（M. Borelli）为他制作了好几块大玻璃，用于 12、15、18、25、50 和 80 法尺的望远镜，他后来给北京天文台留下了几架。

我们在科学院得到了特殊的优待，而且在出发前几天，我们还得到了科学院授予的职位。这些先生们想以这种方式参与其中，与我们分享学识，而我们需要把观察报告寄给他们，从而使所有人共同组成一个观察员和数学家的团体，在法国的成员和在中国的成员，在我们最伟大的国王的保护下，共同致力科学的发展。然而，我们为了准备所有必需品，忙得不可开交，尤其是各种仪器，因为一个

---

① 卡西尼（Jean-Dominique Cassini，1625—1712），在意大利教授天文学之后，被科尔贝召到法国，并加入了法国籍。作为科学院的成员，他是 1672 年成立的巴黎天文台的第一任台长。

② 费罗岛（Isle de Fer），加那利群岛最西南端的岛，北纬 27°45′，西经 20°30′。由于这个岛被古人认为是世界的最西端，人们就把第一条子午线设在那里，通常用来计算经度。

月后就要离开巴黎。在此期间，洪若翰神父让人制作了两个便携式 90 度四分仪，一个半径 18 法寸，另一个半径 26 法寸；三台大型秒摆；一台能同时测定星的赤经和赤纬的仪器；一台能标记时间到分的二分象限仪，它的下部有一个大罗盘，用于在一天的任何时刻显示磁针的变化。所有这些仪器都将用于天文观测。① 除此之外，我们还带了一个大的水平仪和两个用于几何学操作的刻度精确到 6 分的量角器，一个只带砧板，另一个带瞄准镜。曼恩公爵先生（M. le duc du Maine）在我们去向他辞行时，好心地送给我们第三个量角器，它比我们那两个大得多，而且刻度精确到 3 分，这是找人为他的特殊用途定做的。我们对这位亲王此次给予的大恩感激不尽，因为他通过柏应理神父的演讲得知在中国有如此多的罕见而稀奇的东西，于是不停地说应该向那里派遣一些法国耶稣会士，以便进行专门的了解。他甚至多次向国王进言，所以对这整个计划贡献良多，派遣我们去中国的最终决定可以归功于他。

除了我提到的这些仪器，我们还带了几台重复钟摆、几个直径 12 和 20 法寸的凹面镜、几块磁石、多支温度计和气压计、用于真空实验的所有管道和器材、一台斜面时钟、两台罗梅（Romer）发明的仪器——其中一台表示行星的运动，另一台表示日食和月食。购买所有这些仪器的费用都是国王提供的。这位伟大的君王还从他的图书馆里为我们提供了多幅王室宫殿的精美版画，如卢浮宫、杜伊勒里宫、凡尔赛宫、圣日耳曼莱昂城堡等，包括它们的各个立面、花园、喷泉水池等。此外还有从所有学院里选出的许多精美书籍。

当我们的旅行一切准备就绪时，出发的时间也临近了。被破格提前任命为教士的刘应神父和我准备退省，去做我们的首次弥撒。

---

① 在《大百科全书》（*Grande Encyclopédie*）第五册的版画中，我们可以看到与白晋神父列举的仪器相似的天文学仪器的清晰图像，巴黎，1767 年。

1685年1月14日，我们有幸完成了首次弥撒。之后，由于人数太多，所有人不能一起出发，我们被分成两批。塔夏尔神父和李明神父在与所有神父和教友道别后，于18日出发，沿卢瓦尔河航行，而传教团团长洪若翰神父、刘应神父和我则于1月24日经由另一条路线追赶他们。只留下张诚神父和一个将与我们同行并负责照料一些仪器的年轻人在巴黎，这些仪器尚未制作完毕，他们负责将它们安全运到布雷斯特，在那里装船。

我没有提到其他神父们在与我们做最后的道别时所表现出来的深情厚谊，仅这一点就足以让我们倍感温情。但考虑到我们要离开的不是这个世界，而是上帝的殿堂，在这里，我们拥有人们所希望的一切好处，使自己成为圣洁的人，我们已经非常感动了。总之，从要出发的人们的喜悦中以及留下的人们的悲伤中，不难判断我们是这次集体分离中最幸福的一群人。

由于我们已经决定将整个旅程置于玛利亚的庇护之下，因此从第一天就开始一起背诵她的连祷文，我们还为中国的改宗增加了一段特别的祈祷。途经沙特尔（Chartres）时，我们到达后的第一件事就是到圣母大教堂去向圣母致敬，并祈求她保佑我们的事业。我们从那里又去了勒芒，我在那里顺便拜访了我的大部分亲戚朋友。他们一方面怜惜我要长途跋涉；但另一方面也同样沉浸在我为了上帝的荣耀而离开他们的喜悦之情中。我们尊敬的长上命我与亲朋多待两天，为了让他们满意，我勉为其难地遵从了命令，担心肉体和血缘对我产生某种影响。但是感谢我们的主，离别还算顺利，家人在我出发时给我装了一大包小饰物和一所修道院的修女寄给我的上千种稀奇古怪的工艺品，让我到中国去做灵魂的交易，以便更容易劝服中国人信奉耶稣基督。除此之外，我还参与了这些神圣的灵魂们承诺为我们的整个事业向上天祈福而进行的领圣体仪式。

我的两个兄弟想一直陪我到拉弗莱什，我要到那里去找等着我的洪若翰神父，而在那里与塔夏尔和李明两位神父会合的刘应神父始终在我们前面。之后我们与他们一样取道昂热、南特、瓦讷和坎佩尔后离他们越来越近，我们中的一些人在坎佩尔留下，等待接收登船时间的消息，另一些人则前往布雷斯特，到那里订购所需的一些小物件。五六天前从巴黎出发的大使先生到达坎佩尔之后没几天，就下榻在我们的神学院，他非常希望亲自光临一家修道院，因为他那位刚刚在耶稣会的圣香中去世的兄弟被各种宗教美德深深感化。我们在那里告知大使阁下，国王已经下令让人再装备一艘护卫舰跟随他。大使听后非常高兴，第二天一大早就出发去催促这艘舰船的装备工作，因为航海季节已经过去大半了，他担心旅行会推迟一年。我们的长上有幸陪他去了布雷斯特，他在那里拜访了雷翁主教先生（Mr l'évesque de Léon），主教授权他和我们所有神父在大使阁下的船上履行所有职责。正是在那个时候，大使先生向我们传达了王宫给他下达的关于我们的特别命令。他还将从巴黎带来的六份国王特许状 [①] 转交给我们，陛下在特许状中宣布我们是他的数学家，前往印度和中国，在这些地方进行科学和艺术进步所需的观察。陛下还在特许状中赞扬了给予我们各种援助的所有臣民，并请国王们、亲王们、君主们、各个国家、各共和国、他的朋友们、盟友们和同盟者们及其官员和臣民们，帮助我们执行一项对所有民族都有利的十分伟大的计划，但决不容许提出与我们的职责和权利以及王国的习俗相违背的任何要求。尊敬的拉雪兹神父同时寄来一封信，让我们转交给中国皇帝十分器重的南怀仁神父（R. P. Ferdinand

---

[①] 1685 年 1 月 28 日写成的特许状的正文见 Tachard, *Voyage de Siam*, Paris 1686, pp. 13–15。给白晋神父的特许状的副本存于里斯本，阿茹达宫图书馆，49-IV-65^{fo} 220vo。

Verbiest），^① 通知他我们的此次旅行。这封信附在本游记的结尾，便
于您查阅。韦尔朱思神父还告诉我们，里斯本方面已经承诺发给我
们护照，国王已经通过他的大使提出了申请，而且我们迫切希望得
到这些护照，因为葡萄牙与法国教士之间出现的争端仍在持续，这
让我们担心葡萄牙军官会趁机在路上的某处，借口我们是法国人而
逮捕我们。德·圣罗曼先生（Mr de St Romain）非常了解我们对葡
萄牙宫廷的看法，在为获得我们的护照而呈送的陈情书中考虑到了
这一点。如果我有空将这份陈情书誊抄下来，您会在这本游记的结
尾读到它。^②

　　在此期间，众人勤勉地执行着催促登船的命令，一切都已准备
就绪。因此，3 月 1 日，大使先生在勒尼奥伯爵先生 ^③ 和当时身在布
雷斯特的贵族们的陪同下，登上了国王的小艇，在军号齐鸣中前往
港口，在那里，舰长德·沃德里库尔先生（Mr de Vaudricourt）在
"飞鸟号"等着大使，这艘舰将载我们到暹罗。大使阁下一上船，他
们就鸣 13 响礼炮向他致敬，与此同时，德·茹瓦耶先生（Mr de
Joyeux）登上将跟随"飞鸟号"的护卫舰，该舰也鸣九响礼炮向大使
致意。随后，士兵们和水手们齐声高呼"国王万岁"来表达他们的
喜悦之情。我们又用了两天时间完成了准备工作。第二天 3 月 2 日，

---

① 副本附于 MS. *Voiage de Siam*, pp. 283-288, "……为了向他引荐我们的六位神父……
他们具有非凡的功德和能力，为中国和大鞑靼地区带去真正的信仰的光明，并从那
里吸取所有天文观测结果以及一个民族的艺术与科学方面的所有知识。"正文另见
Tachard, pp. 18-23。
② 这份《圣罗曼先生呈葡萄牙国王的陈情书》（"Harangue de M. de Saint-Romain au
Roy de Portugal"）只出现于 Tachard, pp. 16-18。
③ 勒尼奥（François-Louis de Rousselet de Château-Renault, 1637—1716），1673 年在
荷兰战争中脱颖而出，之后被任命为海军准将。1683 年他奉命担任布雷斯特港统帅，
在暹罗使团出发后不久又重回海上。1703 年被任命为法国元帅。在巴黎去世，葬于
圣叙尔皮斯教堂（Saint-Sulpice）。

塔夏尔和刘应两位神父睡在船上，凌晨 1 时派人告诉我们该出发了。大家立即起身，每个人都跪下，告诉上帝我们将把自己全部的休息时间、健康乃至生命献给他，只希望贡献所有这一切来增添他的荣耀。我们心潮澎湃地登上了一艘小艇，一刻钟后，它把我们送上了大船，我们要在船上住大约整整七个月。从那一天的那一刻起，所有的锚都被拔起，军需官先生乘着一艘小艇靠近了甲板，他们开始配置舰船的设备，从而使我们能在早上 8 时扬帆起航。这天是 3 月 3 日，一个星期六，是献给圣母玛利亚的日子，我们选她作为整个旅途的保护者和指引者。我们从这一刻起开始感受到圣母存在的特别征兆；因为尽管能够使我们幸运地驶离布雷斯特港的最有利的东风从前一天起就停息了，使得我们后悔没在那天出发，但是它在第二天早晨又回来了，而且持续了很长时间，足以把我们带离布雷斯特港，出港通常非常困难，因为沿海岸有一些礁石，一直延伸到海里很远的地方。但是由于我们的领航员十分熟悉这些航道，我们毫无困难地安全驶出了港口。中午刚过，我们就到达了布列托尼埃（Bretonnière）和圣马太角（Cap de St Mahé/St Mathieu）之间，它们是距离布雷斯特四五海里的大海两岸的两个村庄。

在那里，突然没有风了，我们只好抛锚，直至 3 月 4—5 日，一股北风刮起来了。我们重新起航，利用这股有利的风，在 3 月 8 日星期四时，我们已顺利绕过了菲尼斯特雷角（Cap de Finistère），在那里看见了一艘顶风低速行驶的船。[①] 这艘船只张开了很少几面帆，既不前进也不后退。对我们如此有利的这股大风似乎给这艘船带来了麻烦，因为它是向着我们来的那个方向航行。人们通常会在这个海角遇到这种令人恼火的天气，领航员告诉我们，他们常常会在这

---

① "8 日星期四，我们在菲尼斯特雷角看见一艘荷兰的平底渔船。" Tachard, p. 27.

里滞留三个多星期而无法绕过海角。在此期间，由于大海一望无际，船舶剧烈摇晃，大部分旅客会晕船，甚至死在海上。张诚神父是我们六人中唯一没有任何晕船感觉的人。我相信自己会很容易闯过这一关，但是我的信心毫无用处。最终，我没有因为与他人遭受了同样的待遇而恼火，而且丝毫不怀疑这点小麻烦是一剂令我们战胜各种疾病的最好的预防针。因为在整个旅程中，我们六人中没有一人患上任何疾病，这是上帝的恩典，我们如何赞美他都不过分。令您更加惊讶的或许是，我们出发四天后就进入了封斋期，我们全都以大使先生为榜样，他守斋的严格程度甚于船上任何一个人，因为他每天只吃一餐。除此之外，船上难闻的气味，加之圣巴巴拉的（那是一个装满包裹的小舱室，供 15—20 人睡觉）闷热空气，足以让所有人生病。但是感谢上天，这些小困难丝毫没有给我们的健康带来有害的后果，我们等待着去经受许多没有经历过的其他考验。①

3 月 10 日星期六上午 10 时，我们看到了圣港岛（Isle Porto Santo）②，它距离布雷斯特约 400 海里。在那之前，我们遇到的一直是强烈、有利、新鲜的后风，而且大海波涛汹涌，我们只能等到第二天再做弥撒。等到风和大海都足够平静了，我们才在这一天做了多次弥撒。这是从那以后只要天气允许我们就一直坚持做的事。我们经常一天做八九次弥撒，这对我们这艘船而言是一个很大的祝福。我将我们已经度过的幸运的航行首先归功于此。不久，我们六人的虔诚之心在这一点上欣慰地得到了满足，为此获得的一间小舱室对我们来说

---

① 白晋和塔夏尔都漏掉了舒瓦齐在他 3 月 8 日的《日记》（*Journal*）中描写的一次火灾警报："这天夜里，有人呼喊起火了：在大海上这可不是闹着玩的。信号灯的一块玻璃碎了：一些水手用废麻堵住了破洞，引燃了火，烧着的废麻被吹到船帆上：火很快就被扑灭了，但还是有人受了伤。"

② 塔夏尔没有提到这个岛。

是一个很大的便利。大使阁下在这种条件下依然十分虔诚，因为让全体船员每天做弥撒，他自己则带着足以使最冷漠的心灵靠近我们的圣贤的虔诚参加弥撒，也要求其他所有人参加。除此之外，他通常还会再听两遍，有时三遍；每个宗教节日或主日，他都会在向被他当成忏悔神父的洪若翰神父忏悔之后领圣体。而且为了使这些神圣的节日变得更加神圣，他希望我们在晚祷之前给全体船员做一次简单的布道，教导和感化这些可怜的人，平时放弃了这种救赎的他们十分需要这种布道，并常常会从中受益。由于我们的神父们已经计划这样做，而且船上的四位教士想要参与这些简单的工作，我们并不缺人手。于是我们约定每个人轮流说一句鼓励的话，这有利于保持人们的美德，并使在此之前行为不检点的许多人浪子回头。①

3月11日，我们经过了马德拉岛（Isle de Madère），看到山顶上白雪皑皑，半山腰云雾缭绕。许多官员和领航员没有想到，如此靠近回归线、海拔如此高的地方在这个季节还会有雪，他们不愿意相信自己的眼睛。但是在我们向他们解释了原因之后，他们理解了这些山的山顶高度达到了半空中，那里的空气结了冰，因此得出结论，那里的确可能有雪，而且他们清楚地看到的白色实际上就是雪。当天下午，我们遇见了三艘英国小海轮，看似刚刚在马德拉装满了葡萄酒，因为它们后面还跟着小艇，正沿着芒什海峡行驶。

从那天起，直至28日，我们一直乘着这些被称为信风的稳定的风快速前进，海浪也不是很汹涌。

---

① 这里或许是指舒瓦齐，他在同一天毫无内疚地写道："……耶稣会士们和传教士们每天都在争吵，谁应该照顾最多的病人，谁应该最后一个上饭桌。"第二天，3月11日，他写道："噢，一切都会轻易地把我们带到上帝面前，当人们看到自己身处茫茫大海之中的五六块木板上，始终在生与死之间挣扎时！沉思是多么令人感动，当做坏事的机会远离时！"

　　13 日星期一，我们看到了拉帕尔马岛（Isle de la Palme），走了四五海里才经过它。看着这座岛，我们饶有兴致地读着耶稣会士阿泽维多神父（P. Azevedo）与他的 40 位同伴的故事 [①]：他们一起出发去巴西宣传信仰，有幸为了捍卫自己的信仰而牺牲在这个对他们而言的确带来幸运的岛上，在这里找到了他们想在新世界的不信教民众中寻找的"殉教者的棕榈叶"，他们全部被仇恨天主教信仰的加尔文主义的海盗们处以死刑。这些海盗摇身一变，成了这艘名为"圣雅克号"（St. Jacques）船的主人，把他们全杀了，一部分淹死，另一部分烧死，据他们说是为了阻止这些宣扬宗教改良的极端危险的天主教耶稣会的走狗们用他们有害的学说去毒害那些蛮族。我们中没有一人不羡慕这些慷慨的天主教信仰捍卫者们的幸福命运，没有一人不因能在那里为一项如此神圣的事业结束自己的生命而感到兴奋。但是，在开始这项事业之前就获得桂冠的愿望是不正当的。这一天，我们仍然能看到加那利群岛最西端的费罗岛，我们的地理学家们将第一条子午线定在那里。之后，我们绕过了佛得角，经过了与它同名的十座岛。

　　随着接近赤道，我们欣喜地发现北极的星星逐渐下降，南极的星星逐渐上升到我们的头顶。在我们在南方天空中发现的所有新的星星中，最令我们赞叹的是组成南十字座的那些星，这么称呼它们是因为四颗主星排列成十字形，先升起的一条臂比另一条短得多。这个星座的主星距南天极 27°，领航员们正是通过它来调整航向的，他们有时会测量它的高度。由于我们一直沿赤道这一侧前进，每天

---

① 塔夏尔认为是"39 位"，他是对的。巡阅使伊尼阿西奥·德·阿泽维多神父（Père Ignacio de Azevedo）与他的同伴们从拉帕尔马岛回到了巴西，却于 1570 年 7 月 15 日全部被纳瓦尔皇后（reine de Navarre）的海军副司令拉罗歇尔的雅克·苏里（Jacques Sourie）杀害。

都会有新的星星映入眼帘，我们喜欢悠闲自在地观赏它们，并把这片新的天空区域与巴蒂斯神父的星图①作比较。但是我们没有找到任何一致性，因此这张图的确需要修订。我们可以首先从"南十字座"开始，其两臂的长度差在天上比在图上大得多。我们还在图上标记了天狼座和半人马座，它们在图上的位置相差太远，我们费了好大劲才在天空中辨认出来。然而，他们所占据的部分是整个天空中最耀眼的区域，因为这两个星座包含许多大星星，它们看似合二为一了。但是，它们丝毫不比星图上的小，图上的这两个星座至多算是中等星座。南三角座的星星在天上的位置与在图上相同，但它们与其他星座的相对位置与图上不同。巨嘴鸟座的星星在天空中远没有图上那么美丽，但它们的布局基本相同。天鹤座在我看来是赤道南侧标记最准确的一个星座，只要在星图上看一眼就能在天空中准确地找到它。蜜蜂座、天燕座（或天堂鸟座）和蝘蜓座尽管很小，但标记得相当准确。星云的外形和位置以及南方的其他星座也需要做一些修改，我们借助仪器，也发现了其他不少错误。正如您所见，我们很高兴能有这些相当粗浅的发现，但与此同时，我们很遗憾不能进行纠正，因为船的摇摆使我们无法使用仪器重新绘制一张新的星图。否则，这并不难做到。洪若翰神父仅凭肉眼观察就绘制了一张新的星图，尽管它的错误比第一张图少，但却不能达到我们希望从此类星图中得到的准确性。没有仪器的帮助，人们无法完成这项工作。

　　我们每晚忙于观星，而白天，我们有时会享受观看鱼儿在海里跳跃的乐趣。从北纬 6—7° 开始，我们才开始看见鱼类。的确，我

---

① 　巴蒂斯（1636—1673），1666—1672 年间在克雷蒙神学院教授数学。这里所指的星图可能是他的 *Globi coelestis, in tabulas planas redacti, descriptio latina gallica*, Paris, Vallet 1673-1674, 后由洪若翰神父编注。

们以前曾经捕到一种被叫做"菱鲆鱼"的龟，足有 70—80 斤重。我们有三四顿饭都吃到了用各种调味汁烹调的这种龟。许多人觉得它味道很好，可能因为我们在整个封斋期内还没有吃过鲜鱼，另一些人连它的气味都无法忍受。在赤道两侧 12° 范围内，我们每天都能看到大量的鼠海豚。它们成群结队地围着我们的船游泳，有时跃出水面好几法尺，有时以不可思议的速度冲进水里，有时平稳地游泳，并依次展示它们身体的各个部分，逗得我们十分开心。水手们捕捞这种鱼的过程比他们的所有捕鱼工具更令我们感兴趣。我们船上最灵活的一名水手有一把大标枪形状的鱼叉，拴在一指粗的一根绳子末端，在船头等待鼠海豚越聚越多。当他断定它们正从他脚下经过时，就将鱼叉用尽全力投向它们，有时甚至能从鱼群的一侧刺穿到另一侧。水手刺中的第一条鼠海豚跑了，因为他放绳的速度不够快。因此，恢复抵抗力后，这条鼠海豚费了好大劲才把鱼叉从肚子里甩出来，从我们的眼皮底下逃走了，变成了它的同伴们的猎物。因为据说，而且有足够的迹象表明，当这些鱼中的一条受伤濒死的时候，其他鱼会追随它在水中留下的血迹，片刻不离，直到把它吃得一干二净。我们以某种方式验证了这一点，因为所有的鱼都开始追赶这条刚刚受伤的鱼。整个白天再没有出现一条鱼，正如之前我们听说的那样。几天后，捕鱼活动更加幸运，我们抓到了两条鼠海豚，每条足有 5 法尺长。这种动物与猪有许多相似之处，不只肉和膘，连里外的形态都一样。正如我之前听说的，这种鱼能够呼吸，而且血是热的，我很高兴能够通过亲身体验来验证。于是当他们剖开鱼腹时，我第一个把手伸进它还在跳动的内脏，发现它的血几乎与猪血一样热，它的肺部就像非水生动物一样适合呼吸；而且大自然没有给它与其他鱼一样的鱼鳃，而只是在头的一侧有几个进气孔。或许正因为如此，这些鱼才会时不时地把头甚至整个身体伸出水面，而且它们总是顺风游泳。因此，当海员们在风平浪静时看到一些鼠海豚沿某一侧前进时，他们就能确定风从那一侧来，我们有几次很幸运地验证了这一点。这并非人类从这些鼠海豚身上得到的唯一好处，大部分人很爱吃它们。它们的肉并不细腻，但味道不差。它吃着感觉很油腻，我想如果做成鱼饼，一定相当美味。

　　既然我们说到了捕鱼这件事，我应该告诉您，我们在捕鱼活动中所做的一切。在赤道旁边度过的平静的几天中，出现了一些鲨鱼，跟在我们船后面。这些鱼的体形与鼠海豚差不多大，但是它们的头又圆又平，嘴在头下面，因此当它们想捕食时，必须翻身背朝下。我们发现，这些鱼有三排非常尖锐的扁牙，能够咬断在这些海域游泳的人的一条胳膊或一条腿，正如许多水手经常遇到的情况。它们的眼睛张开时呈现非常独特的形状，头两侧的皮肤各有五道裂口，形成一个钝角，尖端指向尾巴。没有鱼比它们更贪吃，能吞下人们扔来的任何东西。这次航行中的一天，几位军官告诉我们，他们在一条鲨鱼的腹中找到了一只旧皮鞋和一个刀叉套，而在另一条鲨鱼腹中找到了对应的刀叉。我们有一次看到他们从捕获的一条鲨鱼腹中取出了一块木板碎片，足足长 1.5 法尺、宽 3 法寸。我们从外形判断，这是人们装腌肉的一只大桶的底板。正因如此，这些鲨鱼很容易捕获。当我们看见水里有一条鲨鱼时，只要我们愿意，就一定能很快在甲板上看见它。不必思念这些鲨鱼，因为它们会迫不及待地回来自投罗网，直到再次被捕获。我们在一条多次咬断钓鱼线的鲨鱼嘴里找到了两三个鱼钩。杀死它们的方法是用一把斧头切断尾巴，让它们自己失血而死。这种鱼的肉很白，但非常粗糙，一点不细腻，依我的口味，这是我们吃过最难吃的鱼。每条鲨鱼的身边通常会有一定数量的"领航员"，它们跟着鲨鱼到处游；这是些形似金字塔、与鲱鱼一般大的小鱼。我们叫它们领航员，因为人们常说它们给鲨鱼做向导，刺痛鲨鱼，使它们前进或者在必要的时候后退，但这是一个错误，很有可能这些所谓的领航员依依不舍地追随鲨鱼，只是为了从它身上得到好处，它们只能靠在鲨鱼皮肤上找到的一种汁液或黏液生存。可以肯定的是，这些小鱼的外形独特，完全适合依附在鲨鱼身体上，它们粘得如此之牢，以至于人们很难把它们从鲨鱼身上取下。我多次带着好奇心去验证，但总是感到惊奇，因为有时这种小鱼粘在木头上，就算我拼尽全力拽它的尾巴，也无法把它拉下来。这种小鱼的外形和力量，再加上水手们向我保证他们经常在地中海找到粘在船身上的它们，使我断定这种鱼只能是恺撒的故事里讲到的著名的印头鱼。① 因此，不应该把印头鱼看做一种神鱼，也不应该相信它有足够的力量阻止一艘船前进，像某些作家所写的那样。以下就是这种鱼从它粘住的一侧看上去的外形，② 我一直没分清这是鱼背还是鱼腹：我保留了一条用来解剖：但是由于这种鱼相当美味，我相信我托付的保管人抢在我前面自己解剖了它，以我没听说过但也完全想象得到的另一种方式。

我们还在附近发现了许多金枪鱼，它们是飞鱼的死敌，不停地追击飞鱼。这是我们在此次旅程中捕到的最好的鱼，它与我们的大鲤鱼大小相仿，但更厚一点，无鳞，银色皮肤，背上有几条金黑相间的条纹。我们还捕到过白金枪鱼，葡萄牙人这样叫它们，因为它们接近白色。这是金枪鱼的一种，但比前面提到的那种大两倍。肉质、颜色、外形和味道几乎一样。由于这两种金枪鱼都爱吃飞鱼，人们就用羽毛制成飞鱼的外形，挂在鱼线的一端，用来捕捉金枪鱼。这么做完全是为了消遣，他们让这条假鱼漂浮在水面上，放在金枪鱼的面前，金枪鱼跃出水面贪婪地追逐假鱼，以至于人们仅用两三

---

① 或许更有可能见于 *Histoire naturelle*, Pline, livre XXXII, 1, 5。另见 livre IX, 41, 1。

② 誊抄者没有复制白晋神父的画。

条鱼线，一小时内就能捕到三四十条。对我们而言，我们并没有如此幸运，捕到六条就应该满足了。而且我们也没有遇到人们通常遇到的那么多的金枪鱼，可能因为当时这片海域内的飞鱼没有往常多吧。然而，我们还是多次看见了飞鱼群，它们跃至空中，飞到50—60步高处，然后一头扎进水里，浸湿它们的鱼鳍，获得新的力量，确保能从金枪鱼的口中逃脱，但常常会在下一次被金枪鱼追捕到。但是我向您承认，当我怀着怜悯之心看到这些可怜的小鱼在一群追逐它们的金枪鱼面前跳出水面、逃到空中时，一群像金枪鱼一样威胁它们生命的海鸟向它们发起了猛攻，将它们变成了自己的战利品，这的确挺有趣。有一天，一条飞鱼被追得走投无路了，跳到了我们船上，撞到了一名领航员的头上。我观察了它，外形、颜色、大小都与鲱鱼相同，背略厚，头前端圆，像绯鲤。① 这差不多就是我们在赤道附近看到的鱼类的情况了。正如人们所说，从 3 月 29 日起，太阳就位于我们头顶正上方② 了，在北纬 3° 左右。由于那天天气非常晴朗，我们有幸注意到，正午时分，桅杆没有留下任何影子，船上的一切直立的物体也没有影子。从那时起，我们度过了风平浪静的七八天，我们只能靠飑——即伴随着大片乌云和狂风暴雨的短暂的风——完成到达赤道前剩下的 70 海里。总之，我们在这附近没有遇到在法国时很多人告诉我们会遇到的那种轰隆隆的雷声。但是我们看到了很多闪电，尤其是夜晚，天空和大海仿佛都烧着了。

在这样的气候中，令人难受的平静和炎热并没有持续很久，因此我们中很少有人生病。在从布雷斯特到好望角的航程中，我们中只有一个人死了，他上船的时候，没有人知道他患有便血，而这也正

---

① "……眼睛上方有一对翼，非常像蝙蝠的翅膀。" Tachard, p. 44.

② "à pic（直立）"，或许白晋神父写的也是这个词，应该是誊抄者看错了。Tachard, p. 44.

是他的死因。我们或许应该好好感谢上帝，感谢他赐予我们赤道周围如此好的天气：因为如果我们像人们通常遇到的那样，因为风平浪静而在那里滞留很久，我们的水和肉类会很快腐烂，从而引发大范围的疾病，那必然会带走我们中的很多人，死亡人数会上升。这正是同年一艘比我们提前两个月从欧洲出发的荷兰船的遭遇，它在我们后面抵达了巴达维亚，在那里我们得知，这艘可怜的船因为在赤道附近整整六周的风平浪静而遇到了大麻烦，几乎所有人都病倒了，他们总共约 48 人，其中有 37 人死在旅途中，包括船长和前两名领航员，导致剩下的 11 人因为无法将船驾驶到巴达维亚，被迫在苏门答腊岛停靠，并从那里找人将船开到了目的港。

　　如您所见，因为上帝的仁慈，我们比他们得到了上天多得多的眷顾，因为不仅我们的食物和水一直保存得很好，而且我们几乎没有遭受恶劣天气和高温的折磨。如果您得知热带地区的温度远没有人们在法国感受到的温度那么高，您或许会感到惊讶。我可以向您保证，在我们经过热带的两次航程中，我们并不觉得那里比法国夏天最热的时候更热，甚至连大使先生也感觉那里温度适中，以至于他觉得没必要脱掉他穿的一件紧身外衣。两次越过赤道时，在距离赤道 5—6° 之前，船上没有一个人想过要换上夏装。

　　4 月 7 日，一个星期六，在靠近东经 358° 处的一股来自北偏西北方向恰到好处的小风的吹拂下，我们非常愉快地越过了赤道。由于天色已晚，人们在这个时机通常会举行的庆祝仪式推后至第二天。您知道，这是航海者们的一个惯例，所有第一次越过赤道的人都要在赤道线上用海水沐浴，如果人们航行不到赤道，在经过南北回归线时也会这样做。不信教的人把这个仪式称作洗礼，并在其中增加了一些自创的仪式，在我看来都是为了嘲笑洗礼。但是由于大使阁下既信教，又对他的船员很仁慈，尽管他不想剥夺他们借此机会得到的消遣和小小的好处，而且他也允许他们朝着所有那些不愿花几个小钱免遭戏弄的人们浇海水，但是他明令禁止他们把这种活动称作洗礼或在其中掺杂与洗礼的神圣仪式哪怕有一点关系的任何表演。星期日的早晨，做完所有弥撒之后，此前已经越过赤道的所有领航员和水手们排成一道屏障，并且全部用铁钎和锅——而不是武器和鼓——装扮成滑稽的样子，按顺序登上大使先生所在的最上层甲板，军官们和所有旅客也排好了队当观众。首先，水手队伍中最受尊敬的一个人拿着一个大盆，走到大使先生面前，大使阁下朝里面扔了一枚金币，舒瓦齐院长先生随后放下了他的"赎金"，洪若翰神父接着放下了六位耶稣会士的"赎金"，之后是军官们和其他教士们，最后是剩下的所有人，因为没有人能免于向盆里投钱，除非他的确想给自己洗个澡，因此，这次甲板巡游为水手队伍赚来了超过15个皮斯托尔，他们按照同样的顺序下到中层甲板，开始在军号的伴奏下表演他们的喜剧，直到整个仪式结束。我们在船的每一侧都能看到水手们放在船上一个摞一个的装满水的大桶，并且在水被用光的过程中不断有人将桶装满。另一个识字的水手点着那些即将接受检查者的名字。听到点名后，一名中士会将他们移交给两名强壮的水手，他俩站在装满水的大桶两边，抓住那个"病人"，让他坐在横架在桶上的一根粗棍子上。他们先用手给他洗头和脸，然后迅速滚动他身下的棍子，将他浸入桶中，直到水没过他的肩膀，此时，其他水手从很高的地方将满满一桶又一桶水倒在他头上。之后，他们把那个可怜的人从浴桶里拉出来，那个人因为人们倒在他脸上的水，什么也看不见了。他被带到另一个水手跟前，这个水手拿着一坛子用油调开的烟灰，负责把每个洗澡回来的人画成美男子，这些可怜的不幸的人们因此遭到了哄堂大笑，而他们也绝不会放过向自己碰到的第一个报复人的机会，他们紧紧拥抱他，把自己脸上的油灰擦到他身上，让他也成为众人嘲笑的对象。这个仪式持续了整整一个小时，但是，消遣还没有结束。为了看得更清楚，有不少人站在桅杆的支索上，那是供人们爬到桅杆顶上用的一些绳梯。其中有两位旅客既没付钱也没被浸湿，本以为自己逃脱了，没想到几名警觉的水手早就发现了他们，抱着水桶，借助支索敏捷地爬上对面的桅楼。此时，其他人正在下面等着这两位可怜的先生，阻止他们下来。然而，他们中的一人发现情况不妙后，灵活地躲开了，没被浇湿。但另一个人与他相比既不敏捷也不灵活，被从头到脚浇了个透。厄运还连累到我们当中的一位神父，他与其他几位先生一起站在桅楼下，对这个游戏毫无防备，结果一部分水也浇到了他的背上。他们先后离开，去太阳底下晒背，因为温度已经很高，只晒了七八分钟就晒干了。

我们有好几天都不能测量高度，因为象限弧没有留下一点影子，或者影子太小了。

从越过赤道起到南回归线之间，风向不是很顺，我们只能切风航行。再加上南纬 20° 附近风平浪静，使得我们直到 4 月 30 日才越过南回归线。

4 月 15 日晚上 9—10 时，"玛琳号"（Maligne）前桅楼的桅杆被吹断了。[①] 它放了一声炮通知了我们，开始时我们感到惊讶，因为风并不是很强。这样一来，我们就不能整夜张满帆航行了，而是被迫干等着，在海上漂着，直到"玛琳号"修好。这不是"玛琳号"唯一一次耽误我们的时间。由于"玛琳号"的航行能力不如我们的船，我们常常被迫拉紧我们的一面帆，因此，有人认为如果没有这艘护卫舰，我们会早 15 天到达好望角，但是我们不想跟它分开。

---

① 塔夏尔没有提到。

　　从南回归线到好望角，我们遇到了方向多变的风。我们听说在靠近南纬 25° 时会遇到很强的西风，它会推动我们每天航行 60—70 海里。但我们总是在最靠近这些风的地方航行，直到南纬 30° 才与这些风相遇，而且这些风也不是一直吹。但几天后，它们仍然把我们送上了正路，使我们逐渐靠近非洲南端。

　　我们所有的军官——尤其是沃德里库尔先生和大使先生——吃惊地发现我们居然在没有一点风的情况下航行了这么远，以至于他们说一艘小艇可以跟着我们的船，而不会有任何危险。然而，在南北回归线之间，我们仍然有两三次遇到了短暂的暴雨，葡萄牙人称之为"雷暴"，因为它混有雷和闪电。但是由于它们从船的后方来，与其说带来了不便，不如说对我们有利。一些迷信的人可能会把这种幸运归功于那些无名之火，它们在其中一次雷暴中出现在我们船上的桅杆和横桁上，火苗形似金字塔，葡萄牙人称之为"圣泰尔姆"（S' Telme）火，而法国人则称之为"圣赫尔姆"（S' Helme），他们将这些火视为这个圣人的灵魂如他们所说的那样显灵了，向他们证明在暴风雨中祈求他保佑不是没有用的。我一点也不相信这种迷信，但我常常惊讶地发现，一些基督教徒居然在这方面犯了异教徒的错误，他们把这些火视为在暴风雨中来拯救他们的双子座卡斯托尔和波鲁克斯（Castor & Pollux）的灵魂。使他们相信这种说法的深层原因，据我看来，可能是因为这些火苗看上去来自天空，而且只在暴风雨结束时出现，此时已经没有什么可害怕的了，于是人们就把它们看作超自然的征兆。它们使人类相信上天在听他们的祈祷，使他们脱离了危险。我很想亲眼见见这些火，但由于它们出现在夜里，而且持续时间不长，我的好奇心从未得到满足。下次它再出现时，我恐怕也不会更幸运，因此我只能满足于，因当时正在值夜而亲眼见到它们的那些军官和领航员向我简单描述的情形了。

5月12日①接近中午时，我们看到了因外形相似而被航海者们称之为"牛眼"或"山羊眼"的一种现象。他们将这种现象视为暴风雨的前兆。我认为，这种现象只是一小段彩虹，至少有几种情形使我做出这样的判断。第一，它与太阳的相对位置，它就在太阳的对面，由于它在我们前面的南方，而太阳在北方，因为我们当时已经在赤道的南侧了。第二，它在只高出地平线几度的地方，而太阳正当午时，也就是说处于它的最高位。第三，它不仅颜色与彩虹相同，而且颜色的排列顺序也相同。最后再加上，同一侧的天空乌云密布，看似要下雨了。但是让我确定了这一想法的是，不久之后，我又看见了一次，而且看到了完全相同的现象。这使我相信，只有在太阳靠近顶点而且接近正午时，人们才能看到这些现象。因此，我不惊讶于人们在法国看不见这些现象，因为在那里，太阳永远不会上升到地平线之上那么高的地方，让人们看到像牛眼那么小的彩虹。由于我相信这种现象与天空中的彩虹并无两样，我从不相信上帝放在片片乌云中的这道灿烂的弧，作为与人类和平与永恒和解的象征，会成为暴风雨的前兆，而且我们之前看到的两个"牛眼"，也没有像缺乏经验的某些人错误理解的那样，导致任何令人不快的结果。这件事有一阵子成为我们中的一位神父与我争论的主题，但是我们很快就达成了共识。

　　既然我们谈到了这些现象，这里不应该漏掉我们在赤道和南回归线之间观察到的一种，它看上去如此不同寻常，以至于很难解释原因。我想谈谈这些被航海者称为龙卷风的旋风。它们就像是由浓密的雾气形成的一些很长的管道或空心筒，一端接触大片的乌云，另一端连接海面，它周围的海面看似都沸腾了。这些现象中令人惊

---

① 塔夏尔写的是"3月12日"，可能是误读：舒瓦齐也在5月13日提到了"牛眼"。

奇的是，正如所有人说的那样，海水经由这些管道上升至乌云中，如此迅猛，水量如此之大，以至于当这些"龙"经过一艘船的上方时，往往毫不费力地就能在瞬间将这艘船灌满水，甚至将它淹没。当人们看到它们自远方过来时，有些迷信的人会取出佩剑，把它们摆成十字形，一下接一下地向船首或暴风雨来的一侧砍去，想象这样能使它们改变方向，阻止它们从船的上方经过。我认为，几门性能良好的大炮才是更好的武器，能在这些龙卷风靠近船之前打败它们，而且人们多次成功地将大炮用于相同的情况，也曾用来对付雷电。曾经有三四次我们看见过这种龙卷风，有时同时出现两三股，距离我们大约 1—1.5 海里。一天，它看上去离我们的船非常近，大部分人很悠闲地端详着它，我当时没在甲板上，因此没看见，尽管我比任何人都更想看见它。我在见过的其他几次旋风中发现，它们都是从高处开始形成的，而且似乎开始时只是云伸长成圆锥体，然后一点一点延长至海面，变成一根能够同时吸进大量水的管子。我们还看见一些没有力量延伸至海面的旋风，它们几乎在刚开始形成时就立即消散了。这些现象已经提供了使现代哲学家们进行推理的大量素材，我们的多位神父想要从深刻的精神层面解释它们的原因。我禁不住也发表了对这个问题的看法。我首先假设当这些现象出现时，必须有两股对立的风相遇，形成大量蒸气，蒸气又构成云，发生旋转运动，因此在云中形成一股旋风，有些类似两股对立的水流在某处相遇，使水发生旋转运动，形成一个水的漩涡。然而，正如这个漩涡在水中越凹陷越深，外形呈圆锥体，与水流速度成正比例变深，同样，随着由雾气流形成的风越来越大，云中形成的旋风凹陷着成正比例向下延长。基于这个假设：为了解释这些旋风是如何向下凹陷的，只需要这样一个机械原理，即在旋转运动中，最重最大的部分退至圆周处，留下中央被空气占据。按照同一原理，空气中形成云的大量水蒸气在旋转运动中被对立的风限定，不得不退至旋风的圆周处，最稀薄的空气在底部接触到海面时占据了中央，因为外层空气既重又多，压在大海的外表面上，非常稀薄的内层空气不构成任何阻力，根据液体的平衡法则，海水应通过这些管道上升。但是我不敢妄言它会一直上升到云层中，因为这违反了人们确定空气质量的所有经验，即在同一表面上方，全部空气的质量只能与32法尺高的水柱保持平衡，因此我希望从近处看到一次这样的海龙卷，以便观察海水是否真的通过它上升到云层中——这是我一直很难理解的，还是仅上升32法尺。因为我没有在船上找到任何人能够解答我上述疑问。

　　在这附近，我们经常看到一些月光下的彩虹，颜色比我们在法国看见的那些鲜艳得多。端详着它们，我并不觉得很好奇：我更喜欢观察太阳在海水的水滴上形成的彩虹，当两层浪猛烈撞击破碎成水滴时，风将它们吹走，就像很细的雨滴，又像一粒粒尘埃。在像我那样仔细观察这种彩虹之后，很难不赞同笛卡尔先生（Mr. Descartes）以可信的精神层面的方式来想象彩虹的形成。[①] 因为有一天我正从一个相当高的位置观察我下方一道倒置的海上彩虹，此时从我们头顶飘过的一片云突然凝聚成雨，天空中出现了一道颜色非常鲜艳的彩虹。这道彩虹的两端似乎与我在海水水滴中观察的那道倒置的彩虹的两端连接起来，后来我又有两三次见到了几乎完整的彩虹圈。我的这种观察最后转为观察在海上看到的那些亮光，尤其是在南北回归线之间。我跟您讲的不是夜晚在惊涛骇浪的大海上看到的有时覆盖了整个海面的数不清的粼粼波光，也不是我们经常在船后面看到的那种令人惊叹的闪光，尤其是当船开得

---

① 参见 Descartes, *Oeuvres et Lettres*, La Pléiade, Gallimard 1958, Dioptrique: Discours huitième, pp. 231–244。

有点快时，它的航迹就像一条光河。我们只要在夜里把某个东西扔进水里，就足以使它变得闪闪发光。完全不必到别处去寻找这种闪光的原因，只要在海水自身的性质中寻找即可。海水里充满了盐和硝石，尤其是后一种材料——化学家们用它的主要成分制成了磷，磷一被搅动就会立即燃烧并发光，出于同样的原因，当人们搅动海水时，它也会变得闪闪发光。实际上，只要轻轻搅动海水，它就会发光，所以有时候我会饶有兴致地揉搓一条浸过海水的绳子，我看到那么多圆形的小亮点，以至于有人说这是一条闪闪发光的小珍珠串，或是无穷无尽的萤火虫：因为这种光如此灿烂，并且带着一点蓝色调。我让不同的人看过同样的情景，但他们都没有像我一样感到惊讶。

不只是当海水被搅动时，人们才看见这些亮光：在靠近赤道的地方，我们在风平浪静时也看到了它们，有时在太阳落山后。在我们看来，它们就像无穷无尽的微弱的小闪电，从海里出来之后就消失不见了。我们把这种现象归因于太阳的热量，它在白天用无数的火和光的精灵浸透并填满了大海。这些精灵在晚上聚集在一起，从太阳的力量形成的热烈状态中挣脱出来，在没有太阳的时候试图解放自己并形成这些小闪电，借助夜色逃离，与此同时，出于感激，它们也使夜色变得如此熠熠生辉。

除了这些转瞬即逝的亮光之外，我们还在风平浪静时看到另外一些可以算是永恒的亮光，因为它们不会像前面提到的那些亮光一样消失。我们多次看见这种亮光，大小和外形都不同，有圆的，也有椭圆的，直径长达 1 法尺，沿着船身前进。当驾驶视野大于 200 步时，我们可以据此判断它们在距离船 8—10 步处经过，有人以为这只是我们不认识的某种黏液或油性物质。还有人以为这是一些能自然发光的睡着的鱼。的确，我有两次在早晨看见 20 多个形似法国的白斑狗鱼的亮光连成一串，我和其他一些有丰富航海经验的人都认为它们是真正的鱼，但我不敢确定。

这方面已经说得够多了，让我们回到航程上来吧。5月10日早晨，我们看见了一艘英国小船，他们过来与护卫舰上的人们交谈，因为比起我们这艘船，它离护卫舰更近。他们告诉我们的人，英国国王去世了，^①约克公爵（Duc d'York）继位了。这艘船是从美洲的岛屿那边过来，要将一些奴隶运到马达加斯加去，他们希望像我们一样顺利抵达好望角，但是他们的船没法跟着我们，因为它的航海性能不如我们的船。几天前，我们还非常担心，遇到的逆风会把我们吹到巴西的海岸上，使我们在一次航行中看到世界的四个部分，但是感谢上帝，这只是虚惊一场。

5月17日，据领航员们估计，我们位于南纬33°东经19°。从这里起，我们开始看到各种各样的鸟和海藻。这是使我们辨认出已靠近好望角的最早的迹象。从5月27日起到我们抵达好望角，我们看到了更多的鸟类。有些黑背白腹，翅膀上面黑白混杂，有点像我们的棋盘，法国人因此称之为"棋盘鸟"，其体形与我们的鸽子一般大。还有一些比它们更大的鸟，背部为黑色，除了翅膀边缘和端部有一圈黑色绒毛外，腹部全白，葡萄牙人因此称之为"绒袖"。我就不说我们看见的许多其他种类的鸟了，也不提那些巨大的龙卷风了——那是我们在这片海域时不时看到的一种又大又长的龙卷风，

---

① 塔夏尔没有提到这件事。这里说的是斯图亚特王朝的查理二世（Charles II），于1685年2月6日去世。有人可能惊讶，这个消息没有在3月3日他们离开布雷斯特前送到。查理二世，临终前正式改信天主教，在1672年因为他的《信教自由宣言》（*Declaration of indulgence*）而在信仰新教的英格兰引起了民愤，这份声明中止了国会颁布的反对不信奉国教者和天主教徒的法律。甚至有流言说他为路易十四卖命，后者将帮他推翻新教。他的兄弟约克公爵，1685年成为詹姆斯二世（James II），1688年被废黜。

它们非常引人注目，外形与喇叭相似，长度有时超过 12—15 法尺。

5 月 28 日，北风势力大大增强，我们被迫在夜间顶风低速航行，因为我们非常担心撞到看似距离不远的陆地。然而直到 5 月 30 日耶稣升天节前一天下午两点，我们才看见陆地，这让大使先生非常高兴，给了第一个看见陆地的水手一个金路易。我们立即升起了信号旗，以便通知护卫舰，刚刚发现了陆地，我们用了白天剩余的时间和整个夜晚来靠近它。

第二天，5 月 31 日，耶稣升天节，我们照常做了祈祷和弥撒，感谢上帝赐予我们的圆满旅程，之后，我们每个人都登上甲板，用望远镜眺望陆地：因为它距离我们只有 3 海里了，尽管看上去荒无人烟，但对于从 3 月 13 日经过加那利群岛之后就再也没有看见过陆地的我们来说，却是一番赏心悦目的景象。

好望角，从欧洲看是一片连绵的山脉，从北向南延伸至海角。我们在距离这个海角 10 海里处遇到的头两座山是塔布勒山（Table）和里昂山（Lyon），山脚下，一个海湾向东深入陆地两三里。在接近这个海湾中央处，荷兰人在塔布勒山脚下建立了他们的居住区，遍布这座山的南麓，在形成西侧屏障的里昂山的后面。又前进了大约一海里，我们经过了左侧的一座地势很低的岛屿，名叫罗宾岛（Isle Robin），荷兰人在罗宾岛中央竖起了国旗。他们在那里流放荷兰犯人，有时甚至是他们想以流放方式惩罚的印度人，他们在这个不仅远离商业而且远离家乡记忆的地方，强迫这些犯人用海里冲上来的贝壳制造石灰。

我们希望在早上 10 时抛锚，但是一股强劲的来自陆上的风刮了起来，我们的船不得不一整天抢风航行，筋疲力尽。在此过程中，船的两张中帆断了，直到太阳落山才到港。我们不得不冒着可能撞上礁石的巨大风险进了港，因为在入口处突然消失的西风使我们在风平浪静时遇到一股洋流，带着我们飞快地冲向一块礁石，那是我们看到的在罗宾岛一侧离我们不远处断裂的那块礁石。船员们立即把小艇和小船放到海里，以便把我们拖离这块礁石，他们幸运地做到了。如果没有军官们的预见和全体船员勤勉地执行命令，我们将面临沉船的危险，因为当船员们把小艇和小船放到海里时，距离这块礁石还不到四分之一海里。港里停靠着来自荷兰的四艘大军舰，它们比我们提前6周出发，① 一个月前到达。在第一艘舰的信号旗上方 ② 挂着标志最高指挥权的海军上将旗，第一艘舰的指挥官是范·里德男爵③，印度公司授予他总特派员的头衔，派他来考察荷兰在此地管辖的所有区域。他拥有下达一切命令并自行决定替换军官甚至地方长官的全部权力。第二艘舰的指挥官是巴达维亚少将圣马丁·弗朗索瓦男爵 ④，他有权指挥巴达维亚共和国驻印度的所有军队。博什罗（Bocheros）阁下，曾任舰长和范·里德先生任特派员期间的顾问，是第三艘舰的指挥。第四艘舰跟在圣马丁先生的舰后面。

① "……比我们提前两个月出发"，Tachard, 64。
② "……信号旗下方"，Tachard, id。
③ 范·里德（Jonker Hendrik Adriaan van Reede tot Drakestein, 1636—1691），在成为荷兰印度公司董事会特别成员之后刚刚就任这个职位。他将在8月离开好望角，前往锡兰（Ceylan）和乌木海岸（Côte de Coromandel）。作为手握重权的主管长官，一个极具修养的人，他也是植物学家，著有 *Hortus Malabaricus*（《马拉雅拉姆植物集》）一书。他的详细自传见 M. A. van Rhede van der Kloot, *De Gouverneurs-Generaal en Commissarissen-Generaal van Nederlandsch-Indie*, 1610-1888 's Gravenhage 1891。
④ 马丁·弗朗索瓦（Isaac de l'Ostal de Saint-Martin, 1629?—1696），祖籍法国贝阿恩（Béarn），1662年已担任荷兰驻巴达维亚军队的中尉。他是范·里德的一位老战友，舒瓦齐曾经在6月5日的《日记》中提到他："这两个人交情匪浅。30多年前，年轻、贫穷、一事无成但勇敢的他们肩扛着火枪，登上了一艘前往印度的军舰。从那以后，他们按部就班一路晋升至共和国最高的职位。"圣马丁也精通语言、历史和植物学。郎弗安斯（Rumphius）曾受到他的保护。见 F. de Haan, *Priangan*, The Hague 1910, vol. I, pp. 15-21。

所有这几位先生，再加上范·德·斯特尔先生 [①]——总督，或者按照荷兰人的叫法，"好望角司令官"，都具有非凡的功勋，能够在停留期间与他们打交道，对我们来说是一件幸事。

我们刚要抛锚，两艘小艇来到我们的船边，询问我们的身份，第二天早上 7 时，总特派员先生派人来问候大使，大使先生则派船上的二副福尔班骑士和其他三位军官上岸向总特派员致敬，同时请求他允许我们购买水和其他必需的新鲜食物。他欣然应允，并允许我们打猎和捕鱼。他询问我们的船上是否有任何耶稣会士，可能昨天晚上来这里的那些人已经认出了我们，回去后告诉他了。福尔班先生回答说，我们有六位耶稣会士要去中国，船上还有一些法国教士要去暹罗。

之后，他们谈到了礼节问题，并约定当我们的舰鸣炮致敬时，要塞将逐响回应。这一条或许被翻译错误地解释了，或者被这些先生们错误地理解了，因为第二天早上 10 时，大使先生让人鸣放了 7 响礼炮，而旗舰只回应了 5 响，要塞没有鸣炮。大使先生再次派人上岸，双方决定，旗舰之前鸣放的礼炮不算数。于是，要塞鸣 7 响礼炮，旗舰随后鸣 7 响礼炮，其他军舰鸣 5 响礼炮，来回应向他们致敬的国王的军舰。荷兰的要塞和军舰向大使先生致谢，之后，船员们准备了小艇，因为我们此刻只想上岸放松一下，消除过去这段时间的疲惫。

洪若翰神父和塔夏尔神父首先去问候了总特派员和当地总督。这二位先生彬彬有礼地接待了他们。在谈话中，两位神父告诉他们，

---

① 西蒙·范·德·斯特尔（Simon van der Stel, 1639—1712），出生于毛里求斯岛，他的父亲是那里的总督。他在荷兰接受教育，1679 年 10 月 12 日至 1691 年 5 月 31 日任好望角司令官。1691 年 6 月 1 日晋升为总督，执政至 1699 年 2 月 11 日。他有许多重要的政绩。他勘探了好望角邻近地区并绘制了地图。舒瓦齐认为他"外表英俊且思想丰富"。见 G. McCall Theal, *Willem Adriaan van der Stel*, Capetown, 1913。

我们是数学家，^① 计划开展一些观测活动，以便找到非洲这一端的准确经度。他们回答说，这个海角在南纬 34°34′，并对此相当肯定，却不知道准确的经度，如果我们能发现什么，他们将感激不尽。为此，为我们提供了印度公司的花园，并补充说，在此停留期间，我们就是这个花园的主人。神父们见这二位先生谈吐真诚，就向他们出示了国王给我们的特许状，上面写着陛下请求所有君主、共和国及其盟友为我们提供方便。他们很高兴地读了这份特许状，当看到我们得到了一位如此伟大的国王的保护时，对我们表现出更大的善意。他们命人拿来了印度周边国家在这里普遍销售的茶叶。他们送给两位神父一些茶叶，说是为了中国的习俗。随后，他们派人将两位神父送到他们赠送的进行观测工作的花园。这个地方十分干净，可供我们工作和休息。两位神父立即返回船上，我们正焦急地等着，他俩讲述了当天的所见所闻。第二天一大早，我们六个人就上了岸，带着可能需要的仪器，奔赴他们提供的这个美丽的花园中的岗位。我说这是个美丽的花园，因为这的确是我们能见到的最美最奇特的花园之一。^② 它位于小镇和塔布勒山之间居住区的上方。我们的几位军官好奇地通过步行进行了丈量，发现它长 1411 步，宽 253 步。我们在花园里看到几条很宽的林荫道，两边种着柠檬树、石榴

---

① "有一些困难：一些耶稣会士数学家和他们带上岸的各种仪器可能深深伤害到一个相当新的殖民地的一位荷兰总督的自尊心……有人甚至建议我们乔装改扮，不要被看出是耶稣会士：但是我们不这样认为，我们后来也看到，我们的服饰并没有给我们带来任何不便。"Tachard, pp. 66-67.

② 1652 年 5 月，让·范里贝克（Jan van Riebeeck）画出了这个花园的平面图，他在 1652 年 4 月 8 日至 1662 年 5 月 6 日期间担任好望角的总司令。这个花园后来被西蒙·范·德·斯特尔和他的儿子威廉·阿德里安（Willem Adriaan）（1699 年 2 月 11 日—1707 年 6 月 3 日任总督）扩建并美化。在园里种植的蔬菜和果树的基础上，又增加了一些稀有植物。来自当地和从欧洲或亚洲进口的丰富多样的植物使我们所有的参观者惊叹不已，甚至包括很少感情外露的肖蒙骑士。见 Mia Karsten, *The Old Company's Garden at the Cape*, Capetown, 1951。

树，还有另外一些树，一望无际，就像用一种月桂树——他们称之
为"spek"，很像我们的木樨（filaria）——精心修剪而成的很高、很
厚的茂密的树篱。时常来拜访我们的司令官先生饶有兴致地给我们
介绍他让人从世界各地搜罗的各种植物、花卉和水果。除了梨、桃
和所有欧洲水果——我们只看到了它们的树，因为当时是冬天——
之外，他还带我们看了菠萝、香蕉、番石榴和个头大得惊人的石榴，
他很高兴地给我们装了一些。他所在公司的上级们让他建了这个花
园，以便总是能够在这里为他们往来印度的船舶提供一些新鲜食物，
在花园入口处，他们建了一个大屋子，里面住着照看花园的奴隶们。
快到花园中央时，我们看见一座无人居住的小楼，底下一层有一个
门厅和两个房间。门厅上方是一个四面敞开的小房间，两个房间上
方是两个平台，地面铺着砖，四周围有栏杆，一个平台朝向北方，
另一个朝向南方，这座小楼似乎是专门为我们建造的，因为从朝北
的平台，我们能看见小楼的整个北面——也就是这个国家的南方、
整个东面和西面的大部分。总特派员先生已经下令将它收拾妥当。
在这个小天文台里，我们有两台四分仪、两台钟摆和几架望远镜。6
月 2 日夜里，在陪伴来花园的范·里德先生散完步之后，洪若翰神
父开始观察木星的卫星。第一颗卫星在 11 时 30 分时接触到木星的
边缘，11 时 32 分时消失不见了。① 我们继续观察木星，直至凌晨 2
时，那时它躲到了里昂山的后面，这座山把我们西面的视野挡得严
严实实，使得我们这次没能观察到第一颗卫星的复现。您知道我们

---

① 塔夏尔对在好望角的停靠描述得比白晋更详细，并给出了一些地图，一些动物和土
著的图片（第 75—112 页）。他更详细地提供了找到这个地方的准确经度的计算细
节："……如果假设从穿过加那利群岛最西端的费罗岛的本初子午线计算出的巴黎的
经度为 22.5°（根据卡西尼的说法），那么从同一条子午线得出的好望角的经度应为
40.5°，与现代地图上给出的经度差距不大。"Tachard, p. 82. 另见舒瓦齐 6 月 4 日的
日记，以及 Valentyn, *Oud en Nieuw Oost-Indien*, t. V, pt. 2, pp. 1–150。

通过观察木星的卫星能够进行推理，以便了解一个地点的准确经度。从那一天起，他们不断从要塞给我们送来必需的食物，令我们盛情难却。

第二天，我们在正午前后记录了几个高度，以便知道时钟的准确时间。大使先生在主要军官及其侍从的陪伴下上了岸，来参观花园和我们的新天文台。舒瓦齐院长看到我们的环境这么好，就把自己也变成了观测员，一直和我们住在一起。当天夜里，我们用鲍赫里先生送的一架 19 法尺长的制作精良的望远镜观察到许多颗时而明亮时而模糊的星星，特别是那两团星云。

6 月 4 日星期一，像前一天一样，我们继续检验摆钟的时刻。正午时分，我们记录了太阳的高度，确定了我们用作天文台的小楼的子午线。晚饭后，我们去拜访德才兼备的总特派员先生，告诉他今晚 9 时我们要在那里观测木星的第一颗卫星的出现，凭此即可修正好望角的准确经度。回来时，所有这些先生都想和我们一起来见证这一观测活动。当我们都站在露台上时，看到大使先生正与他的所有随员在花园的一条林荫道上散步。范·里德先生与他非常礼貌地互致问候，几天前，他们刚刚互赠了礼物。① 总特派员先生走下露台，在林荫道上走了两三圈之后，与大使先生相遇了，双方都对这次会面非常满意。这天晚上 9 时 38 分，我们观测到了第一颗卫星的出现，洪若翰神父将这一情况非常准确地以书面形式通知了王家科学院。② 总特派员先生、圣马丁先生和范·里德先生也想观看，他们特意在天文台里等了两个多小时。

---

① 舒瓦齐认为肖蒙骑士（chevalier du Chaumont）对主人们的诚恳态度过于矜持，他在 6 月 5 日的日记中写道："这天早晨，我拜访了总特派员先生。大使先生性格拘谨，但我这个人不计后果，我感谢了他对法国人的所有殷勤款待。"

② 参见《王家科学院回忆录》（*Mémoires de l'Académie Royale des Sciences*），巴黎，1729 年，第七册，第 2 部分，第 612—613 页。

特派员先生及其侍从来看我们的仪器。第二天，他们特别详细地察看了一台天文钟，它能够标记到分，同时能够显示磁针的变化，当时它正指在偏西 11.5° 上。我们还给他们看了曼恩公爵先生赠送的一个漂亮的量角器。

当天晚上，船上派人来通知我们第二天上午 7 时回到船上，因为他们要早些起航。我们六人一起去了要塞，向恩人们告别，在接受了所有的殷勤款待之后，我们只能这样称呼这些先生们。他们似乎不舍得我们离开，仿佛我们是最好的朋友或者近亲，他们最后一次拥抱了我们，说祈求上帝保佑我们去中国的计划能够圆满实现，希望我们能使许多灵魂了解真正的上帝。路过总督的府邸时，他们让我们看了两条只有一指长的小鱼。葡萄牙人称之为金鱼和银鱼，因为雄鱼的尾巴呈金色，雌鱼的尾巴呈银色。这些鱼来自中国，此地的达官显贵十分珍视它们，把它们养在家里用于观赏。后来，我们在巴达维亚，在总督府邸，在暹罗的宫殿，在暹罗宰相康斯坦丁·华尔康阁下的府邸，又看到了许多这种鱼。我们离开了这些先生，深深感动于他们的好意，觉得他们并未远离上帝的国度。有的人拥抱我的时候热泪盈眶，有的人紧紧握着我的手，请我祈求上帝保佑他。上船的时候，我们得知总特派员先生为我们送来了许多礼物。总特派员先生在致巴达维亚总督的信的结尾特别为我们补充了一条，请总督为大使先生派一名去暹罗的领航员，尽管我们并未请求他这样做。

这就是与我们日以继夜进行的观测相关的事情。另外，如果说我们受到了如此殷勤的接待，这或许不是因为他们爱我们，因为我们之前并未有幸认识这些先生们，我们应该特别感谢陛下的推荐信，而从更高的层面讲，我们应该感谢上帝的眷顾。

我向您讲述了我们在好望角以数学家的身份所做的工作。您可能也很想知道我们在那里作为传教士所做的工作。我们刚一上岸，

那里的许多天主教徒都喜出望外。每天早晨和晚上，他们都悄悄地
来找我们。他们来自各个国家、各个阶层，有自由人，有奴隶，有
法国人、德国人、佛拉芒人、印度人，等等。有些人无法解释自己
的想法，因为我们听不懂他们的语言，他们只得双膝跪地，亲吻我
们的手。他们从脖子上取下念珠和圣牌，表明他们是天主教徒。他
们一边哭，一边拍着胸口。这种发自内心的语言远比任何话语更令
人感动，我们无限感慨，禁不住拥抱这些可怜的人们，耶稣的仁慈
让我们把他们视为兄弟。我们尽己所能去安慰所有这些可怜的天主
教徒，像从前圣巴拉贝（St Barabé）对安条克（Antioche）的基督徒
们所做的那样，鼓励他们坚持信仰基督，顺从而忠诚地服侍他们的
主，耐心地忍受他们的苦难。我们特别建议他们在夜里审视自己的
良心，敬拜圣母，因为她能够给予他们更多的恩惠，使他们以基督
徒的方式生活，并抵制异端邪说。会讲法语、拉丁语或葡萄牙语的
教徒做了忏悔，我们去家里去拜访他们，这是我们在这么短的时间
里能够给予他们的所有安慰，因为他们无权来船上听弥撒，我们也
无权在岸上做弥撒。

　　在即将结束好望角这一章的时候，我还要向您讲述我们了解到的
这个地方的状况：因为有些人负责了解这方面的信息，而另一些人则
进行观测工作。因此，我首先认识了一位来自西里西亚（Silésie）布
雷斯劳（Breslau）的年轻医生克洛迪斯先生 [1]，荷兰人因为他的特殊

---

① 　克洛迪斯（Hendrik Claudius），职业是"药剂师兼外科医生助手"，被荷兰公司的医
　　生克莱耶博士（Docteur Cleyer）派到巴达维亚，提取植物标本。他绘制了两本好望
　　角的植物的画册，作为范·里德特派员的项目《非洲植物》（*Hortus Africanus*）的插
　　图，范·里德先生于1691年突然去世，这本书因此未能出版。在拜访了好望角的法
　　国人之后，范·德·斯特尔司令官在致印度公司董事们的一封信中抱怨了克洛迪斯：
　　他与耶稣会士们交谈的时间太长了，可能说的内容超出了应该公开的范围。这封信
　　收入 H. C. Vos Leibbrandt, *Rambles through the archives of the Colony of the Cape of
　　Good Hope*, Capetown 1887, p. 23。

才能，派其常驻好望角。由于他已经到过中国，在那里，他习惯了认真地观察事物，用素描和油画完美地再现动植物，于是荷兰人把他留在好望角，让他在那里进行《非洲自然史》（*Histoire naturelle d'Affrique*）的编写工作。他已经完成了两大册各种植物的图集，画得非常逼真，他还收集了所有这些植物的标本，贴在另一册标本集中。范·里德先生一直把这些书放在自己家里，并给我们看过，他或许打算在他的《马拉雅拉姆植物集》（*Hortus Malabaricus*）之后立即出版一本《非洲植物集》（*Hortus Affricus*）。如果这些书要出售，我们会不惜一切代价买下来寄给国王的图书馆。这位克洛迪斯先生已经旅行过几次，向北和向东深入内陆 120 里（six vingt lieües），想要在那里发现新的植物。我们就是通过他了解到了这个地方的所有情况，他给了我一份亲手绘制的小地图，还有几张当地居民和他见过的最稀有的动物的图画。我们将所有这些寄给了王家科学院。① 除此之外，还有一份关于非洲的这个海角概况的拉丁文说明，以下是它的完整译文。

"非洲南端的这个海角距离欧洲并不是很远，当地居民的习俗与我们不同，因为这些人不知道创世纪、人类的救赎以及非常神圣的三位一体的奥义。然而他们崇拜一个上帝，但是他们对他的认识十分混乱。他们用牛和羊来祭祀他，把它们的肉和奶作为祭品，以表明他们对这个神的感激之情，因为他依照他们的心愿赐予他们雨天和晴天。他们一点也不期待此生结束后的来世。除此之外，他们还具有一些良好的品质，使我们不应该轻视他们，因为他们彼此之间更加仁慈和忠

---

① 参见 *Mémoires de l'Académie Royale des Sciences*, Paris 1733, t. III, partie 2，我们可以在其中看到一些动物的速写和描述。然而，那里面没有塔夏尔给出的任何插图：好望角地区的地图，霍屯督人和纳马人的"画像"，斑马或野驴、好望角雄鹿、犀牛、海牛、角蝰或带角的蛇、变色龙、小蜥蜴和大蜥蜴。

诚，这是基督徒中间不常见的。在他们那里，通奸和偷盗是重罪，往往处以死刑，而每个男人只要养活得起，想娶几个妻子就娶几个。然而，这种事只出现在最富有的人身上，他们有至少三个妻子。

这些人分成不同的民族，但生活方式都相同。他们的普通食物是他们大量饲养的牲畜的奶和肉。每个民族都有一个首领或酋长，大家都服从他的命令。这个职位是世袭的，父业子承。继承权属于长子，为了给予长子权威和尊重，他们是父亲的唯一继承人，年龄较小的儿子们只能继续履行为长兄服务的义务。他们的服饰只是几张简单的带毛的羊皮，用牛粪和某种油脂制成，既难看又难闻。其中第一大民族用当地语言称为'桑人'（Sonquas），欧洲人称之为霍屯督人（Hottentots），可能是因为他们遇见外国人时嘴里总是说这个词。由于这些桑人灵活、强壮、慷慨，而且比其他民族更擅长使用武器——长矛和箭，他们会去其他民族当兵，因此没有一个民族的军队里除了本民族的士兵外没有桑人士兵。桑人在他们的地盘内住在很深的洞穴里，有的人也像其他民族那样住在房子里。他们十分擅长的打猎为他们提供了大部分食物。他们猎杀大象、犀牛、驼鹿、雄鹿、瞪羚、狍子和其他多种动物，这些动物在好望角数量很多。他们在某段时间也采集树洞和岩洞里的蜜蜂酿的蜂蜜。

第二个民族是纳马人（Namaquas），我们是1682年首次发现他们的。我们走进他们的村庄，通过为我们带路的几个卡夫族人（Caffres）送给他们的酋长一些烟草、一支烟斗、一些白酒、一把刀和几粒珊瑚珠。酋长收下了我们的小礼物，感激地送给我们两只肥绵羊，每只羊光尾巴就重20多斤，还有满满一坛羊奶和某种被他们称为'kanna'的草。这好像是被中国人称为人参的那种有名的植物，因为曾在中国见过它的克洛迪斯先生告诉我他在好望角找到两株，他还给我看了他照原样画出的完整的外形，他们也像印度人一样经常用它来做槟榔。第二天，他们的一位酋长来找我们。这是一个身材健美、神情高傲的男人，这种高傲表现在他的脸上，让他的族人肃然起敬。他带来 50 名青年男子和 50 名妇女和女孩。男人们每人手里拿着一支用某种芦苇制成的非常精致的笛子，它们能发出相当悦耳的声音。酋长对他们摆手示意，他们便开始一齐吹奏这种乐器，妇女和女孩们一边歌唱，一边拍手发出和谐的声音。这两组人站成内外两个圆圈，第一个圈——即男人们组成的外圈包围着第二个圈——即女人们组成的内圈，两个圈都跳起了圆圈舞。一圈向右转，另一圈向左转，与此同时，一位站在他们中间的老人手里拿着一根棍子打着拍子，调整他们的节奏，他们的音乐传得很远，听上去很悦耳，甚至相当和谐，但是她们的舞蹈，一点也不整齐，或者说只是一片混乱。这些纳马人在各民族中声名显赫，被认为英勇善战且强壮有力，尽管他们最大的武装部队只有 2000 多人。他们都高大强壮。他们天性纯朴，当人们向他们提问时，他们都会再三权衡自己的语言后再回答，所有的回答都是简短而严肃的。他们很少大笑，少言寡语：但是纳马妇女看似非常狡猾 ① 且过于自由。

第三个民族是乌比人（Ubiquas），有人会把他们看作人类的敌人，因为他们是大盗，擅长偷非洲人和外国人的东西，尽管他们的军队还不到 500 人，但无法摧毁他们，因为他们会撤退到无人能进入的大山里去。

古里人（Gouriquas）是第四个民族，占地不大。第五个民族哈西人（Hassiquas）的地盘更大一些：他们富有而强大，很少参与

---

① "……而且远远没有男人们那么严肃。"塔夏尔的描述与白晋的文字略有出入。

战争；而第六个民族——格里格里人（Grigriquas）^① 正相反，他们英勇善战；第七个民族是苏西人（Sousiquas），他们富有而强大，但服从于荷兰人；哈西人和奥蒂人（Odiquas，音译）与他们有姻亲关系。

我们在大河里看到一种巨大的奇形怪状的动物，他们称之为海牛。它与犀牛一般大，它的肉——或者更准确地说是肥肉——很好吃，味道非常鲜美。至于树木花草，则有数不清的品种，外观和功效都非常奇特。"

荷兰人发现在此地建立商行对于他们每年派往印度的船舶会很方便，于是与这个民族的主要首领——那些自愿让出自己的土地，撤退到大陆腹地，以换取一定数量的烟草和白酒的首领们——达成了协议。这份协议大概在 1653 年签订，从那时起，他们开始大兴土木，在好望角定居下来。他们目前在这里有一个很大的市镇和由五座棱堡组成的要塞，俯瞰整个锚地；这里的空气很好，土地肥沃，乡村的发展与欧洲相同；人们在这里种植葡萄树，酿造一种非常柔和的葡萄酒，野味丰富，随处可见。^② 我们的军官打猎回来，带回几只狍子和几只与法国松鸡一般大的山鹑，共有四种。牛和羊要深入腹地的荒野中寻找，但那种交易是专门留给印度公司的人的，他们用一点烟叶购买牛羊，然后再转卖给好望角的居民和来寻找补给的外国人。我们在这里看到一些绵羊，重达 80 斤，非常美味。

除此之外，我们还见到一些大猴子，他们有时成群结队地从

---

① 塔夏尔写的是 "Gouriquas"，然而他在他的《好望角民族和地区图》（*Carte des pays et peuples du Cap de Bonne Espérance*）上标记的是 Grigriquas。

② "我难以相信世界上还有比这里更适合生活的地方：这里的一切都那么美好……这里的野味十分美味……葡萄酒是白色的，非常可口，一点也没有乡土味，很像热那亚的酒；每个葡萄收获季节都丰产。"舒瓦齐，6 月 8 日。

塔布勒山上下来，到私人的果园里摘甜瓜和其他水果：向东距海角 9—10 里外，有一条大山脉，里面有很多大象、犀牛、狮子和老虎①。然而它们不只待在那里，有时会下山来到居住区，攻击他们遇到的一切，包括人。我想起我们在那里时的一个例子，是总特派员先生自己讲给我们听的。有两个人正在远离居民区的地方散步，突然发现一只老虎，一个人朝它开枪，但没打中，老虎立即冲过来把他扑倒在地，另一个人看见他的同伴处于极度危险的情况下，朝老虎开枪，却打伤了他同伴的大腿。虽然老虎没有受伤，还是离开他的猎物，朝开枪的人冲过去，第一个人重新站起来，及时赶来救他的朋友，这一次打死了老虎。人们说这些动物有一种本能，能够找出多个人中朝他们开枪的那个人，它会扔下所有其他人，只攻击开枪者。一个月前，曾发生一起几乎一样的事故，一只狮子在距离居住区很近的地方撕碎了一个男人和他的仆人，随后它自己也被打死了。

我们在好望角捕鱼时，捕到了许多非常好的鱼，主要是鲷鱼，法国人称之为鲷，但它们与真正的鲷大不相同，真正的鲷体形大得多，但是它们更配得上这个名字，因为黄颜色和金色标记使它们成为海洋中最美丽的鱼类之一。我们还捕到大量的海星和几条电鳐。电鳐是一种警惕性很高、身体很软的鱼，就是这种鱼会在我们钓起它时使我们的手和手臂一阵发麻。我们还看到许多名副其实的海豹。还有一些海雀，这是一些没有翅膀的大水鸟，它们几乎总是待在水里，但实际是两栖动物。

1681 年，范·德·斯特尔阁下在沿海 9—10 里范围内建立了一个

---

① 应该是指豹子，因为非洲没有老虎。17 世纪甚至 18 世纪时，欧洲人似乎还不认识亚洲虎，所以他们会把亚洲虎与亚洲和非洲都有的非洲豹弄混。参见 les *Mémoires de l'Académie des Sciences*, Paris 1733, t. III, partie 3。

新的殖民地，由 82 个家庭组成，起名为斯泰伦博斯（Stelenboke）。①
有人断言好望角有金矿：有人给我们看了他们找到的一些石头，似
乎证实了这一观点，因为它们很重，用显微镜观察，发现它们从各
个角度看都很像金子。

　　尽管好望角的霍屯督人过着世界上最贫苦的生活，但他们仍然
认为自己比荷兰人更幸福，他们说，荷兰人住在房子里，而他们拥
有整个大地可供居住。他们甚至自视为这个地方的主人，因为他们
根本不劳动，而且他们补充说："荷兰人是我们的奴隶，因为他们种
我们的地。"我们从中可以清楚地看到，自由和休息是这个民族更看
重的两件事。当我们住在印度公司的花园里时，他们中有一个人看
见荷兰人的首领对我们很友好，就带着两个橘子去找洪若翰神父，
用葡萄牙语对他说："神父，霍屯督人的首领是您的地主。"想要借此
表达他们的酋长及其族人希望向我们证明他们对我们的到来感到高
兴。他对我们说，这些族人之间相处得十分融洽，他们彼此非常了
解，也特别了解这个地方哪些人是纯朴的，即使在夜晚，仅靠摸一
摸就能辨认出来。但是，我所谈到的这些民族和所有其他民族的大
不幸在于他们对真正的上帝一无所知。人们经常去地里找他们，看
看他们中是否有人手里有金子或银子可赚，但是没有人费心去向他
们传授上帝的真理。有人甚至说不值得在他们身上花费这个力气，
因为人们认为他们卑贱，令人鄙视。因此，在非洲这个落后的地方，
非常需要几位虔诚的传教士，能将这些民族视为用耶稣的血赎回的
人，尽管完全未开化，但仍可以像最彬彬有礼的民族那样永恒地赞

---

① 塔夏尔写的是 "Hellenbok"，有误。斯泰伦博斯的原址于 1679 年发现。"82 个家庭"
这个数字似乎夸大其词了，因为 1680 年统计的只有 9 家，1681 年又增加了 "其他
多家"。参见 G. Mac Call Theal, *History of South Africa before 1795*, London 1922, vol.
II, pp. 251-258。

美上帝。他们应首先帮助好望角的天主教徒们，多年来，因为没有神父，他们不做弥撒，也不礼圣事。其次，他们应教导霍屯督人摒弃一切重大的恶习，以便得到耶稣的保佑，并使他们改信基督教。之后，他们可以深入最偏远的民族的家里，或许能凭借上帝的恩典，将他们中的许多人带到救世主的羊圈里，但是，我们什么时候才能看到如此幸运的改变呢？只有上帝的手才能做到，或者触动拥有这些土地的人们的心灵，说服他们从耶稣那里获得灵魂的交易要比只为他们带来印度财富的贸易有益得多；或者启发我们不可战胜的君主制定在这个地方建立一个新的殖民地的计划，这对于扩大我们神圣的宗教的影响力的益处也不比保证贸易的益处少。萨尔达尼亚湾（Baye de Saldaigne），距离好望角 15—20 海里，会是一个非常适合此目的的地方，但是兼顾这些民族和所有其他民族的上帝对此有他自己的想法，也了解他想差遣的这些使徒们。

而目的地是中国的我们，则在这位上帝的指引下继续赶路，意志坚定地竭尽全力为这些民族的改宗而工作。

这就是我们在好望角停留的短短五天期间发现的它的许多特点。从现在起，我将更简略地介绍其他见闻，以免长篇大论使您厌倦。我们决定于 6 月 6 日从塔布勒湾起锚，早上所有人就上了船，为此做准备，但是由于没有风，我们没能出发。第二天 6 月 7 日，刮起了一股小北风，我们起航了，7 时扬起了帆。为了通过里昂山的尾端而抢风航行了一小段后，我们毫不费力地绕过了好望角。有人肯定地说这个地方是整个海洋中最危险的地方之一，因为这里海浪滔天，当遇到逆风时，总是很危险。感谢上帝，我们没有遇到任何危险，因为我们遇到的是顺风。的确，大海上一直波涛汹涌，船因大幅度的横向摇摆而不堪重负，我们也无法站立，甚至如果不双手扶住某个东西，连坐都坐不稳；以至于吃饭的时候，我们几乎不能把任何食物送到嘴里，心想如果这样下去，夜里是否有办法休息。然而，我们很快就安下心来，因为借着这些强大的西风和西南风，我们航行了很远。这种情况持续了大约 18 天，在此期间，我们航行了大约 700 海里。① 要不是在穿过马达加斯加时遇到的阵阵逆流，还能行驶得更快。我们首先到达了南纬 36°—37°，之后遇到了这股西风，在当时那个季节，这些风很常见。然而，在东经 25° 附近，这些风改变了方向，变成了逆风，强劲到我们从未见过如此汹涌的大海，真的像海水形成的高山和深渊。我们在船上也遭到了强烈的巨浪的打击，它们的巨响仿佛炮声：如果船不够坚固，或者如果这股风再持续几天，就会有危险，因为有几次大浪从船的上方卷过，同时灌下好几吨水，这使全体船员深陷麻烦，筋疲力尽。六七天后，风平静了下来，但是没有持续多久，逆风又回来了。我们不得不求助于仁慈的保护者——圣母玛利亚，全体船员向她做了九日祈祷，祈求她赐予我们顺风，因为我们已经有将近 15 天丝毫没有前进了。另外，航海季节已经过去了大半，我们担心要被迫在马拉巴海岸（Coste de Malabar）或者锡兰岛（Isle de Ceilan）停靠，至少会太晚到达巴达维亚，那样今年就去不了暹罗了。由于有很多人因为恶劣天气和船上的腐败食物而病倒了，这让我们更加担心了。正是借着这个特别的机会，我们有了为下一步做些事情的方法。此前，由于上帝几乎保障了所有人的健康，我们仅仅满足于在节日和星期日通过公开劝诫教育船员们，塔夏尔神父每周三次主持教义问答，几乎每天晚上进行个别面谈，或者与士兵们，或者与水手们，有时与军官们以及他们的仆人，每天晚上与他们一起数念珠祷告，让他们习惯于祷告，

---

① 在此期间，观测到一次月食，白晋和塔夏尔都没有提到（这也证实了白晋的笔记被塔夏尔用于撰写他的《暹罗游记》）。舒瓦齐在 6 月 16 日记述了这次月食。另见 *Mémoires de l'Académie Royale des Sciences*, Paris 1729, t. VII, partie 2, p. 613.

尤其是引导他们经常礼圣事，敬拜圣母。但是此时我们有五六十人生病了，大部分患了坏血病，这种病使他们的腿和嘴唇腐烂、牙齿脱落，在这种时刻，我们有了一个很好的机会来努力救赎这些可怜的承受痛苦的人们。我们一天内多次逐一探望他们，同情他们的痛苦，让他们理解受苦的意义，告诉他们对上帝负有的义务，上帝使他们在这一世受苦，而不是将痛苦留到下一世去惩罚他们。随后，我们给他们讲解了有罪的人死后会堕入永恒的不幸，而在人间以苦行赎罪的人们的永恒的荣耀有朝一日将使他们在天国得到褒奖，并努力让他们忏悔他们的一生，从而使仁慈在这些可怜的人们心中发挥巨大作用。有时我们惊讶地看到深陷病痛中的他们的平静，他们对健康与疾病、生与死的无所谓，只希望能在这一世完成上帝神圣的心愿；他们迫切地想听到神圣的弥撒，以便从中获得令人崇拜的圣礼，因此让同事领他们走上甲板。我们看到他们虚弱地倒下，回来的时候满心欢喜，尽管在完成祈祷之后他们病得更严重了。这对于我们或许是一个巨大的安慰，但这不是我们第一次得到安慰。因为两个可怜的加尔文派水手之间的那次谈话①不仅对于我们，而且对于所有人都是极大的安慰。他们是在从来不能忍受加尔文主义的大使先生不知情的情况下登船的，因为他已经拒绝接收另一名加尔文派水手上他的船，尽管那个人有些许改宗的希望。是上帝对他俩的一次令人敬佩的安排使他们能够乔装改扮，正是因为上帝对他俩的这一做法，使得他们感恩现在走上了真正的救赎之路，这是他们以前不知道的。以前曾成功地教育过多位异教徒放弃原先信仰的塔夏尔神父用心教育他俩，与他俩进行了几次会谈之后，

---

① 白晋和塔夏尔在这里回顾了在停靠好望角之前发生的一件事。舒瓦齐在5月13日的日记中提到了这两位加尔文派水手放弃信仰的事件。

使他们下定决心公开抛弃加尔文派的错误思想，在复活节后的第三个星期日改信了天主教。我们尊敬的长上向他们做了简短的劝诫，以便确认他们以良善的基督教徒的身份活着和死去的神圣决心，随后接受了他们的宣誓。之后，我们继续教育他们，让他们做初次忏悔和初领圣体。从那以后，他俩在船上的生活一直得到很多的感化。

　　跑题了，现在我们回归主题。7月7日星期六，我们开始了我上面提到的九日祈祷。第二天，我们的祈祷就应验了，因为这一天刮起了一股非常有利的风，我们用了不到24小时就航行了50海里。在这之后，我们看到一些海藻和比平常数量更多的海鸟，因为我们从离开好望角起直到万丹（Bantan）①都没有看见过海鸟。我们认为它们来自阿姆斯特丹的圣保罗岛（Isle de St Paul）②，接近南纬36°东经89°。之后的8天，风向一直很有利，我们航行了400多海里。7月17日，③风力开始减弱，我们行驶得没有那么快了。7月17日到18日夜里，我们再次经过了南回归线，从这一天起，一直顺风前进，直至爪哇岛（Isle de Java），我们再一次偏离了航线，因为我们担心如果太靠近巽他海峡（détroit de la Sonde）的西面，会有大麻烦，因为这个海岸主要的风和洋流会阻止我们进入，我们将被迫在苏门答腊岛（Isle de Sumatra）或锡兰岛停靠。这就是为什么我们希望风把我们吹到东面，或者东偏东北方向，从而到达爪哇岛。我们在祈祷中只向上帝祈求这件事。但是如果他在我们希望的时间之后应允了我们请求的话，我们将很有可能迷航，因为8月2日到3日夜里，

---

① "巴达维亚"，Tachard, p. 119。
② 白晋和塔夏尔的游记中都有同样的错误。那里不是一个岛，而是两个，圣保罗岛和阿姆斯特丹岛，正如舒瓦齐在7月7日的日记中指出的。
③ "7月15日"，Tachard, p. 119。

天很阴沉，我们经过了一个地势相当低的岛，当我们在天快亮时发现它的时候，它距离我们的东侧不到两三海里，我们几乎完全经过它了。因此，如果我们头天夜里在这个海角的东偏东北侧，正如我们在风向允许的情况下所做的，我们极有可能就撞上了这座岛，并在那里沉船了。由于这座岛大概位于南纬 10°，我们猜想这是科科斯岛（Isle des Cocos）①，而没有想到这是莫尼岛（Isle de Mony）②——爪哇海岸附近的两座岛中最南端和最东端的那座，不仅因为莫尼岛在普通地图上标注在南纬 8°，而且因为我们这一整天甚至第二天都没有看见距离非常近的另一座小岛，但是在看过几张更准确的巴达维亚地图之后，我们辨认出了这就是莫尼岛，在这些地图上，这个岛恰恰就标注在南纬 10°。

在这段漫长的航行中，我们没看见什么特别值得注意的东西，除了几只鼠海豚。它们与之前看到的那些相比，在外形、大小和颜色上都有较大差异，因为它们大一倍也白一倍，体形更短更圆。由于它们比之前的那些漂亮得多，许多人一开始都把它们认作鲷了。我们认为这就是古人称为海豚的那些鱼。自从离开好望角，我们就没有吃过鼠海豚，也没有吃过其他任何鱼，因为海上的天气太恶劣了，没法捕鱼，我们也几乎没有看见过鱼类，尽管有人给了我们希

---

① 不是一座单独的岛，而是由二十多座小珊瑚岛组成。

② 这座"莫尼岛"自 1666 年出现于 *De Zee Atlas ofte water weereld* (carte 26), Pieter Goos, Amsterdam。1688 年丹皮尔（Dampier）访问了该岛，发现那里无人居住，1777 年库克（Cook）船长将其命名为圣诞岛，参见 *l'Encyclopedia Britannica*。卷首的地图由阿姆斯特丹的皮埃尔·莫尔捷（Pierre Mortier）出版社出版，标出了"国王以他的数学家的身份派往印度和中国的六位耶稣会神父"从巽他海峡到暹罗的航线。这可能是罕见的资料之一，甚至就是唯一的，上面把莫尼岛和圣诞岛并排画在一起。从这张地图上，我们还看见另一座小岛——锡兰岛，这似乎对应了我们的旅行者们用作参照点但是"一整天甚至第二天都没有看见"的那座岛的描述。参见舒瓦齐的日记，8 月 3—4 日和 8 月 5 日。

望，说能看到非常美丽而且鱼类繁多的海域。除此之外，我们还看到了宽吻海豚和几头鲸，它们冲出水面，跃至空中 15—20 法尺高处。尽管我们能够据此判断我们与它们之间的距离，但因为隔得太远，我们无法辨认它们的外形。

8 月 5 日星期日，我们发现了一片广阔的坡地，靠近后，我们辨认出这就是爪哇岛，它比地图上标注的位置偏西很多。据好望角的圣马丁先生告诉我们的情况，他判断爪哇岛距离好望角更近，比我们通常在地图上标注的位置近 70—80 海里，[①] 因此我们在要找的这个岛的最西端以外 60 海里处就靠岸了，我们于是将这个错误归咎于地图，而不是我们的领航员，因为他们五位一直导航得非常准确，如果他们标定或估计一个点，那么我们在看到那个点的当天就能准确登陆，无论是好望角，还是爪哇岛。我们用了一天半时间返航了我们向东驶过的这 60 海里，8 月 6 日星期一傍晚，我们看到了海峡。但是更令人惊叹的、更能表现上帝对我们这次航行的神意的，是当天晚上我们进入海峡时看见的那艘护卫舰——那艘因为我之前提到的恶劣天气，于 6 月 24—25 日夜间被迫与我们分开的护卫舰，从那以后，我们就再也没见到过它。尽管大使先生认为这就是那艘护卫舰，但我们无法立刻确认，因为我们只有到万丹的锚地时才能与它会合。从那天夜里开始，以及随后的日子里，我们被迫抛锚，从 7 日到 16 日一直在只有 30 海里长的这个海峡里航行。7 日星期二，我们进入了海峡，到达了王子岛附近，并希望当天经过它。但是我们在那里滞留了 8 天，因为与我们的航行方向相反的洋流非常强大，我们无法抛锚，夜里倒退的距离超过了白天借助一股陆上来的小风抢行的距离。另外，我们看到的陆地和多座小岛全都被非常茂密的

---

① "与好望角的距离比地图上近 60 海里"，Tachard, p. 128。

树木覆盖着，稍许安慰了我们因在这个海峡浪费时间带来的焦躁心情。终于，8月13日起风了，我们越过了王子岛，在到达万丹锚地前，又抛锚了好几次。然而，随时都有无数条爪哇独木舟靠近我们的船，它们非常小，每条只能容纳一个人和他带给我们的一些水果。我们大家惊讶地看着这些穷人就这样划着如此脆弱的小舟行驶好几海里，劈波斩浪，以不可思议的速度前进，为我们带来补给。他们带来的主要是椰子、香蕉、橘子、柠檬、甜瓜、黄瓜、南瓜、母鸡和鸭子，这些对于缓解我们为数众多的病人的痛苦大有裨益。这些贫穷的爪哇人，因为天气炎热，全都几乎赤身裸体，身材都很好，大部分是伊斯兰教徒，我是从他们很为难地喝下我们递上的葡萄酒和白酒这一点辨认出来的。与我们一起坐船回来的暹罗人，在那之前几乎昼夜待在安排给他们的阴暗的舱室内，始终躺在床上，此刻也被爪哇人带到船上来的槟榔和蒌叶吸引，登上了甲板。槟榔是一种核桃般大小的水果，蒌叶是印度人成天与石灰一起咀嚼的一种树叶，所以他们的牙齿才这么黑，浓密的鬈发才这么柔软。有人说，嚼槟榔的人感觉不到任何牙痛，它有健胃的功效。我曾好奇地尝了一个，觉得可能真有这种功效。每次一见面，人们总是先递上槟榔、蒌叶和一个痰盂，他们会将血红的痰吐在里面。这是整个印度的待客之道。

　　直到15日圣母升天节这天，我们才到达万丹锚地，正如我们在耶稣升天节那天到达了好望角。万丹锚地是世界上最美丽最方便的锚地。它方圆八九海里，四周都是低矮的陆地，即使这样，大海也总是十分平静，因为这里从未有过暴风雨。海湾的岬头在万丹城的北面，城市沿海岸南北布置。在岸上，所有的房子几乎都是用竹子建造的。那是一种很粗的管状植物，与我们国家最高的树长得一般高，在整个印度，人们主要用它来建造房屋。城市中央有一座要塞，荷兰人在那里驻扎了一个大部队。

　　起初我们计划去巴达维亚，在那里补充给养，但是由于航海季节即将结束，我们担心错过季风。另外，万丹到巴达维亚的航线，尽管只有 14—15 海里，但因为四周到处都是岛屿、沙滩和礁石，非常难走。大使先生适时地做出留在万丹锚地的决断，以便不浪费一点时间，更及时地救治可怜的病号们，其中许多人状况堪忧。他决定第二天派人去万丹，请求荷兰总督允许我们补充给养，尤其是让病号们上岸，因为对于这种我们称之为"晕船"的疾病，准确地说就是因为变质的食物和腌肉导致的血液腐败，上岸就是最好的治疗方法。这种病通常从牙龈开始，牙龈先是变红，随后变黑，最后完全腐烂。为了防止这种腐烂进一步扩散，必须每天切掉牙齿周围腐烂的肉，而牙齿通常会全部摇晃并掉光。这种腐烂随后向下发展到小腿和大腿，它们会异常肿大，变成青灰色。这种病只能靠将病人送到岸上并给他们吃新鲜的食物才能治愈。有的大夫把病人们的整个身体埋在沙子里好多天，这往往很奏效，因为我们看到五六天后，五六十人都因为这个办法完全康复了。还有的大夫让病人在淡水中泡澡，而不是把他们埋起来。

　　在万丹锚地抛锚之前，大使先生派福尔班骑士和他的三名侍从进城。福尔班骑士刚刚经过我们前方的一座小岛，就发现了在距离万丹 3 海里的这个岛的另一侧抛锚的那艘护卫舰。他直接去了那边，护卫舰上的所有人都喜出望外，他们想念我们甚至比我们想念他们更甚。因为由于"飞鸟号"的航海性能比"玛琳号"要好很多，他们以为我们已经在 10—12 天前就经过了万丹，但是自从与我们分开之后，他们在路上遇到了比我们更顺的风向，四五天前就到达这个锚地了，但没有得到我们的消息。他们对福尔班先生说，荷兰人不想让他们上岸放下病号——他们与我们一样，也有不少病号。荷

兰总督 ① 是万丹的绝对主人，他派人对护卫舰的舰长派去的那位军官说，万丹国王不想让任何外国人在他的土地上登陆，荷兰人只是辅助军队，不能阻止国王按照他自己的意愿统治。他们甚至假装想要安排那位军官面见国王。但是在让他等了很久之后告诉他，国王在妃子们的住处，他们见不到他。总督甚至不想出面，借口说他对派人去传的话感到难过，使他们没有理由再提要求了。总督的副官只说他们对未能使法国人满意深感懊恼，但如果他们想要去巴达维亚的话，荷兰人是那里的绝对主人，他们会得到很好的接待，在此期间，第二天他们会送来补给。尽管他们向荷兰人谈起好望角的人给予我们的盛情款待以及总特派员先生交给大使先生的那封信，以便使法国人得到大使先生满怀感激地等待着的各种优待，但非常奇怪的是，在欧洲表现出希望竭尽全力保持与法国的和平与融洽关系的荷兰人，在印度并没有给予法国人，他们只拒绝给予公开的敌人的那些东西。当然，法国国王对他的舰船遭到这样的对待也会感觉非常糟糕。另外，他们很清楚地知道，荷兰人才是万丹的主人，被他们当作拒绝的借口的万丹国王完全受他们的控制，甚至由他们的军队看管。但是他们无论对荷兰人说什么都不管用。荷兰人第二天倒是给护卫舰的舰长送来了 100 只母鸡、一头牛和各种水果。作为谢礼，舰长送给总督一对漂亮的手枪，还有几件法国的古玩。然而，由于护卫舰在距离万丹相当近的地方抛锚了，爪哇人时不时地给他们带去各种补给，其中有一些甘蔗、番石榴和柚子。柚子是一种像头那么大的橘子或柠檬，皮很厚很绵软，味道相当不错，有点酸。有些是红瓤，有些是白瓤，味道像柠檬。四天后，护卫舰在这个锚

---

① 实际上，这个时期万丹并没有荷兰总督，只有一个常驻外交代表，或许是军人。瓦伦丁（Valentyn）列举了以下姓名：1683 年，Dirkzoon Wanderpoel 上尉；1684 年，威廉·哈特津克（Willem Hartzink）骑士；1685 年，埃弗拉德·范·德·舒尔（Everard van der Schuur）商行经理。Valentyn, op. cit., t. IV, pt. I, pp. 220–221.

地抛锚了，来了一位"大老爷"——这是人们对万丹国王宫廷里的爵爷们的称呼，带着几名荷兰军官和为印度公司做翻译的一个法国人。这位大老爷问候了舰长一番后，对他说，万丹国王请他尽早准备，当天离开锚地，因为他的生意状况不允许外国人进入他的国家。① 舰长回答说，国王没有任何权力指挥他，也不能阻止他留在锚地，他想留多久就留多久，想怎么使用锚地就怎么使用，不用劳烦别人操心他想干什么。然而，这位法国军官说，他也不确定护卫舰是否应该离这里这么近，这一切可能只是荷兰人的一个诡计，他们想要独霸万丹的贸易，不容许荷兰船舶以外的任何其他船舶靠近，更何况万丹的老苏丹——被他们以他儿子的名义囚禁在要塞中——深受他的旧臣民爪哇人的爱戴，他们一直在寻找机会推翻荷兰人的奴役，将他们赶出万丹，甚至如果有可能，将他们赶出整个爪哇岛。因为只要他们发现有荷兰人在乡间落单，就会把他们全杀光，我们听说，不久前，他们在几里外杀了六个荷兰人。这也使得护卫舰的舰长在我们在锚地附近抛锚那一天，决定退至距离这个城市三里外的地方。

　　所有这些消息使福尔班骑士决定返回"飞鸟号"向大使阁下报告后再做决定，为此，他带上了护卫舰的二副泰尔特（Tertre）先生，他当着我们的面亲自向大使先生汇报了所有事情。他补充说，有人向他保证，季风还没有过去，我们可以在三个星期或一个月后出发去暹罗。大使先生对荷兰人的行为十分惊讶。但他仍然派人去了万丹，请求补充水和木柴，期待要塞里的总督对他的身份和范·里德先生

---

① 在万丹的老苏丹和他儿子之间爆发的一次内战中，斯皮尔曼（Speelman）总督于 1682 年为苏丹的这个儿子提供了援助。他还将欧洲贸易商——英国人和法国人——驱逐出了这个地方。1685 年，荷兰还不是这个地方的主人，"令人惊讶的是，"舒瓦齐在 8 月 16 日写道，"他们不喜欢看到他们曾经得罪过的人登陆，因为他们可能会重新激起爪哇人的勇气吗？"Tachard, pp. 144–149，与白晋的文字相去甚远。参见 Valentyn, op. cit., t. IV, pt. I, pp. 213–226。

的信能给予特别尊重，并希望总督能给他一艘"普劳"（prau）——一种非常轻的小艇，人们常用椰子纤维制成的桨划着它飞快地往返于这些岛之间，以便送去范·里德先生致巴达维亚总督先生的信。对于病号，他没有提到要让他们下船进城，因为他已经想法将他们放在很近的一座小岛上几天，在那里，人们要给病号们搭帐篷，并挖坑以治疗他们。负责执行大使先生命令的福尔班骑士命人为出航做准备，并鸣炮一响，通知护卫舰起航，到距离万丹相当远的锚地抛锚，等待荷兰总督的回复。护卫舰发现了大使先生的船，鸣七响礼炮向他致敬，我们回了五响礼炮致谢。大约在下午 1 时，福尔班骑士回到了船上，带回的答复与荷兰人给护卫舰的答复相同，他未能面见国王，据说国王在妃子的住处，也未能见到总督，因为他称病不出。[1]他补充道，他们告诉他，目前没有小船，他们已经把所有的补给都送到护卫舰上去了。大使先生听到这个答复后，下令即刻起航，驶往巴达维亚。我们花了两天半时间完成了这段短暂的航程，被迫在夜里停泊，因为这条航线上有许多礁石岛和滩涂，领航员中没有一人经历过，然而，感谢上帝，幸好我们的一位领航员手中有一张标注了重要地点的很准确的地图，我们才相当幸运地完成了这段航程。8 月 18 日星期六傍晚五六点钟，我们在巴达维亚的锚地抛锚。我们到达时看到那里停着十七、八艘大船和许多小船。

大使先生前一天夜里已命令福尔班骑士出发去问候总督先生[2]，

---

① 塔夏尔对于他所知道的万丹的政治弊病讲述得更多，"目的是设想荷兰人这种如此奇怪的举动的原因。"第 144—150 页。

② 若阿内斯·康必什（Joannes Camphuys, 1634—1695），年轻时当过金银匠学徒，他把锤子作为自己的武器，1654 年来到巴达维亚，在印度公司担任助理。逐级晋升后，他于 1678 年被任命为荷兰印度公司董事会特别成员。当我们的旅行者们到达巴达维亚时，他刚刚被晋升为总督（1685 年 8 月 7 日）。"亲切、忠诚、谦虚而虔诚的他将一个完美的诚实的人的美誉带进了坟墓。"Du Bois, *Vies des Gouverneurs généraux aux Indes orientales*, La Haye 1763, pp. 243—252. 另见 Valentyn, op. cit., t. IV, pt. I, pp. 316–323。

并给他带去了范·里德男爵的信。当我们正准备抛锚时，他回到了船上，汇报说总督已经整体上同意了我们的请求，可以补充水、木柴和各种给养，并将病号送到岸上，福尔班骑士还要求一名优秀的领航员，引领我们的船去暹罗，最后，当我们向堡垒鸣炮致意时，堡垒将逐响礼炮回礼，因为之前还从未有过这种先例，而且总督对这样做还有些为难，说堡垒从未向英国人或葡萄牙人或任何其他国家的人鸣炮致意过，一直以来都只是由锚地的旗舰致意。但是基于福尔班骑士的陈述，法国国王的船与其他国家的船之间的确有差别，如果堡垒从未鸣炮致意，那是因为它还未曾见过笃信基督的国王陛下的军舰，他听从了这些告诫，并说仅此一次且在不会带来不良后果的情况下，堡垒会逐响礼炮回礼。实际上，已经下令在军号声中靠岸的大使阁下并没有提前鸣七响礼炮向这个地方致意，此时军舰突然鸣炮，这使城里的人非常吃惊，还以为荷兰人在印度的首府搬到这里来了。①

第二天早上，巴达维亚的总督派了两名上尉——一名出身平民，另一名出身行伍——和一名来自堡垒的中尉来问候大使先生。这两位上尉相当于法国的上校，中尉相当于法国的上尉，因为在巴达维亚以外，他们分别行使上校和上尉的全部职能。这些先生还带来了两艘装满各种给养的小船，总督先生官邸的几名军官代表他们的主

① 肖蒙骑士没有提到这次鸣炮致意，参见 *Relation de l'ambassade de M. le chevalier de Chaumont à la cour du Roi de Siam*, Paris, Seneuze et Horthemels 1687。福尔班写道："我们没有就我希望的逐响礼炮致意达成一致。我不知道塔夏尔神父从哪里知道的他在游记中关于这一问题的记述；他甚至数了鸣响的礼炮数；可以非常肯定的是，最终决定双方均不鸣炮致意。" Forbin, *Mémoires*, Girardi 1748, pp. 93–94.

另一方面，舒瓦齐在 8 月 18 日写道："福尔班骑士刚刚隆重地回来了。总督给予了比他要求的更多的东西。我们在距离该城半海里处抛锚。我们鸣七响礼炮向该城致意，他们也回应了相同的礼炮数，这在印度从未发生过。英国人、葡萄牙人，甚至国王的海军致意时，他们都没有回礼。这里是巴达维亚帝国的首都。他们在这里权势滔天，他们在自己的地盘上感到骄傲，这没什么可吃惊的。"

人将这些给养送给了大使先生，其中有两头很肥的牛、几只鸡、各
种面包、一些精美的饼干和各种草本植物、蔬菜和水果，尤其是柠
檬、橘子、香蕉、菠萝，这些无可辩驳地是我们在印度吃到过的最
好的水果。大使先生命人将所有这些给养以及我们在这个锚地停泊
期间总督先生每天慷慨地送到我们船上的其他补给分发给全体船员，
故全体船员都有充足的食物来恢复体力，从之前旅途的所有疲劳中
重新振作起来。除此之外，大家还做了充分的储备，直到我们从这
里出发后 15 天甚至三周以后仍有剩余。晚饭后，我们把所有的病号
送上了岸，将他们安置在我们在市郊河边选择的两所房子里，以方
便他们沐浴。按照大使先生的命令，他们在那里得到了精心的治疗，
回到船上七天后几乎全部康复。

当福尔班骑士先生从巴达维亚回来时，即我们在锚地抛锚的那一
天，他告诉我们，有一位神父住在已故的斯皮尔曼总督①的花园里，
它现在属于印度公司。这就是多米尼克·福西蒂（Dominique Fuciti）
神父，他是从东京*来的，要返回欧洲，正如你们可能已经听说的
原因，②他和另外三位神父被我们尊敬的总会长先生召回。1684 年
8 月 29 日，他与埃马努埃尔·费雷拉（Emanuel Ferreira）神父一
起出发，同一天，德·埃利奥波利斯 (de Héliopolis) 先生在中国去
世。在这个基督教信徒众多、蓬勃发展的地区，两位如此伟大的
传教士同时离开，是一件极其令人痛心的事。双方都痛哭流涕，如

---

① 斯皮尔曼（Cornelius Speelman，1628—1684），1681 年被任命为总督。正是在他短
暂的任期内，他夺取了万丹。参见 Du Bois, op. cit., pp. 235-242, et Valentyn, op. cit., t.
IV, pt. I, pp. 310-315。
* 东京（Tonquin），指越南北部的北圻。[* 后为译者注，下同]
② 这里指的是在远东的法国，传教士与支持葡萄牙国王的传统保护者身份的葡萄牙耶
稣会士之间的冲突的一个阶段。他们只承认澳门主教的管辖权。福西蒂神父于 1669
年正式反对东京的（法国）宗座代牧主教的要求。参见 Mgr. H. Chappoulié, *Rome et
les missions d'Indochine au XVIIe siècle*, 2 vol., Paris 1948。

果这些神父没有让信徒们抱着他们还会回来的一丝希望，我不知道会发生什么。他们两位于 10 月 23 日乘坐一艘荷兰船来到巴达维亚，因为一场暴风雨使这艘船远离了他们计划去的暹罗。福西蒂神父在巴达维亚等待一个机会去暹罗，因为必须在那里接收他的澳门长上的命令，才能返回欧洲；而费雷拉神父则在六周前去了澳门，自己去取长上的命令，为此他登上了一艘澳门的船。福西蒂神父是那不勒斯人，在印度已经住了将近 30 年了，一直在工作，我说的不只是作为一位圣徒和虔诚的传教士，而且是一位真正的传教始祖，并在上帝的赐福下，取得了令人钦佩的成功。他在交趾支那（Cochinchine）住了八年，亲手为 4000 多个灵魂施了洗礼；在度过整整 16 年时间的越南东京，他给 18000 人施了洗礼，其中有四位是在他因为信仰而被捕入狱期间，从他戴着脚镣的手中受洗的。我从可靠的人那里了解到，在监狱里，每年有超过八天的时间，这位圣人的脖子上日夜带着枷锁，即一种又长又重的刑具，有八九个月的时间，脚上带着很紧的镣铐，使他挪不动腿。除此之外，还有多年的监禁，期间他多次以为自己就要殉道了，因为有好几次，差一点因为耶稣的原因被判处死刑。每当谈到这件事的时候，他都会暗自叹息，潸然泪下，抱怨自己不幸未能为了一个如此光荣的理由而赴死。总之，我们可以将这位使徒的一生看作一场持续的殉道，因为他经历了 16 次海上航行，五次险些被不信教的人杀害。他在东京待了 10 到 11 年，不敢现身，整个白天睡 ① 在一条小船里，夜里长途跋涉去这个王国的每一个村庄，轮流探望每一位基督教徒，布道、进行教义问答、施洗礼并行所有圣事，他的工作非同寻常，每天夜里，他都会听好几百个基督教徒的忏悔并授予他们圣体，教徒

---

① 塔夏尔写的是"藏"。

们完全信任他。他有一种很特别的才能，可以祛除被附体的人身体内的魔鬼——这在这个国家相当普遍，从而使许多善良的人摆脱邪灵的纠缠，他们抱怨说，邪灵过于熟悉他们，对他们造成暴力，使他们筋疲力尽、无精打采。他从不谈论所有的善行，它们为他赢得了见过他的人的友谊和尊崇，它们在他身上得到如此完美的体现，使我们钦佩不已，以至在我们共处的将近三个月里，没有一个人能在他身上发现任何不完美的影子。我们已经为他深深折服，因为他对所有人的温和，因为他在谈到诬蔑他、甚至把他说成是一个坏人的那些人时的克制，因为他始终保有的与上帝相通的心意，因为他在每次做弥撒和听弥撒时都热泪盈眶的感人的虔诚，最后因为他英勇地承受着人们在罗马针对他的所有指责，目的是要把他被从他热爱的教区召回，而他在那里的工作给予了信徒们莫大的安慰，取得了巨大的成功，因此我们所有人都将他视为耶稣会传教士的完美楷模。如果召他回去自证清白的罗马教廷，原原本本地了解他的这些美德，他将在那里获得盛赞。我忍不住要在这里大致讲述福西蒂神父传教过程中发生的一部分事情，一来是为了还遭受猛烈攻击的他一个公道，二来是为了安慰那些到这里来的传教士们，使他们高兴地看到这里有一些以他为楷模并同他一样虔诚的人。

最初，这位神父是与佩雷拉神父一起到达巴达维亚的。总督留他们在自己家里住了两天，并请他们共同进餐，之后把他们安排在我上面提到的那个花园里居住。在那里居住期间，总督一直与他们分享其餐桌上的荤菜，但是又不希望给予他们在城里或者他们居住的地方传教的任何自由。为了阻止他们，他在他们的门口设置了一个岗哨，下令不许任何天主教徒进入，也不许两位神父出门。但是两位神父每天仍然秘密地做弥撒。他们到达三个月后，一艘葡萄牙船来到巴达维亚。他们见过船上的军官们之后，向总督强烈抱怨没有自由。于是总督给了他们自由，让他们听这些军官们的祷告，于是，不只是在巴达维亚的葡萄牙人，还有其他国籍的所有天主教徒，据说有六七千人，每天都来见他们，参加弥撒、节日和礼拜，非常虔诚地向他们忏悔。好景不长，由于聚集在神父们住处的人太多，以至于在圣约翰浸信会日这天早晨人满为患，一名法国天主教徒（我听说是这样）报告了大臣们，他们立即向总督抱怨此事，总督使形势又恢复到了那艘葡萄牙船到来之前的状态，直到我们抵达的当天，总督才给了福西蒂神父完全的自由，让他去他想去的任何地方，与各种人交谈。斯皮尔曼总督是巴达维亚共和国派在印度的最伟大的人之一，他不太在意大臣们和新教民众的抱怨，给了天主教神父们从事宗教活动的自由。因为所有人都告诉我们，柏应理神父——巴达维亚人仍然感恩戴德地纪念他——就曾自由地在堡垒里做弥撒和公开布道，所有人都可以自由地去领受圣事。在巴达维亚，基督教徒们只抵抗天主教的活动，却能容忍其他所有宗教，每天看着一些崇拜偶像的人，比如中国人，在基督教徒容许他们修建的寺庙里向偶像献祭，这对于作为唯一真理的天主教来说的确是一件非常耻辱的事情。

　　当我们得知福西蒂神父在巴达维亚时，所有人都格外高兴。第二天，我们尊敬的长上与塔夏尔神父在主持了圣弥撒仪式之后，一起去城里问候总督。他们将近下午 4 时才见到总督，因为他上午去了寺庙。晚饭后，印度的上层人士习惯休息两三个小时。但是二位神父见到了财务总长 ①，正是此人负责将外国人引荐给十分宠信他的

① 若昂·帕尔维（Johan Parvé，1643—1697），出生于南特，之后进入荷兰印度公司服务，于 1664 年到达乌木海岸。1682 年晋升为财务总长，1690 年率领一支 16 艘军舰的舰队出发去荷兰。他在阿姆斯特丹去世。他的兄弟达尼埃尔·帕尔维（Daniel Parvé）曾是苏拉特商行的经理。参见 F. de Haan, *Priangan*, vol. 1; et Valentyn, op. cit., t. IV, pt. I, pp. 374–375。

总督。他亲自带神父们去见了福西蒂神父，又一起从那里去了总督先生阁下——这是他的头衔——的官邸。他们在那里受到总督的盛情款待。总督命人为他们送上茶叶和莱茵河谷的葡萄酒，这是他对自己想表示友好的人经常会做的。他们彬彬有礼地交谈了将近两个半小时。总督先生身边能听懂并说得一口流利法语的两位副官充当翻译。在这次会谈中，神父们告诉总督我们是陛下派往中国的六位耶稣会士，目的是到中国进行观测以及艺术和科学保护工作，同时我们还将致力在这个庞大的帝国传教。随后，他们向他递交了陛下的特许状，总督找人念了特许状，这使他对我们这些神父更加优待。两位神父提出我们六位都很想在岸上待几天，以便进行一些观测活动，并缓解一下长途航行的疲劳。总督答复说非常欢迎我们，如果我们想要与福西蒂神父一起住在印度公司的花园里，我们将是那所房子的主人，他会下令将所需的一切安排妥当。神父们对这一切真诚的回应表示衷心的感谢，并被这种慷慨的方式所吸引，并满怀感激地接受了这一提议。夜幕降临，他们向总督先生告别，总督将他们送至长廊尽头，并命令财务总长先生送他们去花园。当他们来到总督先生的官邸门口时，一辆四轮马车（还有几个奴隶和一些烛台）准备送他们去安排好的住处，他们再三推辞，但财务总长坚持让他们上车。不一会儿，就到了这个住处，总督的军官们给他们送来了丰盛的夜宵。第二天早上，福西蒂神父随他们一起回到船上，他是来问候大使先生的。大使先生非常殷勤地接待了他，并邀请他与我们一起乘这艘船去暹罗，因为他知道这位神父计划去那里等待长上的命令，以便返回欧洲。始终非常乐于帮助我们的大使先生对他的邀请如此真诚和迫切，使得福西蒂神父盛情难却，尽管总督先生后来也向他建议乘坐印度公司的一艘船去暹罗，甚至如果福西蒂神父希望有人做伴，我们的几位神父也可以与他同船相伴。与此同时，在拥抱了这位自从有幸见到他的那一刻起就始终令我们不胜崇敬其美德的好神父之后，我们整理了一些必要的仪器，装在总督先生特意派给我们的一条有顶棚的很干净的小船上，随后一起上了岸。晚饭前，我们没有看到总督先生，因此我们直接去了为我们准备的寓所。从那一天起，我们一直受到总督先生的军官们的盛情款待，他们恰好是天主教徒，甚至有几个是法国人，很高兴能来招待我们。各种菜肴是如此丰盛，餐桌上摆着的饭菜可供 15 个人食用。在我们待在岸上的七八天里一直如此。之后，我们认定令人崇敬的神意并非让我们在像这里或好望角那样的地方享乐，在好望角，除非乔装改扮，否则我们似乎不可能有希望下船。我们住的房子离堡垒很近，那里是总督的官邸，只隔着一条充当堡垒壕沟的河。这所房子只有两条长廊，构成 T 形。横向的长廊很长很宽，两头各有一间漂亮的封闭的厅堂。已故的斯皮尔曼总督命人修建了这两条长廊，用来乘凉和宴请公司的军官们。现在，总督还会在这里同时宴请 100—150 人。这些建筑的两侧是花园和花圃，有两个小池塘，满池的鱼游来游去，晚上呈现出我从未见过的最惬意的景象。因为这两个池塘装满了咸水，最轻微的动作也会使水面发光，当人们为了取乐而高声喧哗时，受了惊的鱼儿们会四散逃离，整个水面波光粼粼。顷刻，池塘便像着了火，看到这么多亮点，就像我们的萤火虫在水渠上空和树周围飞来飞去，令人更加开心，由于我们压根没有期待过这样的场景，更是惊讶不已。我们看到这个花园的旁边有一个动物园，里面养着许多种类的鸟和动物。我们在那里主要看到了雄鹿和狍子，还有瞪羚，它们长着又长又直、又细又尖且弯曲的角，就像金字塔形的螺钉，树林里还有大量的孔雀。还有一些鸵鸟，许多丝舌鹦——一种通体深红色的鹦鹉，叫声非常悦耳，羽毛也很漂亮。除此之外，还有两只大鸟，它们的腿和脖颈都十分粗壮，看上去比人还高一点，它们的身体呈灰白色，近似麻灰色，外形似鹭。葡萄牙人称之为"garca real"或者"御鹭"（héron royal）；在巴达维亚，人们称之为鹳。它们头下方脖颈上有一个大红点。① 我在暹罗的康斯坦丁大人（seigneur Constance）*家看到过一只，他告诉我这种鸟有一种能力，能消化铁，像鸵鸟一样。但是有个差别，这种鸟排出来的铁体积损失了一半，并且变得非常干净，不会再生锈了。他还补充说，他的主人暹罗国王饲养了将近20只这种鸟，用来净化铁，以便用于制作各种工艺品。

总督就是将我们安置在这样一个舒适的地方。我们期待着能进行很好的观测，为此，我们已经调好了钟摆，架起了仪器②，但是尽管这个地方极为方便，我们还是什么也没能做，因为每天晚上天空都乌云密布。

这天傍晚4时，我们与福西蒂神父一起去总督先生的官邸问候他。他十分殷勤地接待了我们，也就是说，以他头一天接待我们的长上和塔夏尔神父的方式。我们与他一起待到晚上。在喝完茶和当地酿造的葡萄酒之后，他把我们送到了前院，两位大臣在那里等他。其中一位先生名叫扎斯③，看上去是一个非常诚实的人。他是个"包打听"，非常熟悉我们在中国和日本的神父们，并与他们保持着相当频繁的书信往来，还充当他们的邮差，帮他们把信安全地送到欧洲。

---

① 这个描述符合一种鹭，"沙皮赤颈鹤"，可以在爪哇和暹罗看到。这种鸟有时候能吞下锉屑，但并非像康斯坦丁告诉白晋神父的那样，能够消化铁。

* 这个人的名字写法很多，为了和后文一致，Constance和Constantin都根据参考文献翻成"康斯坦丁"。下文的华尔康同此。

② "我们的耶稣会士们，"舒瓦齐于8月20日写道，"去架起他们的仪器，想要至少用一点木星和金星的观测结果来回报他们的主人。"

③ 扎斯（Theodorus Zas），新教牧师，1656年来到巴达维亚。他是个包打听，利用多次旅行和在果阿和马六甲的逗留机会扩大他的关系网。他能说多种语言，包括阿拉伯语和葡萄牙语，与澳门的神父们一直保持着书信往来。塔夏尔没有提到过他。

在他先来拜访我们之后，当我们回访他时，他提出了同样的建议，我们非常愿意接受他的好意。

至于总督康必什先生（Mr Campiche）[1]，我们无法表达对他的感激之情，这是一个十全十美的人。的确，这是一个有钱人，他逐级晋升，直至印度公司董事会的头把交椅。他配得上现在的职位，此前他曾三次担任日本公司的董事长，从那里带回了各种古玩。他主要给我们展示了两个制作十分精美的石膏人像——穿着日式丝质服装，一个是日本男士，一个是日本女士。如果这两个人像雕的是皇室成员，将会有很多人愿意一睹为快。他还给我们展示了日本的一些树木，它们的底部封闭在有窟窿和孔隙的石头里，根部慢慢扎入其中，可以时不时从上面浇下并储存在石头中的水中汲取养分。总督先生大约50—55岁，他极为诚实、谨慎，和蔼可亲，话不多却恰如其分。而最难能可贵的是，他并不十分反对我们的宗教。亲身经历过他表现出的罕见的仁慈的福西蒂神父也有同感。这位神父告诉我，有一天他进入总督很少让外人进的书房，在那里看到多幅宗教画，其中一幅是我们的主耶稣正在橄榄园祈祷，画的底部有总督亲手题词："基督是我的灵魂"。

接下来的几天，我们去拜访了印度公司的主管们，每个人都殷勤地接待我们。他们中的几位甚至来到公司的花园看望我们，特别是各阶层的天主教徒，他们想要忏悔并领圣体，但是由于我们不想让总督不高兴，且担心会给这些天主教徒招来灾祸，所以只在我们的船上约见了能够到来的几位，并秘密地听了其他几位的忏悔，在他们的家里或者我们的住处，这样既能让这些可怜的天主教徒满意，又不会引起任何流言蜚语。的确，众所周知的福西蒂神父拯救

_____

① 见上文第60页的注释②。

教徒们的热忱，在我们与他一起待在巴达维亚期间从未停息，因为在我们到达并获得了到处行走的自由后，他就从早到晚地忙于听忏悔并安慰所有那些向他寻求救赎的人。在我们到来之前，他已经在所有这些天主教徒中做了大量工作，当我们出发时，他还让一位他曾教育过的女新教徒发誓弃绝新教信仰。自从这位妇女来找他向上帝询问她的两个在人世已无药可救的孩子的健康状况时起，就很快地通过这位神父的祈祷得偿所愿，就这样留下这次未完成的改宗对他来说是一个很大的屈辱。我禁不住再一次哀叹，极端的盲目使得印度公司的高层管理者们唯利是图，允许在巴达维亚从事蔑视基督教的伊斯兰教活动，甚至偶像崇拜，却不允许天主教徒拥有小教堂或祭坛，来向真正的上帝献祭。然而，几个月前，他们曾向我们保证，巴达维亚为数众多的葡萄牙人已经向印度公司捐献了 20 万埃居，以获得在城里或某个市郊修建一座教堂的许可。他们还承诺，除此之外，每年还将再付 1.6 万埃居。这个建议是向印度公司董事会提出的，并上报给荷兰总公司的领导，但是他们不认为总公司领导能同意，因为据说领导们担心天主教徒会成为巴达维亚的主人，而且布道也会很快荒废，因为尽管大部分管理者、甚至平民和士兵都是天主教徒，有些已公开身份，另一些没有公开，但是在公司不允许他们从事其宗教活动的情况下，天主教徒们并没有离开公司，这说明他们严格地遵守这条规定。而伊斯兰教徒和农民们却对他们的宗教更加虔诚，不得不说这是基督教徒的耻辱，他们得以公开从事宗教活动，因为他们威胁要离开这里，这将给公司的贸易造成非常大的损害。信天主教的管理者们做出功绩后也会得到晋升，但是公司不会把他们晋升到最高管理层，比如总督、董事或印度公司顾问，至少在他们仍宣称自己是天主教徒时是如此，因为如果他们对自己的天主教徒身份保密，只偶尔去听布道，公司就不会如此密切地提防他们了。在巴达维亚有四座教堂，其中两座每个星期日用荷兰语布道，一座在堡垒里，另一座在城里，第三座每个星期日用葡萄牙语布道，这是巴达维亚最通用的口语。第四座供为数众多的法国人使用。据说用葡萄牙语布道的新教牧师从前是罗马天主教徒。在暹罗的法国教士中有三位以上经常公开说这位牧师曾是耶稣会士。他们当面向我们肯定这件事，并在法国将此事记录下来。据我们了解，这个消息是假的。我不知道他们出于什么原因散布这个谣言。

　　我可能需要更多时间向您准确地描述荷兰人根据兴趣建设的巴达维亚城，他们将其变成了在印度占有的所有地方的首府，就像一个通用仓库。他们将从日本、摩鹿加群岛（Moluques）、德那第（Ternate）等东方各地获得的所有财富带到了这里，他们现在是这里的主人和整个贸易的主宰。巴达维亚城在欧洲被描绘成一座非常美丽的城市，它被按照荷兰的风格建设得很好，马路又长又宽又直，城中有漂亮的运河，上面布满了数不清的小船，两岸有几处种植着树木，景色宜人。因此，当人们想在城里散步时，如果怕厌烦，可以走水路，如果喜欢锻炼，可以走陆路。马路纵横交错，人们可以一直在路上散步而不湿脚，因为雨水在落下的那一刻就流走了。房屋比马路还要干净，它们实际上没有任何富丽堂皇的东西，无论是外观还是里面，不像我们法国的大城市，但是无疑更干净，一切都像是新的，内墙和外墙都像雪一样白。墙上看不到一点污迹，家具也一尘不染，像镜面一样光滑闪亮。尽管这里距离赤道只有6°，天气炎热，但这些房屋的建造方式使得人们在白天的任何时候都感觉凉爽。这座城里人口聚集，可以看到各种民族，摩尔人、中国人、马来人、日本人，还有除了本地土著和欧洲人以外的数不清的其他民族。在这里有超过四五千的中国人，他们是在鞑靼被归入中国版图后逃难到这里的，后来成为这里的主人。① 由于勤劳而且精明，他们在巴达维亚做一切有利可图的营生，没有他们的帮助很难在这里生活。他们还种地，总而言之，除了手工业，什么都做，而且他们中也有很多富人，前不久刚死了一位，死后留下了 100 多万两银子。这座城筑防坚固。有一个带四座棱堡的堡垒，每座棱堡都配有一门非常漂亮的绿色铸铁炮，很大一部分武器是法国制造。在这个地方及其周边，荷兰人一直驻扎着人数众多的士兵，以防意外，也是为了始终保持警惕，对他们统治下的爪哇人，也对整个岛，不能有丝毫动摇，特别是从他们夺取了万丹之后。人们向大使阁下讲述的这座城市的美丽使他萌生了看一看它，并在晚饭后微服私访，在美丽的运河上游逛的愿望。有些人甚至插手安排大使先生与总督先生在总督的花园里会面。有人告诉大使阁下，总督会偶然地、意外地出现在那里。但是所有这一切都是个误会，大使先生去了城里，路过总督的花园，但总督没在，大使阁下感到有些遗憾。② 回来的路上，他光临了我们的住处，我们自作主张，为他和他的所有侍从奉上了非常干净的餐点，这是总督先生的官员们准备的，以备大使阁下想要光临时的不时之需。

8 月 24 日，法国圣路易节的前夕，大使先生要派人去通知总督先生，如果他在当天晚上听到锚地鸣炮，不要惊慌，那是国王的军舰通过这种方式来庆祝这位伟大圣人的节日的习俗。塔夏尔神父和我受托去办这件事。③ 我们去了总督先生的官邸，他当时正在开会，

---

① 从 15 世纪起，就已经有中国人居住在爪哇。主要来自中国东南各省的移民流，后因明朝灭亡和清朝（满族人或"鞑靼人"）建立后的内战而加剧。参见 Purcell, *The Chinese in South East Asia*, London 1951。

② 塔夏尔的游记中没有提到这件事。

③ "大使先生派另一位耶稣会士和我去办这件事……"塔夏尔写道，他只在游记开头和结尾各提到过白晋一次。

当得知两位耶稣会士来找他时，立刻就出来了。他非常感谢大使先生的客气，说法国人在这方面和其他方面都出类拔萃，英国人就远没有这么文明。他补充说，如果那一天是国王的生日，他自己也需要表示一下，参与我们的节庆活动，让堡垒的大炮齐鸣一声，如果不能在圣路易节做想要为路易十四所做的事，他会很恼火。随后，他为国王的健康干杯，之后为大使阁下的健康干杯。我们向总督先生告辞，出来时他又千叮万嘱，主要是希望我们有急事不用找别人，尽管来找他。我们临别时再次感谢他给予我们的自由。从官邸出来，我们直接回到船上，向大使先生汇报这一切，又为本该在第二天早上来的几位天主教徒做了忏悔。我们在距离"飞鸟号"（Oyseau）的火枪三倍射程之外，很高兴地看到它发射了 17 响炮，护卫舰发射了 13 响，随后，两艘船上"国王万岁"的呼声此起彼伏。

我们在巴达维亚得知，中国的大门不像以前那样封闭了，中国皇帝想验证他允许的贸易自由是否能给他的帝国带来巨大的财富。荷兰人利用这个机会，于当年向中国皇帝派遣了一个带着丰厚礼物的隆重的使团，想要获得中国国内的贸易自由。三位大使在我们到达巴达维亚前一两个月就出发了。他们在中国向我们确认了我们在好望角听到的消息，即中国皇帝正在酝酿征服日本，正是出于这个考虑，他不久前成为了台湾（Isle de Formose）的主人，赶走了那里的海盗，以便将那里作为他的新军队的军火库。如果这些消息是真的，那么这给了许多虔诚的传教士一个机会，使他们能够进入这个基督教历史悠久的国家，尽管不久前从中国回来的一些异教徒信誓旦旦地告诉我们，这个国家很久之前就已经剥夺了教士的合法地位，漫长而血腥的迫害至今仍在延续，教会每天都出现著名的殉道者。

8 月 25 日星期日的晚上，岸上的所有人都得到命令立即回到船上。登船前，我们七个人——福西蒂神父与我们一起——去了总督先生的官邸，向他告别，对他给予我们的所有殷勤款待千恩万谢。我们承诺将永远记住他，并祈祷上帝在来世回报他。总督先生送我们出门时千般客套，而且好人做到底，他还派自己的小船送我们上船。在我们住在岸上的日子里，他就曾把这条小船一直留给我们使用，当我们离开的时候，他又命人在船上装了一些精美的饼干、鱼干、水果和给福西蒂神父的其他物资，因为他不知道大使先生允许这位神父与他同桌吃饭，与我们吃得一样好。

当我们在巴达维亚时，由于中国人占据了我们旅行以来的大部分心思，我最大的好奇心就是见见这个国家的人。一天，我们——塔夏尔神父和我——去参观一座中国人的寺庙，它距城四分之一英里。我们在那里见到了六七位祭司，他们正在那里祭祀死者。他们穿着司祭的服装，与我们的相似，仪式和歌曲相当简朴。他们时不时地以非常庄重、缓慢的方式，按着一种定音鼓和几个小铃铛的节奏行走。这座庙相当小，进去的时候，我们把它当成了我们的一个礼拜堂，因为其祭坛的装饰几乎与我们的一样，有一些雕塑，殿的两侧有两排长的橱，装着相当精致的泥塑，在每个泥塑前面，他们烧几块香锭，香锭的形状就像村民们在祭坛前虔诚地点燃的那些小蜡烛。在庙内庙外的这些雕塑前，我们还看到不少装着堆成金字塔状的水果的盘子和各式菜肴，用来献给他们的偶像，然后吃掉。由于这些人是平民，我们告诉他们，我们是天国的上帝派来的神父，来向他们的国家宣传上帝神圣的律法。他们对我们非常谦恭，还依照习俗送给我们一些槟榔和蒌叶。我们没有接受，推辞说这不符合我们的习惯，但实际上是因为这些东西都是献给偶像的。回来的路上，我们路过一个中国人的墓地，关于这一点，下次当我在中国人中间待一段时间后，我会更详细地讲给您听。

26 日星期一早晨，我们离开了巴达维亚锚地，风向像我们离开

布雷斯特港和好望角港时一样有利，因此我们当天航行了好一段路
程。8 日至 9 日夜间，天空相当阴沉，我们突然发现一艘与我们的
船一样大的船，距离我们只有火枪的两个射程那么远，从风来的方
向朝我们驶来，船帆收缩到一半。我们立即向这艘船喊话，想知道
它要去哪里，有什么企图，但是喊话没有用，他们根本不回答。这
艘船很快就冲向我们，它的艏斜桅撞到了我们船的后部，还撞掉了
我们的船艉楼顶部的一部分，并在冲撞中插进了我们船舱小窗户的
几块窗板，福西蒂神父当时就在这个船舱里，要不是德·沃德里库
尔先生采取了十分恰当的操作，这艘船早就从船舷处把我们撞翻了。
然而，在听到紧急警报之后，大家都带着军刀和火枪来到甲板上，
以为要开始战斗了，炮手也已就位，只等一声令下就要开炮了。大
使先生判断这只不过是这艘船的一次误操作，它看上去和大家一样
好像没睡醒，因为我们船后部小艇上的几名水手已经登上了这艘不
知名的船，以防小艇被两艘大船挤碎，他们在那艘船里没有看见任
何人，大使先生只是下令朝这艘船开了 25 枪，以惩戒那些驾驶粗心
大意的人，当这艘船到达我们的下风口时，立即点起了信号灯。这
使我们相信这艘船不是单独行动的，因为差点被它撞到前端的护卫
舰上的好几个人肯定地告诉我们，他们还看见一处离他们很近的火
光。您可以想见，这次历险在人们的脑海中留下了一种怎样的印象，
特别是对于那些只在画上或书中看见过战斗的人们而言。当眼看着
这艘船朝我们冲过来时，我们等着随时被它的船侧炮击中，每个人
已经想到要将生命和灵魂交还到上帝的手中了。我们当中一位神父
当天早早睡下了，很奇怪地被火枪齐射声惊醒了，他以为战斗已经
开始了，敌人对我们开火了，这使他非常害怕。另外好几个人当时
想象着出现了各种幽灵。另一位神父比第一位要意志坚定一些，他
是最早登上甲板的，手里握着一把军刀，决心保卫他自己和我们的

生命，以便等待更好的机会，将它们奉献给传教事业。我们对这次
历险都有不同的推理，最合乎情理的要数大使先生的感觉。他和
德·沃德里库尔先生都将它归咎于一次错误的操作，说如果这艘船
有什么企图，它在靠近我们时，不会不用它的船舷炮和所有火枪向
我们射击。不少人猜想这是两艘荷兰船，它们有不良企图，在距离
我们必经之路上的两块礁石很近的航线上等着我们。使他们确信这
种想法的是头一天有两艘荷兰船离开了巴达维亚锚地，据说运载着
武器，而且在近处看见这艘撞击我们的船的人都报告说，它的外形
与那两艘荷兰船相同。这就是关于这次历险的一部分情况。① 能够肯
定的是，即使他们有某种企图，也不会给我们造成很大的损失，或
者至少他们的确没有为此采取任何行动。后来从在我们之后到达暹
罗河口沙洲的一艘荷兰船那里得知，那艘船是荷兰的，装载着胡椒
从苏门答腊返回巴达维亚。由于风向有利，我们继续赶路，没有因
为这一事件耽误片刻。我们很快就到了邦加海峡（détroit de Banka）
的入口，这个海峡是由邦加岛和苏门答腊岛形成的。海峡入口处的
沙滩和浅滩使不了解这里的人很难通过。尽管我们有一位非常能干
的荷兰领航员，他已经多次通过这个海峡，但他们还是一直手握探
测器，即使这样，我们的船还是触底了，护卫舰也一样，但是海底
都是淤泥，没有任何危险，我们离开那里，靠锚拖拽着我们的船。
风继续对我们有利，我们很快就再次越过了赤道。尽管这一次我们
感觉气温更高，但是在赤道这一侧不必像在那一侧一样担心风平浪
静，因为这里的风通常一会儿来自陆上，一会儿来自海上。能够在
这些平静如池塘的海域安全航行的真正办法，是始终沿着陆地航

---

① 这的确是一艘荷兰船——"柏克迈尔号"（Berqmeer），这次撞击是因为它的领航员
缺乏警惕性。荷兰驻暹罗商行致巴达维亚商行的一封信中确认了这一点。La Haye,
MS., *Kolonial Archiv* 1304, 17 déc. 1685.

行，永远不要使陆地离开视线，正如我们所做的，这样方便在希望的时候抛锚，而我们随时都有可能被迫这样做，一方面是由于风停息时带动船的洋流，另一方面是为了不要在夜里被某些通常带来暴雨的强风推到陆地上，这些强风在苏门答腊岛上形成，因此被称为"Samatres"①。我们离开巴达维亚几天后，突然出乎意料地遇到了一股这种大风，这让我和其他人都很害怕，因为我们的船已经涨满了帆。它至少会使我们损失几根桅杆，因为这股强风使整艘船向一侧倾斜，并吹弯了桅杆。全体船员分成两个合唱队，以特别的虔诚歌唱着圣母的连祷，大使先生和所有人都加入进来。的确，圣母帮我们度过了一切事故，对她的崇敬使得我们没有中断每天都做的这种祈祷，以一位非常虔诚的神父很久以前介绍的一种神圣的做法来进行，我们获得了这位仁慈的庇护者的眷顾。

　　10月5日，②我们开始看见亚洲的陆地，看到的第一片陆地是马六甲海角，您可以想象，当看到自己身处这片因为那位伟大的印度传教始祖的航行和奇迹而闻名世界的海域时，内心是多么喜悦，在船上，我们每天都在连祷之后一齐祈求他的庇佑，而当我们看到马六甲这个著名的城市时，心情又是多么沉痛。这里从前是圣方济各-沙勿略与他的同伴们进行传教事业和发生奇迹的舞台，现在却落入我们宗教的最大敌人的强权控制，我是指荷兰人，他们征服了马六甲，却完全听命于葡萄牙人。我们随后顺着③柔佛（Johor）、沙梨头（Patane）、彭亨（Pahan）的海岸线前进，这三个小国的王都附属于暹罗国王。荷兰人控制了这些小国的全部贸易。

　　9月6日，大使先生的一位侍从去世了，这名善良的年轻人是诺

---

① 塔夏尔的游记里写的是"Saumatres"。

② 笔误，应为9月5日。这个日期的错误在塔夏尔的游记中也被复制了。

③ 塔夏尔写的是"我们沿着"。

曼底的贵族。他叫达尔布维勒（d'Arbouville）①，人品非常好，也非常聪慧，原本有朝一日会非常富有。这些天赋和财富的优势没能够使他逃过因便血导致的早逝，这在印度是一种普通的疾病，特别是对于吃水果过多的人，就像这位年轻的侍从。我们通过护卫舰当天早晨9时打出的信号旗得知了他的死讯。当天晚上，又从五声炮响得知了他的葬礼时间，军舰上习惯在军官去世时鸣炮五响。您知道人们在船上举行的葬礼都非常简短，没有隆重的仪式。在唱完葬礼应答颂咏和其他类似祷告之后，他们在尸体的脚上拴了几个铁球，放到一块木板上，让其在大海里随波逐流。第二天，船上所有的神父一起做了弥撒，祈求这位侍从的灵魂安息。

接下来的几天，风向不太有利，我们还是遇到了一些风平浪静的情况，直到9月22日才看见邻近暹罗河口的陆地，因为它们的地势很低。我们当天②在距离河口沙洲三四海里的地方抛了锚。第二天是星期日，早晨，大使先生派福尔班骑士先生与瓦谢先生一起上岸。福尔班先生接到了直接去曼谷的命令，这是暹罗王国距离河口沙洲大约10里路的一座河上城市，他去那里购置给养。瓦谢先生要直接去首都，带去大使阁下到达的消息。

与此同时，我们起了锚，以便靠河口更近一些。我们在距离河口三海里的地方抛了锚，紧靠着一片沙滩，河流穿过这片沙滩，形成了一条航道，被称为河口沙洲。24日早晨，一条小船靠近我们的船，来接我们从法国带回来的那两位暹罗大臣。其中年长的一位被称为老大臣，因为他满头银发，这次得知了一个令他无法释怀的伤

---

① 塔夏尔写的是 d'Hébouville，肖蒙写的是 d'Herbouville，舒瓦齐写的是 d'Arbouville。福尔班没有提到这个人的死亡。《文雅信使》（*Mercure Galant*）1685年3月刊给出的是 d'Erbouville。

② 舒瓦齐确认了这个日期，以及瓦谢先生出发的日期，即9月23日。

心的消息：他的祖母去世了，老人家应该年纪不轻了。大使先生看到他哭得像个孩子，还以为这位老先生在为他死去的某个妻子哭泣，他有三个妻子。因此他很高兴地对老先生说，你应该感到欣慰，因为即使失去了一个妻子，还剩下两个，这已经不少了。无论如何，我们还是被这位大臣善良的天性感动了。

他们两人向大使阁下及船长先生告别，感谢盛情款待，然后回到了他们的小船上。我们的船鸣了五响礼炮表示欢送，这是我们最后一次向这些所谓的大臣致敬。我之所以说"所谓的大臣"，是因为他们只是空有头衔，而且只在法国管用，他们不过是暹罗的老百姓，被派去打听前面几位大臣的消息，一回国就立刻被撤职了。人们对他们的表现相当不满，有人说是因为他们表现得不像大老爷。①但是那些最明智的人却认为，这是因为他们表现得太过了。瓦谢先生如果愿意，会说明此事。可以肯定的是，我们相信他俩都陷入了没钱的境地，尤其是那个年轻的。我们不知道暹罗人对他俩做了什么。年老的那个首先被捕了，另一个后来也被捕了，据说他俩受了鞭刑。这是暹罗王国惩罚犯了最轻过错的人的刑罚，甚至连高官中的昭披耶都不能幸免，听说上一位昭披耶就是死于鞭刑。

26 日，福尔班骑士先生从曼谷回来了，还带回一个法国铁匠，他为暹罗国王服务 12 年多了。他后面紧跟着一条小船，装满了信仰伊斯兰教的土耳其籍曼谷总督送给大使先生的家禽、水果和其他给养。

28 日，法国商行的官员 ② 和一位上尉来向大使阁下致敬，并告

---

① 舒瓦齐在 9 月 26 日的日记中似乎证实了这些评论："我们至今为止见到的暹罗人都很好，我不理解他们为什么选了他们国家的渣滓，派去世界的另一端现眼。"我们还记得这两位特使在法国逗留期间的行为。

② 在那个时期，法国驻暹罗商行的代理是维莱（Véret），一个"巴黎的花花公子，既没有经验，思想也不开放"，是商行的创始人布劳·德斯兰德斯（Boureau-Deslandes）的平庸的继任者。后者于 1680 年 9 月至 1684 年初待在暹罗，后回到了苏拉特。

知大使暹罗国王陛下对他的到来非常高兴。他们补充说，暹罗人天天都在等待一个波斯的使团，暹罗国王今年已经向葡萄牙国王派去了一个隆重的使团，他还想借此机会赠送给笃信基督的法国国王陛下一些礼物。大使先生得知梅特洛波利斯主教先生 ① 与里奥讷院长先生 ② 当晚要来船上，表达他们对大使阁下来到暹罗的喜悦之情，就派一艘小艇到河口去接他们，因为他们的长尾船——一种又长又窄、很容易倾翻的船——无法载他们到我们的船上来。由于当晚风力增强，这些先生们第二天早晨才来。他们问候了大使阁下之后，我们六人一起去拜访了梅特洛波利斯主教，他对我们十分友好。洪若翰神父代表大家讲述了我们在法国听到的关于他的许多好事，我们很荣幸能与一位品格如此高尚、行为如此亲切的主教打交道。大家参加了他随后为全体船员做的弥撒，他给了所有人40 天的宽限期。

　　正如您所知，大使被派来暹罗是因为有人保证他一来就能使暹罗国王改宗，而在梅特洛波利斯主教与大使先生的第一次会面中，他告诉大使阁下事情并没有就绪，他不知道是谁如此夸大了目标，并补充说他在第一次觐见国王时甚至都没有触及这个话题。③

————————

① 梅特洛波利斯（Louis Laneau, 1637—1696），陪陆方济主教来暹罗的外方传教会的神父之一，于 1664 年 1 月 27 日到达阿瑜陀耶城（Ayuthia）。他被任命为梅特洛波利斯的主教，科托伦德（Cotolendi）主教的继任者后，于 1674 年 3 月 25 日被郎伯特主教授任主教。他享有双重头衔，即暹罗宗座代牧主教和南京宗座代牧主教。

② 里奥讷（Artus de Lionne, 1655—1713），出身于多菲内（Dauphiné）的一个古老家族，父亲是雨果斯·德·利昂（Hugues de Lionne），国务大臣、驻罗马特别大使。他后来与肖蒙骑士一同回到法国。后来成为罗萨利的主教和中国宗座代牧主教，在中国礼仪之争中表现活跃。他在巴黎外方传教会的神学院去世。

③ 关于那莱王改宗问题的这第一次澄清的细节，见肖蒙自己写的 *Relation de la négociation de M. de Chaumont à Siam*, B. Nat., Fonds Margry, M.S. Fr. n.a. 9380 ˹08 160–173˼ᵛᵒ。

　　以下是舒瓦齐写的，他很早就估计到了这个局势："自从我们到达暹罗，且我与梅特洛波利斯主教和里奥讷院长会谈后，我清楚地了解到，他们有些夸大了目标，暹罗国王很愿意保护基督教徒，但不想信奉他们的宗教；他的行为都是出于政治目的，上午 11 时，王宫里的两位大臣从他们的国王那里来问候大使阁下，祝贺他顺利抵达暹罗，并表示他的到来为国王和整个王国带来了欢乐。[①] 他们在一个多小时的会谈中告知大使，他们已经召集了所有的占星师，来确定大使阁下进入暹罗城的最吉利的日子和时刻。大使先生命人给他们送上茶叶、各种葡萄酒和一坛果酱。之后他们告辞，回到他们的小船上，在上面待了四五个小时，记录下大使先生跟他们说的所有的话。尽管世界上没有哪个国家能比暹罗更愚昧无知，但也没有哪个国家能比暹罗更普遍地使用文字。这两位大臣离开时，大使先生为了向他们致意，下令鸣炮九响，之后又鸣炮五响，为在他们之后不久离开的法国公司的官员们送行。

第二天下午，梅特洛波利斯主教和里奥讷院长继上次与大使阁下告别后又回来探望他，大使派福尔班骑士[②] 和杜飞骑士将他俩一直

（接上页）吸引外国人和贸易到他的国家来，确保对印度的所有国王都害怕的荷兰人的防御。" *Mémoires de l'abbé de Choisy*, éd. Michaud et Poujoulat, t. VI, p. 612.

　　另一方面，就在肖蒙到达后不久，"梅特洛波利斯主教先生去了康斯坦丁宰相的府邸。宰相一见到他就问他是否一点都不知道法国大使来王宫的目的。他回答说他只知道这位大使有很大的权限，可以处理和决定最大的生意，他同时还有法国国王的特别命令，向暹罗国王宣扬基督教的法理。康斯坦丁宰相对这个消息极为惊讶：他问到底是谁这样欺骗法国国王？主教先生耸了耸肩说他什么都不知道，而且他对此非常懊恼。" *Mémoire de Monsr. Constance ministre du roy de Siam sur l'ambassade que le Roy luy a envoyée pour l'inviter à se faire Chrestien*, B. Nat., MS. Fr. 15476 f[08] 1–25 et copie: Fr. 9773 f[08] 48–58 v°.

① 　大臣中最年长的一位 "根据大多数东方人根深蒂固的灵魂转生观点补充道，他很清楚大使阁下从前曾从事很大的生意，1000 多年前来过暹罗，来增进统治法国和暹罗两个王国的国王之间的友谊。" 大使先生很客气地回应了他们的恭维，微笑着补充说，他不记得曾经负责过如此重要的谈判，这是他第一次访问暹罗。Tachard, p. 197.

② 　就是在这里，福尔班在一个非常破烂的茅草屋里看见了 "三四个男人坐在地上……像牛一样反刍，没穿鞋，没穿长筒袜，没戴帽子"。他问他们地方长官在哪里，其中一个男人回答说："我就是。" 对此，福尔班接着写道："坦白地讲，我不止一次感到惊讶，舒瓦齐院长和塔夏尔神父与我看见的是同样的事，却似乎约定好了要呈献给公众关于暹罗王国的一些如此灿烂、如此违背真相的观点。" Forbin, *Mémoires*, pp. 97–99.

护送至河口。塔夏尔神父、刘应神父和我有幸陪伴他俩一直到暹罗，因为他们承诺他们带来的两条长尾船中的一条将把我们送回去。大使先生下令鸣炮九响为梅特洛波利斯主教送行。晚上，我们很晚才回到河口，这个河口不到一里宽，距离这里半里地的上游，还不到四分之一里宽，再往上一点，最大宽度只有 250 步 [①]。它的运河非常美、非常深，大船也能溯流而上，顺利到达暹罗城 [②]。这个城市距离河口沙洲 30—35 里路，那里是船只最难通过的地方，水深也只有13—14 法尺。这使得"飞鸟号"无法驶进这条河，尽管许多人打包票说只要你想就能通过那里。这条河由于两岸到处都是四季常青的树木而无限赏心悦目。我们在夜里到达了荷兰人的一个商号，梅特洛波利斯主教先生的长尾船在那里等着他，他极力邀请我们坐上他那艘很干净、很舒服的船。因为需要一整个白天才能到达上游的暹罗城，它周围的地势极低，一年中有六七个月都被水淹没。这里的雨季连绵好几个月，使河水严重上涨，因此需要花费很长的时间才能把水排干。这些洪水也是使暹罗王国土地肥沃的原因，正如尼罗河的洪水之于埃及。因为如果没有洪水，覆盖着所有平原的只能是水里生长的稻谷，这样就无法像现在这样为所有暹罗人提供食物。这些洪水还有一个好处，就是让人们能够坐着长尾船去往各处，甚至横穿田野，也因此到处都能看见如此多的大大小小的长尾船，以至于我觉得在这个王国的大部分地方，居民的人数都比不上长尾船多。有些带顶棚的大舟为没有固定居所的大家庭提供住处，而许多这样的大舟连在一起，就在它们所在的地方形成了一个新的浮动的村庄。

夜里，我们继续沿河而上，沿途看到了非常迷人、非常奇特的

----

① 塔夏尔写的是"只有约 160 步"。

② 暹罗城或阿瑜陀耶城、大城，从 1350 年直至 1767 年被缅甸人摧毁，400 多年间一直是暹罗的首都。

一幕：一大群数不清的萤火虫，就像我们在巴达维亚看到的那样，布满了河两岸的所有树木。您会以为，这天夜里，天空落到了地上，每棵树都像一个巨大的分支灯架，点缀着无数的灯光，平静无波的水面就像一面镜子反射着这些光，使它们变得更多，增添了新的意趣。当我们的视线沉浸于在树枝上飞舞的萤火虫带给我们的如此美妙的情景中时，一只大部队，或者更准确地说，是早在河道两边等着我们的一群群扰人清静的蚊子，此时从四面八方扑向我们，整夜顽强地纠缠着我们，使我们不得不一直与它们斗争。这对我们来说可不是件轻松的事，因为尽管我们打死了这些残忍的昆虫中的几只，尽管我们在它用口器在我们身上叮的大包上拍死了几只，但是每当我们在一边打死一只，就有十只一起从另一边残忍地叮咬我们，衣服也无法抵御它们尖锐的口器，我们常常会因为对这些昆虫的防御如此虚弱而感到厌倦，同时我们又担心会葬身于它们的猛烈进攻之中。驾驶着我们的长尾船的暹罗人一边划桨，一边也在与蚊子搏斗，却比一心抵抗蚊子的我们战绩更佳。看着这些赤身裸体的人如此灵活地迅速拍着手，同时从四面八方保护他们的皮肤，没有一只蚊子能逃过他们的打击，也是一件乐事。与此同时，他们没有少划一下桨，的确，长期的锻炼使这些人在这种战斗中变得灵活，在所有其他战争中也是如此。蚊子——这是人们给这种小苍蝇起的大名，实际上它们与我们在法国称作"蚊子"的那些亲戚并无任何差别——在我们身上叮咬的伤口第二天早晨使我们浑身奇痒无比，以至于刘应神父和我两个人白天的大部分时间都在挠痒，挠得满身是包，好像患了麻风病。至于塔夏尔神父，我不知道他是什么构成的，或者他有什么武器，但事实是他身上没有留下蚊子残暴施虐的任何痕迹。洪若翰神父也与塔夏尔神父差不多幸运，但李明神父却没有得到这样的优待。他觉得自己在战斗中丢了一条腿、一只眼和一条胳膊，至少他好几天都感觉很不舒服，甚至不能走路了。这些蚊子通常在河的下游大量聚集，比别处更多。它们白天躲在树林里，只在太阳落山时出来。为了避免被它们叮咬，必须始终在河的中央行船，因为它们绝对不敢飞到河上。但是河中央的水流比两侧更急、逆流更多，所以人们更喜欢听凭这些小昆虫处置，而不会在河中央多耗费半天甚至一整天。在屋里，人们也不能幸免于这些蚊子的侵扰。为了自保，夜里人们在床边罩上一层透明的浅色丝帐，或者一层薄纱帐，防止蚊子进入。

我们还在河两岸遇到了许多在树上攀援的猴子；这些动物分群生活，就像许多不同的家庭；我们在两三个小时之内在不同的树上找到了三四个这样的家庭。有的猴子体型很大，有的很小。体型小的猴子叫卷尾猴。我们看见一只卷尾猴怀中抱着一只小猴，就像妈妈抱着她的孩子。我们之前还见过许多相当奇特的鸟，主要是一群群数量很多的小白鹭，它们靠在葱绿茂密的树上，让人难以分辨，因为这些鸟像雪一样白，从远处看，还以为是这些树上开的白色大花朵；但是随着我们靠近，这些假花渐渐变成了鸟，突然飞了起来，在它们飞翔的时候，我们看到了整个变形过程。这种小白鹭肯定是我曾经见过的那些美丽鸟儿中的一种，它的外形与鹭相同，却是微型鹭，因为它要小得多，身材更纤细，羽毛无可比拟地白而细；这种鸟最美的就是羽冠，它也是因此得名。

乡间的鸟的羽毛全都是五颜六色，令人赞叹。我看见过纯黄色的、纯红色的、纯绿色的、纯蓝色的，它们的色彩比得上我们的油画里最鲜艳的颜色；鹦鹉在这里很常见，有不同的种类，非常漂亮，数量很多；还有其他各种鸟，因为您知道，迷信灵魂转世到其他身体上的暹罗人从不杀害动物，据说是为了避免猎杀到他们所相信的躲在这些动物身体里的亲人的灵魂。

这些消遣通常会因为看到许多小佛塔而中断，它们是这个国家供奉偶像的寺庙，沿途每隔四分之一里地就能看到一座。我们始终把它们看作暹罗僧侣的小修道院，这些僧侣就是这个国家的神父和修道士。这些寺庙也是教育青年的神学院，他们就像我们的神学院中的寄宿生。他们要求这些青年在这个时候穿仅用两块黄布围成的僧袍，一块用来包裹下身，另一块有时像围巾一样搭在他们的肩上，有时披在背上，像一件小斗篷。当我们看到所有这些地方都用于祭拜鬼神，而且有那么多的僧侣都只忙于敬拜一些泥塑和金属制的偶像时，我们内心感到十分痛苦！这些可怜民众的愚昧和盲目又让我们叹息！我们什么时候才能看到所有这些佛塔都变成真正的上帝的神殿，所有这些撒旦的使者们都变成基督耶稣的神父。上帝已经为此确定了时间，但是似乎这个时刻还没有到来，因为我们到暹罗三个月以来，几乎没看到一个暹罗人改宗。我们在两个主要城市居住过，那里都有相当多的法国牧师和传教士在工作，但我看到当地已改宗的还不超过二十个普通人，其中没有一个算是重要的人物。而且据说他们中已经抛弃了偶像的大多数人只是为了脱离苦难，并利用这些传教士施舍给穷人们的财物，也只是因为这个原因，他们才坚持下来。请您与我们一起祈求这个王国的守护天使能从上帝那里得到一些使徒，使这个伟大的民族睁开双眼，用福音之光照亮他们。溯流而上，我们经过了两个基督教徒的小礼拜堂，那里人迹罕至，几乎没有一个暹罗人。一个法国教士照管着其中一个礼拜堂，一个年轻的意大利籍方济各会神父——非常高尚、非常诚实的人——照管着另一个礼拜堂。我们很欣慰能在他的礼拜堂里与梅特洛波利斯主教和里奥讷院长一起做了圣弥撒。随后，这位善良的修道士从他拮据的生活供给中尽其所能招待了我们。我们当天路过了曼谷，尽管这不是一个大城市，但这不妨碍它成为这个王国最重要的地方之一，就像打开王国大门的钥匙。这个城市准确地说就是一个被矮墙围绕着的广阔的花园或花圃，里面有很少几座房屋，或者更准确地说，是由竹子和芦苇搭起来的简陋的茅屋。除此之外，河两岸各有一个简陋的小要塞，装有足够多的火炮，却只有很少的士兵驻防。我听我们的许多军官说，他们曾在那里看见一门体积巨大的炮，比他们在法国见过的最大的炮还要大很多。我们看见要塞的长官路过这里，这是一个高大强壮的男人。他是土耳其人，信伊斯兰教。我们看见他从一个炮眼钻出要塞又返回去，很不方便，因为要塞的围墙很高。随后，我们去了一个好心的法国工匠家里吃了一顿半法式半印式的饭，因为这个地方没有任何饭店。从这一天起，我们开始吃米饭，而不是面包。因为人们只用烧开的水蒸米饭，这是一种极无滋味的食物，无论多穷的人都会就着别的东西来吃米饭。我们开始时很难适应这种主食，就像我们很难适应从这一天起开始成为我们的日常饮料的河水一样。但是两星期后，我们已经非常适应了，适应米饭更甚于面包，因为面包很贵、很稀有。暹罗人通常认为米饭和鱼比面包和肉更清淡、更有益于健康，这可能是他们迷信的由来，他们吃鱼时毫无顾虑，却非常顾忌杀死一只鸟和最小的动物。

从曼谷到暹罗城，我们看到了许多相隔不远的村庄，沿河分布，几乎到处都是。这些村庄只不过是一堆用芦苇和竹子搭建在几条竹子做的高支柱上的茅屋，或者一些水上市场，溯流而上或顺流而下的暹罗人通常能在那里找到现成的食物，即一些水果、熟米饭、亚力酒——用大米和石灰酿造的白酒，以及某些暹罗风味的蔬菜炖肉，毫不夸张地说，那难闻的味道在二三百步以外都能闻到。妇女们操持着这些市场，她们驾着长尾船聚集在某些地方，向来来往往的人兜售食物。市场里熙熙攘攘的人流使人觉得这个王国的人口很多，至少是在河上。

我们继续在河上航行了两天两夜，无法入眠，但是第三天夜里，变得对我们善良一点的蚊子们稍稍停止了对我们的折磨，不再影响我们的休息。第二天，10 月 3 日早晨，我们醒来时已经到暹罗城了。由于我们认为梅特洛波利斯主教比我们先到，就先去神学院向他请安，但其实他还没有到。我们等他时做了圣母弥撒，感谢上帝在整个旅途中通过他神圣的母亲——我们的守护者，给予我们的保护……从布雷斯特出发至今已经整整七个月了，因为我们是在 3 月 3 日起航的，如果您还记得。我们随后与瓦谢先生一起回到了长尾船上，他想带我们去苏霖神父①的家里，他是当时在暹罗的唯一的耶稣会士，因为马尔多纳神父②不久前去了澳门处理一些事务，如果上帝保佑，他将在明年 3 月回来。在路上，我们路过了法国商行，进去问候了法国公司的官员们。从那里，瓦谢先生把我们带去了他们为法国大使阁下准备的行馆。我们在那里遇到了康斯坦丁大人——这个王国官职最高的，或者更准确地说，唯一的宰相。由于这位大人是决定这个国家所有重要事务的灵魂，尤其是对于天主教而言，我必须好好地给您介绍一下他。您首先要知道，康斯坦丁大人——人们就是这么称呼他的——是希腊凯法利尼亚岛人③；他在英国度过童年时代，在英国国教的氛围中长大。在经历了各种危险之后，他以船长的身份来到印度，在暹罗安顿下来，表现出他的洞察力和广泛的天赋以及承担和领导一个国家的最重大事务的能力。急需这样一

---

① 苏霖神父（Emmanuel Soares），葡萄牙人，在暹罗度过了 24 年，自 1667 年至 1692 年去世。他从前是澳门神学院的初学修士主任和副院长。

② 马尔多纳神父（Jean-Baptiste Maldonado，1634—1699），1673 年第一次到达暹罗，从白晋神父提到的澳门之行回来后，一直住到 1691 年。他负责暹罗国王交代的一个"神秘"的使命，必须到第二年 3 月才能回来，但是这一走就是三年。参见 J. Burnay, "Notes chronologiques sur les missions jésuites du Siam au XVIIe siècle", *Archivum Historicum Societatis Iesu*, vol. XXII, 1953, pp. 193-196。

③ "……出生于凯法利尼亚岛的一个威尼斯贵族家庭，父亲是该岛的总督，母亲出身于当地最古老的家族，" Tachard, p. 187，他对华尔康的描述比白晋的描述更加详细、更加恭维。

个人的国王将他收为己用，最初只交给他管理国家贸易的权力。后来，这位天生具有管理一个王国——至少是像一个王国那么大的地方——的才能的人的能力日益凸显，国王完全信赖他，只依赖他一人来治理国家，现在国家的所有事务都掌握在他的手中。大约三年前，国王任命他为宰相，并将王国的所有重要责任都交付给他一人；因为他还同时承担着警察总长、大法官、贸易总监等职务。他能帮所有那些获得陛下宠信的人升官发财，也能一句话毁掉他们，这使得那些官位最高的大臣们在他面前也卑躬屈膝，就像国王最卑微的臣民见到国王陛下一样。康斯坦丁大人懂得利用这种至高的权威为他的主君获取安稳而顺利的统治，而自从他接手了国家事务的绝对管理权之后，他也的确使整个王国改头换面。由于摩尔人（Mores）的势力曾经十分强大，已经留下了阴影，他的第一要务就是要逐渐挫败摩尔人，夺走使他们令人生畏的职务和管理权。因此现在摩尔人受到了如此大的打击，再也不能不劳而获了。与此同时，由于知道国王只喜欢荣耀，而为他获得更多荣耀的真正方法就是向他引荐一些外国君王。他为国王出谋划策，不久前向世界各地最强大的君王派出了隆重的使团，希望通过各种联盟来巩固主君的王位。除了这些使他得到大家钦佩的崇高品质外，他还具有其他一些品质，使所有认识和接近他的人都喜欢他。他慷慨大方，大公无私，天生乐善好施，[1] 广交朋友，聪明

---

[1]　某些人不同意这个观点。对于上述关于华尔康的观点，我们可以补充福尔班和里奥讷院长的评价："一个想要控制一切的人，敢想敢为，为了出风头而慷慨解囊，骄傲、易怒、变化无常，我们完全无法信赖他……报复心强、自命不凡，大包大揽却言而无信……"参见 Launay, op. cit., t. II, pp. 124—125。

　　舒瓦齐认为，"……这是一个滑稽的人，他在凡尔赛或许吃得开，" *Journal*, 18 Octobre；但他又写道，"……慷慨大方，无所畏惧，充满伟大的思想……他骄傲、残忍、冷酷、野心勃勃。他信仰基督教，因为它可以支持他；在对他的升迁没有好处的事情上，我永远不会相信他。" *Mémoires de l'abbé de Choisy*, éd. Michaud et Poujoulat, t. VI, p. 612。

风趣，谈吐不凡，等等。但是人们更看重的是他的美德没有被任何恶念沾染，他有崇高的宗教信仰，这使他常说，因为上帝通过如此非凡的方式将他引向现在担任的这个职位，他只有将权力用于在这个被偶像崇拜控制着的国家发展壮大基督教才是正确的。而且，在这里，人们把他看作上帝派来的一个人，或许是为了使整个王国和多个邻国改宗，这一切都源于一次非常特别的天意的降临，使他看清了天主教的真理，这是目前在中国成功传教的耶稣会士安多神父（Père Thomas）在一次病危时传授给他的，这一真理救活了他，并使他在五六年前在暹罗的耶稣会的教堂里，按着这位神父的手，庄严宣誓放弃他的异教信仰，并在祭坛前公开表示他的首要任务就是将财产和信誉用于刚刚皈依的这一宗教的发展。他的承诺很快就有了结果，因为我们要感激他给了我们这种完全的自由，允许福音传播者们在整个王国宣传我们的神圣奥义，由于他承认，法国传教士们二十年来在暹罗采取的行动对于这个民族的改宗并不十分有效，所以他相信，12 位精通数学的耶稣会士兼虔诚的传教士会更成功地驱散这个固守错误的民族的愚昧无知的黑暗。为此，他给我们尊敬的总会长神父写信，请求他派遣 12 位耶稣会士，[①] 并表示他想在暹罗建一座教堂。这位大人是如此喜欢我们的耶稣会，以至于他尽其所能为我们提供方便。他甚至希望我们将他看成是我们的兄弟，这也是他最看重的身份。他到处炫耀这一崇高的荣誉，并经常向国王谈起我们是他的兄弟，以至于国王本人也不能无视这一荣誉，并且据说国王为此计划特别接见我们，并给予我们一切优待。

---

① 在华尔康致拉雪兹神父的一封信中提到了这个请求，罗斛，1686 年 11 月 20 日，法文原件保存于东京的东洋文库东方图书馆。参见 J. Drans et H. Bernard, *Mémoire du P. de Bèze*, p. 183。负责 12 位耶稣会士的联络和招募的塔夏尔神父，与肖蒙骑士一起回到法国，并于 1687 年 10 月返回暹罗，带来了路易十四向那莱王派遣的由拉鲁贝尔（La Loubère）和赛布莱（Céberet）率领的第二个使团。

我们一到暹罗城，就迫不及待地去见这样一位位高权重且对我们耶稣会如此忠心的兄弟。天意使我们在好望角和巴达维亚的荷兰人那里得到殷勤的接待，就像我们在法国最好的朋友家里得到的款待一样，它也使我们在暹罗的康斯坦丁大人身上见到了一位真正的父亲，他以对待自己孩子一般的温柔接待了我们。实际上，自从他知道六位耶稣会士乘坐大使先生的船来到暹罗时起，他就派一条大的长尾船到河口沙洲来接我们并运载我们的包裹。由于苏霖神父的房子不够大，无法容纳我们所有人住下，他就立即派人为我们建造了两座小木屋，给我们每个人都安排了一间非常干净的卧室。在向他表示敬意并对他在还不认识我们时就为我们所做的善事表达感激之情后，我们直接去了我们在暹罗城的住处。在那里，我们只见到了来自葡萄牙的苏霖神父。^① 这是一位和善的老人，70 岁左右，负责管理葡萄牙人在这个城里拥有的两座教堂中的一座。三位多明我会的神父们管理另一座。在这个城里，有 4000 个葡萄牙人，大部分是混血。准确地说，这是唯一一个面向一个人数可观的群体的基督教区，尽管他们承认宗座代牧区对其他民族的权力，但他们自称不受其管辖，只听命于马六甲的主教（Evesque de Malaca）和果阿的总主教（Archevesque de Goa），且一直以来都是这样做的。宗座代牧主教先生们的要求正相反，他们自称拥有教宗的授权。此类争论时而表现为一方主持了结婚仪式，而另一方宣布无效并重新主持；时而表现为相当轻率地宣布将某人逐出教会，扰乱意识，制造重大丑闻。这一切不只发生在信奉异教者中间，也发生在摩尔人和贵族中间，这或许就是基督教在这个王国发展的一个很大的障碍。让我们本着和平的精神来平息这个新生的基督教区的纷争吧，在上帝的使者身

---

① 参见 J. Burnay，op. cit.，pp. 241-202。

上激发出团结一致的意愿，通过努力拯救灵魂来促进上帝最伟大的荣耀。

　　在人们为大使先生的进城和接待做各种准备工作，以便通过特殊的荣耀表达对他的尊敬的同时，我们抽时间参观了这座城，并大致了解了暹罗城的情况。[①] 这座城建在由美丽的湄南河（暹罗语中，湄南意为"江河之母"）围成的一座岛上，湄南河向北分成两条支流，向南汇聚成一条运河。围墙和环岛路的长度超过 6000 步。我们怀着好奇心，与国王陛下的工程师德·拉玛尔阁下（Sr de la Mare）一起乘坐长尾船绕城一圈，这位工程师被国王派来测绘他在旅途中看到的所有地方的平面图。这座城所在的岛上纵横交错着多条运河，使岛上景色如此宜人，以至于人们很容易就把它当成了世界上最美丽的城市之一。只有摩尔人的街区和中国人的街道使暹罗城有一些城市的气息。而且摩尔人的房屋数量不多，中国人的房屋很矮，只有 15—20 法尺高。除占据了很大一部分土地的皇宫之外，该城的其余部分都被果园和泥沼覆盖，我们在那里能看到许多用芦苇和竹子编成的箱子，到处乱放，以至于这座城准确地说不过是一圈围墙内的一堆村庄和小茅屋。我还没有跟您谈论皇宫的任何情况，因为我见到的还不够多，不足以给您一个准确的印象。我现在只能告诉您它与欧洲的宫殿不同。城里的人口相当多，还有不同民族的聚居区，它们分布在城周围的河边，形成了城郊，因此城内和城外加起来有

---

① 除了塔夏尔（第 365 页）和舒瓦齐 10 月 27 日的简要描述之外，我们还找到了对 17 世纪阿瑜陀耶城的其他描述，Gervaise, *Histoire naturelle et politique du Royaume de Siam*, Paris 1690, pp. 41-47; La Loubère, *Du Royaume de Siam*, Amsterdam 1691, t. I, pp. 14-15; Turpin, *Histoire civile et naturelle du Royaume de Siam*, Paris 1771, pp. 18-19, 23, 70-71。

　　关于古代阿瑜陀耶城的现存遗址，可以参见：Lunet de la Jonquière, *Le Siam et les Siamois*, Paris 1906, pp. 91-84 et le *Siam Guide Book*, Bangkok, 1930, pp. 27-36。

大约 15—16 万人，这是通过聚居区和城市的面积推断出的数字。不少人确信总人口超过 100 万，因为有人不止一次向我们断言，这里的长尾船超过 100 万条，尽管我们向他们解释过，这么多数量的长尾船在这里连放都放不下。所有人，包括大臣们，几乎都赤裸着身体。事实上，朝臣们通常穿着真丝衬衫，这使他们区别于平民。他们的体形相当健美，皮肤黝黑，像被太阳灼伤了一样，相貌很不讨人喜欢。他们都是好人，没有任何大毛病，但好逸恶劳。然而，他们划起船来不知疲倦，有时能不眠不休地连续划几天几夜。由于他们天生懒惰，而且不得不把一年中最好的时光用来侍奉国王陛下，像奴隶一样为国王工作，却拿不到一分钱，除此之外，还被迫自己养活自己，因此他们无法积聚大的财富，但他们只需要很少的东西就能吃饱：只要 20 或 30 个苏，就能绰绰有余地维持一个暹罗人一个月的生活。这使得他们尽管贫穷而可怜，但稍有所得就很高兴，在游手好闲中幸福地生活。

我不知道这些人从哪里弄来的建造和装饰佛塔的材料。因为尽管与欧洲人相比，他们只是一些穷苦的人，但应该承认，他们为寺庙的付出要比我们的基督徒为教堂的付出慷慨得多；我得向您承认，当我在暹罗人的窝棚——我这么叫是因为它们配不上房屋这个名字——中间看到如此多的佛塔，其中就有我们在欧洲欣赏过的那些，我感到从未有过的惊讶。我和其他许多见过这些佛塔的人都认为，聚居区和城里的佛塔总数完全可以与巴黎的教堂和礼拜堂的总数相抗衡。这些佛塔中无一不是内部全部彩绘，外部配着多个大小不同、顶部精美镀金的精致四棱锥塔。在所有佛塔中，我们都能看见大量通体镀金的佛像，其中有多尊巨型佛像。我们看到有几尊高达 40—50 法尺，比例非常匀称。而镀金质量如此之高，就连法国最能干的镀金工人的手艺也不会比这里的更好。为了让您大概了解暹

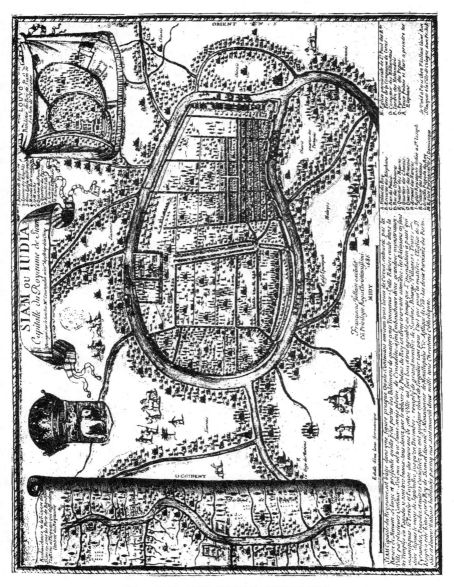

图 4　暹罗王国首都暹罗城或阿瑜陀耶城

来源：法国国家图书馆

罗人对佛塔的慷慨程度，我想用铅笔给你们画出其中一座美丽的佛塔，我已经对它的外观进行十分仔细的观察。在距离王宫几百步的南边，有一个很大的公园、或者说围墙围起来的场所，中间矗立着一座按照我们的教堂的方式建造的十字形[①]的高大建筑，上面有五个坚固的镀金穹顶，由石头或瓦片筑成类似蜂箱的特殊结构。中间一个穹顶比十字形的顶点上的其他四个大得多。这个建筑坐落在多层基础或台座上，向上逐渐变窄，使人们只能从四周的既陡又窄的楼梯攀登上去。楼梯坡度大于 35—40°，每级台阶有三个手掌宽，表面用锡合金[②]或锡包覆，与屋顶一样。主楼梯的底部两侧装饰着超过 20 个神话雕像，其中有些是青铜的，另一些是锡合金镀金的，但它们刻画的人物和动物相当粗糙。这座庞大的建筑周围配有 44 座大四棱锥塔，[③]形状各异、十分精致，它们完全对称地分布在三层平面上；在最底层的四个角上，这四座最大的塔坐落在向上逐渐变窄的巨大台基上；塔的顶部是一个长椎体，或者说是十分纤细的四棱锥，镀金非常均匀，顶上有一根针，或者说是一根铁箭，上面串着大小不等的多个小水晶玻璃球。这四座塔和其他塔的塔体都具有与法国一种建筑类似的结构，但上面有更多的雕刻，既不简洁，也不成比例，在还没有看惯它们的我们的眼中丝毫不具美感。如果我们有时间，我们可以让法国的人们更准确地了解这种建筑结构。[④]在底层上方的第二层上，有另外 36 座比第一层的塔略小的塔，在佛寺四周呈正方形排列，每条边上 9 座。它们有两种形式，有些像第一层的塔一样

---

① 这里指的或者是部代沙旺寺（Wat Putthaisawan），或者是帕南琼安寺（Wat Phra Chao Panan Choeng），两座佛寺都在王宫的南边，其遗址至今仍在。*Guide Book*, p. 36.

② 锡铅合金，掺有少量的铜。

③ 塔夏尔的游记中写的是"44 座"，这一段是他逐字逐句从白晋神父的文本中摘录的。因此，根据上下文，原文中的"四座大四棱锥塔"是誊抄者的错误。

④ 参见 Fournereau, *Le Siam ancient*, Paris 1895–1908, 2 vol., et Le May, *A concise history of buddhist art in Siam*, Cambridge 1938。

有尖顶，另一些顶部是钟形圆顶，与整体建筑的穹顶一样，两种形式交叉分布，没有两座相邻的塔是相同的。在这些塔上方的第三层上，还有 4 座塔，分布在四个角上，都是尖顶。它们比第一层的小，比第二层的大；整体建筑和所有四棱锥塔的四周围绕着一个方形回廊，或者说是一圈长廊，每一边长 120 多步，宽约 10 步，[①] 高 15 法尺。这些长廊在佛塔一侧完全敞开，护墙板不难看，全部以摩尔人的方式油漆和镀金。长廊内侧，沿着完全封闭的外墙，有一圈支撑高度的底座，上面有 400 多尊佛像，有完美的镀金且排列非常整齐，尽管镀金层的下面只是砖而已。这些佛像看上去相当精致，但它们如此相像，如果不是因为大小不同，您会以为它们是从同一个模子里刻出来的。在这些佛像当中，我数了数有 12 尊巨型佛像，每条长廊中间有一尊，长廊尽头的每个拐角有两尊。这些佛像，因为太高，只能雕刻成坐像，[②] 放在平底座上，双腿以暹罗人和所有东方人的方式交叉着。我好奇地测量了它的一条腿，发现它从脚大拇指端部至膝盖上端就有整整 6 法尺长，拇指比我的胳膊还粗。佛像身体的剩余部分也成比例地又粗又大。除了最大的这些佛像以外，我还看到另外 100 尊佛像，它们有最大的佛像的一半大，从脚大拇指端部至膝盖上端有 4 法尺长。最后，在最大的佛像和第二大的佛像之间，我还看到 300 多尊佛像，没有一个比真人的尺寸小，都是站立的。我没有谈到其他一些小佛像，它们跟布偶差不多大，掺杂在大佛像中间。我还从未在法国见过对称性比它更好的建筑，无论是建筑本体，还是佛塔中的附属物。回廊两侧的外面还有 16 座坚固的四棱锥塔，顶部是高耸的穹顶形的半圆，高 40 余法尺，边长超过 12 法尺，排列在一条直线上，就像一排粗柱子，中间是一些装有镀金佛像的

①　"……长 120 步，宽约 100 步。" Tachard, p. 253.

②　这种坐姿在高棉佛像中很罕见。参见 Le May, op, cit., 23。

大壁龛。同时看到所有这一切，我深受震撼，于是停下来，仔细察看了这圈围墙内距离第一座佛塔很近的另外好几座庙宇或佛塔，即使令人好奇的只是它们高大的外形而已，它们也非常值得仔细观察。我们评判着这些佛塔的美感以及多重屋檐的庄严感。这些屋檐一个叠着一个，就像不同的楼层。我刚刚描述的这座著名的佛塔有四五层塔檐，一层跨着一层；由于我们没有进入塔内，我无法给您讲述我听说的里面的富丽堂皇和镀金、镀银雕塑的样子。但是无论这座佛塔多么富丽堂皇，它都根本无法与大使先生和他的所有随从人员参观的王宫里的王寺相提并论。尽管当时我们中没有任何人与大使阁下在一起，我仍然要为您讲述大使的随从们给我们描述的那座佛寺的样子①。据说他们看见一尊42法尺多高的雕像，通体由实心黄金铸成，另有 14 或 15 尊同样用黄金铸成的其他佛像，②镶嵌着各种宝石，这尊巨型佛像是现场浇铸而成的，之后再建造佛塔将它封闭在内。尽管我们法国人曾在法国和其他地方见过一些财富，但他们都真心承认从未在同一个地方见过这么多黄金，何况这个王国看似不很富裕，这就更令人钦佩了。对于佛塔和暹罗人的宗教，暂且给您讲述到这里，我也通过各种途径与在这里生活了很长时间的法国传教士们交谈过，我希望能在了解得更多之后，再写一些确定的东西。

在我们发现暹罗的所有这些特点的同时，他们也正在为接待大使先生紧锣密鼓地做着必要的准备。③大使在河口沙洲等了很久，已经感到厌烦，尽管他们每天费心给他送去大量的各种新鲜食物。终

---

① Wat Phra Sri Sarapet（应为 Wat Phra Si Sanphet，帕希讪派寺。——译者），建于 1491 年。里面有一尊站立的佛像（细节见 Tachard, p. 250，方便辨认），1767 年被缅甸人抢掠一空。《旅游指南》里有一张它的废墟的美丽的照片，*Guide Book*, p. 36。

② 玩世不恭的福尔班写道："……他们都轻易相信这是金子。康斯坦丁先生一直在说它们的确是金子铸成的，又因为他们不能触摸这些佛像，就更容易让人相信了。"*Mémoires*, p. 115.

③ 华尔康征用了"一位波斯大臣的房子，将它布置得富丽堂皇"，用作肖蒙先生在阿瑜陀耶城的行馆，Tachard, p. 206。

于，10 月 8 日，大使阁下得知国王的长尾船当天将来接他和所有随从，就从"飞鸟号"上下到小艇上。梅特洛波利斯主教和里奥讷院长回到河口沙洲来陪同他前往王宫，同行的还有舒瓦齐院长和洪若翰神父。大使先生在军号齐鸣后出发，他的军舰鸣 15 响礼炮向他致意。他很早就到达了河口，在那里一直等到了傍晚，国王的长尾船才来，他与梅特洛波利斯主教和舒瓦齐院长一起登上了他的长尾船。里奥讷院长和洪若翰神父与其他教士登上了另一条长尾船，这两条长尾船后面还跟着其他四条船，载着大使阁下的侍从们。同为伊斯兰教徒的曼谷总督和比布里（Pipli）①总督陪着他们，以示尊敬，还有其他八九位大臣，他们每个人都乘着自己的长尾船。后面还有另外 30 条平底小舟跟随护送。我已经告诉过您，如果您还记得，长尾船是一种很长很窄的小船。我曾见过好几条长尾船与我们的帆桨战船乃至军舰一样长，也就是说 100—110 法尺长，但最宽处却不超过 6 法尺。如果不是亲眼所见，人们很难相信这些长尾船能容纳 100 至 120 名、甚至 130 名划桨手。当他们一齐划桨时，多条结伴而行的长尾船在荣誉感的驱使下，争先恐后地以极快的速度前进，以至于鱼类劈波斩浪的速度都比不上这些长尾船，而且它们的外形也与游得最快的鱼的外形非常相像。载着大使阁下的长尾船没有我刚才提到的那种长尾船那么长，因为上面只有 36 名划桨手。但是它非常干净，有一个中间支成穹顶的宽敞的船篷，内层覆盖着锦缎，挂着同样材质的帷幔。后面跟随的其他长尾船也非常干净，每条船有 24 名划桨手。至于大臣们的长尾船，无论多长都有一个特点，就是只能承载大臣一个人，中间撑起的顶篷只供他一人就座，准确地说，这只不过是一种小圆顶，两面贯通成壁龛的形状，只能容纳一人就座，而

---

① 塔夏尔写的是"Piplis"，据他说，曼谷总督和比布里总督在第一阶段的准备过程中一直等着肖蒙骑士，以便向他致意。

且坐着相当不舒服。这天是星期一，从河口开始，我们只行进了两里路，长尾船排列在上行至此处的三桅战舰周围，当晚，"玛琳号"火炮齐鸣向大使阁下致意，之后，每个人都睡在自己所乘的船内。①

　　第二天 10 月 9 日，大使先生去为他准备的第一个住处吃晚餐，由于从河口沙洲直到暹罗城的 40 里路程中，只有在曼谷，大使阁下才能住得稍微舒适点，暹罗人不得不在八天时间内每隔一段距离用席子和竹子建造七座行馆，供大使在途中用餐和过夜。这些脆弱的行馆只能算是勉强可接受的帐篷，它们全部被建成同样的形式，表面看来都出自同一个建筑师的设计。它们的布局是这样的：三间屋子相当长而且贯通性很好，布置在长度是宽度 3 倍的行馆入口庭院的三条线上。行馆的中间是一间上下一样长的正厅，与其他房间一样，粉刷过的屋顶非常干净，天花板覆盖着纯白色的棉布。在这间正厅顶部的一个非常干净、非常高的天盖下方，我们看到一把为大使先生准备的镀金的大扶手椅，垫着几块漂亮的金色锦缎垫子，放在一张铺着漂亮的波斯毯的餐桌前面。正厅的其他部分被一张供其他所有人用餐的长桌占据；这里和其他房间的地上都铺着很干净的席子。走出正厅，右手边是大使阁下的卧室，正对面是梅特洛波利斯主教和舒瓦齐院长的卧室。侍从和其他教士每个人都有自己的卧室，位于特意修建的两排屋子里，分布在行馆两侧，延伸至行馆的尽头。仆人们另外住在更远的一处寓所里。卧室里摆着一些小床，上面铺着极干净的丝质床单，罩着透明的丝质蚊帐，用于夜里阻挡蚊子的袭扰，这不禁使这些先生和我们都感觉到他们为防御蚊子所采取的预防措施。这就是大使先生在途中停留时的住处。他每天都会在住处见到一些代表国王来问候他的没见过的大臣，比最初见到

---

① "康斯坦丁先生微服出行，跟在距离我们五百步远处。"舒瓦齐，10 月 8 日。

的那两位官阶更高。当天，他下榻在曼谷①的一座城堡里，他们在里面为他准备了一个套房。当他到达时，一艘停在港口的英国军舰鸣17响炮向他致意。随后，要塞鸣炮30响，城堡鸣炮21响。②

　　10月10日至13日，大使阁下继续从水路前进，直到距离暹罗城1.5里处，才休息了几天，等待他的专用行馆准备就绪。我们与苏霖神父和福西蒂神父一起去欢迎大使的到来。大使阁下像往常一样特别和蔼可亲地接待了我们。与他告别后，我们与洪若翰神父一起去了暹罗城，在此之前，大使先生一直留他在身边。在去我们的住处之前，我们路过了康斯坦丁爵爷阁下——这是这位宰相几天前刚得到的新头衔——的寓所，他的国王送给他一条王子专用的长尾船。即便是我们最亲切的长上，也不会给予我们更好的接待，不会像他那样充满感情地欢迎我们。他对我们说，我们能顺利抵达暹罗，他比我们自己还要高兴，如果我们在此停留期间缺少什么东西，那将是他们的过错。实际上，我们每天都能感受到他特别的友谊，他经常给我们送来他餐桌上的美味佳肴。那莱王（Phra Narai）希望给笃信基督的法国国王陛下的大使最高的尊荣，他命令他的宰相在这方面不要有任何疏漏，要随时留意。因此，康斯坦丁大人，除了国王给他的特别命令外，因为他对我们的特别倾慕，以及他在隆重拜访了大使先生后对大使本人抱有的高度尊重，③也格外重视这件事，他

①　"华尔康匿名住在那里，"舒瓦齐记录，10月9日。

②　"我们五点钟才到达曼谷。停泊在要塞下方的一艘英国舰船鸣21响炮向大使阁下致意，城里也鸣炮31响……大使阁下刚到达要塞的旅馆，还没有向他致意的要塞也齐放火炮好一阵子。" Tachard, pp. 213-214.

③　"在前几次拜访之后，肖蒙先生谈到了国王的改宗问题，这是他此次出使的主要议题。康斯坦丁先生对此表现得很惊讶，对大使先生说，这是世上他最希望的事，但是他没有看到国王改宗的任何迹象；国王对他的祖先的宗教极为虔诚，如果不事先让他有个心理准备，他会对这样的建议非常惊讶；他恳求大使先生千万不要谈到这件事，因为它或许会造成当前局势的混乱，而这没有任何好处。大使先生回答说，他会考虑此事，但是他很难取消他此行的最重要而且几乎是唯一的原因。" Tachard, pp. 220-221.

派了在暹罗的所有民族的人——比世界上任何地方都多——来问候大使阁下，以此表现每个人都对大使的大驾光临感到高兴。大使先生亲口告诉我，一天之内就有40多个不同民族的人来问候他，①这或许是一位大使能够得到的最特别的尊荣了。

第二天，10月18日星期四，大使阁下进入暹罗城和第一次觐见的日子，所有这些民族都得到命令，将他们的50多条装饰整洁的长尾船与国王为了增添这次庄严的入城仪式的隆重性而派来护送大使的长尾船连在一起。于是，我们一路数着，总共有134条大大小小的长尾船连成一串，由于每条长尾船都很长，它们占据了非常大的空间。各民族举着他们迎风招展的旗帜行驶在前头。官员们坐在各自的长尾船上的船篷里紧随其后，长尾船根据他们的地位和官阶油漆或镀金。随后是一条通体镀金至吃水线的大长尾船，上面载着法国国王的国书，放在一个四面敞开的宝座中，上面罩着一个通体镀金的高四棱锥。与装载着国书的这条船同样形状、同样豪华的四条护卫船护送着它。大使先生紧跟在国书后面，坐在一条中间覆盖着三层镀金顶篷的长尾船上。与前面相同的四条护卫船护送着他。最后，舒瓦齐院长穿着白色法衣和红色斗篷，坐在最后一条长尾船上，他将带着国书去觐见国王，大使先生也将从这条长尾船登岸；同样有几条护卫船护送舒瓦齐院长。这就是大使先生公开入城的顺序，他从英国、荷兰和法国的舰船前经过，它们都升起信号旗，火炮齐鸣，向他致敬。大使先生在城里距离王宫200步远的地方登岸，康斯坦丁先生在那里骑着一头大象来迎接他，并将国书放在一辆由两匹小波斯马牵引的通体镀金的古老马车上。大使先生乘坐几个暹罗人肩扛的镀金的大轿子继续赶路，舒瓦齐院长先生乘坐一顶稍小的

---

① "有多达43个印度国家的人聚集在一起……他们乘坐着数不清的装饰各样的长尾船前来问候大使先生。" Tachard, pp. 222-223.

轿子陪同大使，大使的侍从们则骑着为他们准备的马紧随其后。到达王宫后，大使从很长的两排士兵队列中间经过。他们有的手持长矛，有的肩扛火枪，有的背挎弓箭，所有人头上都顶着圆盾和头盔，他们没有欧洲士兵那种高傲和风度，纪律性也相去甚远。首先，大使先生进入了一个宽阔的庭院，我们看到右边有 2400 个手持武器的男人恭敬地坐在地上，左边大约有 40 头象沿庭院的整个长度站成一排；从这个庭院，我们进入了里面的一个庭院，大约有 60 名骑马的卫兵排列在两侧，大部分都是摩尔人。第三个庭院只允许大使先生和他的侍从进入。更让我惊讶的是，所有道路的两旁都挤满了人，因为整个暹罗城的人都赶来了，还有他们恭敬的姿势，没有一个人敢站立着，尤其是他们随处保持的不可思议的静默，如此严格，以至于在这个各种年龄、各个民族的世界性大聚会中，我们听不到任何人吐痰或者打喷嚏。

大使先生经过了第三个庭院，院子里一侧仍然是许多大象，另一侧是一些非常漂亮的马，装饰着比前面的马更精美的鞍辔，之后，大使先生被引导至康斯坦丁先生的会见厅，他已经命人将大使阁下的讲话稿翻译成葡萄牙语，此时与梅特洛波利斯主教一起担任翻译，梅特洛波利斯主教就是为此目的与里奥讷院长和瓦谢先生一起进宫的。朝廷的最高官吏们——大致相当于我们法国的伯爵、侯爵和公爵，头上戴着长长的白色尖顶无边帽，根据每个人的地位尊贵程度，帽子上镶着一条纯金饰带或华丽的镀金的银饰带——首先进来，在会见厅的一侧排成一排，双膝跪地，双肘支撑在地毯上。大使先生的侍从们在大厅尽头的另一侧，双腿交叉坐在地毯上。随后，国王出现在他的宝座上，那是一个很高的讲坛，门冲着他的房间。大使先生看到他进来，就上前几步，以法国的礼仪向他深鞠一躬，然后走到近前，又鞠了一躬。他头上戴着帽子，坐在一个只铺着一层毯子的方凳上，开始讲话。这是我从舒瓦齐院长那里得知的，他当时与主教先生一起坐在大使先生旁边的地毯上。讲话完毕，大使先生拿起放在一个特制的盘子上的嵌满精美珐琅的金盒子里的国书，将它呈给那莱王。为了接受国书，国王不得不从他的宝座上站起来，弯腰伸长胳膊，这使他露出了一丝微笑。① 他询问了大使各种问题以及有关整个法国王室的问题，② 并表示他很高兴见到大使阁下，随后就离开了。我寄给您一份我们笃信基督的国王陛下致暹罗国王的国书的副本③ 以及大使阁下的讲话稿的副本④。第一次接见⑤ 之后，大使先生被带到为他准备的行馆中。这是这个城里最像样的房子之一，尽管它很狭窄，而且对于这样地位的人来说不太舒适。更像样一些的是一个大的会客室（divan）⑥，看上去很漂亮，在入口右侧。这间会客室的所有墙壁从上到下都镶嵌着许多大小不一的瓷片，很大一

---

① 我们可以在国家图书馆看到一幅刻画这一幕的版画。"大使先生看到高高在上的国王，为了够到国王的手，他必须……将胳膊抬得很高，他认为这个距离不适合他尊贵的身份……他决定只将胳膊抬到一半高。"Tachard, pp. 237-238. 肖蒙不喜欢指导一位大使在觐见国王时行暹罗礼节，然而，他被允许作为特例免去了某些"侮辱性的姿势"。以下是他的报告："陪同我的康斯坦丁先生双膝和双手匍匐在地上，冲我喊，做手势让我抬高胳膊……我假装什么也没听见……稳稳地站着，于是国王笑了笑，他站起身，弯下腰拿走了放在盘子里的国书。"Chaumont, *Relation de l'ambassade*..., Paris 1687, pp. 64-65. "暹罗国王的这个姿势让我的心放了下来，"舒瓦齐在这个戏剧性的时刻之后总结道。
② 这里，誊抄者似乎漏掉了一行，或许是关于法国国王的健康和新闻。
③ 附在《暹罗游记》后面，MS. pp. 292-293. 另见 Tachard, pp. 240-242。
④ 附在《暹罗游记》后面，MS. PP. 294-296. 另见 Chaumont, pp. 59-63, et Tachard, pp. 234-236。
⑤ 正是在那时，华尔康告诉大使国王对第一次接见很满意，并补充说："荷兰人一直让他耿耿于怀，他希望与法国国王一起就这个问题采取一些措施。"我们可以猜到肖蒙的尴尬："对此，我没有给他任何答复，只是说了些客套话。"参见他的 *Relation de la négociation de M. de Chaumont à Siam*, B. Nat., Fonds Margry, MS. Fr. n.a. 9380 f⁰⁸ 160-173ᵛᵒ, ou la *Relation de ce que Mr. Le Chevalier de Chaumont a fait à Siam*, Arch. Nat., MS. Négociations K 1368 n° 58。
⑥ 借用波斯语，意思是会客室、接待室、前厅。

部分非常精美而且年代久远。他们把这间会客室送给大使阁下使用。它的估价超过 2000 埃居。为了使物有所值，大使阁下就是在这个令人愉快的地方用餐的。

　　第二天，国王给大使先生、舒瓦齐院长和大使的侍从们送来了好几块金色锦缎和其他丝绸料子，侍从们和舒瓦齐先生立即用它们做了衣服，希望在第一次觐见陛下时穿着，表示对他的礼物的尊重。

　　当我写道暹罗的所有民族都依照国王的命令聚集到大使阁下的门前，以表示对他的更加隆重的欢迎时，我忘了告诉您，葡萄牙人除外，他们推脱不去，因为几个月前葡萄牙大使到暹罗时，① 稍有点地位的法国人都不屑于去拜访他，而且有人恶意散布谣言说这位大使来暹罗是为了请求国王将宗座代牧主教们和法国教士们赶出他的国家。② 尽管所有葡萄牙人都抗议，而且看上去确有其事，但他们的大使并未向暹罗国王陛下提出其他要求，而只是说他无法忍受这些宗座代牧主教们在葡萄牙人的地盘上的权力超出果阿总主教和葡萄牙王国的管辖权，因为他们绝对不想将这一管辖权让给这些宗座代牧主教们。尽管如此，因为有人建议我们想方设法得到葡萄牙人的友谊，这是我们顺利进入中国所需的，我们也给葡萄牙人讲了许多其他道理，以说服他们与其他民族一起去欢迎法国大使，以便始终尽可能地维持两个王国之间的融洽关系。但是我们不够幸运，没能说服他们。我们最终找到了弥补的方法，让人们原以为已经被敲碎的苏霖神父教堂的那几座钟③ 在大使阁下进城那天路过这座教堂时敲响，向他致敬。

　　康斯坦丁先生多次光临我们的住处。有一天，我们给他送去了

_____

① 　1683 年。
② 　这件事的细节见 *Mémoire du P. de Bèze*, pp. 51-59。另见舒瓦齐 11 月 13 日的日记。
③ 　位于湄南河左岸，溯流而上，到达阿瑜陀耶城之前。

为他精心挑选的多张美丽的版画和给他夫人①的几个蜡制水果。她是一位日本女子，父亲是商人，因为日本对基督教徒的迫害而被迫在暹罗定居。他觉得这些水果非常漂亮，比我们送他一个贵重的礼物更令他高兴，我现在毫不怀疑，这些水果已经到了"公主王后"的手里，他们这样称呼国王的女儿，因为王后已经去世，她享有王后的所有尊荣。康斯坦丁夫人每天都要例行去觐见她。这位公主如此远离男人们的生活，以至于向国王提出一切建议而且每天与国王待在一起好几个小时的康斯坦丁先生对我们说，他从未见过公主。据说，而且我也得到确切消息，这位公主像国王一样有自己的顾问，对于女人之间出现的分歧，她会在了解原因后做出裁决。在我们送给康斯坦丁先生这些小礼物的当天，他领我们上了他的长尾船，带我们去了他在城里的另一处府邸，我们提出了为他的国王效力的各种建议，比如为暹罗王国绘制一幅地图等。同时，他承诺为我们建一座天文台。除此之外，他还对我们说了许多知心话，使我们完全了解了他内心对于耶稣会的感情。这一天，我们通过一位刚从苏拉特来到暹罗的法国传教士②得知，波斯国王的大使将很快到达暹罗。③已经见过大使及其全部随员的这位教士对我说，这个波斯使团声势浩大，有 28—30 位身材强壮、衣着鲜亮的随从人员，还没算上 100 多名仆人和下级军官。波斯大使为国王带来了多匹漂亮的马，其中

---

① 玛丽·吉马尔（Marie Guimard），见 P. de Bèze, *Mémoire*, p. 25；据洛奈（Launay）引用的资料，她的本名为 Doña Guyomar de Piña，Launay, op. cit., t. I, p. 74；母亲是日本人，Hutchinson, op. cit., p. 194。

② "他名叫杜卡尔蓬先生（M. du Carpon）……相当有趣的是，他说这位大使是来建议国王改信伊斯兰教的。如果真是这样，我认为我们可能要较量一番了。"舒瓦齐，10月23日。

③ 听到这个消息后，据康斯坦丁说，那莱王已经宣布："我全心全意地希望法国大使在这里看一看看我是如何对待波斯大使的。当然，即使我没有任何宗教信仰，我也不会选择伊斯兰教。"Tachard, p. 308.

几匹估价超过 1000 皮斯托尔，还有 160 条长尾船装满礼物和美丽的
宝石。在所有这些东西之外，还有一本非常华丽的《古兰经》，他
准备呈送国王，并邀请他改信伊斯兰教。于是您可以看到《古兰经》
在这里与《福音书》并排摆放，我们还不知道哪一本会占上风。可
以肯定的是，暹罗国王从前曾经对伊斯兰教非常重视，而他现在被
笃信基督的法国国王陛下通过向他派遣庄重的使团而对他表现出的
真诚的友谊深深感动，除了改信基督教以外，不会有其他的兴趣，①
而法国国王深信，在基督教之外，人们无法找到真正的幸福。但
是尽管如此，除非深谙国王心思的人能彻底改变这位对祖先的宗
教——据说它的地位两千多年来都没有动摇——非常虔诚的君主的
想法，否则没有迹象表明他会抛弃祖先的宗教去信仰另一种宗教。然
而，他承诺会对法国国王通过他的大使表达的请他了解我们的宗教，
甚至在认识到它的真理之后信仰它的殷勤建议做出回应，但是改变这
一结果需要慎重的考虑。这是国王在罗斛第三次接见大使先生之后②
派人转告大使先生的答复。在暹罗王宫花园里的第二次接见中，③ 他

---

① 有人可能感到惊讶，白晋神父对使团的贸易目的一无所知，塞涅莱在 1684 年 1 月 21
　日的指示中提到过这一目的，另外的阐述见 *Mémoire donné à M. le Cher de Chaumont
　par les Commis des Comptoirs de Siam pour les conditions du Traitté à faire avec le Roy
　de Siam*, MS. original, Cl 22, aux Archives Nationales。这件事没有任何神秘之处，但
　耶稣会士们不知道这件事也可以理解。另一方面，肖蒙骑士似乎太过谨慎，因为在
　长达五个月的旅途结束之时，他还没有对舒瓦齐"公开"他的使命，作为他可能的
　"副官"，舒瓦齐在他的《回忆录》第 610 页中透露："这开始让我厌倦，我预见到如
　果这种情况持续下去，我在暹罗将一事无成，因为透过我的房间与他的房间之间的
　隔板，我听到他在反复斟酌他的讲话稿……。"
② 这次接见发生在 11 月 19 日，参见 Chaumont, p. 83。"它持续了将近两个小时"，
　Tachard, p. 272；出席接见的舒瓦齐说是两个半小时。国王"将不停地给予教会一些
　重大的优惠：他的卧室里有一个带耶稣像的十字架；他读梅特洛波利斯主教给他的
　翻译成暹罗语的《福音书》……这一切并不足以使我留下来做国王的使者。"舒瓦齐，
　11 月 19 日。
③ 第一次隆重接见后，第二次私下接见发生在 10 月 25 日，Chaumont, p. 73。"……这
　次接见是秘密进行的，侍从们没有入内。大使先生只把梅特洛波利斯主教、舒瓦齐

们没有时间处理许多事务，因为突如其来的一场雨打断了会见。随后，他们在宫殿内一个四面敞开的大厅里为大使阁下准备了丰盛的晚餐，朝廷要员们侍奉左右，大使的侍从们也受到了款待。那一天，这些侍从中有许多人在花园的某个池塘里看见了好几条外形非常特别的鱼，它们的面部像人脸，或者更像猴子的脸，[①] 如果他们是在海里看见这些鱼的，我会告诉他们这就是美人鱼和半人半鱼海神的传说中提到的那种鱼的原型。

我们到达暹罗几天后，耶稣会教堂里接连举行了两场庄严的葬礼，第一场是为了去世的葡萄牙王后，第二场是为了她的丈夫阿方索国王（Roy Dom Alphonse）。苏霖神父和一位多明我会的神父为他们致悼词。随后，在多明我会神父们的教堂里举行了现任佩德罗国王（Roy dom Pedre）的加冕庆典，他们的一位神父借此机会做了布道。葬礼和加冕庆典的费用都是康斯坦丁先生出的。如果他得到确切消息，刚刚去世的英国国王临终时加入了天主教，[②] 他可能会下令再举行一场庄严的葬礼，但他此刻只是借助灯饰和焰火来表现他对约克公爵加冕这件事的喜悦之情，这特别而新奇的美景足以取悦我们这些法国人了。我们将这些焰火制成品给法国寄了一些，以便让

（接上页）院长和里奥讷院长带进去了……（这是一次破例，因为在暹罗王宫，国王只接见大使们一到两次）……但是陛下为了显示这个使团的与众不同，命人告诉大使先生他每次接见大使都非常高兴，" Tachard, p. 246. 自然，华尔康担任翻译。接见中，他们谈论国王的改宗不如谈论"荷兰人的危险"更多，因为荷兰人威胁到暹罗，并且对法国耶稣会也是一个危险的竞争者。肖蒙回答说他没有权力做出军事结盟的决定，应为此向路易十四派遣一个新的暹罗使团。

① 塔夏尔没有提到这种鱼。"我们在水渠里看见一些头部……像长尾猴、红唇、脸很白的鱼；但眼睛比鼻子低很多，"舒瓦齐，10 月 25 日。那是海牛，儒艮或者叫"美人鱼"，参见 Turpin, *Histoire civile et naturelle du Royaume de Siam*, t. I, pp. 364–365, et Graham, Siam, London 1924, pp. 73–74. 类似美人鱼的哺乳动物。《国家地理杂志》（*National Geographic Magazine*, Washington, June 1957）里有一张它的照片，还有一条评论说明了它们与人类的相似性，"这些水手们一定在海里待了很长时间"。

② 参见第 35 页的注释。

他们看看它的结构和成分。更加特别的是一些长长的角，里面喷出类似喷泉的火焰，而且持续时间相当长。所有这些庆典都伴有盛宴，欧洲各国——包括法国、英国、葡萄牙和荷兰——的长官都受到邀请。大使先生也被邀请出席英国和葡萄牙国王的加冕庆典的两场宴会。六位法国耶稣会士应邀出席了第一场宴会。康斯坦丁先生亲自来接我们，带我们坐上他的长尾船。大使先生一上桌，就举杯祝葡萄牙国王健康，随后又为暹罗国王陛下的健康祝酒。在此之后，康斯坦丁先生多次举杯，祝笃信基督的法国国王和所有王室成员健康，随后祝大使阁下健康。所有这些祝酒都在连续多次的礼炮声中进行。这些庆典之后都有各种娱乐项目，开场是一种多场和多幕的中国戏剧，中间穿插一些演员做的各种大胆而滑稽的姿势，一些出人意料的跳跃和柔软的转体动作。①中国人在一边唱戏的同时，作为暹罗王国北方邻居的老挝人在另一边为大使阁下表演印度的木偶剧。这些木偶与我们的木偶很相像，特别的是老虎与大象之战。在中国人和老挝人之间，还有一群暹罗男女站成一圈，以相当奇怪的方式跳舞，即手和脚互相配合摆出各种造型。几名男女歌唱者与其说是用嘴不如说是用鼻子在唱歌，歌声合着舞蹈者的手打出的节拍声。这些游戏之后，有几个杂技演员在80—100法尺高的粗竹竿上做出各种柔软的杂技动作。以下是其中几个杂技动作，他们站在竹竿的顶端，一只脚腾空，另一只脚放在一种很窄的小柱头上，双手不扶任何东西。随后将头放在同一个柱头上，双脚朝天垂直倒立，两脚交替放下。最后，在仅用下巴支撑在竹竿顶端、双手双脚全部悬空一段时间之后，他们沿着笔直的梯子，头朝下下降，与此同时身体以不可思议的速度穿过一些横档。在这之后，与这些人同一组的另一个人，

---

① 舒瓦齐的印象，11月1日："交响乐令人不悦，这就是人们有节奏地敲打的蹩脚乐器。女戏剧演员们很丑：她们最美的地方在于都戴着半尺长的指甲。"

让人在一种类似担架的东西上插上七八把锋利尖锐的匕首，他先是坐在匕首尖上，然后躺在上面，他几乎全裸的身体没有任何其他支撑，他让一个很重的人站在他的肚子上，而紧挨着他皮肤的所有刀尖都没有伤到他分毫。之后，一个变戏法的上场了，像其他人一样扮演着他的角色。他首先拿来一个大盆，当着我们的面盛满了水。然后，用嘴吹了一口气，在手里变出了一个鸡蛋。他把这个蛋放在水盆里，以极其灵活的方式从里面变出各种花、水果和小植物。这还不算完，在各种表演让大使阁下大开眼界之后，康斯坦丁先生还想为他献上一场不同民族的器乐音乐会。暹罗人、马来人、勃固人、老挝人都轮流演奏了他们各自的音乐，而且都试图超过别人。他们的乐器与我们的没什么区别，但很不完善，而且有损坏。让我们更感兴趣的是一种由12个悬挂的铃铛组装而成的乐器，用小锤轻轻敲击，发出十分和谐的声音。终于，演出以一出中国悲剧戏结束了，[①] 观众们十分不悦，尤其是被迫观看这些演出的我们，康斯坦丁先生强迫我们留到演出结束，而且大使先生也不允许我们在他之前离开。

大使先生的美德和正直超出了他的那些使世界上最见多识广的君王都对他另眼相看的伟大品质，他在出发时就定下了如此正确、如此明智的规则，并要求大家严格遵守，以至于所有人都将一次只为了上帝和教会的利益而进行的航行之幸运成功归功于此，更归功于他圣洁且堪称楷模的生活。在踏上一片不信仰基督教的土地之前，他就希望制定新的规则，以避免出现可能使不信仰基督教的人对基督教的神圣性失去信任的任何丑闻，他下令对那些违反他命令的人，特别是那些酗酒或嫖娼的人进行非常严厉的处罚，因此在到达暹罗

---

① "终于，演出以一出中国戏结束了，已经疲乏的观众们开始有点厌倦了。我们被迫观看了所有这些表演，因为康斯坦丁先生要求我们一直待到演出结束，而且大使先生也劝我们不要丢下他。" Tachard, p. 259.

不久后，当大使阁下听说他船上的一个仆人喝醉了酒时，他下令先脱去他的号衣，然后在正午时分，在一个广场中央给他戴上枷锁，把两个空瓶子挂在他的两只耳朵上。要不是暹罗派往法国的大使看到他这个状况后，向大使阁下求情免除剩余时间的处罚，这个不幸的人可能要这样待上两天。这个及时施加的小惩罚避免了法国人被人议论是非。这并非大使阁下在暹罗所做的唯一一件感化之事。一天，当他得知城外的一个聚居地有一处污秽之地，各个国家的妇女在那里进行出卖尊严的可耻交易时，他向国王谈起此事，认为这是在暹罗王国不能容忍的一件事，国王陛下因此下令毁掉这一卖淫场所，这个命令第二天就得到了执行，所有行为不端的人都立即被遣散了。

10 月 28 日 ① 是一个星期日，我们得知国王在这天按照惯例要去一个著名的佛塔礼佛（祈祷），② 这座佛塔距城三里路，建在下游的河岸上。他同时还要拜访一位圣僧（Chiocon），③ 他是暹罗王国所有僧侣的宗教首领，国王陛下十分敬重他的为人。国王从前习惯借此机会以水神的身份举行仪式，据这里的人们说，就是断水，即在发生最大的洪水时命令水退下去。但是这位君主几年前意识到水并没有那么服从他的命令，它们在收到退下去的命令后仍然会再次涨上来，因此他放弃了这个可笑的仪式，今年改成声势浩大地前往佛塔，通过这种公开宗教行为来表现他对自己宗教的虔诚。请您设想一下，尽管这让出席见证的大使先生和所有虔诚的基督徒感到悲哀，但是，因为您知道，大使先生在知道国王今年要比往常更隆重地出行，以

① 下文对国王出巡和乘船过程的描述出自舒瓦齐 11 月 4 日的日记，肖蒙确认了这一日期。塔夏尔给出了与白晋相同的日期，因为他非常接近地参照了白晋的叙述。
② 在 "présens" 一词的上方用手写了 "ières"，似乎出自维勒纳夫之手（手抄本的开头有他的笔迹样本）。在塔夏尔的游记中用的是 "prières"。
③ "Sancra", Tachard, p. 260.

便向欧洲最强大的国王的大使展示自己的强大之后，仍然想去看一看，于是他们特意在河边为他和他的侍从们准备了一条长廊。在那里为大使介绍整个行进队伍的康斯坦丁先生也希望我们在场。以下就是这次出行的顺序和排场，我和其他几位神父一起看得清清楚楚。首先出现了23位官阶最低的朝廷大臣，每个人都乘着自己的长尾船，顶篷漆成红色，沿河两侧排成两条直线缓慢前进。他们的后面是另外54条长尾船，载着陛下的武官，他们的船篷有的全部镀金，有的只边缘镀金；每条长尾船有30—60个划桨手，由于它们按顺序行进，绵延了很长的距离。这些船的后面，还有20条更长的船，头几条船的中央安放着一个很高的全镀金的座位，顶部为四棱锥形，这些就是王室卫队的船，其中16条配有全镀金的短桨或长桨，另外4条的桨只镶嵌了几条金线。最后，在这一长列长尾船之后，国王坐在他自己的长尾船上出现了，船体全部镀金至吃水线，中间有一个很高的精美镀金的四棱锥形宝座。国王披着一块镶满宝石的漂亮的金色锦缎，戴着白色尖顶无边圆帽，帽子底部围着一圈带花叶饰的金束带，整个帽子缀满了宝石。国王的长尾船由120个划桨手驾驶，每人都戴着无边高帽，穿着金片胸甲。国王的徽章贴满金箔，在靠近船尾处直立着，上面飘扬着用漂亮的红底织金锦缎制成的王旗。国王的长尾船由另外三条同样外形的长尾船护送，它们的豪华程度丝毫不逊色，只是划桨手的无边高帽和胸甲没有那么贵重。我忘了告诉您，还有四位大臣坐在国王的长尾船上宝座的四个角的下方。这四条长尾船的桨也是全镀金的。国王想让大使先生看清楚他，因此经过时离大使先生很近，而且行进得很慢，以便大使先生有时间细看。大使阁下从他的座位上站起来，向国王深鞠躬三次。像我们一样坐在地毯上的所有其他人也向国王深鞠躬；在河两岸席地而坐眺望着国王的暹罗人，双手合十，举到头顶，并以这种姿势鞠躬到地，一刻不停地参拜，表达了国民的崇敬之情。他们的眼睛始终没有离开过国王，以至于我不认为任何国家能够对他们所崇敬的上帝致以如此崇高的敬意。暹罗人将国王当作他们的主人，当国王在场时，所有人，从上到下，都像奴隶一样匍匐在他面前。国王的后面驶来 20 条顶篷和桨镶嵌着金线的长尾船，最后是另外 16 条一半油漆一半镀金的长尾船。因此，我们总共看见了 159 条长尾船，[①] 最大的长 100—110 法尺，最宽处只有 6 法尺。船侧到达吃水线，两端翘起，距水面很高。这些长尾船中大部分的外形好像龙、鱼和各种动物。这些船只有船尾和船首油漆或镀金；其中一些用镶嵌的各种形状的贝壳做装饰。所有这些船上总共约有 13000 人，[②] 但不会超过这个数，尽管这些排场比不上在法国举行的骑士比武、环形赛跑和骑兵竞技表演的豪华，但它仍然具有美感和乐趣，我可以肯定，如果它在凡尔赛的运河上或者塞纳河上举行，也会很有趣。划桨手们都穿着相同颜色的很廉价的号衣，因为这些人几乎是全裸的，唯一的衣服是遮住下半身膝盖以上的一块染色的布料。到达佛塔后，国王献上了他的礼物，然后回到离佛塔很近的宫殿，当晚返回城里，回来的路上，他根据习惯饶有兴致地让所有划桨手们比赛，先到达王宫者将获得奖赏。晚饭后的时间都用来给长尾船编队，给每个编队安排比赛对手。大使先生由康斯坦丁先生带到这里，康斯坦丁先生为此给我们安排了一条长尾船，也邀请我们参加比赛。国王想参与比赛，因为他的船的划桨手最多，而且是精心挑选的，他的船很快就赢得了先机，胜利回到了城里，远远领先于其他的船。我们坐在离大使阁下很近的船里，安逸地看着国王经过。我们心

---

① 可能是为了取悦欧洲读者，塔夏尔稍稍夸张了这些数字："我们判断大约有 2 万条船和 2 万多人，其他法国人数得更多，有些人断言超过 60 万人。"

② "……14000 多人，"塔夏尔在游记中写道。

满意足，因为他的船离我们如此之近，以致很多水溅到我们船上，我们有机会端详他。尽管他很快地经过，但他的脸上洋溢着笑容，他看着我们的样子使我们相信康斯坦丁大人已经向他介绍过自己的这些兄弟们。看到这些非常干净的长尾船劈波斩浪、飞速前进、争先恐后地溯流而上真是一件乐事，在三里的航程中，划桨手们没有一人休息片刻喘口气，当他们领先或落后于对手时，会不断发出或欢乐或苦闷的叫喊声，这让我们开心地联想到埃涅阿斯从前与他勇敢而忠诚的同伴们进行的悬赏游戏和竞赛。① 整座城和周围的所有民众都跑来看热闹。他们乘坐着自己的长尾船，沿河的两岸自发排成窄窄的两排，一直延伸到城外三里地处，中间常被间隔开，在看见这些在河上往来的民众之后，我们估计可能有 10 万多人，② 1.8 万至 2 万条船，但有些不擅长做这种估算的人判断有 70—80 多万人。

当国王从河上经过时，所有人家的门窗都关闭着，舰船的舷窗也都关闭着，大家都得到命令在此时从室内出来，以便没有人出现在比国王本人更高的地方。③

八天后，国王再次与公主和所有妃子们一起出宫去罗斛④——暹罗北面 12—13 里外的一座城，他将在那里的一座相当于凡尔赛宫的宫殿里住将近 9 个月，因为在那里，他不必像在暹罗城一样，把自己关在宫里，以维持臣民们对他的服从和尊敬。这个地方不像南

---

① *Enéide*, chant V, vers 124-285.

② "20 多万人……"塔夏尔写道。

③ "在拉玛四世国王（King Rama IV，1851—1868）废除这一规定之前，禁止任何人观看国王出巡……这条禁令无疑对于一位专制君主的安全具有特别实用的价值，因为他永远不能肯定他的臣民对他的忠诚度。"Quaritch-Wales, *Siamese State ceremonies*, London 1931, p. 35.

④ 又名华富里，在十七世纪被描述过，Gervaise, op. cit., pp. 49-56。关于现存遗迹，参见 Lunet de la Jonquière, op. cit., pp. 103-109, et le *Guide Book*, pp. 37-43.

方的土地会被淹没，他在这里最常有的乐趣就是围猎，尤其是持续整整一个月的猎象。在这种围猎活动中，他们会圈起约 30 里地，有四五万人佩带长矛，围成一个大圈，沿着这个包围圈，他们点起许多火堆，来恐吓大象和在那里的其他动物，比如老虎、犀牛、水牛和瞪羚等，迫使它们退到包围圈中，然后人们逐渐靠近，缩小包围圈。他们带到围猎场来的将近 2000 头驯养的大象有时也被赶到包围圈中，来阻止野象强行突破障碍。

大使先生迫不及待地随国王去了罗斛。我们尊敬的总会长先生给我们杰出的兄弟寄了几封联合邀请函，他受邀参加了所有祷告和耶稣会举办的所有善事，他在看到我们带来的法国国王陛下的推荐信之后，想让他的国王特别召见我们。因此，他希望我们陪同大使阁下去罗斛，并带上我们的仪器和全部小型装备，从而让大家知道暹罗国王陛下希望我们在他的王宫里一直待到我们登船去澳门时为止。为此，他派给我们两条大长尾船，用来装运我们的行李，还有一条有 24 名划桨手的长尾船用来运送我们这些人。11 月 15 日星期四下午 1 时，我们出发了，跟在大使阁下后面。离城大约两里时，我们见到了一个很奇怪的场景，那是勃固宗教的一位著名长老的葬礼，长老的遗体放在一个箱子里，箱子吊在一个燃烧的柴堆上，上面盖着一个多层四棱锥，由 4 根木柱支撑，看上去像一个着了火的礼拜堂。这个四棱锥周围还有几个竹子做成的四方塔，盖着涂画得很粗糙的纸壳，还有很多用来焚烧的纸糊的人像。这些塔被吊起来，用来放焰火。大使先生极好奇地想知道外国的风俗习惯，时不时停下脚步。我们就和他一起仔细观看这些新鲜的葬礼仪式，但是我们只看到一些滑稽的舞蹈和可笑的闹剧在竹子和席子搭建的四面敞开的小棚子里上演，还有一些恐怖的面具和真正被魔鬼附身者的扭曲的动作，比我们在新建的长廊上看到的变戏法的人的动作还要别扭一千倍。但是仍然有许多观众，其中有许多僧侣，他们沉默而谦逊地出席了整个仪式，这使我们认为他们对此很感兴趣。这一幕唯一令我们触动的是这些可怜的民众的可悲的盲目性。我们前往一座竹屋里住下，它的形式与他们在河口到暹罗之间为大使阁下准备的那些房屋相同。

17日星期六晚饭后，我们才离开这个地方，临走前，大使阁下想看看离这里很近的一座国王的宫殿。我们有幸陪同他前往。我们只在外面看了看，因为守门人没有得到准许我们进入的命令。这座宫殿看上去很小、很窄。它的外面有一圈回廊形式的低矮的小长廊，建筑风格很不规则，底座并不比壁柱低；长廊周围是一个很长的低矮的阳台，外面围着高度可倚靠的石栏杆。距离这里几百步远处还有一座宫殿，比这座大得多，也规矩得多。我们从外面看见了那些高大的壁柱，间距合理，非常美观。那座宫殿建在一个很大的正方形基础上，每一边长度超过150—160步。这个正方形的四边上矗立着四座十分美观、建筑精良的大房子，围成长廊，屋顶为双层，顶部为圆拱形。这些长廊外部装饰着十分美观的壁柱，有底座和柱头，比例非常接近我们法国的壁柱。这座现已弃用的旧宫殿还算保存完整，而且是新宫殿无法媲美的，建造它的建筑师一定精通我们的建筑，才能造出整体如此规则的建筑。这些长廊只能通过每一侧中间的门从外面进入，我们从高处看到四周的其他建筑都比前面看到的建筑更完备。在这些建筑中间，有一座大房子，比所有其他建筑都高，并与其他建筑构成完美的对称，看上去赏心悦目。这就是我在这个国家看到的唯一一处既端正又匀称的建筑，而且我毫不怀疑法国的行家们也会在其中找到他们感兴趣的很多东西。

看完这座宫殿之后，我们直接去了罗斛，康斯坦丁先生命人在那里为大使先生准备下榻的官邸，这座官邸是国王刚刚命人为他的宰相建造的，^① 宰相来到他的行馆里接待大使阁下，一边指着我们，一边以世界上最亲切的方式对大使说，在得知大使阁下对他的兄弟们的仁慈之后，他毫不怀疑大使阁下会愿意住在属于他们的一座房子里。晚饭后，我们被带到一座用席子和竹子特意为我们建造的小屋里，彩绘帷幔前面排着一些夏季用的小床，它们是世界上最干净的床，但是我们这位杰出的兄弟在知道我们的仪器和包裹无法放在我们住的地方之后，又命人为我们准备一个属于国王的宽敞的住处，以便让我们在住到他自己的房子里之前住得更宽敞些。

我们到达罗斛后没几天，康斯坦丁先生就带大使先生去觐见陛下。^② 我们所有人陪同大使阁下进了宫，因为我们那位杰出的兄弟希望如此。当我们到达王宫后，他告诉大使阁下国王特别想见六位神父，希望他们当着他的面观测三个星期后将出现的月食。主教先生、舒瓦齐院长和里奥讷先生跟在大使阁下后面去了接见大厅。在此期间，我们仔细观察了花园和宫殿的外观，看上去非常美。它位于河边一块地势相当高的平地上，围墙不是很高。在宫殿内，引人注目的只有两座分立的高大建筑主体。它们的屋脊、两端和屋顶下部镀金，屋顶的特别之处在于它覆盖着金底黄釉的琉璃瓦，阳光照在上面，格外光彩夺目。有人告诉我们，这些琉璃瓦每片价值大约40苏。在宫殿外，我们看见法国公司送给国王的一头狮子。^③ 我觉得它比樊

① 我们仍能看到这座官邸的遗址。Hutchinson, "Phaulkon's house at Lopburi", *Journal of the Siam Society*, 27, pt. I (1934) pp. 1–7.

② 前文提到的 11 月 19 日的第三次觐见，期间国王问肖蒙"贸易方面是否没有什么要对他说的"。从不透露"极为重要的事情"的舒瓦齐（11 月 19 日）已经宣布了使团的结果：那莱王不可能改宗，但他会保护法国传教士们，并给予法国耶稣会一些特权。"一切进展都令双方相互感到满意。"由于舒瓦齐将返回欧洲，那就等着派他到罗马去向教宗称赞那莱王并给他带去一些礼物了。参见 *"Mémoire secret" de l'abbé de Choisy,* dans Launay, op. cit., t. II, pp. 162–168.

③ 它是 1684 年男爵从苏拉特送来的。参见 Kaeppelin, *La Compagnie des Indes Orientales et François Martin*, p. 190.

尚林苑的那些狮子更大、更高、更漂亮，^①但毛色没有那么黄。我向其他好几个人指出，且他们也认同我的观点，即这头狮子的外貌很像已故的蒂雷纳元帅（Maréchal de Turenne），如果人们常说的每个人都有自己的象征动物是真的，那么我相信这头勇敢的狮子就是这位伟大英雄的象征动物，如果他还在人世的话。接见持续了 2 个小时，他们谈论了各种重要的事务，您从别人那里可能比从我这里了解得更多。他们甚至谈到了法国国王派往中国的六位耶稣会士。是国王首先向大使先生提到此事，大使先生借此机会对我们大加赞扬，国王陛下听到后显得很高兴，如果我不是像了解我的不足一样了解另外五位神父的功德的话，我恐怕有理由担心他无法相信大使先生对我们的称赞。国王这一次没有像第一次接见大使先生一样高高在上。他的头上戴着一项白色尖顶无边软帽，帽子下缘镶着一圈钻石，穿着一条绣金的半身裙和一件非常精细的透明质地的宽大上衣，手指上戴着几颗打磨和制作粗糙的大钻石。由于这位国王在东方君主中才智超群，他关于笃信基督的法国国王的言辞充满智慧和荣耀，对大使阁下也多有褒扬。他还向大使阁下补充道，他乞求天神保佑大使的回程比来的时候更快、更顺利。关于这些细节，我就留给在场的人们来讲述吧。

当晚，康斯坦丁先生陪同大使先生和他的所有随员一起骑象散步。不懂得驾驭大象的人们爬上象背的中间，坐在一把很大的椅子上，椅子没有椅背，但周围有一圈镀金小栏杆。有两名军官为大象服务，因为这些动物像有地位的人一样也有它们的仆人，最小的象有 15 个人分管它们的不同部位，其他象根据品级分别有 20、25、30 和 40 个仆人（白象有 100 个仆人）。一个人爬上象的脖子，另一个

---

① 在公园的入口处，有一个动物园，是 1654 年马萨林（Mazarin）下令修建的。Loisel, *Histoire des menageries*, Paris 1912, t. II, pp. 95–101.

人爬上象的臀部，用图上标出形状的一个大钩子①控制住它。康斯坦丁先生告诉我们，国王在整个王国中拥有 2 万头大象，还不算树林和山里的野象，而一次围猎就能抓住 50、60 甚至 80 头野象。王家科学院的先生们曾请求我们检验是否所有大象都有脚趾甲。我们看到所有大象的每只脚上都有五个脚趾甲，在五个大脚趾的端部，指甲很短，仿佛刚刚从脚趾的肉里长出来。我们还发现，不是所有大象的耳朵都像暹罗人送给凡尔赛宫的版画中所画的那样大，应该有一半多的大象是这样。我们从这些大象身上看见了令人惊叹的又美又长的象牙。我看见一头象的牙伸出口外 4 法尺多长，每隔一段装着金、银或铜圈。尽管我并没有好奇心去看一头白象，②但如果我对听说的情况一字不提，您将不会原谅我。据说这头独一无二的、著名的白象正是暹罗国王与他邻国的君主之间曾爆发如此频繁、残酷的战争③的原因，这也使它获得了"白象之王"的光荣头衔。他们声称这头象现在大约有两三百岁，我只是转述。可以确定的是这头象很受重视，由几位重臣用它们通常用的金盘子给它们喂食。还有一头很小的幼年白象被看作这头大白象的孩子和推定继承人。④继它们之后最受重视的第三头象是被称为"象王子"的那头，他与国王同时出生，国王因此出于感情选了它，有人甚至说这头象的自我意识很强，以至于如果照看它的人打它，它会开始叫喊，直到国王听到它的叫声，阻止它被进一步虐待。

　　罗斛城很小，只有几个摩尔人偶尔出现。该城的位置非常有利，

---

① 钩子的图没有复制出来。见插图，Tachard, pp. 288–289。
② "白象不是白色，仅仅是一个白化品种……"，Quaritch-Wales, op. cit., pp. 273–287。
③ 参见《暹罗史》（*History of Siam*），由 S. 史密斯（S. Smith）翻译，Bangkok 1880, pp. 30–31。
④ "这头小象就比一头牛大一点，有许多大臣服侍它，由于他们十分重视它的母亲和它的姨母，它也得到了重视。"Tachard, p. 275.

任何一侧都没有控制，他们已经开始修建防御工事。而被大使阁下留在这里，担任法国国王陛下的工程师的非常能干、非常诚实的德拉玛尔先生（Sieur de la Marre）已经绘制了需要修建的防御工事的图纸，使其既坚固又端正。他在主持修建这里的防御工事之前，曾修建过曼谷的防御工事，那是一个更重要的城市，是王国的门户。这位工程师并非大使先生留在这里的唯一一个法国人。福尔班骑士——"飞鸟号"的二副也住在这里，①希望有机会被晋升为暹罗国王陛下军队的首脑。

11 月 22 日，我们得到通知，国王陛下在当晚想特别接见我们。下午 4 时，康斯坦丁先生把我们带到宫殿，让我们进入最里面的一进院落。我们在那里看到一块宽大的地毯，这位大臣让我们穿着鞋坐在地毯上。我们没有穿礼服，只穿着没有斗篷的旧式长袍，获准以这种状态出现在国王面前，被视为一种很大的礼遇。我们刚坐下，国王就骑上在他的寓所门前等候的一头装饰着豪华鞍鞯的大象，他要出去观看他为取悦法国大使而举行的象战。国王看见了距离他 15 步远的我们，朝我们走近几步，还没等我们尊敬的长上代表我们对他讲一些准备好的话，他就先开口了，②据康斯坦丁先生说，这是我们无法估量的恩典。国王面带笑容，用十分友善的神情专心地轮流注视着我们，对我们说，得知法国国王派我们六人去中国执行一项如此宏伟的计划之后，他就希望见见我们，亲口对我们说，如果我们在他的王国需要什么东西，无论是为了效力于我们的国王，还是为了我们的特别需求，只需告诉他的宰相，他已经命令宰相为我们提供所需的一切。我们没有机会回报国王陛下如此重大的恩惠，只

---

① 他丝毫不想待在暹罗，甚至说国王想把他留在身边"当人质"。他不得不服从肖蒙的命令，而肖蒙本人则是迫于华尔康关于留下一名法国军官，以便以法国的方式训练暹罗军队的要求。Forbin, op. cit., pp. 111–114.

② "但是（康斯坦丁）看到着急出去的国王，替我们说了话。"Tachard, p. 277.

能用深鞠躬来表达我们尊敬的谢意，并告诉他我们会向我们的国王
转达我们对暹罗国王陛下的恩惠的感激之情。国王继续往外走，从
拜倒在他面前、尊敬地保持沉默的一队大臣中间急匆匆地穿过这
个院子，进入了另一个院子。他在第一个宫门前看到了各欧洲商会
的会长们，他们脱了鞋，双膝跪地，双肘撑着身体，国王简短地接
见了他们。他们中有些人惊讶于国王对我们的礼遇超过了王室总管，
但是这些人没有反思一下，我们到印度来是为了一种更高尚的交易。
我忘了告诉您，因为没来得及向国王陛下特别解释我们内心的感受，
洪若翰神父通过国王的宰相向他呈上了一封用暹罗文写成的信，以
表达我们的感激。我将在游记后面附上这份讲话稿的法文副本，[1] 一
并寄给您。几天后，康斯坦丁先生和国王陛下谈论了他考虑已久的
一项计划，即邀请他已经向总会长神父请求过的 12 位数学家耶稣会
士来这里，以及模仿洪若翰神父对他谈起的[2] 巴黎天文台或北京天文
台的样子建一座天文台的计划，并已经让国王理解了这样做将带给
陛下的荣耀和用处，以及与此同时将对宗教的发展带来的巨大好处。
因此国王陛下批准了这一计划，并立即通过康斯坦丁先生告诉我们，
他想下令修建一座天文台，并将它送给耶稣会的神父们，他将委托
他派往法国的大使代表他向法国国王请求派遣 12 位耶稣会士。由于
康斯坦丁先生认为，要想更好地做成这件事，有必要派我们中的某
个人回到法国敦促这件事情和其他几件重要的事情，他们把目光投
向了塔夏尔神父，[3] 他理所应当去完成这一任务。我向您承认，这种

---

① 在《暹罗游记》后面，MS. pp. 289–292。见正文，略有不同，由塔夏尔誊抄。Tachard, pp. 278–281.

② 这里指在暹罗修建一座天文台的这个计划，是"六位法国耶稣会神父向康斯坦丁先生提出的请求……"，抄录在《暹罗游记》后面，MS. pp. 280–283。

③ "眼见着我自己还要在很长时间内远离中国，我当时感到极度痛苦，之后我也将惋惜多年；但是必须服从命令。" Tachard, p. 282.

分别使我们难以忍受，但是我们必须将自己的意愿置之度外，这是为了给上帝谋得荣耀。我们完全有理由相信，天意把我们带到这里来完成这些可能涉及整个王国的使命。因为一旦我们的神父们凭借自己的美德与能力赢得了这里的民众的尊敬和爱戴，那么把他们交给上帝、由上帝来聆听他们的忏悔将不是难事。康斯坦丁先生完全了解这个国家的特点，也比任何人都清楚为何基督教二十年来在这个王国的进展如此慢。他的意见是，除了天文台外，还应有另一座耶稣会的修道院，供传教士们长期居住，就像泰国的僧侣那样，他们在民众当中拥有极高的信誉。这个王国的改宗应从这些僧侣开始，一旦他们被说服，民众也会毫不犹豫地仿效他们，这就是在靠近孟加拉的马杜赖①获得巨大成功的耶稣会士们迄今为止一直采取的且仍在继续的做法。不久前来到修道院的其中一位法国传教士②告诉我们，他们已经发展了10万多名基督教徒，他们曾经奉行婆罗门教的清戒，现在仍严格地保持这种生活方式。请与我们一同祈祷上帝愿意派一些有能力的人来到这里，使这片葡萄园结出果实并取得像他们一样大的成功。康斯坦丁先生这方面愿意为此尽一切努力，他的心里只想着尽其所能推进教会的事务。为了促成法国的事情，他委

（接上页）舒瓦齐对此事的记录不同："（华尔康）建议将曼谷送给国王，条件是我们向那里派一些军队、工程师、钱和船只。肖蒙骑士和我认为这件事不可行，我们坦率地告诉他，国王不会希望亲自表态，承诺可能会损失掉的四五百万的开销。事情就这样搁置了；我认为，要不是我向暹罗修道院辞职，准备接受教廷的命令（12月7—10日）的话，他永远也不会再考虑这件事了。康斯坦丁先生想与肖蒙骑士谈某件事。他需要一个翻译：他用了塔夏尔神父；他觉得这位神父思想温和、灵活、顺从，然而大胆，甚至鲁莽；他向康斯坦丁先生谈起了自己的想法，被我们视为空想的那个想法。塔夏尔神父毛遂自荐来完成这个任务：他对康斯坦丁先生说，我们在王宫没有任何威望（他说得倒不错），如果他为此给拉雪兹神父写信，总会长阁下将完成这件事。" *Mémoires de l'abbé de Choisy*, Michaud et Poujoulat, t. VI, pp. 611-612.

① 参见原书引言第三部分。
② 刚刚到达的外方传教会的夏尔莫先生。舒瓦齐，10月26日。

托塔夏尔神父带去丰厚的礼物和给国王、教宗[①]、总会长神父和拉雪兹神父[②]的信。除了以他的名义送给国王的礼物外，还有以我们的名义送给曼恩公爵和卢福瓦侯爵的礼物，以感谢国王陛下派遣我们出使时他们给予的帮助。我们还需要再次感谢这位杰出的兄弟，他还为了我们向国王陛下说了许多耶稣会士们的好话。他从前曾听到那么多关于耶稣会士的坏话，以至于他不敢说一句有利于他们的话。几天前他向我们保证，现在这是他可以和陛下谈论的最愉快的话题，而且他每次进宫，国王都会垂询他的兄弟们——康斯坦丁先生在国王面前就是这样称呼我们的——的近况。总之，他向我们保证，就算他现在就死，他也已经为耶稣会的神父们在国王陛下那里赢得了如此高的威信，以至于陛下几乎完全地信任他们；上天保佑我们的神父们能够利用这种信任与国王交谈，使他信服基督教的真理，令他皈依。对于一位不久前对耶稣会产生好感并特别给予我们罕有的恩惠的君主，我们不免抱有这种期望。

　　当天，我们觐见了陛下。我们六人骑着各自的大象，跟随他观看城墙外大约 100 步远处进行的象战。骑着象的国王出现在一个队列中，大使先生在他右边 15—20 步远处，康斯坦丁先生在他左边紧靠着他本人，还有多位大臣尊敬地匍匐在国王的大象的脚下。梅特洛波利斯主教和舒瓦齐院长在大使先生旁边。我们在另一侧与大使阁下的军官们排成一列。象战在喇叭声中拉开了序幕，这种喇叭的声音非常刺耳，毫无变化。两头象牙很长的公象即将开始战斗，它

---

① 这封"暹罗国王致教宗英诺森十一世的信"的法文译文由沙皮伊（Chappuis）先生于 1689 年在波尔多公布。

② 塔夏尔在他的游记中将其翻译成葡萄牙文，第 336—340 页。参见第 89 页的注释。另见 *Mémoire pour establir la Religion et le Commerce à Siam, Mémoire escrit et signé de la main du Sgr Constance et donné au P. Tachard pour le communiquer au R. P. de la Chéze et en rendre compte au Roy.* Archives Nationales, K1334 nº 2.

们的后腿绑着很粗的绳子，由好几个人拉着，以便在撞击过于猛烈时将象拉回来。他们让两头象互相靠近，它们的象牙交叉在一起，分别给予对方三四次猛烈的撞击。战斗开始不久就中止了一会儿。据说这两头象互相撞击得太猛烈了，甚至撞断了对方的牙，碎片飞了出去，尽管象牙又粗又硬。国王下令举行这次象战，似乎只是为了有机会以一种优雅的方式向舰长德·沃德里库尔先生表示谢意，因为他把两位暹罗人带回了国，并将送暹罗大使去法国。国王还亲手送给舰长一把日本钢制军刀，军刀的刀镡、刀柄和非常漂亮的龟壳刀鞘上贴的宽带都是纯金制成，还有一条金丝缠绕而成的粗链子作为佩环。国王送给他这件礼物外加一件带金纽扣的精美的锦缎上衣时对他说，他亲手交给舰长这把刀，是为了将他的大使们安全护送到法国国王身边。护卫舰的舰长德·茹瓦耶先生也从国王手中收到了一件类似的礼物，但没有这么华丽。德·沃德里库尔先生此次收到的这件礼物估计至少值400皮斯托尔。我们当着德·沃德里库尔先生的面，向康斯坦丁先生表达了我们对他在这次访问中给予我们的所有仁慈帮助的感激之情，而他为他的兄弟们考虑，深深地感谢德·沃德里库尔先生对我们的优待，并送给他一件丰厚的礼物，价值好几千埃居。

几天后，他以自己的名义给大使阁下、舒瓦齐院长和大使的所有侍从们赠送了非常精美的礼物，[①]主要是一些日本精工细作的漂亮的银制花瓶、一些玛瑙工艺品、许多大小不一的精美瓷器、一些日本的珍贵长袍、一些经过试验的牛黄[②]、一些人参[③]——价值是相同重量的银子的八倍、许多优质茶叶，等等。这些礼物看上去如此华丽，

---

① 详细清单见肖蒙的回忆录，第232—260页。

② 某些动物胃里或膀胱里形成的结石，从前的人们认为它们有解毒功效。

③ 林奈（Linné）命名为"西洋参"。东方人认为它具有兴奋剂的特性。

以至于好多人以为这是给法国国王的礼物。除了他这一天也请我们喝过的极好的茶叶和其他礼物之外，他送给大使阁下的侍从们——特别是给他认为与耶稣会士关系更密切、更称得上我们的朋友的那些人——的礼物，实际是以一种完全能感觉到的方式给予我们恩惠，大家都非常清楚地注意到这一点。我们中许多人对此心有怨言，尽管这些礼物没有我们的份，但受礼者也不应该将其据为己有。

11 月 26 日，① 康斯坦丁先生邀请大使阁下观看几头大象与一只老虎的搏斗，我们也被要求像其他人一样骑着象一同前往。在离城四分之一里路的地方，高大的竹栅栏围成一个正方形，即将与老虎搏斗的大象被赶到里面。它们戴着面具形状的一种大护甲，从长鼻顶端开始，盖住头前面的大部分和整条鼻子。当它们进攻时，鼻子会在护甲下方卷起。我们刚到达这地方，他们就把一只强壮的老虎从笼子里赶了出来，它的外貌和颜色使观看搏斗的所有法国人感到新鲜，因为我们中间没有任何人曾经见过类似的老虎。除了比我在樊尚林苑见到的老虎更高、更大，体形没有那么流畅之外，它的毛皮上的花斑也不一样，不是圆形斑点，而是又长又宽的条纹，颜色接近法国老虎的斑纹。② 但是这些条纹从背部一直延伸至腹部，尾巴上的条纹要细得多，看似许多两种颜色的圆环。头部的形状看上去很像我们的老虎，四肢也像，但它的四肢更粗、比例更协调，尽管这只是一只很年幼的虎。康斯坦丁先生告诉我们，暹罗王国有许多比这只虎大两倍的同类老虎。有一次与国王一起打猎时，他看到了这种虎的一只近亲，像骡子一样高。据说在波斯和交趾支那，这种

---

① "25 日星期一，我去看一只老虎和三头大象的搏斗……26 日星期二，我第四次觐见国王，国王向我表达了他对法兰西民族的尊重，在此之前的其他几次讲话，我也已汇报给国王。" Chaumont, p. 90.

② 白晋神父在樊尚林苑里见到的似乎是豹。参见第 48 页的注释。

虎很常见。我记起曾经在一幅版画里见过这种虎的样子。无论如何，暹罗王国还是有许多与法国虎相似的虎，他们当天让我看到了一只。让我们再回到搏斗场。需要注意，他们首先将用两根绳子从两侧拴住的老虎放松一点，但仍然不给它活动的自由。一头大象从上面攻击它，把它掀翻在地，用象牙在它的腹部狠狠顶了两下，以至于有人以为它死了。但是这是件好事，他们只是借此来稍稍制服它一下。随后，他们解开了绳子，让它自由地面对这几头象，但是之前的几次冲撞的确遏制了它的胆量，于是乎在被轮流推向它的三头象又重重地撞了几下之后，它决定屈服并装死，大象们也不想再与一个投降的对手战斗了。大使先生为这只可怜的动物求情，康斯坦丁先生答应了他。

第二天 27 日，我们与大使阁下一起进宫，① 在那里见到了一场灯会，据说每年新年伊始都会举办灯会。② 这场灯会上点了 1800—2000 根蜡烛，有些摆在围墙上专门凿出的好几排小窗洞里，有些以各种方式放在按照非常美丽、非常独特的方式排列的许多灯笼里。我们被某些用整段像玻璃一样透明的角（corne）制成的球状彩绘中国大灯笼和一些用米浆制成的形似一种中国酒杯的灯笼所吸引，我相信大使阁下出于好奇会带一些回法国。按照一定顺序排列的这些灯笼中有许多还装饰着各种图案，看上去非常美观，这在我们的教堂里会是一种豪华的装饰。这个灯会持续了多日；每次我们到宫里去赏灯，都有多位重臣在两个屋檐下匍匐在国王面前。国王在他的

---

① 舒瓦齐，11 月 27 日："康斯坦丁先生昨天晚上给大使先生带来了他一个月前呈给国王的一份备忘录的答复。暹罗国王似乎还没有完全被说服去信仰基督教。"这个答复见 *Relation de la négociation de M. de Chaumont à Siam*, B. Nat., Fonds Margry, MS. Fr. n.a. 9380。

② 源于婆罗门教的 "Con Parian" 仪式，后被佛教徒采用。Quaritch-Wales, op. cit., pp. 288-290.

宫殿里拜佛，这是对佛最尊敬的崇拜。摩尔人也几乎同时举办持续八天的灯会，更加喧闹地庆祝他们的假先知穆罕默德和他儿子①的忌日。他们以惊人的排场庆祝这个节日，从头天傍晚4时起通过一种游行开始这次节庆活动。仪仗队里的人们举着这两个骗子的墓碑的雕像和许多外表非常漂亮的其他象征物，主要是用很大的彩绘布盖着的某种笼子，举着它们的人不停地按照鼓点的节奏行进并转圈，人们从远处只看见这些布景在移动，而看不见举着它们的人，因此感到非常惊讶。在这个人数众多的仪仗队的第一排，几个武装侍从拽着缰绳驾驭着三四匹装着精美鞍辔的漂亮的马；还有许多人引导着整个队伍，每人手里用一根长棍提着好几个灯笼，大家三心二意地以一种非常奇怪的方式唱着歌。这种游行持续一整夜，直至早晨7时。因此当我看到那些举着方形布景不停转圈的人们居然只走了1个小时，并非连续走15—16个小时，我倒觉得惊讶。我们越多见到这种场景，越是被我们周围的这些不信基督教的人们的盲目和不幸所触动，越是期待欧洲特别是法国的众多既有热忱又有学识的人才能够在这些民族中取得伟大的成果。

11月28日，国王与他的所有妃子一起出宫，这一次，没有人敢出现在街上，②这就是为什么他们请大使先生通知他的人上午不要出门。国王要去查看围猎进展如何并亲临现场督促，以便让大使先生离开前看到围猎的场面。因为只让他看到捕获并驯服一头象是不够的，之前他们已经把那头象带到离城四分之一里路的一个特意修建的地方，供大使先生消遣。我不再赘述猎象的方式了，因为其他人

① 他的孙子侯赛因，680年在一场小型武装冲突中被杀，或者是他的远亲和女婿阿里（"他们追随了他的教派"，舒瓦齐，11月6日），被什叶派视为穆罕默德真正的接班人。这里指拜兰节，在斋月结束时或者穆斯林阴历年第九个月中遵守的白昼禁食期里庆祝。拜兰节持续3天，正如舒瓦齐12月3—6日的日记所指出的。

② 参见 Quaritch-Wales, op. cit., p. 35。

已经描述过了，我记得在某人的游记中读到过。

12月10日，国王命人召大使阁下去树林里，一方面是为了让他看第二天将举行的围猎的场地布置，另一方面是为了在这个地方接见他。[①] 陛下希望我们同大使一起去，并为此派给我们六头大象，由昭披耶的副官为我们带路，国王还希望我们带上望远镜和摆钟，以便当着他的面在他的宫殿里观测应在10日夜里到11日凌晨3时15分之间出现的月食。我们立即遵从了他的命令，一刻不停地赶往围猎现场。我们看到了整个猎场，下面我将对它进行描述。4.6—4.7万人在距离罗斛一里路的树林里和山里围成了一个周长26里的广阔的包围圈，其中两条直边每条长十里，两端的两条边每条长约三里。好看的是，在包围圈的整个周长上点起了两排火堆，用来吓唬动物，尤其是被圈在里面的大象，迫使它们向包围圈的中间退缩。我刚刚谈到的那些火堆点在一些由4根竹桩支撑的正方形的小平台上，这些平台排成两条直线，平台之间间隔五六步，使得人们能一眼望到它们绵延好几里，景象非常美丽：每隔一段高悬着的大灯笼区分出不同首领指挥的区域，还有一定数量的战象和像士兵一样武装的狩猎者，以防野兽从某处强行突围。我们尤其欣赏这些火堆的一个迷

---

① 在这第五次召见之前，肖蒙"看到他们没有给出关于那莱王改宗的任何可靠的或肯定的答复"，因此起草了一份陈情书（由舒瓦齐于11月29日递交），"他希望由康斯坦丁先生呈给暹罗国王"。关于这份陈情书，康斯坦丁先生"向他陈述了多个理由，以劝阻他在这件事上给国王施压"。Tachard, pp. 301–302, pp. 309–310.

12月10日，在罗斛签订了宗教条约，其中有5项条款授予"来自教廷的传教士们和改信基督教的暹罗人特权"。第二天，达成了包含9项条款的贸易条约，除了其他优惠，"将王国的全部自由贸易让与法国人，无需支付进出口关税。"这些条约的文本见 *Relation de la négociation de M. Chaumont à Siam*. B. Nat., Fonds Margry, MS. Fr. N.a. 9380。

舒瓦齐11月30日誊抄了宗教条约，另见 Launay, op. cit., t. II, pp. 169–170。副本日期为12月2日，*Arch. M. E.*, MS., V. 879 pp. 117–120, 第二份副本日期为12月10日，pp. 121–123。

人之处在于，我们看见一个大池塘，好像一条一里多长的运河，两边有无数的火堆排成直线，看上去赏心悦目。国王当晚从骑着象排成一列的所有法国人面前经过。这一天他头上戴着一顶有漂亮羽饰的帽子。他在树下接见了大使阁下，与他交谈了很长时间。① 国王陛下这一次还谈到了我们，询问康斯坦丁先生他的兄弟们为何没有到他近前来；我们这位杰出的兄弟回答说，这个地方太挤了，我们怕过来会给陛下造成不便。陛下送给福尔班骑士一件法国锦缎紧身衣和一把漂亮的军刀之后就离开了。由于天色已晚，我们落脚在一个舒适的地方，他们用来自世界各地的各种果酱和水果准备了一顿丰盛的点心。大使先生喝茶用的是国王送给他做礼物的一个带盖的纯金大茶杯和一个纯金的大茶碟。这个地方很快就围满了大象和火把，以保护我们不受包围圈中的老虎和其他野兽的攻击。此后，大使先生回到了罗斛，康斯坦丁先生直接将我们带到了一座宫殿，国王在那里等我们观测月食。在路上，这位大人与我们亲切地交谈，就像我们最好的兄弟。他敞开心扉与我们谈话，让我们了解到他内心真正笃信基督和英雄主义的感情。他私下告诉我们，国王陛下很信任他，从来没有什么是他开口向国王请求而不能立即得到的。他之所以在陛下那里有这么高的威望是因为他的大公无私，这使他不顾自己的利益，一心为陛下谋利益。他告诉我们，在他的职位上想发财很容易，而且不会招致任何人的怨言，② 因为所有事务都经他的手处理。只要是他收到的任何邮包，根据暹罗王国的法律，他都有权根据生意的性质从每个邮包中抽取 7 埃居至 100—150 埃居不等。

---

① "我有幸与他交谈了很长时间，他请我将福尔班先生——我们舰上的二副——留下为他效力，我同意了，……并于第二天 11 日将福尔班先生引荐给他……国王向我要求了工程师德拉玛尔先生为他修建防御工事。"Chaumont, p. 94.

② 见 Subamonkala, op. cit., p. 37, M. J. Burnay 后来对此的评判比较缓和，参见 "Sur le Voyage de Siam de Choisy..." *Journal of the Siam Society*, 24, pt. I (1930) pp. 82–83.

有时候他在很短的时间内就能收到多达 1 万个邮包，然而，他从未从这些生意中拿一个苏。在他所知道的所有生意中，他从来都只遵从自己的良心。他凭着良心向我们宣称，他在这一点上从未做过任何他自认为不敢在告罪亭里承认的任何事。他补充道，开始时，许多阿谀奉承者告诉他，如果他不像其他人在这种职位上所做的那样做，他永远都不会发财。但是他清楚地意识到，一个人的忠于职守永远不会损害自己的生意。最终，他多次向我们宣称，他在一个异教宫廷里坚持这种行为的主要动机是为基督教的神圣性赢得高度的尊重。当我们感谢他一直以来给予我们的特殊优待时，他只要求我们祈求已经给了他如此多恩典的上帝，让他将他的威望和权力只用于为上帝增光添彩，至少让他不要对他所做的一切有任何其他想法。如果我想向您汇报对这个伟大灵魂的所有美好的感情，我将永远也写不完。我们在晚上 9 时到达了国王的宫殿，这座宫殿名叫 "Tchlée-Pousson"，因建在叫这个名字的一个大池塘上而得名。我们在一个专门修建的平台上安装了多架望远镜，这个平台在池塘西侧上方，面对一间会客厅，陛下将在那里观看月食。当我们的摆钟敲响三下时，我们通知陛下月食马上就出现了。在此之前，我们在康斯坦丁先生的两手之间放了一个纸框架，上面画着地球的影子，在影子的下方，我们用一根线拉着一个月亮的模型经过，它的黑斑与月亮在天上出现时的方式相同。陛下听完宰相对整个过程的解释后，立刻过来拿起一架 5 法尺的望远镜——这是专门为他准备的，一位大臣已经用布擦拭过了——放在一个膝盖上。他自己用这架望远镜瞄准，看到他寻找的月亮后，他喊出了声，非常惊讶自己看见的月亮与我们给他演示的景象非常相似。与此同时，他派一位大臣送给我们每人一件教士袍和一件黑色绣花锦缎长袍。随后，他命人送给将要回法国的塔夏尔神父一个带耶稣像的大十字架，这个十字架除了底座是银制的外，整体一部分是金子制成，另一部分是某种与金子同样珍贵的金属制成，他们称这种工艺为模压，这个十字架价值超过 500 埃居。同时，他还让塔夏尔神父给拉雪兹神父捎去另外一个十字架，[①]虽然是同样材质，但比第一个更大。陛下告诉我们他十分赞赏拉雪兹神父的功德。这个十字架价值高达 2000 埃居，因为它与陛下不久前特意通过两位大臣送给北京皇宫里的南怀仁神父的那个十字架非常相似，那个就价值 2000 埃居。这些礼物和陛下在观测时向我们提出的关于时间和巴黎的距离的各种问题使得我们没能观测到更多的黑斑。但这不妨碍我们观测到月亮在地球阴影下的掩始和复现。掩始从凌晨 3 时 15 分开始，复现在 6 时 9 分。[②]卡西尼先生借此机会测出了暹罗王国的准确经度。康斯坦丁先生以无可比拟的准确度观测到了多个黑斑的掩始和整个掩始过程的结束。因为这是一个无所不能的人。我不应该忽略一件相当特殊的事，它是陛下善待我们的一个重要表现。有人已经告诉我们，如果陛下想用我们的望远镜观测，那么任何人都不应该用那个望远镜，甚至不能碰它。然而，陛下看到我们使用的望远镜后，要求我们帮他调至他能使用的状态。他命令康斯坦丁先生亲自为他架设望远镜，康斯坦丁先生出于对陛下的尊敬推辞了，因为那样的话，他将被迫在陛下面前采取一种不

① "陛下命令我代他将这个十字架送给这位忏悔神父，告诉他如果能从法国国王那里得到 12 位数学家，将是对暹罗王国的最令人愉快的和最有用的帮助，而且我可以让他们放心，在他们到达前，罗斛和暹罗两城都将各为他们准备好一座天文台、一栋住房和一座教堂……至于另一个十字架，我愿意把它送给您……请尽您所能时常让我了解您的消息，尤其是尽早回来……"。Tachard, pp. 330-331. "塔夏尔神父……借此向我吹嘘暹罗国王本应在告别接见时送给我的一个精美的十字架，这位好神父得到了公正的招待，因为肖蒙骑士和我只不过是戏剧中的人物，而他才是负责秘密谈判的真正的大使。" *Mémoires de l'abbé de Choisy*, éd. Michaud et Poujoulat, t. VI, p. 612.

② 这里，塔夏尔给出了关于观测的更多细节，第 326—328 页，以及关于暹罗的经度的更多细节，第 333—334 页。是他向科学院的古耶神父（P. Gouye）报告了观测结果。参见 *Mémoires de l'Académie Royale des Sciences*, Paris 1729, t. VII, pp. 614-617。

符合尊卑礼仪的姿势。这引来了陛下的嗔怪，陛下看到他坚决不执行他的命令，于是以充满善意的神情对他说，这样做太傻了。于是他请我们的长上洪若翰神父亲自来为他架设并调试望远镜，洪若翰神父带着十分的敬意这样做了，并在检查完望远镜是否调试到位后，将它交到了陛下的手中。要评判陛下是否给予我们特殊的恩宠，是否用比他对待王国中地位最高的人物更亲切、更仁慈的方式对待我们，就需要了解这个宫廷，了解这里的人们对国王的不可思议的尊敬。您看得出，这一切除了上帝的恩典，都应归功于我们这位杰出的兄弟。那之后，康斯坦丁先生又带我们去猎象，陛下和大使先生及其所有侍从都在那里。我简要地给您介绍一下，因为我没有时间写更多了，在用粗栅栏围起来的大约一里见方的一个被树木覆盖的平坦的原野上，狩猎者们已经带回来一群大小不一的象，有15—16头。国王骑着他的象刚出现，他们就把这群野象同另外一些驯养的象一起赶进了这个狭窄的包围圈；此时，多名骑着象的狩猎者手里拿着粗绳子进入了包围圈，他们绕了几圈后，用绳子把这些野象拴起来，随后把它们与两头驯养的象拴在一起，让它们日夜待在一起大约15天，以便使野象变得驯服。国王骑到另一头象的脖子上，亲自引领着它，把它推到象群中，丝毫不担心在这种场合可能遭遇的危险。国王那天放下了君王的尊严，显得更加亲民。他每次出现总是面带笑容，说了许多快乐和非常幽默的话。当他看见象群中有一些很小的象时，他说想送一头给勃艮第公爵先生；但是后来考虑到安茹公爵先生会嫉妒，这可能会引发他俩之间的激烈争吵，他补充说，应该送两头，以防这两位小王子为此打架。国王还对大使先生说，他看到天意在保佑他一切顺利，保佑他身体完全健康，保佑今年的围猎比前几年更幸运、更容易，因为那天在不到一小时的时间里已经捕获了15—16头象。围猎圆满结束，没出任何令人恼火的事故。侍从们被提前告知要向陛下致意三次作为告别；第二天，大使先生还要参加告别接见。① 他可能从陛下手中收到了一件价值不菲的礼物，他的侍从们应该也收到了。此后，大使阁下去暹罗城下榻，17 日登船，准备 18 日起航。正因如此，我无法写得更详细，只有时间匆匆提及这些素材，而不能对其进行仔细消化，写作风格也欠推敲。但是由于我相信您对事情本身比对描写它们的方式更感兴趣，我更愿意向您讲述我从离开巴黎后见证的一大部分事实，而不是只寄给您写得较好、更有条理的一部分。

致上帝至高无上的荣耀——您的谦逊、

服从的仆人——耶稣会白晋

写于罗斛，暹罗王国，1685 年 10 月 11 日

---

① "我们在近处观看了进城第一天和第一次接见的仪式，只是侍从们只陪同大使先生到王宫的第二进院子。接见时间不长。国王在委托大使先生转达他对笃信基督的法国国王及全体王室成员的问候之后，送给他一个纯金大花瓶……"。Tachard, pp. 343-344.

白晋神父的游记通过回国的"飞鸟号"寄回了法国。由于他"没有时间将其提炼得更简短……恳请您不要将它给任何人看……"，他在他的"告读者"中这样建议。我们将他的手抄本的副本公之于众是不是违背了他的意愿呢？这份副本证明了读者对原稿的兴趣。如果白晋神父像约定的那样，的确向塔夏尔神父提供了他自己的游记的结构，那么这本《暹罗游记》理应有朝一日以其作者的名字出版。我们在脚注中读到塔夏尔、舒瓦齐、肖蒙和福尔班的记叙，它们有助于读者更完整地了解这次远航。通过这次远航，一些勇敢的人毫不犹豫地冒着生命危险将他们国家的声名传播到暹罗和中国。白晋神父似乎只字未提那些暗藏的紧张形势或导致肖蒙误入歧途的误会。尽管这次经历后来逆转为一次灾难性的冒险，但对他而言，这只是他传教生涯中的第一个插曲而已。(J.C.盖蒂)

主要参考书目[*]

ANDERSON, John, *English Intercourse with Siam in the 17th Century*. London, Kegan Paul, Trench, Trubner, 1890.

BERNARD, H., S.J., "Le voyage du Père de Fontaney au Siam et à la Chine", d'après des documents inédits. *Bulletin de l'Université l'Aurore*, Shanghaï 1942, pp. 227−280.

De BÈZE, Claude, S.J., *Mémoire sur la vie de Constance Phaulkon*, premier ministre du roi de Siam, Phra Narai. Publié avec des notes par Jean Drans et Henri Bernard, S.J., Tokyo, Presses Salésiennes, 1947.

CHAPPOULIÉ, Mgr Henri, *Rome et les Missions d'Indochine au XVIIe siècle*. Paris, Bloud et Gay, 1948, 2 vol.

CHAUMONT, *Relation de l'ambassade de Mr. Le chevalier de Chaumont à la cour du roi de Siam, avec ce qui s'est passé de plus remarquable durant son voiage*. 3ème éd., Paris, Seneuze et Horthemels, 1687.

CHOISY, François Timoléon, Abbé de, *Journal du voyage de Siam*. Nouvelle édition, Trévoux, La Compagnie, 1741.

CIMBER, M. L. et DANJOU, F., *Archives curieuses de l'histoire de France*. 2e série, t. 9 et 10. Paris, Blanchet, 1839.

DEHERGNE, J., S.J., "Un envoyé de l'Empereur K'ang-Hi à Louis XIV, le Père Joachim Bouvet, 1656−1730". *Bulletin de l'Université l'Aurore*, Shanghaï 1943, pp. 651−683.

D'ORLÉANS, Pierre Joseph, S.J., *Histoire de M. Constance*, premier ministre du roi de Siam. Lyon, Duplain, 1754.

ETIENNE-GALLOIS, M., *L'Ambassade de Siam au XVIIe siècle*. Paris, Panckoucke,

---

[*] 本书目由 J. C. 盖蒂女士制作。

1862.

FORBIN, Comte de, *Mémoires*. A Amsterdam chez François Girardi, 1748, 2 vol.

FOURNEREAU, L., *Le Siam ancien*. Paris, Leroux, 1895–1908, 2 vol.

GERVAISE, Nicolas, *Histoire naturelle et politique du royaume de Siam*. Paris, Lucas, 1690.

GRAHAM, W. A., *Siam*. London, Moring, 1924.

History of Siam (reign of P'ra Narai), translated by Samuel J. Smith. Bangkok, 1880.

HUTCHINSON, E. W., *Adventurers in Siam in the Seventeenth Century*. London, The Royal Asiatic Society, 1940.

KAEPPELIN, Paul, *La Compagnie des Indes Orientales et François Martin*. Paris, Challamel, 1908.

LA LOUBÈRE, Simon de, *Du Royaume de Siam*. Amsterdam, Wolfgang, 1691.

LANIER, Lucien, *Etude historique sur les Relations de la France et du Royaume de Siam de 1662 à 1703*. Versailles, Aubert, 1883.

LAUNAY, Adrien, *Siam et les missionnaires français*. Tours, Mame, 1846.

LAUNAY, Adrien, *Histoire de la Mission du Siam*, documents historiques, t. 1 et 2. Paris, Téqui, 1920.

LE MAY, Réginald, *A concise History of Buddhist Art in Siam*. Cambridge, University Press, 1938.

LEMIRE, Charles, *La France et le Siam*, nos relations de 1662 à 1903. 3ᵉ éd., Paris, Challamel, 1903.

LUNET de la JONQUIÈRE, E., *Le Siam et les Siamois*. Paris, Colin, 1906.

MICHAUD et POUJOULAT, *Collection de Mémoires pour servir à l'histoire de France*, t. 6, Paris, Didot 1839.

MORGA, Antonio de, *The Philippine Islands, Moluccas, Siam, Cambodia, Japan and China at the close of the XVIth Century*. London, Hakluyt Society, 1868.

PALLEGOIX, Mgr Jean-Baptiste, *Description du royaume Thaï ou Siam comprenant la topographie, histoire naturelle ... et précis de la mission*. Paris, 1854, 2 vol.

PALLU, François, Evesque d'Héliopolis, *Relation abrégée des Missions et des voyages des Evesques françois envoiez aux Royaumes de la Chine, Co-*

chinchine, Tonquin et Siam. Paris, Béchet, 1668.

PELLIOT, Paul, *Le premier voyage de l'Amphitrite en Chine.* Paris, Librairie orientaliste, Paul Geuthner, 1930.

PINOT, Virgile, *La Chine et la formation de l'esprit philosophique en France.* Paris, Librairie orientaliste, Paul Geuthner, 1932.

PRÉVOST, Antoine-François, *Histoire générale des voyages*, t. V et IX. Paris, Didot, 1746-1789, 19 vol.

QUARITCH-WALES, H. G., *Siamese State Ceremonies, their history and function.* London, Bernard Quaritch, 1931.

Siam Guide Book, Bangkok, Ayudhya, Lopburi. Bangkok 1930.

SUBAMONKALA, Kontsri, *La Thaïlande et ses relations avec la France.* Paris, Pedone, 1940.

TACHARD, Guy, S.J., *Voyage de Siam des Pères Jésuites, envoyez par le Roy aux Indes et à la Chine avec leurs observations astronomiques et leurs remarques de physique, de géographie, d'hydrographie et d'histoire.* Paris, Seneuze et Horthemels, 1686.

TURPIN, *Histoire civile et naturelle du royaume de Siam.* Paris, Costard, 1771, 2 vol.

VAJIRAÑANA NATIONAL LIBRARY, *Record of the relations between Siam and Foreign countries in the Seventeenth Century.* Bangkok, 1915-1916, 3 vol.

VALENTYN, François, *Oud en Nieuw Oost-Indien*, t. Ⅱ, Ⅲ, Ⅳ, Dordrecht, 1724-1726.

白晋《暹罗游记》背景考证

J. C. 盖蒂

一、1685 年法国赴暹罗使团介绍

1685 年 3 月 3 日，王家海军的两艘军舰"飞鸟号"和"玛琳号"从布雷斯特港扬帆起航，承载着路易十四对暹罗国王那莱王皈依基督教的希望开始了远航。

这实际上是这一非同寻常的使团——这位伟大的国王向一位东方君主派出的第一个使团——的官方目的。奈梅亨（Nimègue）与雷根斯堡（Ratisbonne）和平休战之后，在任凭他的军队发号施令的欧洲，屹立于荣耀之巅的路易十四，像同时代的人们一样，相信君权神授，相信国王是上帝在人间的代理人。几个月后的 10 月 18 日，他将废除《南特敕令》（Edit de Nantes），而就在他致力于在自己的王国内重新确立宗教统一的时候，有人暗示他，那莱王对在暹罗定居的法国传教士的宽容态度是他即将改宗的确定征兆。而且，路易十四或许并不讨厌进一步拓展并确认他的影响力，为法国贸易开辟新的领域，让法国舰船的国旗在那些荷兰早已建立了锦绣殖民帝国的遥远疆域上空飘扬。

这个暹罗使团盛况空前、轰动一时，给法国宫廷带来了莫大的

消遣，让他们想起了莫里哀的《贵人迷》（*Bourgeois Gentilhomme*）和土耳其庆典。它成了巴黎的报刊专栏——如《公报》（*La Gazette*）和《文雅信使》（*Mercure Galant*）——热议的话题，引发了一些"官场闹剧"①。它也成为许多并非信口吹嘘的游记的对象，比如至今未出版的白晋神父的游记。

　　这次远航仍然使荷属东印度公司的代表们感到惊讶，作为实用主义者和精明的商人，他们觉得路易十四在荷兰的势力范围内发展新教徒的热忱华而不实。因为，自从依据 1480、1493 和 1494 年的教宗诏书把葡萄牙人挤出了远东并取而代之掌握了那里的霸权之后，荷兰人在巽他群岛、马六甲和马来西亚海岸上的殖民地蒸蒸日上。他们希望借助荷兰在暹罗首都阿瑜陀耶的商行，打开长期闭关的中国的贸易大门。② 当英属印度公司来参与竞争时，荷兰人为捍卫自己作为先到者或第二占领者的权利付出了高昂的代价。他们的海军舰队分别于 1619 和 1623 年在北大年府（Patani）和安波那岛（Amboine）重创了英国军舰，狠狠地教训了他们。荷兰人的优势已然确立，无可争议，因此他们丝毫不担心会被法国-暹罗的精神联盟所蒙骗。

　　1685 年 12 月 17 日，荷兰驻暹罗商行寄给设在巴达维亚

---

① 正如 G. 伯雷院长（l'abbé G. Porée）在《官场闹剧》（*Mandarinade* 1738, 3 vol.）中讲述的那件事，我们也可以在《时报》（*Temps*，1932 年 10 月 14 日刊）的一篇题为《17 世纪的一场大学生闹剧》（"Une farce d'étudiants au 17ᵉ siècle"）的文章中读到。那是米歇尔·德·圣马丁（Michel de Saint-Martin）院长——卡昂大学的"荣誉退休"教授出资举办的一场化装舞会。这位饱学之士居然天真地相信真有一个穿戴着各种饰品的暹罗代表团来任命他为"泰国高僧"。那些欺骗书信的题目参见 H. Cordier, *Bibliotheca indosinica*, t. I, col. 935–940。

② "尽管他们去阿瑜陀耶的主要目标是中国的贸易，但荷兰人很快就发现，暹罗本身在贸易方面也不可小觑，他们与暹罗之间日益增长的贸易额很快就会使他们有必要在阿瑜陀耶建立一家代理商行。" W. Blankwaardt, "Notes upon the relations between Holland and Siam", *Journal of the Siam Society*, vol. 20, part 3 (1927), pp. 241 sq.

（Batavia）*的公司总部的报告通知我们，这份报告的作者——可能是乔纳斯·凯茨（Joannes Keyts），阿瑜陀耶分号的主事——"试图打探法国肖蒙使团的真正意图未果。据某些人说，法国人的唯一目的就是使暹罗国王皈依天主教，但报告的作者不以为然"。①

路易十四对他"亲爱的好朋友"暹罗国王的友谊只能预示着一项贸易协定。该协定除了带来商船之外，还会引发许多摩擦，从而在远东再次激起并改变因 1678 年的《奈梅亨条约》（ le traité de Nimègue ）而平息的法荷之间的敌对关系。在这方面，荷兰人猜想得完全正确，此后的一系列事件也证实了他们的猜想。比起在 1685 年 3 月的这个早晨通过布雷斯特的狭窄水道的法国大使本人，荷兰人似乎更有远见、更现实。

肖蒙骑士是出身法兰西最古老家族之一②的绅士，他的祖先中有主教代理官、宫廷总管大臣和曾经为耶路撒冷王国而战的十字军。在圣贝尔纳（Saint Bernard）的一封信中曾提到一位戈蒂耶·德·肖蒙（Gauthier de Chaumont）。维拉哈都因（Villehardouin）曾提到于格·德·肖蒙（Hugues de Chaumont），说他是 1202 年在马赛港上船的少数十字军之一。他佩戴着有八条红直纹的银饰带。纪尧姆（Guillaume）是查理六世的侍从兼顾问，后来依附太子党，1428 年参加了奥尔良攻城战，1429 年出席了查理七世在兰斯的加冕礼。

---

* 印尼首都雅加达的旧称。

① *La Haye, MS., Kolonial Archiv* 1304, 17 déc. 1685.

② 参见 MS. dossier XIII-M 367 aux *Archives nationales*, Paris; P. Anselme, *Histoire généalogique et chronologique des Maisons de France*, Paris 1726-1733, 6 vol.; d'Hosier, *Armorial général de la France*, Paris 1738-1768, 6 registres; L. Moreri, *Le Grand Dictionnaire historique*, Amsterdam, Leyden, 1740, 8 vol.; De la Chesnaye, Desbois et Badier, *Dictionnaire de la Noblesse*, Paris 1770-1786, 15 vol.; Michaud, *Biographie universelle*, Paris, 1854-1867, 45 vol.。

于格·德·肖蒙——肖蒙大使的长兄——曾任国王军队的大元帅。让（Jean）——他们的叔父——曾先后担任亨利四世的常任国务顾问、王家图书馆馆长和纪念章收藏室保管员。让的儿子保尔·菲利普（Paul Philippe）曾任布尔镇圣樊尚修道院院长（l'abbé de Saint-Vincent）、卢浮宫王家图书馆保管员，1654年起成为法兰西学术院（l'Académie française）院士。这位神学家于1693年发表了《关于在天主教会中传授的基督教义的思考》（Réflexions sur le christianisme enseigné dans l'Eglise catholique）一文。

这个家族的成员曾担任过许多宗教职务，直至16世纪，"被加尔文的谬论蒙骗了的肖蒙家族成员们，出于一种错误的虔诚，成为加尔文最早的保护人"。直至1640年这位未来的赴暹罗的大使出生时，他的父亲仍是新教教徒。他是亚历山大（一世）·德·肖蒙（Alexandre de Chaumont）——吉特里（Quitry）家族的旁支，阿迪耶勒（Athieules）的领主——与伊莎贝尔·杜布瓦德古尔（Isabelle du Bois des Cours）的第四个儿子。在职业生涯之初，这个年轻人曾在陆军服役，"在那里，他杰出的功勋使他得到国王的赏识和厚爱"①。可能正是在这个时期，他成为了天主教徒。他的兄弟们和他相继改宗，其中最小的弟弟加入了耶稣会，"在那里像圣徒一样生活直到去世"。转换兵种之后，亚历山大（二世）*于1669年12月24日被任命为土伦的前海军见习军官们的副官，于1672年1月19日在勒旺岛被任命为海军少将。根据他自己的请求，1682年他被重新任命为舰长，之后被国王陛下选为出使暹罗的大使，因为国王"深信他在那个国家树立的良好典范将成为基督教的神圣性的有力证明，

---

① Tachard, *Voiage de Siam des Pères Jésuites envoyez par le Roy aux Indes & à la Chine*, Paris, Seneuze et Horthemels 1686, pp. 11–12.

* 即后来的肖蒙骑士。

必将说服……（那莱国王）"①。大使为此次敏感的使命留下的记录就像一份航海日志一样简洁明了。他看上去是一个严肃的、非常正直、虔诚和责任感极强的人。或许，由于他的不妥协，他并不具备一名外交官应有的素质，他更擅长发号施令和服从命令，而不是讨论条款和条约。作为路易十四的代表，他走到哪里都恪守凡尔赛宫的礼节，甚至在暹罗宫廷，他也不打算屈从于一种要求不算苛刻的礼仪，我们在后面将会看到这一点。②

大使阁下不得不接受舒瓦齐院长的辅助，在很久以后此人也千方百计获得了大使的头衔。舒瓦齐强调，鉴于这次远航的距离和危险，肖蒙骑士可能会死在途中，于是在红衣主教布永（cardinal de Bouillon）的保护下，他被任命为助理（coadjuteur）③。这个词不同寻常，路易十四闻所未闻，但他觉得这个建议是合理的，最终同意了这一任命。

另外，舒瓦齐必须"留在暹罗国王身边，直至他接受洗礼为止，如果他改宗的话"④。说实话，他前半生的离奇行为似乎丝毫无助于他扮演一个这样严肃的角色。自童年起就注定成为教士的弗朗索

---

① Jal, *Dictionnaire critique de biographie et d'histoire*, Paris, Plon 1872, article "Ambassadeurs des rois de Siam", p. 36.

② 从暹罗回国后，他得到了 1200 里弗尔（livres）的退休金，于 1710 年 2 月在敦刻尔克去世，参见 Jal, op. cit., p. 36。据 Cordier, *Bibliotheca indo-sinica*, t. I, col. 934，他死于 1710 年 1 月，葬于巴黎的圣塞弗汉教堂（Saint-Séverin）。他的墓并不在教堂内。由于 1674 年之后，人们不再在公共墓穴中埋葬尸体，肖蒙很可能被埋在教堂中殿后面的墓地，后来变成了本堂区的花园。今天，我们仍能在朝向墓地的门廊的三角楣上辨认出这两行字："善良的人们已逝，求主让他们安息"（Bonnes gens qui par cy passez, Priez Dieu pour les trepassez）。

③ 参见 *Mémoires de l'abbé de Choisy, Nouvelle Collection des Mémoires pour servir à l'Histoire de France*, Michaud et Poujoulat, Paris 1839, 3e sér., t. VI, pp. 608–609。"首先，我希望来（暹罗）的大使是有备而来。但是，对此深思熟虑的我却眼睁睁地看着毫无思想准备的肖蒙骑士先生被任命为大使。" *Journal du Voyage de Siam*, M. l'Abbé de Choisy, Trévoux 1741, p. 223.

④ Tachard, op. cit., p. 23.

瓦·迪莫雷翁·德·舒瓦齐（François Timoléon de Choisy）在 18 岁时就担任了勃艮第的圣桑修道院院长（Saint-Seine en Bourgogne）。先后担任鲁昂的圣洛修院（Saint-Lô de Rouen）、索尔特的圣伯诺瓦修院（Saint-Benoît du Sault）和圣热莱修院（Saint-Gelais）的院长以及巴约圣母主教座堂（cathédrale de Bayeux）的院长之后，他已过不惑之年，受过剃发礼，但仍未宣过誓。[①]

　　他的家族属于资产阶级上流社会。作为奥尔良公爵加斯东的总管的儿子，他从小是在国王的弟弟的圈子里长大的。这位年轻的亲王喜欢假扮女人，而舒瓦齐则对这种化装舞会乐此不疲。扮成才子，穿上衬裙、戴上假痣和钻石首饰，他 20 年来一直过着一种放荡、暧昧的生活。他化名德·桑西夫人（Madame de Sancy），住在圣马尔索（Saint-Marceau）郊区，对圣美达尔教堂（église Saint-Médard）表现出高度的虔诚。尽管作为教士的他可免除兵役，但他仍然重新换上男装，参加了 1667 年的佛兰德（Flandres）战役和大孔代亲王（le Grand Condé）发动的莱茵河渡河战役。在他位于布尔日（Bourges）附近的克雷蓬（Crépon）的地界上，他是优雅的德·巴尔伯爵夫人（comtesse des Barres），在女性圈子里像蝴蝶般飞来飞去。他对自己离奇的生活没有丝毫隐瞒，在他的回忆录里以惊人的坦率讲述了他的经历。

　　1683 年，当他得了重病差点死去时，一些淫词艳曲还在传唱他的风流韵事。大病初愈的他开始忏悔，准备从位于巴黎巴克街的外

---

① 关于他的详细传记，除了他的《回忆录》（*Mémoires*）之外，参见 Olivet, *Vie de M. l'Abbé de Choisy*, Lausanne 1747; Saint-Simon, *Mémoires*, 1708; Sainte-Beuve, *Causeries du lundi* (3 mars 1851); N. M. Bernardin, *L'abbé Frifillis*, Paris 1911; J. Melia, *L'étrange existence de l'Abbé de Choisy*, Paris 1921; M. Bishop, *A gallery of eccentrics*, New York 1928。关于舒瓦齐的《日记》（*Journal*）的不同版本，参见 Bourgeois et André, *Sources de l'Histoire de France, XVIIᵉ siècle*, t. I, n° 519。

方传教会神学院退休。他就是在那里遇到了瓦谢（M. Vachet）先生，他刚从暹罗回国，担任那莱王向路易十四派遣的两位使臣的翻译。①

　　舒瓦齐从当时正在讨论阶段的出使项目中看到了一个机会，一个对他而言有如神助的当众认罪并回归正道的机会。有传言说他主要是想通过这种方式躲债，因为，据他的传记作者奥利韦修道院院长（l'abbé d'Olivet）透露，"他因赌博损失惨重"。海军大臣塞涅莱（Seignelay）下令编写的包含远航人员名单的陈情书中并没有提到这位助理，② 然而他的确出发了，克服了重重阻碍，其中来自他的家族的阻力也不算小。据杜尔班（Turpin）说，"这位具备所有讨人喜欢的才能的修道院院长天生是来取悦人的，而不是来教育人的；而传教的使命不是靠娱乐性的才艺能够完成的"。③ 在此前一年舒瓦齐与他的朋友当若修道院院长（l'abbé de Dangeau）合作出版的《关于灵魂不朽、神意、上帝的存在和宗教的四段对话》（*Quatre dialogues sur l'immortalité de l'âme, la Providence, l'existence de Dieu et la religion*）一书中并没有将他的转变归功于任何人。下面这首歌曲就是证明，我们还能从中找到那个当时广泛流传的错误，即中国人和暹罗人信奉伊斯兰教。

　　　　舒瓦齐因当若而皈依，

　　　　他去传教，直到中国。

　　　　他走时是位虔诚基督教徒，

---

① 参见 Adrien Launay, *Histoire de la Mission du Siam*, Paris 1920, t. II (documents), pp. 125 sq。

② Jal, *Dictionnaire critique*, p. 36.

③ Turpin, *Histoire civile et naturelle du royaume de Siam*, Paris, Costard 1771, 2 vol., t. II, p. 83.

可我敢当着他的面起誓，

如果他在暹罗遇到一个当若，

他回来时就会变成伊斯兰教徒。①

有一份日报提到了这位远渡重洋出使暹罗的助理，刊登了他写给语法学家当若院长的书信。信中洋溢着恣意挥洒的激情，尖刻但绝无恶意，充满着准确的刻画和生动的速写。圣博夫（Sainte-Beuve）在他的文风中看到了"一位女性被忽视的优雅"。他还展现出一名对阴谋诡计驾轻就熟的前弄臣的敏锐度，他懂得如何细致入微地分析一个建立在严重误解基础上的冒险举动的所有动机。②

根据塞涅莱侯爵的一个特别建议，布雷斯特总督德克鲁佐先生（M. Desclouzeaux）下令赶紧为"飞鸟号"船底加装金属薄板。这艘600吨重的舰船，一半装备战争武器，一半装载货物，包括36门大炮，看上去像一艘巨大的帆船。③舰长：德·沃德里库尔先生，1668年已升任二副的老海员，曾在加泰罗尼亚海岸的杜凯恩手下服役。④大副：德·考利东先生。二副：西布瓦骑士和著名的福尔班伯爵⑤，

① *Mémoires de l'abbé de Choisy*, Michaud et Poujoulat, t. VI, p. 549.

② 舒瓦齐在暹罗当了四天神父，在回国途中，在海上做了他的第一次弥撒，因为他没有留在那莱王身边。1687年进入法兰西学术院后，他写了《虔诚与道德的故事》（*Histoires de piété et de morale*）。他的《教会史》（*Histoire de l'Eglise*）共11卷，以及他的《路易十四历史回忆录》（*Mémoires pour servir à l'histoire de Louis XIV*），均在他身后出版，他于1724年10月2日在巴黎去世。

③ Jal, op. cit., p. 36, 舒瓦齐在《暹罗游行记》（*Journal du Voyage de Siam*）中以及1685年3月的《文雅信使》（*Mercure Galant*）给出的数字都是46门大炮。

④ 参见 M. G. Saint-Yves, "Capitaines des Flottes de Louis XIV. Les Marins des Expéditions de Siam", *Bulletin de Géographie*, 1901, n° 2, pp. 236–238.

⑤ 克洛德·德·福尔班（Claude de Forbin），出身于法国外省的一个古老家族，1656年出生于加尔达纳（Gardanne），靠近艾克斯（Aix）。他很年轻时因头脑发热加入了海军，1675年参加了墨西拿（Messine）远征，听令于维沃纳（Vivonne）元帅。还在他叔父福尔班大法官指挥的连队里担任过一段时间的火枪手。后来他重回海上，

后者还同时兼任使团副官的职务。掌旗官：德·沙莫罗先生。随军教士：勒多先生。德·拉玛尔先生是工程师，他需要"给海军见习军官和青年军官们讲解水文地理知识，并测绘各个城市的地图……"。

大使阁下的私人随军教士是于利修道院院长，秘书是拉布罗斯-伯诺先生——法国驻印度苏拉特（Surate）商行代理布罗-德朗德的亲戚。领航员迪布瓦·科洛舍已经走过暹罗这条航线了。作为肖蒙骑士的侍从的 12 名年轻绅士只去了 11 名。在船上的还有大使阁下的表亲杜飞骑士和德·弗雷特维勒先生，他俩都是海军见习军官。旗手德·弗朗西讷先生负责执勤。

外方传教会的瓦谢先生在使团派遣过程中的作用不可忽视，他在前一年将那莱王的代表们引荐给路易十四后，又与他们一起返回阿瑜陀耶。他的两个同事巴塞和马努埃尔一直陪伴着他，并将再回到他们在暹罗的分会。谢拉院长（l'abbé de Chayla）常常被误归入这个外方传教会的团体，他没有被分配任务，但往返均在随行人员之列。

最后，除了使团人员外，还有六位耶稣会神父，他们以路易

（接上页）担任舰船掌旗官，并与埃斯特雷伯爵（comte d'Estrées）一起参加了美洲战役。1683 年，他与杜凯恩一起参加了阿尔及尔（Alger）轰炸。现实主义甚至玩世不恭的福尔班并没有感受到与他一起出使暹罗的同伴们的那般热情，他被迫在那里待到 1688 年。"坦率地说，"他写道，"我不止一次感到惊讶的是，舒瓦齐院长和塔夏尔神父与我经历了同样的旅程，看到了同样的事物，却不约而同地向公众展示了关于暹罗王国的如此灿烂、如此不切实际的观点。"返回法国后，他被提升为海军舰队司令。兴奋又鲁莽的他成了让·巴尔（Jean Bart）的追随者；他与杜盖-图安（Dugay-Trouin）一起与英国人、荷兰人和奥地利人战斗。1733 年 3 月 4 日，他在马赛附近去世。S. 勒布莱（S. Reboulet）和李明神父根据他的笔记撰写的《回忆录》（Mémoires）已于 1729 年在阿姆斯特丹由 F. 吉拉迪（F. Girardi）出版社出版了。福尔班在其中不止一次提到暹罗之行，并称之为"我们的关系投机者们的差错"。另外，圣西蒙（Saint-Simon）在他的《回忆录》（Mémoires, 1708）中也曾多次提到福尔班。

十四的数学家的身份前往印度和中国。他们是应在北京的清朝钦天监监正南怀仁神父（P.Verbiest）的召唤而去，南怀仁神父警醒地看到耶稣会传教士在中国的人数越来越少。这当然不是因为缺乏热情，而是实际操作方面的原因导致新成员延误了出发的行程，这一计划早在 1683 年财政大臣科尔贝（Colbert）去世前就已拟定。路易十四向那莱王派遣的使团显然是一个好机会，可以使中国传教会的管区代表*（procureur）柏应理神父（P. Couplet）——国王曾于 1684 年 9 月在凡尔赛宫接见过他——重新申请的增援人员到达远东。

　　因其天文学发现而知名的洪若翰神父（P. de Fontaney）年龄最长，是传教团的团长。[①] 在路易大帝学院（Collège de Louis le Grand）[②] 最有天赋的数学家中，张诚神父（P. Gerbillon）、李明神父（P. Le Comte）、刘应神父（P. de Visdelou）和白晋神父被选中与洪若翰神父同行。这是他们第一次越洋旅行。塔夏尔（Tachard）神父有过长途陆地旅行的经历，并参加过埃斯特雷德元帅（maréchal d'Estrées）的远征军，在南美洲的法国殖民地住了将近四年。他后来没能去成中国，因为他与肖蒙骑士一起被召回了法国。在 1685 年开始的法国与暹罗的多次谈判中，他充当了暹罗、凡尔赛和罗马之间的斡旋人，起到了非常重要的作用，并参加了 1687 年由拉鲁贝尔（La Loubère）和赛布莱（Céberet）领导的第二个赴暹罗使团。塔夏尔神父的《暹罗游记》大受欢迎。如果我们将他 1686

---

*　管区代表是 16—17 世纪耶稣会进行商业活动的关键人物，主要工作包括筹措资金、为教会购买并运送补给品、传递信件及输送人员等。

①　参见 P. H. Bernard, "Le voyage du P. de Fontaney au Siam et à la Chine d'après des lettres inédites", *Bull. Université Aurore*, 1942, sér. III, t. 3, n° 2, pp. 227-280。

②　前身是 1563 年耶稣会创办的克莱蒙学校，1682 年路易十四授予官方赞助后，学校被授予了 "Collège de Louis le Grand" 的名称，"路易大帝学院" 系较为通行的译法。

年回到法国后发表的第一篇游记的内容与我们展示的白晋神父的游记手抄本的内容进行比较，很明显，除了几处细节外，塔夏尔神父借用了白晋神父的日记，而且这是事先约定好的。^①张诚神父也讲述了这次越洋旅行，^②很久以后，1703年，洪若翰神父将张诚神父的游记收入了寄给拉雪兹神父（P. de la Chaize）的总游记中。^③

　　轻型护卫舰"玛琳号"——重250吨的性能精良的帆船，^④载有24门大炮——并未包含在塞涅莱制订的最初计划中。鉴于使团人数和送给那莱王及其宰相康斯坦丁·华尔康（Constance Phaulkon）的礼物数量增多，根据福尔班的指示，才匆匆租用了这艘船。"他们在船上装了许多包裹，"舒瓦齐写道："安排在这艘船上的还有阿尔布韦耶、孔皮耶涅、荣古、柏讷维勒、帕吕和拉弗莱斯特等几位先生，他们都是大使的随从^⑤……并且声称两年一万两千海里的远征经历会使他们成为优秀的军官。"旗手杜·泰尔特尔和圣维利耶听令于德·茹瓦耶先生——这艘船的二副，他在1676年参加了埃斯特雷伯爵

① 白晋神父在他的"告读者"中指出了这一点。
② 在1685和1686年写给他父亲的未出版的两篇游记中，其中较长的那篇——1685年那篇——的手抄副本最初保存在里昂耶稣会图书馆，如今收藏在曼谷的拉玛六世国家图书馆。参见 J. B(urnay), "A propos de la relation du Père Gerbillon et de sa lettre au Père Galard des 1er juillet et 1er novembre 1686", *Journal of the Siam Society*, vol. 29, part 1, pp. 37-39。据米肖（Michault）的说法及 Sommervogel, *Bibliothèque des écrivains de la Compagnie de Jésus*, t. III, col. 1347 中的引述，"耶稣会令人尊敬的张诚神父于1685年12月19日在靠近暹罗时在'飞鸟号'船上写出的游记"，被舒瓦齐院长用来写作他自己的日记："他只增加了几个修饰语而已……"。
③ 寄给拉雪兹神父的游记涉及1685年从法国出发起的整个时间段。1703年2月15日寄自宁波的书信，收入 *Lettres édifiantes et curieuses*, Toulouse 1810, t. 17, pp. 166-266。
④ Jal, op. cit., p. 38. Etat manuscrit de la Marine, 1688, *Archives de la Marine*, Choisy 和 *Mercure Galant* de mars 1685 中都提到了24门大炮。据福尔班，有33门大炮。
⑤ 肖蒙骑士、舒瓦齐、塔夏尔和上述《文雅信使》杂志给出的这些侍从的名单在拼写上略有差异。《文雅信使》杂志提到了德·桑特雷（de Cintré），即没有上船的第十二个侍从。

在加勒比海的几次远航后，又多次航行至印度。领航员福克兰来自勒
阿弗尔，与"飞鸟号"的领航员一样，有应对季风和暹罗航线的经
验，在欧洲，3 月份以后很少遇到季风。还有准备留给那莱王差遣的
六名工人也上了船。

　　航程持续了七个月，在好望角和巴达维亚停靠了两次，荷兰人
十分殷勤地接待了使团人员。尽管航程很长，但从舒瓦齐院长、瓦
谢先生 ①、塔夏尔神父和白晋神父的叙述中来看，它似乎并不单调。
最后这两位是一丝不苟的讲述者，他们的好奇心与他们所发现的一
切新事物有关，鸟、星辰、鱼、大气现象……已经经历过这一航程
的瓦谢先生在他的编年史中对人的因素更感兴趣，从而使我们知道
了耶稣会的神父们和外方传教会的教士们之间并不总是那么和谐。
至于那位助理，什么也逃不过他的眼睛，他凭着一支灵活的羽毛笔
把这些将要把他们的国王的盛名远播海外的慷慨的人们描绘得栩栩
如生。以下就是我们的这些人物的几幅速写：

　　　　3 月 9 日，我们像真正的传教士一样开始了封斋期：我们的
　　大使比其他人更像传教士。

　　　　3 月 10 日，全体船员从昨天傍晚起就一直载歌载舞。因为
　　您要知道，我们绝不是过分虔诚的人：我们晚上和早晨做祷告，
　　我们做弥撒，我们从不玩儿牌，我们从不赌咒；但是当天气晴
　　朗时，我们会跳舞，而对于跳舞的人，天气总是晴朗的……我
　　们所有的水兵都是朝气蓬勃的男子汉，最大的才 30 岁：还没等
　　我们转过头去，他们早已爬上了大桅帆的桅杆，我以为自己看
　　到了上百人在缆绳上跳舞……

---

① 参见他的《回忆录》(*Mémoires*)，其节选章节刊登于 Launay, *Histoire de la Mission
　du Siam*, t. II (documents), pp. 156 sq.

　　3月13日，我们的耶稣会士是世界上最好的人。他们六位都是有才智的人。一些人有着老练的智慧，另一些人有着活跃的思维，别人刚一张口，他就抓住了一个想法……当他们说话时，他们说一些好的事情，而且其中总有可学之处。

　　3月18日，李明神父做了一次非常精彩的告诫（exhortation）；因为我们每个星期日都要接受告诫，还好我们不必因为每天都要接受告诫而恼火。这里有不止一位演说家：传道者们的热情是高涨的，听众们是极其顺从的。我们的船上没有一个少年见习水手不愿意去天堂。假设是这样，讲道的方式不是很好吗？

　　3月19日，我刚刚与福尔班骑士下完棋……他思维活跃，有火一般的想象力，有上百个计划，这毕竟是普罗旺斯人福尔班。他一定会发大财，即使没有发大财，那也不是他的错。他是我们的二副，负责这艘舰船的所有细节。他极通水性。他是我们中间的一个活宝。总而言之，这是一个非常漂亮的小伙子，看上去不会在二副的位置上屈尊很久。

　　这里，我们不得不欣赏舒瓦齐的洞察力。福尔班英俊的外貌和他在使团副官职务上的能力后来吸引了那莱王的注意，后者坚持把他留在暹罗，担任他的部队的海军司令兼最高统帅。

　　3月22日，瓦谢先生……是一位真正的传教士，除了让人开心，没有其他要求。

　　3月24日，我给刘应神父解释葡萄牙语；巴塞先生告诉我什么是神圣的命令；我与洪若翰神父一起赏月；我与我们的掌旗官沙莫罗谈论领航术，他精通于此，这一切都在航程中一边散步一边从容地进行。而如果我想消遣一下，我会叫来马努埃尔先生——我们的传教士之一，他的嗓音非常优美，像吕利一样精通音乐。

3月25日，谢拉院长做了告诫：这场告诫非常有意义，而且平易近人，适合作为告诫对象的水兵们。

3月26日，我们今天庆祝了天神报喜节（l'Annonciation）……刘应神父做了一场漂亮的告诫和感人的谢恩祷告：这是一位身材矮小但非常漂亮的男子，他的声调动人心扉。我喜欢船上所有的耶稣会士，他们都是诚实的人：但洪若翰和刘应两位神父的修养远远高出其他人。洪若翰本身就是温文尔雅的代表：他坦诚地说出自己的见解。

3月31日，这天晚上我上了一堂精彩的识星课……

4月15日，洪若翰神父做了告诫……我十分喜欢他：他德才兼备，知错就改，从不生气，不像许多其他人那样觉得自己总有理。因为我们这个小小的共和国里面有那么几个人，他们总是居高临下地认为自己有理。

这里，舒瓦齐可能在影射一个插曲，[①] 白晋神父和塔夏尔神父都不曾提到它，但瓦谢先生在一份手抄本中讲述了事件的全过程，这份手抄本现存于马萨林（Mazarine）图书馆：

[①]　这是一个含糊不清的故事。船上的两名军官正在下棋，其中一人输了一大笔钱。根据观棋的巴塞先生的建议，输钱者赢回了1/3的钱。"您的钱被偷走了，"巴塞先生可能这样告诉他。另一名军官看到自己的诡计被识破了，想要退出棋局。他的对手不同意，想要继续比赛，直到还清他的债务。所有人都参与进去了。据瓦谢先生说，耶稣会的神父们支持作弊的胜者，而外方传教会的先生们则支持他的对手。然而，事情最终还是解决了。参见 Abbé Bénigne Vachet, "Vies de plusieurs missionnaires envoyés dans l'Inde et la Chine", *Bibliothèque Mazarine*, MS. 1952，其中有对肖蒙使团的细节描写。

　　5 月 5 日，耶稣会士们在绘制地图和计算中度过了他们的一天：这是他们的工作。他们知道，正是数学使传教士们在中国大显身手，如果没有数学，传教事业永远不会有任何进展。

　　塔夏尔神父对全体船员进行了教理讲授，两名水手发誓弃绝加尔文教义，张诚神父做了关于地狱的布道，这一布道"充满了智慧……但有点过激，在中国讲道时应缓和一些"。

　　我们未能在这本生动的文集中找到关于白晋神父的只言片语。应该说，他不在其中。这可能是因为，这位 29 岁的年轻教士生性勤勉又稳重，他与这位"贵妇沙龙里的修道院院长"保持着一定的距离，对于这位院长甚嚣尘上的名声，他或许并非一无所知。他按照团长神父为他的团队制定的时间表工作。他写日记，他苦思冥想，为他特别请求的这次中国传教之行做准备，而这次出使是不久前与他的教士头衔一起被批准的。①

　　现在暂且让"飞鸟号"和"玛琳号"继续航行，我们先简要概括一下肖蒙骑士使团出使前暹罗与欧洲的关系，这要追溯到 1685 年远航之前起到推动作用的一些事件。

二、肖蒙骑士使团出使前暹罗与欧洲的关系

　　17 世纪末，当中国慢慢向欧洲人敞开大门时，暹罗王国借助其

---

① 以下是瓦谢先生在他的《洪若翰神父日记注解》(*Notes sur le Journal du P. F. [ontaney]*) 中对白晋神父的描述："白晋神父总是表现出一种温和而安静的精神。他似乎生来就不是使人难堪的。他孤独的天赋本应使他成为一个更好的查尔特勒（Chartreux）修士，而不是一个好的耶稣会士……如果别人侮辱他，他不还一句嘴，别人就算喊破了嗓子，他也始终保持沉默，而当别人做得太过火时，他会回到自己的卧室。"*Archives des Missions Etrangères*, Paris, MS., Vol. 487, t. VI, p. 80, et Journal MS., Vol. 479.

位于中国（Cathay）门口的这一地理位置变得重要起来。它长久以来就是旅行者、商人或传教士们在游记中多次提到的知名的驿站。马可·波罗对平托（Pinto）的神奇的、异想天开的描述后继有人：彼得·马特（Peter Martyr）、德塞讷（Deseynes）、弗洛里斯（Floris）、赫伯特（Herbert）、范·弗列特（van Vliet）、斯特鲁伊斯（Struys）、纽霍夫（Nieuhoff）、德·布尔日（de Bourges）、陆方济（Pallu）、塔韦尼耶（Tavernier）……1685 年以前出版的关于这些遥远的国度的书籍清单很长。我们在其中没有发现像美洲那样的"野蛮人"，而是繁荣的文明、众多已开化的国民和强大的君主。香料之路向一些人展示了有待开拓的市场的富饶，而让另一些人看到了一种似乎并非顽固不化的异教的包容。

然而，因路易十四派遣的使团而变得时髦的暹罗却始终鲜为人知。人们听到的"关于这个王国的传言错得离谱，却信誓旦旦"，以至于 1684 年地理学家德·李斯勒先生收集了"最佳记述者们"的文章，集结成册，在巴黎出版，以启发与他同时代的人们。[①] 这是一本诚实而勤勉的汇编，有它的错误[②] 和漏洞，其中旅行者的名字几乎代表了欧洲所有国家，从威尼斯人到丹麦人。当时的读者自然从中找到了满足他们对异国情调和奇特细节的兴趣的东西。对于 20 世纪的读者而言，只要概述在法国之前暹罗受到的欧洲的影响，即葡萄牙、荷兰和英国的影响，就足够了。

葡萄牙人在航海家恩里克（Henri le Navigateur）的推动下，许多船只率先启航，寻找通往东方的航路。1488 年，葡萄牙人在迪

---

① De L'Isle, *Relation historique du Royaume de Siam*, Paris, Guillaume de Luyne 1684, p. 269.

② 参见 M. J. Burnay, "Notes chronologiques sur les missions jésuites du Siam au XVIIᵉ siècle", *Archivum Historicum Societatis Jesu*, vol. XXII, 1953, p. 172。

亚斯（Diaz）的率领下最先绕过了好望角。10 年后，他们又在瓦斯科·达·伽马（Vasco de Gama）的指挥下到达了印度。西斯都四世（Sixte IV）于 1480 年颁布的教宗诏书，以及亚历山大六世（Alexandre VI）于 1493 和 1494 年颁布的教宗诏书确保他们得到"庇护"，即传教团在世界这一半土地上的保护权。1511 年，亚伯奎（Albuquerque）占领马六甲，并在果阿、锡兰、澳门建立了殖民地，使他们成为印度洋的主宰，直至 16 世纪末。1512 年，米兰达·德·阿泽维多（Miranda de Azevedo）在阿瑜陀耶建立了一家商行。1516 年，杜阿尔特·科埃略（Duarte Coelho）签订了暹罗与西方国家的第一份贸易条约。同年，曼努埃尔·法尔科（Manuel Falco）在北大年府建立了第二家商行。葡萄牙贸易不受集中管控。没有任何一家公司对独立经营的批发商负责，他们追逐的是个人的利益，而不是国家的利益。

　　亚伯奎鼓励他的手下在那些被征服的国家定居，与土著通婚，扎根在当地。这一政策在他死后延续下来，为巩固葡萄牙人的地位做出了贡献，他们很快便占据了阿瑜陀耶的一个重要街区。国王帕拉猜（Chai）的侍卫中有 120 名葡萄牙人，他们教国王使用火枪。[①]1538 年，与缅甸人的一场战役使国王认识到葡萄牙人是很有用的，于是准许他们修建一座教堂。[②] 1581 年，与西班牙合并后，葡萄牙在远东的影响力逐渐衰落。17 世纪初，再也没有新的移殖民到来了。早期开拓者们的后代自然骄傲地传承着他们父辈的姓氏，但他们身上已经掺杂了越来越多的亚洲血统。我们可以说，1608 年左右，暹罗与葡萄牙之间维持多年的关系已经结束，尽管葡萄牙仍把

① E. W. Hutchinson, *Adventurers in Siam in the Seventeenth Century*, London 1940, p. 22. 平托在他的《朝圣》（*Perigrinaçam*）中给出的 1538 年北大年府有 300 名葡萄牙人定居的数字不可靠。

② K. Subamonkala, *La Thailande et ses relations avec la France*, Paris 1940, p. 20.

持着宗教保护者的地位和对派往远东的传教士们的控制权。如果没有里斯本和马德里颁发的护照，没有人能通过官方渠道进入暹罗。

自 16 世纪末起，其他欧洲人也出现在暹罗的舞台上。在果阿，曾为葡萄牙人服务的雇员荷兰人林旭登①，以及因异端邪说而被捕的两个英国人菲奇和纽伯瑞，怀抱着共同的目标：为了他们国家的利益，探索葡萄牙东方霸权的秘密。因为西班牙和葡萄牙一直严防死守着通往印度的路线。

1591—1592 年，詹姆斯·兰开斯特爵士（Sir James Lancaster）的远航促使东印度公司在伦敦成立，1600 年，它获得了伊丽莎白女王颁发的特许状。两年后，一直由各个行会资助航行②的荷兰人也收到了他们的联合东印度公司的特许状。出于自身需要，他们促成了几次香料航线上的探险。因为腓力二世（Philippe II）在成为里斯本的主人之后，想要禁止葡萄牙殖民地在印度和马来群岛的市场向荷兰舰船开放，他的这些旧臣民于 1566 年开始叛乱，并于 1581 年宣布独立，直到 1648 年《威斯特伐利亚和约》（*la paix de Westphalie*）签订后才得到西班牙的官方承认。因此，荷兰人一到东方就攫走了

---

① 林旭登（Jan Huyghen van Linschoten）于 1592 年出版了《葡属印度水路志》（*Itinerario, Voyage ofte Schip-vaert naer Oost ofte Portugaels Indien*）一书，因其叙述详细清楚而引人关注，被翻译成拉丁文、法文、德文和英文等多种版本。

② "遥远土地"上的范·威尔（van Verre）公司是 1594 年由豪特曼（Houtman）兄弟科内利斯（Cornelis）和弗雷德里克（Frederik）建立的，他们在里斯本打探到了关于印度的一些情报并获得了印度航路特许证。从 1595—1607 年，7 个荷兰探险队访问了马来群岛。1598 年，范·威尔公司和其他公司合并组成的老公司向印度派遣了 8 艘船组成的庞大舰队，由海军上将雅各布·范·奈克（Jacob van Neck）领导。1601 年，老公司和新布拉班特公司（Nieuwe Brabantsche）联合起来，成立了荷兰联合公司。1602 年 3 月 20 日，所有公司合并，并获得了联省议会三级会议的特许，成立了联合东印度总公司（Algemeene Geoctroieerde Oost-Indische Compagnie）。1606 年，海军上将科内利斯·马特列·德·荣日（Cornelis Matelief de Jonge）率领一支由 11 艘船组成的舰队，带着给暹罗国王的国书前往印度。不久后，暹罗大使跟随这支舰队出使了荷兰。

爪哇的葡萄牙人，[①]并逐步向周边扩张。他们试图与马来半岛进行贸易，那里的北大年府的女王向暹罗国王进贡。在阿瑜陀耶建立了一个"分号"之后，他们的主要目标就是进入中国和日本，而且最终发现当地的贸易是卓有成效的：用棉织品交换胡椒和鹿皮或水牛皮。1604 年，[②]荷兰海军上将维布兰德·范·华威（Wybrand van Waerwyck）觐见暹罗国王颂昙（Phra Song Tam）之后，这位暹罗君主对荷兰海军的实力有了一定的了解，决定派遣使团首次远赴欧洲，觐见奥兰治王子莫里斯（Prince Maurice d'Orange）。[③] 1609 年，西班牙承诺不再阻碍荷兰在远东的贸易。自 1610 年起，阿瑜陀耶分号迎来了一位常驻居民，三年后，此人开办了一家官方代办处，从事包括稻米、橡胶、咖啡、象牙、金、银、铁、铅、锡、宝石和松木在内的贸易，出口日本，以交换其他商品。

与此同时，英国人也在北大年府登陆，并来到阿瑜陀耶。1612 年 9 月 17 日，[④]由安瑟尼斯（Antheuniss）率领的东印度公司的一个代理代表团向颂昙国王递交了詹姆斯二世（James II）的一封信。国王授予了英国人贸易权，并将临近荷兰人已占区域的一块土地特许给他们，让他们在那里建设商行。我们可以想象，在受到伤害的葡萄牙人谴责的目光下，这两家公司毫不懈怠地互相监视。[⑤]其中一方

---

① 德·莫尔噶（De Morga），菲律宾总督，苦涩地抱怨道："在爪哇，他们的贸易占尽优势，以至于很难将他们驱逐出东方（远东），在那里，他们对世俗和教会的生意都造成了重大损害。" Beaglehole, *The Exploration of the Pacific*, London 1947, p. 132.

② W. Blankwaardt, Notes upon the relations between Holland and Siam, *Journal of the Siam Society*, vol. 20, pt. 3 (1927), pp. 245 sq.

③ F. Valentyn, *Oud en Nieuw Oost-Indien*, t. III, pt. 2, sect. 6, p. 73.

④ S. Purchas, *His Pilgrimes*, London 1617, p. 558.

⑤ Blankwaardt, op. cit., p. 248, 关于荷兰人的不满。J. Anderson, *English intercourse with Siam in the seventeenth century*, London 1890, p. 67, 关于英国人的不满，他们抱怨敌对阵营"恶毒的语言"对他们造成的损害。*Calendar State Paper C.E.I.*, p. 89.

但凡取得一丁点儿进步，必定会被另一方注意到，他们的报告的腔调就会立刻变得尖锐起来。形势每况愈下，最终导致双方开战。荷兰人在贸易和军事上都占有优势。1617 年，他们获得了毛皮采购的垄断权。他们在北大年府和安汶岛（Amboine）的胜利对英国公司来说是灾难性的，英国在暹罗的贸易遭遇了长期的衰退。

然而，一直独占市场的荷兰人在暹罗与柬埔寨的战争中帮助了暹罗，[①] 使巴达维亚和万丹（Bantam）固若金汤，并于 1641 年夺取了马六甲，帮助颂昙国王打退了北大年的女王的反抗，最终将香料的全部交易和运输收入囊中。[②] 颂昙国王的继任者帕拉塞东（Prasat Tong）国王与荷兰的亨利王子之间交换了一些信件和礼物，1632 年，亨利王子向暹罗派遣了两艘船，以证明他的友谊。荷兰与暹罗之间的关系在此后几年内一直是有利可图的，尽管也出现了一些困境，使得阿瑜陀耶代理范·弗列特被捕，多次道歉并送了许多礼物才得以脱身。另一次误会出现在宋卡（Singor）的附庸王的叛乱中，当时暹罗企盼的荷兰援军并未到来。幸亏荷兰东印度公司在海湾展示了它的舰队实力，才及时地扭转了局势。这一时期的阿瑜陀耶分号表现出非常确定的繁荣兴旺的各种迹象：垄断各行业、雇员众多、办公环境舒适。"他们的分号是整个王国最漂亮最宽敞的房子，[③] 他们享受着最大的特权，"据图尔班（Turpin）记载。[④]

---

① 1620 年，科恩总督从巴达维亚派遣了两艘军舰。Blankwaardt, op. cit., p. 247.

② 然而应当指出的是，1623 年左右，荷兰在暹罗的贸易暂时有所下降。参见 Valentyn, op. cit., p. 73。"临近 1622 年时，这个国家因为与邻国的战争及国内骚乱变得极不稳定，而且，他们的工厂也因为大火被毁，荷兰人步英国人的后尘，关闭了他们在阿瑜陀耶、北大年和宋卡的工厂，仅偶尔来访以继续贸易。"Blankwaardt, op. cit., p. 248.

③ 这座房子曾经由约斯特·范·斯豪滕（Joost van Schouten）于 1634 年重建。1633 年，在这里达成了一项协议，1664 年，达成了一个重要的贸易条约。Blankwaardt, op. cit., pp. 252 sq.

④ Turpin, *Histoire du Royaume de Siam*, Paris 1771, t. II, p. 353.

另一方面，英国公司又重新抬头。在苏拉特和圣乔治堡（Fort Saint-George）①，它从与印度的贸易中获取了可观的利润。在查理二世（Charles II）于 1661 年授予它新的特许权并赋予它民事和军事权力之后，它的威望进一步加强。阿瑜陀耶分号的重新开张自 1659 年起得到了新国王那莱的鼓励。促使那莱王靠近英国人的动机，毫无疑问，主要是贸易方面的。他很有兴趣在他的王国里促进贸易，因为他自己也收益颇丰，并且通过他的财政大臣昭披耶哥沙铁菩提（Barcalon）对这些收入进行严密监控。因为在暹罗，实际上存在着一种垄断。② 外国批发商们只有权与国王的官方代理人进行买卖，极个别例外情况除外。另一方面，暹罗人不从事远洋航行，他们依靠外国船舶进行海上贸易。当时占据远东大部分运输的荷兰舰队理所当然经常表现得非常有用。他们的力量不容小觑。荷兰舰队惊人的扩张可能使一个担心它自立门户的王国感到不安。荷兰人的征服或许使那莱王陷入了沉思。因为，他收留了从苏拉威西岛（Célèbes）被驱逐的马六甲的国王，允许他与一队士兵在阿瑜陀耶南部的一个租界里避难。这是一个欧洲强国的活的记事簿，既可以凭此与这个国家结盟，也可以防止自己过于紧密地依附于它。

因此，英国人的回归受到那莱王的热烈欢迎，既包括批发商，也包括与荷兰人竞争成为在暹罗的唯一欧洲人这一最高地位的这个西方强国的代表。

---

① 今印度马德拉斯（Madras）。

② Subamonkala, *La Thaïland et ses relations avec la France*, p. 49; Turpin, op. cit., t. I, p. 204; "……在暹罗，在国王自己用过之前，没有人能购买任何商品。" Purchas, op. cit., p. 558; "……国王的税收是 8%，他始终以现金形式领取，而且与我们在其他地方的做法不同，这里从来不做估价。" A. Launay, *Histoire de la Mission de Siam*, t. II (Journal de la Mission), p. 1.

　　正是在同一时期，第一批法国人到来了。1662 年 4 月 28 日，当他们在丹老（Mergui）下船时，他们既没有摆出征服者的姿态，也不像是商人。为数不多的团队成员穿越了叙利亚、波斯、印度、孟加拉，常常长途跋涉。他们寻找的既不是香料，也不是贸易特权，不仅如此，他们根本不想在暹罗开店。他们是贝鲁特主教郎伯特（Lambert de la Motte）、弗朗索瓦·德迪耶（François Deydier）、雅克·德·布尔日（Jacques de Bourges）和其他几位根据罗马教廷的命令前往中国的外方传教会① 的教士。三年多来，他们历尽磨难，甚至丧失了一位同伴，② 在即将结束他们的旅程时，才知道通往中国的道路是禁止他们通行的。在明朝灭亡之后，1644 年，明朝的最后一个代表逃到缅甸避难，③ 因此那里敌意泛滥且一直延续，封锁了所有通道。传教士们因此改变了目的地，前往安南（Annam）。他们的路线经过阿瑜陀耶，1662 年 8 月 22 日，他们得到了一些教士的殷勤招待，除了一个西班牙人外，其余教士都是葡萄牙人，其中有四位

---

① 在耶稣会的亚历山大·罗德神父（P. Alexandre de Rhodes）的最初推动下，经亚历山大七世批准，外方传教会由陆方济（François Pallu）和郎伯特（Pierre Lambert de la Motte）于 1658 年成立。1663 年，巴比伦主教——圣特雷兹的贝尔纳神父（Dom Bernard de Sainte Thérèse）将他的所有财产捐赠给了修道院，并提供了他当时在巴黎巴克街的寓所。路易十四从皇家金库拨出了 15000 里弗尔的年金，并赐予两处修院。传教士们都是法国人。我们还记得，西班牙作为葡萄牙的统治者，支持了果阿大主教的诉求和他为所有前往远东的教士颁发签证的权利。另一方面，在外方传教会建立时，法国还在与西班牙打仗，因此并不承认这一权利的有效性，尽管罗马不愿公开否认这一点。为了避免与里斯本发生冲突，传教会的主教们接受了代表教廷的副本堂神父的职务，直接受教宗管辖。他们的主教辖区的名称——仍然是为了试图谨慎对待葡萄牙人的敏感性——与分配给他们的远东地区不一致，但与早在 1000 年前被阿拉伯征服者撤销的小亚细亚的旧主教辖区一致：埃利奥波利斯（Héliopolis）、贝鲁特（Béryte）、梅特洛波利斯（Métellopolis）。

② 梅特洛波利斯的主教高多林（Cotolendi），1662 年 8 月死于马苏利帕塔姆（Masulipatam）。

③ E. Backhouse & J. O. P Bland, *Annals & Memoirs of the Court of Peking*, p. 214.

耶稣会士，两位多明我会修士，两位方济各会修士和三位俗间神父。好景不长，因为 11 月，他们收到了葡萄牙前一年通过果阿的大主教发布的命令，要求逮捕没有里斯本颁发的签证就出发的法国传教士。葡萄牙神父们的殷勤变成了"势不两立的厌恶"①，而当郎伯特主教没有隐藏住对"传教团糟糕的精神状态"的失望情绪时，形势进一步恶化。法国人不得不到荷兰人的商行去躲一阵子，"商行的经理尽管是新教徒，仍对他们表现出真正的同情"②。之后，他们在安南人的街区班普拉赫特（Ban Plahet）安顿下来，在那里，他们找到了一些天主教徒并开始了他们的传教使命。从 1663 年底开始，他们组织了两个教区，并意识到暹罗的地理位置带来的优势——那里的大众对宗教的宽容态度和相对较低的生活成本。

> "我不认为，"贝鲁特主教写道，"世界上还有哪个国家比暹罗有更多的宗教，对人们从事宗教活动更加宽容。异教徒、基督教徒和伊斯兰教徒，所有人分属不同的教派，完全自由地遵从他们认为最好的信仰。葡萄牙人、英国人、荷兰人、中国人、日本人、勃固人（Péguans）、柬埔寨人、马六甲人、交趾支那人、占城人（Ciampa），还有北方许多其他地方的人，都在暹罗有自己的组织。这里大约有 2000 个天主教徒，大部分是葡萄牙人，从印度的不同地方被驱逐至暹罗避难，他们在这里有一个单独的街区，形成了一个城中村。他们有两座公共教堂，其中

---

① 关于葡萄牙人的敌意，包括一次绑架和谋杀贝鲁特主教的企图，参见 Launay, op. cit., t. I, pp. 4 sq; t. II, pp. 30 sq.

② Launay, op. cit., t. I, p. 5. 与瓦谢的《回忆录》不符："贝鲁特主教与他的两个同伴不认为应该接受（荷兰人的）这一帮助，因为，如果他们躲到异教徒的家里，他们将给葡萄牙人新的抱怨和愤怒的理由"。Launay, op. cit., t. II, p. 33.

一座由耶稣会神父管理，另一座由圣多明我会神父管理。他们在这里享有与在果阿时一样的宗教自由……"①

这种信仰自由自然使来自法国的教士们感到惊讶，因为法国刚刚重新开始了对胡格诺派的迫害。暹罗人认为，"……天堂就像一个大宫殿，有许多条路可以通达，有一些比较短，有一些走的人较多，有一些更加艰难；但是所有的路都能到达人类寻找的极乐宫殿。"②宽容……随性……新来乍到者可能会对这种对他人信仰的尊重有各种不同的理解，因为他们尚对佛教哲学及其与众不同的怀疑论知之甚少。

由于葡萄牙的管辖权始终不可动摇，并且他们一直反对外方传教会在暹罗建立组织，德·布尔日先生乘坐一艘英国轮船去了欧洲，给法国当局和罗马教廷带去了几封陈情书。与此同时，埃利奥波利斯主教兼外方传教会的主要创始人陆方济主教与郎伯特主教于1664年1月抵达阿瑜陀耶。他们做出了一些"强有力的和实际可行的决定"，其中包括在暹罗首都建立一座神学院或综合学院，以便培养土生土长的神职人员，因为这正是传教会的主要目标之一。由于经费计划需要提交罗马教廷批准，陆方济主教决定亲自去罗马呈送这一计划，并试图同时从教廷传信部③那里找到关于日益棘手的葡萄牙人问题的解决办法。

然而，法国的传教士们仍在施洗礼、治病救人，劝人改宗；

---

① *Relation du Voyage de Monseigneur l'Evesque de Beryte... jusqu'au royaume de Siam, & autres lieux*, M. de Bourges Prestre, 3ᵉ éd. à Paris, Charles Angot, 1683, Chap. XIII, p. 112.

② De Bourges, ibid., p. 112.

③ 教廷传信部（La Congrégation de la Propagande），于1622年由额我略十五世（Grégoire XV）组建。其主要目的是试图将传教工作集中到教宗的权限内，预见并制止非基督教国家的教会事务中发生的冲突。

他们的无私，他们对病人的照料，他们吸收基督教徒和异教徒的小学校，使他们吸引了那莱王的注意。那莱王送去了他的 10 个臣民，向他们学习欧洲的科学。之后，他又表示想见这些外国人，在他距离阿瑜陀耶不远的罗斛（Louvo）的行宫接见了他们。这是一次私人接见，国王听他们谈论法国，谈论法国的君主和他的军队。国王了解了传教士们的意图和他们的宗教："你们认为，"他问他们，"法国的宗教优于暹罗人的宗教吗？"① 桥梁架设起来了。传教士们得到了这位君王的欢心，得到了在皇宫以外任何地方布道的许可。

为了答复贝鲁特主教的请求，那莱王在班普拉赫特区赐予他们沿河的一片广阔租界，还有用来建设一座教堂的材料。国王对他们进献的一本细纹版画图集很感兴趣，里面描绘了耶稣基督的生平和苦难的所有奥秘，耶稣十二门徒、四位福音书作者……他要求拉诺（Laneau）主教——传教团里的语言学家——用暹罗语给他讲解。"宫廷里最重要的学者们"被正式询问时，一致认为基督教"……教授了一些非常崇高的事情，然而国王公开信奉的那种宗教也很好"②。接着，那莱王请传教士们治愈他瘫痪的兄弟，以证明神的恩典。期待的改善迟迟未到，似乎在等待这位年轻亲王的改宗，"尽管他的出生与他的地位已经给了他自由，但王子们往往是国家利益的受害者"。这位病人自己似乎"对偶像们不再抱有幻想"。③ 另一方面，那莱王、大臣们与僧侣们并未表现出在王室内部改宗的打算。他们的态度既礼貌又坚定，丝毫没有中断宫廷与传教士们的良好关系，传教士们仍然能自由地在王宫外开展传教事业。另外，这也不是暹罗

---

① Launay, op. cit., t. I, p. 12.

② Launay, op. cit., t. II, p. 19.

③ Launay, op. cit., t. I, p. 15.

国王第一次成为外国热心发展新教徒的目标了。他已经婉言拒绝了戈尔康德（Golconde）*国王劝他改信伊斯兰教的邀请，并拒绝了亚奇（Achem）**苏丹送来的《古兰经》。①

1669 年 2 月，布尔日先生回到了暹罗，带着教宗授予在暹罗的代表教廷的副本堂神父们的全部权力。但这并没有结束将葡萄牙和果阿大主教与未得到里斯本同意的远东传教团对立起来的"保教权"所引起的痛苦的冲突。然而，法国传教团并未因此中止他们的活动。一座济贫院建在了神学院的附近，神学院里除了本院学生，还住着一些大学生，"……不到三年，他们就能够像欧洲的优秀的拉丁文研究者一样，解释并讲流利的拉丁语"②。拉诺先生——未来的梅特洛波利斯主教（évêque de Métellopolis）为当地妇女建立了"女信徒修会"（Congrégation des Amantes de la Croix），将基督教祷文翻译成暹罗语，并负责教育最年轻的新教徒："……被他们的父母义无反顾地送进来或自愿加入……都穿着葡萄牙款式的紫色小长袍，他们从不错过早晨和傍晚的默祷；他们一起吃饭，在吃饭时，其中一人读一本经文书，但不是所有人都能听懂，因为几乎所有人都来自不同的国家"③。

传教士们分成两路，一路溯湄南河而上，直至彭世洛***，一路沿马来半岛西海岸而下，到达攀牙****和琼萨兰*****，并在那里为一群混血基督教徒修建了一座小教堂。

---

* 印度的一个古王国，现仅存遗迹。
** 16 世纪末苏门答腊兴起的伊斯兰教王国。
① 参见 Valentyn, *Oud en Nieuw Oost-Indien*, t. III, pt. 2, sect. 6, p. 78, et Anderson, *English intercourse with Siam...*, p. 248。
② Launay, op. cit., t. II, p. 64.
③ Launay, op. cit., t. II, p. 26.
*** 原文 Pourcelouc 应为音译，此处应指彭世洛（Phitsanulok）。
**** 原文 Bengarin 应为音译，此处应指攀牙（Phang-ga）。
***** 琼萨兰（Jonsalam），普吉岛的别称。

于是，近 1672 年时，法国在暹罗的和平影响逐步扩大。与此同时，荷兰和英国两大贸易公司正在开展一场竞争，其激烈程度不亚于它们两国当时在欧洲的敌对战争。因为法国身份而受到粗暴对待和驱逐威胁的传教士们的爱国精神与他们的宣教热忱紧密结合。在他们与那莱王的会谈中，他们时常颂扬伟大的国王路易十四的丰功伟绩，梦想着他在暹罗能有一位官方代表。

早在 1667 年，郎伯特主教就曾建议："我们可以效仿荷兰人的成功做法，巧妙地向暹罗宫廷派一位大使。"① 在那个时期，传教士们的往来信函反映了这种希望看到他们周围的人承认法国强大的念头。作为教会的信徒，他们也效力于自己的国王，向他的大臣们汇报远东有哪些地方可以建立法国的海外商行。他们了解科尔贝为鼓励 1664 年成立的东印度公司的发展所做的努力。我们可以想见，他们渴望看到法国的船队定期保证暹罗与欧洲之间的联系。② 或许因为看到荷兰在这一领域碾压性的优势地位，他们的爱国自尊心受到了伤害。因为将近 1669 年时，据科尔贝称，"全世界的海上贸易"是通过"大约 2 万艘船舶"完成的，其中 1.5—1.6 万艘船上飘扬着荷兰的国旗，可能至多有五六百艘是法国船。③ 尽管路易十四的威望开始在暹罗确立，但他只能从法国贸易扩张中获利。陆方济主教已经为此多次向路易十四和科尔贝上书陈情。

"在这个王国中，"他写道："法国向南能连通苏门答腊、婆罗洲

---

① 致陆方济主教的信，参见 Launay, op. cit., t. II, p. 103。

② 参见 V. Pinot, *La Chine et la formation de l'esprit philosophique en France*, Paris 1932, pp. 30–31。

③ 1669 年 3 月 21 日科尔贝致驻海牙大使德·蓬伯纳先生（M. de Pomponne）的信，摘自 P. Clément, *Lettres, instructions et mémoires de Colbert*, Paris 1863, t. II, 2ᵉ ptie, pp. 463–464。引述见 L. Lanier, *Etude historique sur les relations de la France et du royaume de Siam*, Versailles 1883, pp. 19–20。

和爪哇三岛；向西能辐射至它设在印度和马达加斯加的各个站点；这样它就能够建立并支持交趾支那东部，包括越南东京、中国和日本的商行了。"①

这就是 1673 年 5 月，陆方济主教回到阿瑜陀耶时的形势。除了财政支持外，主教还带回了教宗和法国国王给暹罗国王的礼物和书信，感谢他对代表教廷的副本堂神父们的照拂。在对主教们认为对路易十四和克雷芒九世（Clément IX）的代表们具有侮辱性的一些礼仪问题——因为他们需要走到赤脚的国王面前，双膝跪下，磕头到地——进行了四个月的慎重考虑之后，他们受到了那莱王的郑重召见。从此，法国人可以例外，在那莱王面前以欧洲方式行礼。作为重大的恩典，他们在从未有外国人——无论是不是大使——踏足过的宫殿里受到了接见。对于国王提出的关于路易十四的军事行动的问题，他们回答说"非常有利"，并提到了对佛兰德地区的征服、《亚琛条约》（le traité d'Aix la Chapelle）和对荷兰的入侵。这次召见之后，国王又私下召见了他们两次，会谈的时长让朝中大臣们窃窃私语。那莱王显然对法国国王的军队人数、胜利成果以及在印度的计划很感兴趣，并且决定送给他一个港口。"如果国王陛下认为合适的话，可以在那里建一座名为'路易大帝'的城市，作为路易十四陛下的总督的寓所。"②

这些举动没有逃过荷兰商人们警觉的眼睛，包括那莱王给予法国人的慷慨关照。自 1674 年起，就有传言说那莱王已经决定派遣一位大使去觐见路易十四。在传教士们的来往信函中多次提及的这个计划，因为法国和荷兰之间两年前爆发的战争而被迫推迟了。那莱王或许更希望等待事件结束，知道哪一方获胜。另外，这对于必须

① Launay, op. cit., t. I, p. 26.
② *Archives de la Marine*, Affaires de Siam, t. I, référence de Lanier, op. cit., p. 18.

在荷兰船舶来来往往的海上航行的他的使团的安全来说，也是一个明智之举。

在这一时期，在传教团的日记中出现了康斯坦丁先生的名字，这个希腊人，上层社会的冒险家，后来成为那莱王的亲信。贝兹神父（P. de Bèze）① 告诉我们，康斯坦丁·杰拉基斯，② 1647年出生在伊萨基（Ithaque）附近的凯法利尼亚岛（l'île de Céphalonie），出身于一个"正派的家族"，他母亲的家族出了几位威尼斯总督。一点也不喜欢他的福尔班伯爵说他是一个小酒馆老板的儿子。③ 从一开始，这位令人吃惊的人物就引起了争议，后来极少有史学家在他的问题上达成共识。

意志坚定的他12岁时，就在"遭到父亲的几次虐待"之后登上了一艘英国军舰，做了少年见习水手。1670年，这个年轻人在"霍普维尔号"（Hopewell）上担任他在英格兰遇到的商人乔治·怀特（George White）的助手，这个商人在印度经营私人贸易。④ 1672年，华尔康（Phaulkon）在鲁伯特王子⑤ 与荷兰人交战的舰队中服役，这是贝兹神父——唯一一位提到此事的传记作者——告诉我们的。这一点在一位英国天主教徒的记叙中得到了证实，他曾提到这个希腊青年到印度的连续三次旅行。他可能是作为他所效力的英国印度公

---

① *Mémoire du P. de Bèze*, (secrétaire de Phaulkon), J. Drans et H. Bernard, Tokyo 1947, p. 4.

② *Elephteroudakis Encyclopedia*, Athènes 1928, vol. III, p. 810. 杰拉基斯（Jerakis）或耶拉齐（Hiérachy），拉丁文中的 Falcone、Falcon，后来改名华尔康（Phaulkon），通常被法国人称为康斯坦丁先生。

③ *Mémoires du Comte de Forbin*, Girardi, Amsterdam 1748, p. 117, 可能与一个匿名的英国天主教徒的看似可信的记叙一致，他说华尔康出身低微。参见 *Archives des Missions Etrangères*, MS. V. 854, pp. 887-942。

④ Anderson, English intercourse with Siam..., pp. 163 et 166.

⑤ 巴伐利亚的鲁伯特王子（Prince Rupert, 1619-1682），英格兰国王查理一世的侄子，担任国王的海军上将，在第一次英国大革命中和与荷兰海军上将特龙普（Tromp）和鲁伊特（Ruyter）的海战中因其英勇而闻名。

司的一艘船上的水手横渡大洋，在万丹（Bantam）发生的一次差点导致商行的火药库爆炸的事故中，他因自己的沉着冷静而出了名。这可能也导致了华尔康和乔治·怀特之间的隔阂，但他们并未决裂，后来都去了阿瑜陀耶，前者的名字出现在1674年传教团的日记中，① 后者成为效力于暹罗人的向导。大概在1673年，发生了堪比尤利西斯（Ulysse）的冒险和那场无人生还的海难，为华尔康在暹罗的成功拉开了序幕。因为他从此以后开始经营私人贸易，② 同时与刚刚任命怀特为阿瑜陀耶的代表的英国公司保持着良好的关系。在与昭披耶哥沙铁菩提③ 建立了友谊之后，华尔康被引荐给那莱王，为其效力。他很快就向国王证明了他的洞察力，找到了几个穆斯林宫廷特派员贪污公款的证据。

　　当我们在荷兰人于1679年写的一份报告中读到华尔康当时是"英国人在暹罗最活跃的代表"④ 这样的描述时，我们不应该感到太过惊讶。实际上，他已经忠于那莱王的利益，同时也没有无视自己的利益，并使自己处理暹罗王国的生意和私人贸易的才能得到了承认。⑤ 国王的青睐为他招来了暹罗官员们毫不掩饰的嫉妒，这个知道自己地位不稳固的希腊人想要找到一些盟友。他更愿意转向曾经提携过他的人们，或许英国公司自身也得益于它的这位前职员在暹罗获得的影响力。不幸的是，一些斤斤计较的争执使英国的代理们分

---

① 根据 Hutchinson, op. cit., p. 56，1678年，华尔康被英国印度公司代理博纳比（Burnaby）带到了暹罗。另见 Launay, *Journal de la Mission*, t. II, p. 53，1674年2月8日的日记中写道："康斯坦丁先生回到了王宫，他报告说贝鲁特主教写给国王的感谢信已经收到了……"1673年12月，这位主教生病了，那莱王的两位御医为他诊病。因此，华尔康在这一时期似乎得到了那莱王足够的信任，任命他为暹罗王宫与法国人之间的联络员，据舒瓦齐说，国王与他讲葡萄牙语。
② Anderson, op. cit., p. 168.
③ 他应该是在1680年认识的昭披耶哥沙铁菩提，日期参见 Hutchinson, op. cit., p. 58。
④ *La Haye, MS., Kolonial Archiv 1304*, 17 déc. 1685, et février 1686.
⑤ Valentyn, op. cit., p. 77.

道扬镳。① 而且，伦敦方面对阿瑜陀耶分号的兴趣不大，与公司在印度那些生意兴隆的分号相比，阿瑜陀耶分号只能算个穷亲戚。当英国公司想要将它的贸易条件强加给暹罗时，遇到了前所未有的反对者。这个"被人们笑称为昭披耶第二"的人斩钉截铁地拒绝与英国人贸易。他被自认为王室垄断者的英国人过于傲慢的政策② 激怒了。另一方面，他的骄傲使他非常抵触仍然把他视为下属的万丹代理商行的无理的信函。因此他炫耀了一下自己的权力，表现得斩钉截铁。

1680 年 8 月③，英国公司撤出了暹罗，只留下了几个代理进行清算，其中一个叫波茨（Potts）的代理表现出了罕见的愚蠢，使英国和暹罗的关系不可弥补地恶化了。

9 月 3 日，印度公司④ 的一艘法国船"秃鹫号"（Vautour）从苏拉特到达了湄南河口。布罗–德朗德（Boureau-Deslandes）——本地治里的创建者弗朗索瓦·马丁（François Martin）的女婿——得到了那莱王的接见，并在暹罗建立了第一家法国商行，他在那里一直

---

① Hutchinson, op. cit., pp. 59 sq.; Anderson, op. cit., pp. 168 sq.
② 英国公司还想让暹罗承诺每年向它采购固定数量的商品。Hutchinson, op., cit., p. 61.
③ 从万丹写给哥沙铁菩提的公司信函，1680 年 8 月 16 日，参见 Anderson, op. cit., p. 159。
④ 1604 年由亨利四世建立，以马达加斯加为主要中心，聚集了来自迪耶普、鲁昂、圣马洛的商人。这个企业没有获得多大成功，尽管 1611 年更新了这一特权，1615 年公司重组，改名为马鲁古群岛公司。商人之间不和、资金缺乏、公众不感兴趣、亲荷兰的苏利公爵（Sully）在所有生意上的敌对态度，然后是亨利四世的去世，使得这第一次尝试失败了。法国不得不从荷兰人和英国人手中购买印度产品。

　　1664 年，科尔贝重启了这个计划，组建了东印度公司，试图吸引股东们，但没有成功。又一次失败。海豚岛（马达加斯加）的君主议会于是迁到了苏拉特，1668 年，弗朗索瓦·卡隆（François Caron）在那里建立了印度的第一家法国商行。弗朗索瓦·马丁（François Martin）建立了本地治里，顺利地从事卓有成效的贸易，公司最终兴旺起来。当董事们收到阿瑜陀耶的法国传教士们寄来的关于暹罗贸易可能性的热情洋溢的报告后，他们决定到暹罗去建一家商行。卡隆在苏拉特的接任者巴隆（Baron）成为布罗–德朗德（Boureau-Deslandes）在那莱王身边的代表。

住到了 1683 年。那莱王对公司进献的礼物表示非常满意，特别是分枝吊灯和宝石耳环，他宣布准备特许一个港口给法国人，并让他们自己选择。两年前签订了《奈梅亨合约》的消息使那莱王下定决心，终于向路易十四派遣了早在 1673 年就纳入计划的使团。

"秃鹫号"于 12 月 24 日重新出发，载着三位朝廷大臣及其随从共 20 多人，前往万丹。外方传教会的盖姆先生（M. Gayme）作为他们的陪同兼翻译。为路易十四和皇室准备的众多礼物，包括送给年轻的王子们的两头大象，证明了那莱王对法国友谊的重视。① 使团用创纪录的时间到达了万丹，并在那里从拥挤的 600 吨的"秃鹫号"转乘 1000 吨的"东方太阳号"（Soleil d'Orient），继续航程。在中途停靠毛里求斯岛之后，人们再也见不到他们了。马达加斯加近海的一场暴风雨连人带货吞没了他们。

1682 年 7 月 4 日，② 当埃利奥波利斯主教第三次也是最后一次从阿瑜陀耶回来时，阿瑜陀耶的人们对这场灾难还一无所知。他从欧洲带回了路易十四和英诺森十一世的一些书信和礼物，其中有一幅画，画着十字架在康斯坦丁堡的出现。在这第二封信中，③ 正如第一封信，路易十四感谢他的"非常强大、非常高尚、非常亲爱的好朋友暹罗国王对法国传教士们的慷慨"，因为他借给他们一大笔钱，却没有收取利息。而且，他请那莱王进一步保护法国公司的贸易商们，

---

① 那莱王给路易十四的信中的文字，参见 Launay, op. cit., t. II, pp. 110-111, 关于使团的许多细节，参见 pp. 107 sq., 和盖姆先生的最后一封信，p. 112, 1681 年 1 月 18 日写于万丹。

② 经过长途航行之后。他 1674 年从暹罗出发前往法国时，落入了西班牙人手中，他们把他带到了马尼拉、墨西哥，后来又带到了西班牙，在主教的干预下，他最终被释放了。1682 年，前往中国，并在那里去世，但在途径暹罗时，他看到了他期待已久的法国公司的建立。

③ *Quai d'Orsay*. Mémoires et documents, Asie 11, f° 59–59vo (brouillon, 10 jan. 1681).

并再次致以他"崇高的敬意"和友谊，同时期待能够在这方面给予他"更加有力的证明"。

　　荷兰人怀疑陆方济主教带回的这些信的真实性。没有任何证据证明这些信不是这位主教自己写的……这些互派的使团自然是华尔康的杰作，但"法国国王、葡萄牙国王和波斯国王都不会帮助暹罗国王对抗荷兰在印度的公司，除非暹罗国王将自己完全置于法国人的保护之下……"①

　　我们还记得，当那莱王看到荷兰人沿苏门答腊海岸向马来半岛迅速发展时，并非毫不担心，在那里，暹罗的某些蠢蠢欲动的附庸国只需要一个机会，就会发动叛乱。而荷兰公司的代理们，在土著各省之间的战争和继承人之争引起的无休止的斗争中，娴熟地扮演着斡旋者的角色。他们向竞争者中的一方提供自己的力量，以确保他的胜利，作为回报，得到租界和贸易特权。暹罗国王了解当时分裂万丹省②并以反抗荷兰人的老苏丹阿戈姆（Agom）的失败告终的那次冲突。或许他从中感受到了某种恐惧。同类的暴乱也可能发生在暹罗，宫廷中始终酝酿着某种革命。他信任的华尔康赞成吸引大量欧洲人到暹罗王国来定居，他们能够在需要时支持并捍卫那莱王的利益，这也与他自己的利益息息相关。他最先借款给被劫的英国人，但是伦敦方面禁止其代理扮演任何政治角色，另外，对比暹罗的贸易，他们更加重视印度的贸易。现在只剩下后来者法国人了，他们似乎没那么苛求，国王可以与他们结盟，同时为他们的公司提

① *La Haye, MS., Kolonial Archiv* 1304, 17 déc. 1685. 这个日期对于评论三年前发生的事件似乎太晚了，以至于被两个月前抵达并且即将重新出发的肖蒙使团抢了风头。因此荷兰商行主事凯茨（Keyts）的日记中的日期似乎对应着去巴达维亚的船舶的出发日期。这也解释了为什么那些旧的事实会与一些新得多的消息混淆。
② P. Kaeppelin, *La Compagnie des Indes Orientales et François Martin*, Paris 1908, pp. 186–187. – Choisy, *Journal du voyage de Siam*, Trévoux 1741, pp. 161–162 (16 Aoust).

供一定的垄断权，但必须是精打细算过的，以便使那莱王能保留完全的行动自由。

另一方面，1682 年 5 月，在一场重病和与耶稣会的安多（Antoine Thomas）神父 ① 的几次会面之后，华尔康与教会握手言和了。② 他很长时间以来信奉英国国教，与他的前主人怀特一样，而且似乎在宗教方面热情不高。但从那以后，他公开宣布自己是天主教的捍卫者，并遵从了路易十四在信中的要求。他请那莱王下令为传教士们建造一座"包含三个大殿、长 20 法寻（brasse）"的教堂。③ 他请国王将位于新加坡对面的柔佛王国（Jork）的领土送给了法国公司的贸易商们，这是在南方控制着马六甲海峡的荷兰人因其优越的战略位置而一直觊觎的地方。④

布罗-德朗德留在阿瑜陀耶建立了商行，签订了一份协议，保证公司除其他特权外，还享有"完全的自由，可以不受任何阻碍地购买铜和从其他国家进口的其他商品"以及在暹罗采收的所有胡椒，本地消费所需的数量除外。形势一片大好。已经意识到华尔康的重要性的布罗-德朗德建议在礼尚往来的名单中绝对不要忘记

---

① 安多神父来自比利时的那慕尔，当时路过暹罗，从 1681 年 9 月 1 日到 1682 年 5 月 20 日在那里居住。他后来去了中国。在北京，他接替南怀仁神父，担任钦天监监正，教授康熙皇帝算术和几何。他使清廷的许多大人物皈依了天主教。

② "康斯坦丁先生于 1682 年 5 月 2 日在暹罗的葡萄牙租界内修建的葡萄牙耶稣会教堂宣誓改宗。澳门总督与少数几人到场，因为康斯坦丁先生不希望过早地公开这一行为，因此，改宗仪式是夜里举行的，" P. d'Orléans, *Histoire de M. Constance premier ministre du Roi de Siam*, Lyon 1754, p. 19.

③ 陆方济主教致科尔贝的信，1682 年 11 月 15 日，参见 Launay, t. II, pp. 115–117。

④ "……我们可以成为这里的主人，从事大宗贸易，就像我们在万丹做的一样（法国人，像英国人一样，已经在 1682 年 4 月被荷兰人从那里赶走了），从那里收集大量的胡椒……在战争期间，我们完全可以在这里布置岗哨，牵制荷兰人掌控的那些生产香料的小岛，甚至马六甲和巴达维亚。"德朗德致巴隆的信，1682 年 12 月 26 日，书信原件见 *Archives des Colonies*, c¹ 22, fᵒˢ 45–59。副本存于 *Bibliothèque Nationale*, Fonds Margry, MS. Fr. n.a. 9380, fᵒˢ 133–142。

他。"我请您相信，您送给他的每个埃居*都将为公司带来不止 50
埃居的利益"。在给苏拉特分号总经理巴隆（Baron）的一封信中，
他描述这位"最近升任宰相，成为王国的第二号人物"的宠臣是
一个"诚实的人……机智、活跃、有洞察力……他做的生意比其
他所有商人加起来都要多，每天觐见国王两次，喜欢与他交谈并对
他感到好奇的王子也经常召见这位大臣，一聊就是两三个小时。您
可以判断，与这样一个人建立友谊会对您有多大的好处，因为除非
通过某个可靠的人，否则我们没有任何办法可以让国王了解我们。
我已经与他建立了非常特别的交情……而且由于我们的会谈通常都
是关于我们无与伦比的君主的重大行动的，他至今还在家里最显著
的位置悬挂着陛下的肖像和铜版画，可以肯定，他（向那莱王）介
绍了我们伟大的国王的一些伟大的想法，我们没有什么可以补充
的了"。①

　　在传教士这一方面，他们越来越常在他们的往来信函中提到
华尔康的虔诚，他找人修建礼拜堂，为神学院招收学生，保障法国
神父在暹罗免费乘船。②我们还发现，《传教团日记》（*Journal de la
Mission*）中的多处记载证明了那莱王对基督教感兴趣。他们是不是
因此期待他的改宗呢？早在 1667 年，郎伯特主教就希望路易十四
"鼓励这位国王自愿信奉（天主教），因为它是十分神圣的，而且是
使信教的王子们服从统治的最恰当的途径"③。1684 年，国王始终表

---

* 埃居，escu，即 écu，法国古代钱币名，种类很多，价值不一。17 世纪中期起，由金
币改为银铸币。

① 德朗德致巴隆的信，1682 年 12 月 26 日。这一段的引文见 Launay, t. II, p. 123, 另
见 Lanier, op. cit., p. 37。我们找到了关于华尔康的另一段描写，少了一些恭维，见
Launay, t. II, pp. 124–125。

② 德·里奥讷先生致外国传教会神学院的院长们的信，1684 年 10 月 28 日，Launay, II,
pp. 123–124。

③ 郎伯特主教致陆方济主教的信，1667 年 10 月 19 日，Launay, II, p. 103。

现出"很愿意了解宗教方面的事"①。另一方面，这位君主似乎对他的国家的各种信仰不是非常坚定，因为在 1677 年洪水期间，当暹罗人按照惯例前往寺庙祈福时，他曾禁止任何此类行动。同年，那莱王向华尔康要了一个十字架，据宫里的一个仆人说，国王"匍匐在地"敬拜它。②

事实远非如此。他向传教士们提出的问题，他的慷慨大方，他的和蔼可亲，只不过是一位思想开放的君主认为一种平和的信仰"对他的人民有好处"，能教给他们服从君主的统治而已。他对路易十四的臣民的保护也只是对华尔康向他夸耀的法国盟友的一种劝诱。而华尔康，在 1683 年昭披耶哥沙铁菩提死后得到了前所未有的权力，担任了宰相的职务，抛弃了傀儡的头衔，准备好应付成功给他招来的嫉妒，而他的外国人身份更是使这种嫉妒变本加厉。

然而，根据从法国收到的消息，派去觐见路易十四的使团直至 1683 年 1 月，即出发三年后，仍未抵达目的地。那莱王不想再等了，决定再派其他大臣重走失踪的远航使团的路线，"宣称他要这样做，直至有人到达目的港为止"③。于是两位大臣被选中了，并被授予暹罗国王"特使"的头衔，以避免与可能最终能到达法国的前一使团混淆。他们带着给德·科尔贝先生和德·科瓦西先生（M. de Croissy）的书信和礼物。他们于 1684 年 1 月 24 日，在外方传教会的帕斯科（Pascot）和瓦谢二位先生的陪同下，登上了一艘运输特殊商品——即"走私货"——的英国船。他们必须避免在好望角中途停靠，"因为荷兰人与英国人约定没收此类走私货"，也不能在圣赫勒拿岛（Sainte-

---

① 拉诺主教致外方传教会神学院的院长们的信，1684 年 10 月 15 日和 1684 年 11 月 22 日，Launay, II, pp. 122–123。

② Launay, II, p. 56.

③ 拉诺主教至外方传教会神学院院长们的信，1684 年 1 月，Launay, II, p. 126。

Hélène）停靠，因为"这个岛属于（英国）公司，他们十分嫉妒法国人的贸易，以至于无法容忍这些未得到他们许可的人"①。

当这个代表团经由英格兰，于同年 11 月到达加莱（Calais）时，"加莱市的所有要人都出来迎接他们，士兵们手持武器，列队欢迎，鼓声震天"②。在巴黎，他们也引起了轰动；"所有马路上都人声鼎沸：这是暹罗国王的使者"③。两位特使成了大众围观的目标，这使他们很不舒服，这也解释了为什么他们随后对在好奇的人们面前亮相没多少热情。④

当时的王宫设在枫丹白露。舒瓦齐院长，这位具有世界眼光的人，毛遂自荐，将被海军大臣塞涅莱侯爵召见的瓦谢神父带到那里。这位传教士陈述了暹罗这次举动的主要动机："首先，为了了解 1680 年出发的使团的消息，其次，为勃艮第公爵殿下的出生向国王道贺，第三，向国王表示暹罗国王对他的胜利和征服的钦佩并期待与之建立友谊"。塞涅莱在这第一次会见中表现出猜疑的态度，开始时拒绝相信这一切是真实的。

"他对我说，"瓦谢先生讲述道，"他已看过我们的陈情书，但那些不是真的，而且在所有事情上，我应避免提到大使一词，因为国王已经决定不再派遣大使；而他对我援引的理由是基于荷兰人早先散布的一条虚假消息，即暹罗国王从未想过要派遣一位大使到法国来"……⑤

---

① *Mémoires* de Bénigne Vachet, Launay, II, pp. 132-136-137.
② 同上。
③ 同上。
④ "他们一直闭门不出，而且不止一次打发了非常周到的陪同人员，我们国家派出这些人只是出于对他们的尊重和礼仪……噢！这些人简直就是游手好闲之徒！我猜想进入嘉布遣会修士家里也不会像让他们走出房间这么难……而且我无时无刻不受到我们的公使的指责……更糟的是，我必须不停地寻找借口来掩盖他们的缺陷并为他们开脱，"瓦谢先生在他的《回忆录》中讲述道，Launay, II, p. 141。
⑤ *Mémoires* de Bénigne Vachet, Launay, II, p. 138.

对此，瓦谢先生不失时机地请他审阅印度公司的账目，上面记录了第一批官员在万丹中途停靠时的开销。这样做十分有说服力。于是，特使们得到了大臣们的接见，并在12月2日，在凡尔赛宫跪拜了路过玻璃长廊的路易十四。[①]与此同时，法国人以王侯的待遇款待了他们，带他们去听歌剧，参观巴黎圣母院、皇宫、圣克卢镇（Saint-Cloud），还有尚蒂伊（Chantilly）的孔代亲王（prince de Condé）的城堡，并在那里为他们举行了喷泉和瀑布表演，瓦谢神父作为称职的中间人，遵循了那莱王的指示。"如果笃信基督的国王陛下派遣他手下的某人以大使的头衔和身份来暹罗，那么这个人最好是名教士"，[②]备忘录中这样建议。

正如塞涅莱非常清楚地宣称的，这样一项事业的想法从未抵达路易十四的圣听，国王自愿在凡尔赛宫接受外国君主们的致敬，但并不认为自己应该投桃报李。然而，这位国王在"一个多小时"里向瓦谢先生提了一大堆问题。这次会见之后，国王又多次召见了他们，先是与自己的亲信拉雪兹神父一起，后来又有大臣们和海军主要军官们出席。表面上看，事情开始有眉目了。据传教士们在此之前撰写的报告，他们可以重新确定曾经讨论过的事情了，但还需要一些论据来证明这一点。[③]瓦谢先生通过详细的经济论据和暹罗对法国贸易承诺的好处说服了塞涅莱和科瓦西。科尔贝的儿子和兄弟，正如我们所知，正在努力地继续他们不知疲倦的前任未竟的使命。然而，科尔贝寄予如此大希望的印度公司，尽管秉持着它那高傲的

---

① "他们展示了所有水的表演，我们坐在由御前侍卫拉着的椅子里鱼贯而入。在整个地球上令人赞叹的这些奇观，我的这些暹罗人却无动于衷地观看着，这令我心寒；仿佛他们对此感到厌烦，他们在每次新的表演开始时都对我说：够了，我们走吧！幸运的是，只有我发现了他们反常的兴趣，"见 Launay, II, p. 143。

② "暹罗国王给瓦谢和帕斯科两位先生和特使们的命令"，Launay, II, p. 129。

③ "待提交给法国国务大臣先生们的陈情书……"，B. Vachet, dans Launay, II, pp.153 sq。

座右铭:"把我种在哪里,我就在哪里开花",但形势依然举步维艰。塞涅莱已经从 1684 年 9 月开始对公司进行清算。[①]他不得不在 1685 年 3 月 3 日,即肖蒙骑士出发的那一天,建立了一家新的印度公司,奉行不同的原则,聘用不同的人员。毫无疑问,在深思熟虑之后,他认为暹罗事务很重要,他从此赞成派出一个使团,因为它将有助于提高法国贸易在东印度的声望。

至于国王,他或许对另外两个论据特别敏感,一个是政治的,[②]另一个是宗教的。一方面,他们提供给他追夺荷兰人的财源的可能性,这对他似乎是一个挑战。他丝毫没有忘记,他从未能征服向他挑起全面战争的荷兰。他的军队的确侵占了荷兰的领土,但也立即撤退了,被如洪水般的志愿军赶出了荷兰。在欧洲,他不可能战胜威廉三世(Guillaume d'Orange)和加尔文主义的荷兰共和国。机会摆在眼前,可以在远东与这个富庶的殖民帝国竞争,那里是一个聚宝盆,盆里的财富源源不断地流向荷兰。另一方面,根据瓦谢先生的说法,这是有待他去完成的一项伟大的事业。在圭亚那的龙骑兵时代,当成千上万的新教徒们纷纷改宗时,"尝试一项如此伟大的事业(使那莱王信奉天主教),这对法国国王而言是多么大的荣耀,这

---

① P. Kaeppelin, *La Compagnie des Indes orientales et François Martin*, pp. 193 sq.
② 我们知道,自弗朗索瓦一世(François Ier)开始,法国国王们的传统对外政策的目的就是羞辱哈布斯堡王朝,无论是西班牙的分支,还是奥地利的分支。尽管通过 1648 年的《西法里亚条约》(le traité de Westphalie)和 1659 年的《比利牛斯条约》(le traité des Pyrénées),法国获得的领土损害了他们的利益,但当 1661 年路易十四掌握了政府的统治权时,哈布斯堡王朝的领地几乎包围了整个王国。除了西班牙、佛兰德尔(Flandres)、弗朗什-孔泰(Franche-Comté)和米兰外,哈布斯堡家族还占领了莱茵河沿岸、法国东北国界沿线的富饶省份。三国同盟(荷兰—英格兰—瑞典)强迫路易十四于 1668 年谈判并签订了《亚琛条约》,使他们得到了佛兰德斯。三国同盟瓦解后,与荷兰一国的战争在《奈梅亨条约》签订后结束,路易十四得到了弗朗什-孔泰,但仍未能战胜荷兰。

在上帝面前是多么大的功绩，尽管他们并没有成功"①。暹罗国王不是已经应他的请求，要求派遣一位教会的大使了吗？

"似乎一切都在朝着使这位君王改宗的方向发展，"瓦谢先生宣称。"他曾经有好几个夜晚，让我们给他讲授我们的神圣宗教的伟大思想；早在几年前，他就已经摒弃了异教的迷信，比如用刀断水，命令洪水退去；……我们有理由期待这位君王可能会变成基督教徒……"。②

这几次会谈发生在 1684 年 11 月和 12 月。然而，由拉雪兹神父引荐给路易十四的柏应理神父在他 9 月 15 日的最近一次觐见中，已经引起了这位君主对远东的注意力。③他向国王指出，现在急需向中国派遣耶稣会的传教士，这既有利于本教的发展，又可以得到他想要的科学知识。由卡西尼（Cassini）于 1681 年提出④并得到科尔贝同意的一个类似的计划由于种种原因未能实现，包括 1683 年科尔贝的去世、向宗座代牧主教们宣誓的困难和传教士们的交通难题。这一次，根据塔夏尔神父和拉雪兹神父的说法，国王已经决定派遣

① "待提交给国务大臣先生们的陈情书……"，B. Vachet，dans Launay, II, p.155。
② 出处同上，第 154 页。"我曾经不相信瓦谢先生会如此成功……笃信基督的陛下接见了他多次，最终，他在陛下和大臣们面前表现得如此之好，以至于他得到了这个使团，因为他有很容易使人相信的特质。的确，在某些事情上，他走得有点太远了。"拉诺主教致颜珰（Maigrot）先生的信，1686 年 6 月 22 日，见 Launay, II, p.159。"瓦谢先生……并非能言善辩，但听他讲话并看着他，人们不会怀疑他所言即所想。"Choisy, *Journal du Voyage de Siam*, p.43 (8 Avril).
③ 来自比利时梅赫伦（Malines）的柏应理神父，耶稣传教会在中国的管区代表，被南怀仁神父委任负责招募新的传教士。他在一个年轻的中国人的陪同下在凡尔赛宫的觐见，在 1684 年 9 月的《文雅信使》杂志上有非常详细的描写。——"我引荐给陛下的柏应理神父让陛下明白了，如果我们派遣一些有思想、有品德的人去中国，我们会收获丰硕的成果……"拉雪兹神父致耶稣会总会长诺耶尔神父的信，1684 年 12 月 29 日，参见 Chantelauze, *Le P. de la Chaize*, p.53。
④ 卡西尼关于向中国派遣数学家耶稣会士的计划，*Bibliothèque Nationale*, MS. Fr. 17240, fˢ 246-249。

耶稣会士。他已经为需要陪同柏应理神父的那些人批准了一大笔经费。① 现在只剩下交通的问题了。这个问题很快就解决了，向暹罗派遣一个使团的决定最终被采纳，这个决定源于刚刚阐述过的诸多原因。这个计划是在 12 月 2 日——凡尔赛宫接待暹罗人的日子和 12 月 13 日——省会长陆方济神父告知洪若翰神父他被任命为赴中国传教团长上的日子之间最终决定的。

大使的名字在 12 月 16 日的《公报》（*Gazette*）上公之于众。他应满足三个主要条件：是一位海军军官，担任这次远航的名义指挥；是一位可敬的天主教代表，他们希望看到暹罗国王改信天主教；而且，他还必须是一位非教会人士，以便能够处理教会权限之外的贸易问题。他们一度在奈蒙（Nesmond）骑士和肖蒙骑士之间犹豫不决；后者被国王选中，因为国王与他有私交，欣赏他的勇敢和虔诚，或许希望通过他来补偿一个长期为法国王权做出贡献的家族。

塞涅莱转交给大使一份于 1 月 21 日写于凡尔赛宫的训令，我们从中引述以下几行：

> 陛下所做的向暹罗派遣一位大使的决定的主要原因是希望
> 传教士们已经宣传了信仰本教的好处，以及他们基于十分相似
> 的原因所抱有的希望，即暹罗国王在陛下所表达的尊重之情的
> 感召下，会在上帝的恩典的帮助下，下定决心信奉他已对其表

---

① Tachard, *Voyage de Siam*, Paris 1686, p. 4. 在 1685 年 3 月 14 日致诺耶尔神父的一封信中，拉雪兹神父指出，路易十四一心想尽早确保耶稣会士们的出发，只留给他很少的时间来选择将派往中国的传教士（未能等到长上的命令）。他强调了路易十四的特使们的身份，如果他们被迫在暹罗停留一段时间，这将为他们扫清"服从法国宗座代牧主教们的一切障碍"。Chantelauze, op. cit., pp. 55–56.

现出很大兴趣的基督教。① 陛下还希望通过此次远航为他在印度的臣民们的贸易带来所有可能的利益，确定我们在暹罗能够做的事情，肖蒙先生……将与（暹罗国王的）大臣们以贸易的方式进行接洽……②

正如我们所见，这份训令中的第二条在路易十四的"主要目标"下黯然失色，对于他来说，这次远航的宗教意义最终胜过它的贸易利益。③ 我们很快就会同白晋神父一起追随这个使团的命运，这更像是一次十字军东征，而不是一次外交行动，这是法国与暹罗之间的一次不算顺利但却难忘的插曲。尽管外交使命部分失败了，并将法国引向了一场轰动世界的彻底失败，但这次"十字军东征"，尽管没有履行所有的承诺，却激起了深层的动荡，为拉布吕耶尔（La Bruyère）反对"无神论者"提供了一个论据。

我们航行了……六千海里，就是为了使印度、暹罗诸国、中国和日本改宗，也就是说非常严肃地向所有这些民族提出建

---

① 由 Fénelon 在于 1685 年 1 月 6 日进行的题为《论外国人的使命》（*Sur la Vocation des Gentils*）的布道中确认，当时有暹罗使者们在场："历史告诉我们这些最遥远的子孙后代，印度人来到这里，向路易献上曙光的财富，承认他接受了《福音书》！" Fénelon, *Oeuvres*, t. XVII, pp. 180–181. "这一宗教，其权力操纵了世界政治，从暹罗到巴黎，为……（康斯坦丁的意图）服务。他以他的主人暹罗国王的名义，向路易十四派遣了一个庄严的使团，并献上了大礼，使路易十四相信，这位印度的国王，被他的荣耀所吸引，只想与法国签订贸易协定，而且他已经离变成基督教徒不远了。" Voltaire, *Le Siècle de Louis XIV*, éd. La Pléiade, Gallimard 1957, p. 756.

② *Archives de la Marine*, Ordres du Roy, p. 45, cité par A. Jal, *Dictionnaire critique de biographie et d'histoire*, p. 37.

③ 另一方面，为了周密安排葡萄牙的"庇护"，1 月 28 日颁发给传教士的特许证强调了他们"数学家"的身份，证明他们前往"印度和中国是为了艺术和科学方面的完善与兴趣以及准确的地理测绘而进行所有必要的观察，也是为了更好地确保航行的安全性"。Tachard, *Voyage de Siam*, 1686, pp. 13–15.

议，而这些建议在他们看来十分疯狂，十分可笑。然而他们支持我们的修道士和我们的神父；他们有时也听听布道，并允许传教士们修建教堂，进行传教活动：是谁对他们和对我们做了这一切？这难道不是真理的力量吗？ [1]

三、《暹罗游记》的作者

作为一位传教士、学识渊博的科学家、心地善良的人，白晋神父似乎是以他的低调和谦虚而著称。然而，他的成就是巨大的。身着中国文人的服饰，他为北京著名的法国传教会的建立做出了贡献，他还效力于两位君主——路易十四和康熙。他十分深入地研究了帕斯卡预感到的那种"需要发现的光明"[2]，康熙这位满族皇帝后来给予他的评价并不是一句无足轻重的称赞："在中国之众西洋人，并无一通中国文理者。唯白晋一人稍知中国书义……"这是对他辛劳、诚信的一生的审慎的总结，是一位皇帝对白晋神父作为学者的智慧和作为教士的谦恭的尊重。

1656 年 7 月 18 日，[3] 他出生在一个司法之家。他的父亲，勒

---

① La Bruyère, *Les Caractères*, Des Esprits Forts, pp. 458-459 de l'éd. La Pléiade, Gallimard, 1957.

② "但是中国越来越黑暗，"您说；而我答道："中国越来越黑暗，但那里有需要发现的光明；去那里寻找吧。"Blaise Pascal, *Pensées*, n° 421 éd. Lafuma, Delmas 1952. 另有"……去寻找它吧"，n° 593 éd. Brunschvicg, Hachette 1904。

③ 白晋神父的传记中大部分认为他出生于勒芒市，但在该市图书馆中，一份手抄本记载他"祖籍贡里"（Conlie），勒芒西北部 22 公里外的一个村庄。然而，贡里的民事登记簿只能追溯至大革命前几年，勒芒的民事登记簿则晚于 1656 年。这个问题似乎难下定论。或许以白晋神父的名义签在拉丁语编写的登记簿上的"勒芒教区"（Cenomanensis）一词也不排除他出生在贡里的可能性。因为一位名叫勒内·布威的德·拉布里埃爵爷（Sieur de la Brière）——可能是我们这位传教士的父亲，因为白晋的姐姐，在阿朗松的修女，名叫玛丽·路易丝·布威·德·拉布里埃（Marie Louise Bouvet de la Brière）——于 1669 年在那里建立了一个圣体善会。

内·布韦（René Bouvet），是勒芒市法院的推事，他的两个哥哥，杜巴尔克先生（M. du Parc）和德·博泽先生（M. de Bozé），也从事法律方面的职业。他的两个姐妹，一个是阿朗松圣母院（Notre-Dame d'Alençon）修道院的修女，另一个嫁给了马雷先生（M. Marays）——法国国库驻阿朗松镇司库。

年轻的白晋被送往位于拉弗莱什的亨利四世学院（collège Henri IV de la Flèche）求学，这个学院基于"教学大纲"（Le Ratio Studiorum）[①]的教学质量得到了也曾在这里就读的笛卡尔的如下评价：

> 尽管我并不认为他们教授的哲学方面的所有知识都像《福音书》那么真实，但由于哲学是打开其他科学的大门钥匙，我认为学习完整的哲学课程是十分有用的，就像耶稣会学校里采用的那种教学方式……我应该向我的导师们致敬，我想说，我认为世界上没有任何地方比拉弗莱什学院教得更好……由于那里有来自法国各地的众多年轻人，他们在那里通过相互之间的交谈交流心情，这使他们获得了与旅行时几乎相同的见闻。最后，耶稣会士们之间建立的平等的一视同仁的关系是一个极好的方法，能使他们戒除在自己父母家里因被宠爱惯了而养成的软弱和其他缺陷。[②]

因此，正是在这所培养精神与品格的学校中，白晋专心钻研他偏爱的物理学和数学。他很早就认识到自己的使命。那时，圣方济

---

① 阿夸维瓦（Aquaviva）将军于 1586 年制定的教学方法，于 1599 年最终拟定。这一"教学大纲"是由 1603 年亨利四世建立的拉弗莱什学院的第一任院长巴尔尼（Barni）神父推荐使用的。

② 1638 年 9 月 12 日写给向他寻求自己儿子教育问题的建议的朋友的信。Descartes, *Œuvres et Lettres*, La Pléiade, Gallimard 1958, pp. 1023–1024. 我们回忆起笛卡尔对拉弗莱什学院的另一个见证：他们放任他一直在床上待到中午。

各-沙勿略（Saint François-Xavier）的名字响彻葡萄牙殖民下的印度；那时，东方为传教士的工作提供了广阔的天地。这个年轻人决定走上这条光荣之路，到这个圣徒尚未涉足的国家去献身于传教使命。1673 年 10 月 9 日，他加入了耶稣会。①

> 至于我，早在我加入耶稣会之前，我已经想好要献身于中国的传教事业，从那时起，这种想法一直那么坚定，以至于……仁慈的上帝啊，我从未感到将我的全部感情带到东方那些最遥远的土地上的这最初的热情有丝毫的动摇；而这也是我从事宗教事业以来为自己制订的唯一计划，特别是在我求学的过程中，我全身心地钻研我认为引导中国民众了解真正的上帝所需的那些知识。

两年的初修期结束后，白晋成为了神学院修士，他又用了几年时间研究修辞学、哲学、数学和物理学。1676 年，他被送往拉弗莱什学院进修哲学课程。1680 年，他在坎佩尔学院（Collège de Quimper）教书。他在那里担任"四年级教师，并且是莫努阿尔神父（Bx Maunoir）家的常客"②，这位哲学家神父学过下布列塔尼语，以

---

① 在这个问题上，我们发现白晋加入耶稣会的时间有多个不同的版本：1673 年，1674 年，甚至 1678 年，这就使他的求学期长短不一。最终还是 1673 年的日期看似最可信，与这个年轻人出发去暹罗之前履行的计划的时间顺序最吻合。而且，这一日期得到了荣振华神父（P. J. Dehergne）的证实，见他的文章 "Bouvet"，*Dictionnaire des Lettres Françaises*，在格朗特（Grente）主教的主持下出版，vol. XVIIIe s., pp. 222-223。另一方面，白晋自己在《暹罗游记》（*Voiage de Siam*）的开头也回顾了 1684 年他在巴黎的逗留，提到了巴黎耶稣会修道院院长（即省修会会长）在耶稣会接见了他。他就是让·皮内特神父（P. Jean Pinette），1671—1674 年担任法国教省会会长，1684—1688 年担任耶稣会巴黎修道院院长。

② Grente, *Dictionnaire des Lettres françaises*, XVIIIe s., article "Bouvet"。于连·莫努阿尔神父（P. Julien Maunoir）（1606—1683），因翻译宗教文学和在布列塔尼诗方面"如圣柯朗坦（Saint Corentin）般的一生"而闻名。

便能与当地农民交流，并到乡村去布道。尽管白晋爱好科学，但长
上们却让年轻的白晋教授纯文学。他或许因为遵守规则而尽职尽责
地完成了任务，但似乎缺乏热情，当时一场"比健康适时一千倍的
疾病"使他放弃了坎佩尔和他的职务。他被送往布尔日的圣玛丽学
院（Collège de Sainte-Marie），在那里疗养并研究神学，不需要"再
操任何其他心"了。正是在这个时期，他感受到"非常迫切的"请
求去中国传教的愿望。

> 时任省会长的克劳德·科莱神父 ① ——我欠了他很大的恩
> 情——承诺会让我实现我的计划，在他去世前几天，下了一道
> 特别命令，让我来巴黎，我曾向他表明自己没有任何留在巴黎
> 的想法，只希望能在巴黎找到一个机会，而我当年（即 1684 年）
> 就在那里找到了这样的机会。

于是，这位年轻的修士被转到路易大帝学院，旧称克莱蒙学院
（Collège de Clermont），1682 年秋刚刚更名。天文学在那里很受重
视，可能更甚于其他科学。正是在那里，自 1663 年起，有人提出了
对"经度的秘密"的一个解释，引起了当时的地理学家和水手们的
强烈兴趣。正是在那里，比利（Billy）、巴蒂斯和洪若翰三位神父曾
分别于 1665、1672、1680 和 1681 年通过小型天文台——在巴黎上
空与克鲁尼天文台 ② 通信的"哨所"——观测到了彗星。正是在那里，

---

① 克劳德·科莱神父（P. Claude Collet）于 1681—1684 年担任法国教省会长。他可能
是布韦家的亲戚。在 1685 年 12 月 14 日写给他在阿朗松当修女的姐姐的一封信中，
白晋向"科莱先生和夫人及他们的儿子致以谦恭的敬意"。在 1686 年 6 月 21 日写给
他姐姐的第二封信中，他提到了他"亲爱的表妹科莱"，根据上下文，这个表妹好像
也在阿朗松圣母院修道院。

② Dupont-Ferrier, *Du Collège de Clermont au Lycée Louis-le-Grand 1563–1920*, t. I, p. 189.

在这种令人振奋的氛围下，在这个培养学者的苗圃中，白晋开始了他的第三年神学学习，与此同时，中国耶稣会管区代表柏应理神父在巴黎得到了任命。除了其他要处理的事务外，南怀仁神父委托他在法国招募新的传教士，最好是精通科学的，以便在北京，在已经存在的葡萄牙传教会旁边，建立一个法国传教会。1678 年，南怀仁神父这样写道：

> 天文学和所有其他数学学科，尤其是最吸引人的那些，比如光学、静力学，以及机械学，无论是投机的还是实用的，以及它们的附属部分，特别在中国人的眼中，都是最美的缪斯……我们神圣的宗教，披着天文学星光璀璨的外衣，会更容易被亲王们和各省巡抚们接受，从而使我们的教堂和传教士们得到他们的保护。[1]

1684 年 9 月 15 日，到达凡尔赛后，由一位年轻的中国人陪同的柏应理神父引起了轰动。当他被拉雪兹神父介绍给国王时，他或许已经得偿所愿了。因为正如我们所见，路易十四在大力支持了外方传教会在远东的努力之后，在他的忏悔神父的鼓励下，只能满足拥护天主教会的耶稣会士们的这个要求。应卢瓦（Louvois）——国王的传旨人——的要求，修道会的会长们必须指定四位精英会士。

> ……他们应能够与王家科学院的那些先生们一起和谐地工作，以完善科学和艺术，与此同时，后者也会与中国传教士们一起努力推进基督教的发展。[2]

---

[1] 1678 年 8 月 15 日写于北京的一封拉丁文书信的译文，*Correspondance de Ferdinand Verbiest*, PP. H. Josson et L. Willaert, Bruxelles 1938, p. 237。

[2] Tachard, *Voyage de Siam des Pères Jésuites envoyez par le Roy aux Indes & à la Chine*, Paris 1686, pp. 3–5.

为这个团队选择的领头人自然是洪若翰神父，他早就因天文观测成就而闻名了。① 塔夏尔神父，作为赴安的列斯群岛（Antilles）的埃斯特雷（Estrées）舰队的前随军教士，应该贡献他的远航经验。他"强烈要求成为候选人之一"。在最年轻的神父中，白晋神父或许已经得到了赞赏，因为他已经与当时已在路易大帝学校完成神学学业的刘应神父、张诚神父和李明神父一同被选中。在 1 月的头几天里，这四人增加到六人，洪若翰神父是这样描述的：

> 由于他们都能够在法国胜任最崇高的职业，许多虔诚的人们似乎惊讶于这些会长们的行为，他们让最优秀的会士去传教，并因此从欧洲夺走了适合在这里从事重要工作的人……②

另一方面，我们还记得，11 月 25 日暹罗特使受到接见之后，向那莱王派遣使团的计划可能在几天后就被采纳了，出发时间定在第二年的 2 月。洪若翰神父于 12 月 13 日接到有关他任命的消息，以及让他准备好六周后随肖蒙骑士的舰队出发的命令。这一决定，尽管突然，但并未出乎传教士们的意料，因为早在 1681 年前后，他们就已经计划出发前往印度和中国了。③ 然而，还是需要迅速做好远航的准备，无论是在路易大帝学校，还是在宫廷里，曼恩公爵（duc du Maine），一位 15 岁的文学艺术资助者，送给传教士们多台天文学仪

---

① *Observations sur la comète de 1680 et 1681 faites au Collège de Clermont par le P. J. de Fontaney de la Compagnie de Jésus*, Paris 1681.

② 洪若翰神父致拉雪兹神父的信，舟山，1703 年 2 月 15 日，选自 *Lettres édifiantes et curieuses*, Toulouse 1810, t. 17, pp. 170–174。我们还从中找到了总会长神父反对"虔诚的人们"的观点的回信。

③ 天文学家卡西尼向科尔贝建议了一个计划并得到后者的批准，"派遣精通数学和天文观测的耶稣会士到东方的不同地方，最远到中国，去测量经度和磁偏角……"。巴黎国家图书馆，M.S. Fr. 17240 f\^os 246–249。

器。法国驻里斯本大使德·圣-罗曼先生（M. de Saint-Romain），为获得传教士们的护照这一敏感问题展开了谈判，正式强调了他们作为国王的数学家的身份。作为一项特权，1684 年 12 月 20 日，王家科学院任命洪若翰神父"及与他同行的三位神父"白晋、张诚、刘应为通讯院士。[①]

"以这种方式，（科学院的）这些先生们承诺与我们分享他们的所见所闻，而我们也给他们寄去我们的评论，使所有人成为同一个观察员与数学家团体，其中一些在法国，另一些在中国，在我们最伟大的国王的保护下，为科学的发展努力工作，"白晋神父在他的日记中写道，我们似乎听到了接见讲话的回声。第二天，发生了一次月食，"洪若翰、刘应、白晋和塔夏尔四位神父……参与了卡西尼先生（M. Cassini）进行的月食观测活动"[②]。

由于白晋和刘应当时都还不是神父，他们必须在出发前得到"额外临时"（par extra tempora）任命。他们于 1 月 14 日做了第一次弥撒，10 天后离开巴黎，前往布雷斯特。他们途径沙特尔（Chartres），在那里的勒芒主教座堂进行了冥想，白晋神父的大部分亲戚朋友都生活在这里。他的两个哥哥杜巴尔克先生和博泽先生一路陪伴他到了拉弗莱什。之后，经由昂热、南特、瓦讷（Vannes）和坎佩尔，他们最终到达了布雷斯特，"飞鸟号"和"玛琳号"于 3 月 3 日黎明时分从这里拔锚起航。这次航行和在暹罗逗留的叙述构成了我们所介绍的手抄本的材料，我们就不在此赘述了。

---

① 王家科学院：《1666 年至 1939 年成员和通讯号索引》（*Index des membres et corres-pondants de 1666 à 1939*），巴黎，1939 年。其中没有提到塔夏尔神父和李明神父。白晋、张诚、洪若翰和刘应四位神父应该是在 1699 年 3 月 4 日被任命为古耶神父（P. Gouye）的通讯员，同年，路易十四授予该科学院官方地位和章程。

② *Histoire de l'Académie royale des Sciences depuis 1666*, Paris 1733, t. I, p. 415.

1685 年 12 月 22 日，当肖蒙骑士重新出发回法国时，他的船上搭载了塔夏尔神父，与预料的相反，他还要回来，受那莱王的委托，带回：

> 另外 12 名数学家耶稣会士，这是暹罗国王陛下让他向笃信基督的法国国王请求的，为此，暹罗王将送给他们两座天文台、两座教堂和两所房子，他将命人立即建造。①

至于其他 5 位耶稣会神父，他们需要在暹罗等待六个月，直到适合航行去澳门的季节。拉诺主教已经给予他们听信徒忏悔和完成法国耶稣会的所有日常职责的权力。② 在华尔康的关照下，他们在罗斛——那莱王的狩猎行宫安顿下来，那莱王待他们如贵宾，多次隆重地给他们送去丰盛的餐食：

> 有几次，我们数着有 20—25 个盖着的大银盆，每个里面装着四五个小盘，盛满了各式各样的菜肴和各式各样的新鲜水果、干果和果脯，如此之多，来自本国和邻近的岛屿和王国，比如中国和日本。③

交流顺利进行，暹罗国王自从用一架 5 法尺长的望远镜观测到一次月食之后就痴迷于天文学，在新年这一天，他从传教士那里收到了礼物：

---

① 白晋神父写给他全家的未发表的信，收信人是他在阿朗松当修女的姐姐，1685 年 12 月 14 日写于暹罗；副本参见 *Voiage de Siam*, p. 303。这封信的原件参见 *Archives des Missions Etrangères*, MS., V. 879, pp. 249–252。
② *Archives des Missions Etrangères*, MS., V. 879, p. 101（以白晋神父的名义）。
③ 白晋神父写给他的母亲德·拉布里埃（de la Brière）夫人的未发表的信，1686 年 6 月 20 日写于暹罗；副本参见 *Voiage de Siam*, pp. 332–333。

装在一个直径 12 法寸的凹面镜的斜面上的一个时钟，一架 16—17 法尺的望远镜和一本介绍法国时尚的图集。①

另一方面，神父们利用他们的短暂逗留时间来工作，正如他们寄给王家科学院的报告中所述。他们研究植物、动物和星宿。华尔康命人给他们带来了两条"大鳄鱼"，他们花了整整三天来解剖它们。他们还打听暹罗人的宗教，从一位长老（即佛教僧侣）那里了解到：

从前，他们有一个上帝（un Dieu），他在地上与人类一起生活了一段时间之后去世了，他去世到现在已经有 2229 年了，这位上帝从前建议世人崇拜他的画像，遵守他在讲道中向他们宣布的戒律，并由他的几个弟子执笔为世人留下了训诫文字，向他们许诺，遵守这一戒律的人来世将得到报偿，违反这一戒律的人来世将受到惩罚。②

在谈到从古书中得知的某些传统时，白晋神父透露他感受到：

一种在这个国家的所有宗教神话寓言中辨认出我们自己的某些痕迹的隐秘的快乐，尽管历经几个世纪的漫长岁月，尽管长久以来'谎言之父'借助一个绝对集权的帝国统治着这些地方，都未能抹去这些痕迹……这个已经死了 2000 多年的上帝，这个向人民宣讲他的戒律的上帝……这个在不久之后应该重新

① 洪若翰神父写给他的一位耶稣会士朋友的信，1686 年 2 月 26 日写于暹罗；副本见 *Voiage de Siam*, pp. 316–317；Pfister, *Notices biographiques et bibliographiques sur les Jésuites de l'ancienne mission de Chine*, Shanghaï 1932, p. 433, n° 16.
② 白晋神父写给阿朗松圣母院修女德·拉布里埃的未发表的信，1686 年 6 月 21 日写于暹罗；副本见 MS., p. 349.

出现的上帝，难道他不会因为有几分相似而被认为是耶稣基督本人吗？这些民众长期的愚昧无知已经一点一点地使人类在最初几个世纪获得的知识变得模糊不清了。①

于是，我们已经看到白晋神父在他的传教事业之初在脑中形成的大致观点，这一观点主导了他生命中的最后 30 年，使他变成了"索隐派的创造者"②。

在他们与泰国僧侣的交谈中，耶稣会士们很快就发现，暹罗人改宗的主要障碍在于一种对新事物的被动的抗拒，一种礼貌的漠不关心，这使他们对持所有宗教信仰的外国人都抱有宽容和好客的态度。"各有所长，他们似乎是这样说的，它们都是好的，否则就不会存在。"我们在后面会看到，这正是那莱王对肖蒙骑士的恳切请求的答复。在暹罗全国，尽管传教会竭尽全力，也只发展了 200 位基督徒，"即便是这些人的信仰也如此薄弱，以至于他们轻易就会回到他们的佛寺里"③。这种情况使法国耶稣会士们想起了他们的一位同仁罗伯特·德·诺比利（Robert de Nobili）于该世纪初在印度获得的惊人的结果：

> 我们的神父们……以及康斯坦丁先生，认为应该尝试一条新的途径，以我们在马杜赖（Maduré）的神父们为例，他们看到自己通过普通的方法无法从婆罗门教和印度教的教徒那里

---

① Bouvet, ibid. pp. 353–355.

② P. J. Dehergne, "Un envoyé de l'Empereur K'ang-hi à Louis XIV", *Bull. Université Aurore*, 1943, sér. III, t. 4, n° 3, p. 674.

③ 白晋神父写给他姐姐的信，1686 年 6 月 21 日，MS., pp. 344–346。将这"200 位基督徒"的数字与《外方传教会志》（*Journal des Missions Etrangères*, Launay, II），第 56—102 页中给出的数字作比较，结果很有意思。

得到任何回报，于是大胆地改变了计策，通过使自己接受婆罗门教徒的生活和穿衣方式，吸引他们接受我们神圣的宗教，他们的苦行生活得到了这些教徒的极大尊重……这个办法为他们带来了如此大的成功，以至于他们现在感觉说服这些从前很难说服的民众改宗非常简单……在这里，我们看到了泰国僧侣的生活状况，他们在民众中享有很高的声誉，因为他们从外表看起来温和、谦虚、谨慎，而且对所有事物都极有节制，并且符合……基督教的谨慎原则的要求。[①]

传教士们小心翼翼，不能直截了当地劝说原住民改宗，但是通过自然科学和数学，他们可以向原住民证明"某些荒诞的原则的错误"。再进一步，他们使原住民理解了其宗教中某些观点的荒谬性，最终使他们看到他们的哲学与基督教之间的相似性。

因此，多位神父被询问是否愿意留在暹罗，与泰国僧侣一起生活。张诚神父谢绝了，白晋神父尽管有片刻想要接受，最后也谢绝了。[②] 在国王和华尔康的坚持下，最终李明神父被指定留下，他们想要在暹罗保留一位法国耶稣会士的动机或许不只是出于天主教的利益考虑。因为像整个国家一样，暹罗宫廷也是受吉日和凶日支配的，而这些吉日和凶日也服从于行星的运行，他们缺少有能力的天文学家。法国耶稣会士们已经在 1685 年 12 月 11 日的月食中证明了他们的能力，那莱王希望把他们中的一人留下，为他编制历法。至于华尔康，把所有赌注都压在法国这张牌上的他[③]，则想通过在罗斛安插伟大的国王的几位数学家来小心维护与路易十四的联盟。白晋神父

---

① Bouvet, ibid.

② 白晋神父写给他姐姐的信，1686 年 6 月 21 日，MS., pp. 342-344。

③ 1686 年 1 月，曾经拉响了警报，有传言说荷兰人即将在曼谷发动一场军事政变，洪若翰神父在 1686 年 2 月 26 日的一封信中报告，MS., pp. 317-318。

在写给他母亲的一封信中讲述了 6 月 11 日的那次告别接见：

> 康斯坦丁先生想给我们当翻译……国王送给我们每人一套
> 干净的衣服供我们使用，并下令为我们每人再做一套鞑靼式样
> 的衣服，供我们进入中国时穿，因为您知道，那时我们必须换
> 装，效仿（之前进入中国的）我们的神父和所有其他传教士，
> 他们模仿中国人，按照文人的方式穿戴。①

1686 年 7 月 4 日，李明神父目送他的同伴们在曼谷登船，前往
中国。他们计划从海上前往澳门——葡萄牙殖民的一个城市，这是
一个危险的中途停靠地，华尔康、梅特洛波利斯主教，甚至马尔多
纳神父（P. Maldonat）——葡萄牙耶稣会驻阿瑜陀耶会长都奉劝他们
不要在那停留。② 不知是好运还是厄运，我们的传教士们最终并未抵
达澳门。他们名为"天命号"（Providence）的船四面进水，偏离了
航向，朝着柬埔寨海岸驶去，最终在那里搁浅。神父们下了船，想
步行返回暹罗的海滩，结果在丛林中迷了路，回到了起点。"天命
号""挂着小帆"重新回到了暹罗的航线上。随着季风期的结束，这
一年计划前往中国的季节早已过去了。沿湄南河溯流而上，传教士
们在曼谷见到了福尔班骑士，"他诚恳地要求他们与他共度一天"③，
然后，他们到达了阿瑜陀耶城，在那里他们一直等了将近一年，才
得以到达他们在中国的岗位。在他们离开期间，8 月底，望加锡人

---

① 致德·拉布里埃夫人的信，1686 年 6 月 20 日，MS., pp. 333–338。
② 洪若翰神父致拉雪兹神父的信，1703 年 2 月 15 日，*Lettres édifiantes et curieuses*, Toulouse 1810, t. 17, pp. 178–179。
③ Tachard, *Second voyage de Siam*, Paris 1689, p. 194（洪若翰神父的游记）。在路途中，从 8 月 16 日到 26 日，神父们成功地观测到一颗彗星。参见 *Mémoires de l'Académie royale des Sciences*, Paris 1729, t. VII, pp. 637–638。

（Macassars）在首都制造了一次叛乱。我们还记得在苏拉威西岛被荷兰人征服后被暹罗收留的这些人。这次叛乱似乎是为反抗华尔康而掀起的，还卷入了一些马来人和暹罗人。

优待基督教的国王和作为他最坚定的拥护者的宰相在一天夜里差点与王国的所有基督徒一起被割喉。

李明神父这样告诉我们[①]，他再也不可能与泰国僧侣住在一起了。他归队了，回到了葡萄牙耶稣会修道院，那里有一座小型天文台。在罗斛，这一次，华尔康为他们提供了一座非常漂亮的府邸，原先住着波斯的使臣，他们刚刚回国了。神父们重新开始了工作，编写关于"棉花树"、树胶和胡椒以及某些奇怪的鸟类——如夜莺或鹈鹕的笔记。他们计算阿瑜陀耶和罗斛的经度，骑着大象去参观一座"磁铁矿"[②]，为科学院搜集新鲜的见闻。

从暹罗到中国的第二次横渡于 1687 年 6 月 17 日开始，乘坐一艘中式平底帆船。[③] 他们经过了澳门附近海域，传教士们以为他们一直朝着南京的方向行驶，但 7 月 23 日，他们是在宁波下的船。这次航行令人难以忍受。洪若翰神父写道：

> 我们与一群在日本习惯于藐视十字架的人在一起……靠着上帝的恩典，我们一路上承受着藐视和侮辱。他们极端强硬地拒绝为我们提供必需品，比如吃饭时所需的水……[④]

---

① 参见 *Nouveaux Mémoires sur l'état présent de la Chine*, Paris, Anisson 1697, t. I, p. 11。帮助平定了这场叛乱的福尔班讲述了整件事的经过，见他的 *Mémoires*, Girardi, Amsterdam 1743, vol. I, pp. 154–187。

② 洪若翰神父的一封信中详述的"磁铁矿纪行"和"暹罗动植物观察报告"，且被塔夏尔神父纳入他的《第二次暹罗之行》（*Second voyage de Siam*），第 237—249 页及第 265—276 页，为白晋神父所写（Sommervogel，1960 年，第 970 集）。

③ Le Comte, op. cit., t. I, p. 11.

④ *Palais Bourbon*, MS. 1246. "Relation d'un voyage depuis Siam jusqu'à la Chine et de ce qui s'est fait au commencement à Ning-po", f⁰ˢ 265 sq., 洪若翰神父的日记的副本。

神父们还被迫出席船员们对放在船尾顶端的一个偶像的祭祀：

> 他们每天早晨和傍晚都要点燃几把剪成波浪状的彩色纸，并把它们扔到海里，同时向东方和西方深深跪拜致意。他们每次发现一片新的陆地时也做同样的事。

在抵港前几天，传教士们被剃了"鞑靼人的"发型，他们脱下了耶稣会的衣服，穿着中式服装登陆。甚至连他们的名字也顺便被改成了中国名字。布韦神父（P. Bouvet）改名为"白晋，字明远"。

当地官员谦恭有礼地迎接了他们。然而，浙江巡抚金宏先是没收了他们的行李，又想将这些新到者驱逐出境。为此，他向"一向宣称反对基督教的"[①]礼部递交了咨文，礼部批准了他的咨文。另一方面，在接到紧急通知的南怀仁神父的干预下，[②] 11 月 2 日，来了一道召传教士们入京的圣旨。

圣旨上宣布："洪若翰等五人，内有通历法者亦未可定，着起送来京候用。其不用者，听其随便居住。"

自此以后，芝麻为耶稣会的神父们敞开了大门，他们被封为"应召入宫天文学博士"[③]。他们于 11 月 26 日上路，[④] 途径杭州，在那里与耶稣会的殷铎泽神父（P. Intorcetta）愉快地会面，并从那里登船，在京杭大运河上航行。在扬州，另一位耶稣会士毕嘉神父（P. Gabiani）来与他们会面。从扬州起，运河开始结冰，他们改乘轿子，

---

① Le Comte, op. cit., I, pp. 37-42.

② 1685 年 2 月 26 日，拉雪兹神父致南怀仁神父的一封信，在传教士们离开布雷斯特前交给他们的；副本附在手抄本后面，第 283—288 页。

③ Le Comte, op. cit., t. I, p. 48.

④ Du Halde, *Description de la Chine*, Paris 1735, t. I, pp. 61-81；介绍了传教士们从宁波到北京一路的细节。

由骑兵护送，冒着风雪和严寒前进。经过三年多的等待，他们终于快要达到目标了，这时，来自京城的信使向他们宣布了一个悲伤的消息：久病虚弱的南怀仁神父于 1 月 28 日逝世了。于 2 月 8 日抵达京城的法国耶稣会士们丧失了一位可靠的盟友。3 月 11 日，他们参加了他的葬礼，东方葬礼的盛况与逝者一生恪守的谨慎与谦逊形成了鲜明的对比。皇帝执意亲自为他题写悼词，全身素白的基督徒和朝廷官员组成了长长的哭丧队伍，一路伴着装饰奢华的棺木，直至传教会的墓地。[①]

宫里也在为康熙的祖母太皇太后服丧。传教士们直到 3 月 21 日才被引荐给这位君主。洪若翰神父讲述道：

> 这位君王对我们礼遇有加，在客套地责备我们不想全部留在他的宫里之后，他向我们宣布，张诚和白晋两位神父留京候用，并允许其余神父前往各省宣讲我们神圣的宗教。[②]

康熙，这位见多识广的君主，已经从南怀仁神父那里初步学习了天文学和数学，他懂得如何协调国家事务和自己对科学的爱好，每天都要花好几个小时来学习科学。两位神父立即着手工作。他们首先用了一个月来完善他们的"鞑靼语"或"满语"。[③] 之后，他们才能向皇帝这位苛刻而勤奋的学生解释：

---

① Le Comte, op. cit., t. I, pp. 85-91.

② 致拉雪兹神父的信，1703 年 2 月 15 日，*Lettres édifiantes*, t. 17, pp. 205-206。

③ 满语，康熙的母语，即将消失（出生在中国的鞑靼人的子孙是说汉语长大的），皇帝鼓励保持它的官方地位。白晋神父，像在中国的所有传教士一样，必须学习两门语言，他发现"鞑靼语……比汉语容易、简洁得多"。*Histoire de l'Empreur de la Chine, Kam-Hy*, La Haye 1699, p. 85. —— "鞑靼语远远优于汉语，因为汉语既没有动词变位，也没有连接两句话的虚词，而在鞑靼语中，这些语言现象很常见"。Du Halde, *Description de la Chine*, Paris 1735, t. IV, p. 220.

欧几里得的基础知识，他一直想要学习这些知识，希望像那些大师们一样深入地了解事物……在学会了《几何原本》（*Eléments de Géométrie*）之后，他希望我们运用整个理论，用鞑靼语为他编写一本实用几何学教程。①

对于他的老师们，康熙允许他们不必拘泥君臣之礼，但对他们十分严格。他让他们登上御用台阶，并要求他们坐在他身边，为他展示插图，并为他详细解释。五年间一直在"西堂"——西面的教堂——与葡萄牙耶稣会士们住在一起的法国神父们每天都要进宫，风雨无阻。当康熙住在距离京城两里路的畅春园时，为了不使他们太晚回去，他让他们清晨四点出发，而且夜里还要花一部分时间准备第二天的课。学完几何后，皇帝又表现出对哲学的兴趣。传教士们从中看到了使他准备好有一天接受"《福音书》的真理"的一条途径，热情倍增。尤其受到"斯卡万王家学院（Académie Royale des Scavans）的杜哈梅尔先生（M. Duhamel）的古代和现代哲学的启发，因为这位杰出的哲学家的学说颠扑不破、清晰而纯粹……"②，他们编写了一本鞑靼语的教材。皇帝刚翻阅了这本教材的开头，就病倒了，哲学课也到此结束了。不稳定的健康状况长久以来一直困扰着他，他的好奇心从此以后转向了医学和解剖学。为此，两位神父编纂了一本书，收录了"本世纪以来最稀奇、最有用的所有发现，其中包括著名的杜韦尔内先生（M. du Verney）的发现"③。康熙十分

---

① Bouvet, *Histoire de l'Empereur de la Chine Kam-Hy*, pp. 85–86.

② Bouvet, ibid., pp. 100–102.

③ 包含"杜韦尔内先生的多篇小论文"，还有"各种药物和矿物的一些标本，费尔诺（Feurnot）先生编纂的鞑靼语词典，如果已出版的话"，见洪若翰神父 1687 年 11 月 6 日致鲁瓦尔侯爵（Marquis de Louvoy）的信中给出的一份很长的"需要寄给白晋神父的物品清单"，Palais Bourbon, MS. 1246, f° 277. 另一方面，白晋神父还将迪尼斯（Dionis，外科医生，1650—1718 年）撰写的《依据血液循环及新发现的人体解剖学》

满意，随后即希望了解他曾经患过或仍未治愈的那些疾病的身体原因。于是，学问与耐心兼具的这两位耶稣会士又用两到三个月时间撰写了 18—20 篇小论文。对结果非常高兴的皇帝毫不吝啬他的赞扬，包括口头称赞和书面褒扬。[①] 正是借此机会，也是在浙江巡抚多次欺压传教士之后，宫里的两位神父于 1692 年 3 月 22 日从康熙那里获得了著名的《容教令》(*Edit de Tolérance*)。宫里的生活对白晋和张诚两位神父来说自然不是一项闲差，尽管皇帝在那个时期只要求他们"每两日进宫一次"[②]。在成为数学家、几何学家、天文学家、哲学家和病理学家之后，他们还必须成为化学家兼药剂师。康熙十分固执，尽管他们反复解释自己没有任何制备药物的经验，仍在宫内建起了一个实验室，他们根据巴黎王家实验室总管沙拉先生(Sieur Charas)的《药典》(*Pharmacopée*)，在银质器皿中用各种香精、糖浆和膏浆或香脂进行实验。

> 皇帝……由于患上一种危险的疾病，在尝试了御医们的药方无效后，向我们求助，我们将他从病危中解救出来。他的御医们希望能完成他的治疗，但他们无能为力了，只有金鸡纳霜能治愈皇帝陛下，幸好洪若翰和刘应两位神父及时赶到，带来了金鸡纳霜。[③]

（接上页）(*L'Anatomie de l'homme suivant la circulation du sang et les nouvelles découvertes*)翻译成满语。他的译稿"非常丰富"，共分 8 卷，"经康熙本人审阅，但未印刷出版。巴多明神父 (P. Parennin) 增补了第 9 卷，也是用鞑靼-满语编写，关于化学及其原理、毒药的作用和药方的疗程"。参见 J. Dehergne, "Un envoyé de l'Empereur K'ang-Hi à Louis XIV", *Bull. Université Aurore*, 1943, sér. III, t. 4, n° 3, p. 660。

① Bouvet, *Histoire de l'Empereur...*, pp. 103-104.

② 白晋，致里奥讷主教 (Mgr. de Lionne) 的信，北京，1692 年 6 月 8 日，*Arch. M. E.*, MS., V. 405, pp. 15-17。在描写了他的宫廷生活之后，白晋神父感谢巴塞先生借给他杜哈梅尔 (Du Hamel) 的《物理学》(*Physique*)，用于给皇帝授课。

③ Bouvet, *Histoire de l'Empereur...*, p. 108. "皇帝陛下公开讲，张诚神父和白晋神父救了他的命，他希望报答他们的热心帮助"，Du Halde, *Description de la Chine*, t. III, p. 115。

　　皇帝的这次痊愈进一步提高了法国耶稣会士的声望，[①] 1693 年 7 月，康熙"在宫城内，也就是他的宫殿的第一道围墙内"赐给他们一处房屋。[②] 一年之后，1694 年，皇帝在此房屋不远处批给他们一块地，用来修建一座教堂。所有这些措施都显示了皇帝是如何赏识这些"西方人"的效力，而且似乎白晋神父作为 1688 年留在宫中数月的唯一的法国人，是康熙在传教士团队中最熟知的一位。因为，洪若翰神父去了南京，李明神父去了山西，之后又去了陕西。张诚神父被皇帝派往西伯利亚，在与莫斯科的沙皇进行的和谈中担任翻译（外交语言为拉丁语）。[③] 白晋神父之所以一直待在宫中，如我们所

① "……这使葡萄牙神父们极为不悦，从那以后再也不想见到他们了"，见巴塞先生的信，1693 年 11 月 19 日，*Arch. M. E.*, MS., V. 405, pp. 155-156。实际上，法国传教士与葡萄牙传教士之间远远没有达到融洽相处的关系，正如以下摘录所证实的："我忘记了向拉雪兹神父汇报，不仅澳门城最近上书朝廷，要求将张诚和白晋两位神父遣返回国，而且连葡萄牙的最大的几家修会也在全力反对我们……还需要说明的是，皇帝陛下下令张诚和白晋两位神父留在北京，同时还有两位葡萄牙神父……因此，那里的修会似乎没有权力如他们所愿处理两位法国神父。他们不得不要求主教在那里设立一些中立的修会，或更准确地说，施以共享的恩惠，以维持和平。"洪若翰神父写给韦尔朱思（Verjus）神父的信，1689 年 1 月 30 日，*Palais Bourbon*. MS. 1246, pp. 299-299vº。"教宗收到了……张诚和白晋两位神父的一封联名信，他们非常谦恭地请求他不要反对他们向康熙皇帝寻求离开京城和整个中国的途径的计划，因为我们清楚地看到（他们说）葡萄牙人永远不会让我们安宁。在这里的 3 年，我们的痛苦与日俱增，而不是有所减轻。他们谈到了那里的一些普通的葡萄牙人，虽然没有提到神父们，但所有人都相当清楚，除了神父，没有其他葡萄牙人能令他们担忧。"菲利普齐（Filipucci）神父的书信，*Palais Bourbon*. MS. 1246, p. 319。

② 洪若翰神父在他 1703 年 2 月 15 日写给拉雪兹神父的信中，以及白晋神父在 1697 年呈送路易十四的一篇陈情书中，都提到了这处房屋，或者更准确地说，一组漂亮的建筑，靠近皇宫，在宫城内。北京城的平面图可以分为三个同心的方块，中央相对小的是宫城，它的外围是皇城，皇城的外围是非常广阔的满族聚居的内城。汉族聚居的外城位于南边。

③ 棘手的谈判，最终于 1689 年签订了《尼布楚和平条约》（*Traité de Paix de Nipchou*）。张诚神父在其中不只担任了翻译，而且也充当了外交官的角色。他赢得了中满代表团团长索额图王爷的尊重，他后来向耶稣会士们表达了他的感激之情。正是由于索额图的支持，在向康熙呈送了要求结束对帝国内的基督徒的迫害的请愿书之后，耶稣会士们获得了胜利：结果就是 1692 年颁布的《容教令》。

知，那是康熙选定的。这位传教士太过谦逊，并未宣扬他个人获得的圣宠。他讲话时很少用第一人称，通常会在集体"我们"面前隐去"我"的存在。

　　那些了解中国皇帝是如何不与任何人亲近——即使是皇亲贵戚和皇子们也很难接近皇帝本人，除非在一些公共仪式中——的人们或许很难理解皇帝为何如此礼遇我们，他为何允许我们这样的教士们和外国人如此自由、如此频繁地来到他的身边。整个宫廷都感到惊讶的是，他每天定时召见我们，……一谈就是一两个小时，只留三四个贴身太监陪侍，与我们亲切地交流我们的科学，欧洲各国和世界其他地方的风土人情和新闻……①

　　法国国王崇高的行为是经常谈到的话题，康熙反复酝酿着一个计划，即向路易十四派遣一位亲信，负责将像这些他如此赏识的博学之士们一样的法国耶稣会士带回中国。②他想按照巴黎王家科学院的典范，在他的皇宫内建立一个科学院。他选定白晋神父为他的代表，③并授予他"钦差大臣"的头衔。在送给路易十四的礼物中，有49册皇宫印刷厂印刷的书籍，它们是中国古籍中的精华，今天我们可以在巴黎国家图书馆欣赏到它们。

　　"在皇帝陛下临别召见我的当天，"白晋神父讲述道，"我荣幸地

---

① Bouvet, *Histoire de l'Empereur...*, pp. 108–109.

② Bouvet, ibid., p. 159.

③ 人们最初以为将派遣洪若翰神父："白晋替我去了。如果你们一起航行，你们会相处得更融洽。我已告知他我很高兴代表您前往，我肯定他也同样很高兴这样做。"洪若翰神父致广东（外方传教会的）夏尔莫先生（M. Charmot）的信，写于北京，1693年7月7日，*Arch. M. E.*, MS., V. 428, p. 311.

收到皇子送给我的他自己的一套朝服，这是不同寻常的恩惠。"①

　　这位传教士经历的是一次漫长的旅程，历时四年，险象环生。他于 1693 年 7 月 8 日离开北京，8 月底到达广州。他的"钦差大臣"身份使他的身边不乏护送人员：官员、士兵、向导、仆役。每到一处驿站，除了膳宿之外，他还肯定能得到专门为他准备的坐骑。整个路途中，各地太守和名流把他当作重要人物来接待。② 在到达广州之前的最后一次中途停留中，一张 8 月 22 日的船票证明他当时在"佛山和广州"之间，距离他的目的地 4 里地。他在那里表达了他的喜悦之情，因为他很快就能见到广州的教宗代理——外方传教会的西塞（Cicé）先生、1685 年同乘"飞鸟号"远渡重洋的同伴巴塞先生，以及也要一起乘船前往法国的夏尔莫（Charmot）先生。③ 白晋神父在广州停留了数月。因为出现了一些困难，一切迹象表明，他们无法搞到一艘前往澳门的小船。负责提供船只的官员的无能差一点使这位传教士决定放弃去澳门岛的船，……转去厦门坐船。④ 要克服的障碍是巨大的，如果我们还记得厦门在澳门东北方大约 500 公里以外的话……无论如何，白晋神父和夏尔莫

---

① Bouvet, *Histoire de l'Empereur...*, p. 145. 白晋神父出发去法国招募更多传教士，作为对澳门的葡萄牙耶稣会士们的敌意（他们扣留寄给法国神父们的钱和书籍）的回应，或许也标志着必须肯定法国传教会在北京日益提高的重要地位。

② Du Halde, *Description de la Chine*, 1735, t. I, pp. 95-104. 白晋神父讲述他 1693 年"从北京到广东一路的见闻"。对"钦差"的款待和筵席，t. II, p. 98-130，包括白晋神父对一场盛大的筵席的描述，尽管他以第三人称出现，t. II, pp. 108-109, 113-117。

③ "夏尔莫先生是我特别敬重的一个人……我们有幸在暹罗结识了他……"白晋神父在佛山和广州之间写给西塞先生的信，1693 年 8 月 22 日，原件收入 *Arch. M. E.*, MS., V. 427, pp. 1095-1096。

④ 白晋神父写给修道院的夏尔莫神父的信，未注明日期（简单的地址似乎指出这封信是白晋神父在广东写的），在信中，他向夏尔莫神父保证，"一旦一切就绪，将立即通知他"。原件收入 *Arch. M. E.*, MS., V. 427, pp. 1287-1290。

先生最终于 1694 年 1 月 1 日在澳门登上了一艘巨大的英国军需品运输舰 ①——"幸运号"（La Fortune），这艘舰两天后起航了。在此期间，在海关发生了一件趣事，白晋神父在一位海关官员面前展示了皇帝的礼物，几件刺绣丝织品，这位官员开始表示怀疑，最终目瞪口呆。② 1 月 28 日，"幸运号"中途停靠在马六甲。据费赖之（Pfister）说，白晋神父于 1694 年 2 月 2 日祈祷，立誓修行。3 月 16 日，他在苏拉特登上一艘即将起航前往阿拉伯的土耳其大船。在麦加港口吉奥达（Giodda），他没能找到任何交通方式，到达他本想去的开罗。"当时有一条虚假的传言，即土耳其苏丹政府正在与法国打仗……"③，所以他只好往回走。当他到达苏拉特时，一支法国舰队抵港，船上有塔夏尔神父和七位同伴，其中五位是教士，他们都要前往暹罗。等待一个重返欧洲的机会是一个漫长的过程，因为直到 1695 年 3 月 1 日 ④ 和 1696 年 2 月 8 日 ⑤，白晋神父的信还是从苏拉特写出的。在保存于慕尼黑的白晋神父的手写日记 ⑥ 中记述的其他很多次延误和意外事件之后，1697 年 3 月 1 日，他终于抵达

---

① 主要由巴塞先生提供的细节补充道："他在广东向西塞先生、夏尔莫先生和我展现出了常人不可企及的诚实。"巴塞先生的书信，1693 年 11 月 19 日，*Arch. M. E.*, MS., V. 405, pp. 155-156。

② 白晋神父在"幸运号"船上写给西塞先生的信，1694 年 1 月 3 日、7 日和 10 日。原件收入 *Arch. M. E.*, MS., V. 954, pp. 5-8 et pp. 9-12; V. 955, pp. 1-4。

③ 白晋神父的信，没有收信人姓名，写于苏拉特，1696 年 2 月 8 日，原件收入 *Arch. M. E.*, MS., V. 956, pp. 263-265 ；副本见 V. 963, pp. 13-14。

④ 写给西塞先生的信，苏拉特，1695 年 3 月 1 日；2 份副本见 *Arch. M. E.*, MS., V. 956, pp. 45-50 et V. 962, pp. 297-300。信中提到白晋神父和夏尔莫先生之间出现了分歧，后者取道波斯继续他的旅程。

⑤ 参见第 61 页。

⑥ "Journal des voyages du P. Bouvet Jésuite, Missionnaire, Envoyé par l'Empereur de la Chine vers sa Majesté très Chrétienne", MS. de 191 p., *Bayerische Staatsbibliothek*, Codex gallicus 711, t. VII, no 1326. 其中只记述了北京到巴黎的去程。路易十四应该读过这个手抄本，因为他在结尾处补充了两页亲笔手书和他的签名。

了布雷斯特。5月1日，他到了巴黎，途中探望了他那位在阿朗松圣母院修道院当修女的姐姐。

在首都巴黎，这位传教士的到来不可能不被察觉。他没有向吃惊的大臣们出示中国皇帝的任何信函，他不得不解释，根据古老的习俗，这位皇帝只颁布"标志着诸侯或附庸国的从属关系的书面旨意"①。白晋神父可能是穿着中国的朝服来到路易十四和宫廷官员面前的，这给他们留下了深刻的印象。在他献给勃艮第公爵的《中华帝国现状》一书中，通过黑色和彩色描金的版画插图，我们可以看到中国的所有习俗，从身着礼服的皇帝，到衣着普通的僧侣。这位耶稣会神父要是知道他掀起了一股潮流，一定会感到惊讶，这种对"中国工艺品"的迷恋使华托（Watteau）和布歇（Boucher）的油画以及十八世纪的屏风和挂毯充满了异国情调。很有可能，他还启发了画家冯德内（Fontenay）和维尔南萨尔（Vernansal），使他们创作出了"中国天文学家挂毯"的底图，后来在博韦（Beauvais）的王家工场完成制作。②

凡尔赛和巴黎谈论的话题只有中国。无论白晋神父走到哪里，他的前面都聚集着一群好奇的人，向他提出一大堆或严肃或浅薄

---

① P. Pelliot, *Le premier voyage de l'Amphitrite en Chine*, Paris 1930, pp. 23—24，指出在殖民地档案中有一篇"中国皇帝派往法国的……神父的陈情书。他证实了中国皇帝授予他的身份，陈述了这位君主的意图，请求法国国王予以积极的回复"。*Arch. Colonies*, MS. c¹ 8, fᵒˢ 64—72（副本）。据伯希和（Pelliot）先生说，这位未公开姓名的神父"显然是白晋神父"。

② 约在1722—1734年间，在勒芒有一张，来自主教座堂宝库，现存于泰塞博物馆（Musée de Tessé）。另一张属于六张挂毯的一个系列，1943年仍保存在卡尔瓦多斯省瑞艾埃蒙代埃镇（Juaye-Mondaye）的瑞艾城堡（Château de Juaye）里。参见勒内·巴雷（René Baret）关于这个主题的文章，见 *La Province du Maine*, 1943, p. 41。

的问题。为了同时回答所有人的问题，他出版了《中国（康熙）皇帝历史画像》（*Portrait historique de l'Empereur de la Chine*）……。[①]

这本献给路易十四的书，主要是符合时代潮流的、对满洲第二位也是最伟大的君主的颂扬之辞：

> 他天赋极高，智力过人；他思维敏捷，明察秋毫，博闻强识，意志坚定，处变不惊……他的嗜好和兴趣高雅不俗，都与帝王的身份相称；他的臣民十分爱戴他，因为他为人公正，伸张正义，倡导德行，爱民如子，追求美德与真理，充满激情地治理他的专制帝国：一位日理万机却能勤奋学习各门科学并爱好艺术的君主不能不令人惊讶。[②]

这位身体与智力素质的典范，集鞑靼人的耐力与汉人的敏锐头脑于一身，只有一个缺点：他不是基督徒。白晋神父于是任凭这个希望破土而出：康熙在被孔子思想与基督教思想的"伟大一致性"说服后，终有一天能够皈依基督教，并以身作则，带动整个帝国信奉基督。路易十四为了促成这个宏伟的计划，批准新一批法国耶稣会士出发前往中国。然而，他最终并没有同意为这位传教士派遣一艘船来确保他们的旅行。[③]

白晋神父成功地激发了一位大胆而富有的贸易商——让·茹尔丹·德·格鲁塞（Jean Jourdan de Groussey）对这个项目的兴趣，

---

① Hauréau, *Histoire littéraire du Maine*, Paris 1871, t. 2, article "Bouvet", pp. 240 sq.

② Bouvet, *Histoire de l'Empereur...*, pp. 11–12.

③ "焦急地等待陛下愿意（如我们所愿）向中国派遣的第一批船的出发，我们可以确保它们在中国至少会向其他国家的船舶一样受到欢迎……"，Bouvet, ibid., p. 169。

正是在白晋神父的积极倡议下，耶稣会的神父们才能乘坐"安菲特里特号"（Amphitrite）远渡重洋。①这艘船还运载了大量的玻璃，准备在远东销售。法国船到中国的这第一次远航一举两得，既满足了传教士们奔赴岗位的迫切需求，又开创了一家贸易公司，该公司于 1700 年更名为"王室驻中国公司"（Compagnie Royale de Chine）。

于是，白晋神父带着八位同伴回到了北京：翟敬臣（Dolzé）、南光国（Pernon）、利圣学（de Broissia）、马若瑟（de Prémare）、雷孝思（Regis）、巴多明（Parrenin）、颜理伯（Geneix）等神父和卫嘉禄修士（Frère de Belleville）。最后这位是雕塑家。另一位艺术家还在旅途中：意大利画家杰拉尔蒂尼（Gherardini），他刚刚完成巴黎耶稣会图书馆的内部装饰，白晋神父看到他的画作之后，建议他一起到中国来。②"安菲特里特号"由德·拉罗克骑士（chevalier de la Roque）指挥，于 1698 年 3 月 7 日离开拉罗歇尔。在旅途中，它两次遇到德·奥热先生（M. des Augers）前往东印度的舰队。多位耶稣会士在他的船上，"热切期盼将一个人数众多的团队带到中国去的白晋神父觉得应该带上这些神父中的几位"③。因此，孟正气（Domenge）和卜嘉（Baborier）两位神父加入了前往北京的团队。在上川岛（Cheng-tchoan 或 Sancian）的中途停靠使传教士们有机会去瞻仰了圣方济各-沙勿略的墓地④，他们在那里做了八次弥撒，感谢上帝让他们幸运地到达了中国。我们能理解去程花了四年的白晋神

---

① 关于白晋神父为将这家法国贸易公司引入中国起到的作用，参见 P. Pelliot, *Le premier voyage de l'Amphitrite en Chine*, pp. 22–25。

② 注意，旅客中还有外方传教会的巴塞先生，他在 1685 年去过暹罗，1693 年，白晋在广东再次见到他。

③ 马若瑟神父致拉雪兹神父的信，广东，1699 年 2 月 17 日，*Lettres édifiantes*, t. 16, pp. 313–314。

④ 自 1637 年起已经知道了它的位置。

父在打破这一速度记录之后的喜悦之情:

> 我们没有航海图,也没有引航员,而这些是在中国海域内安全航行绝对必需的;然而,在我们离开拉罗歇尔 7 个月之后,我们仍然幸运地在广州的几个岛屿靠岸了,尽管我们曾不情愿地在好望角停留了 14 天……而且,更令人吃惊的是,我们其实错过了巽他海峡,而直到今天,法国人还认为它是从欧洲直达暹罗和中国的唯一路线。①

10 月 24 日,当"安菲特里特号"在澳门港口抛锚时,我们的这位传教士下了船,前往广州办理入境手续。到那时为止,或许因为谦逊,他一直避免宣扬他的"钦差大臣"的头衔,另外,也因为这个头衔最初在巴黎和凡尔赛引起了争议。在中国,人们因为他的官位而给予他所有的尊重,而法国人不无惊讶地看到他再次登船,"去完成一项几乎与'安菲特里特号'一样长的苦役",心中充满对他的各种猜测。白晋神父高效地申明了他的同胞们的来华动机,并为他们争取到优惠制度。他告诉我们:

> 我从巡抚和海关监督那里,为"安菲特里特号"获得了进入内河的自由,有了这项特权,它无需接受海关官员的检验和测量,也无需缴纳任何关税,甚至不必支付所有船舶应向皇帝

---

① 白晋神父致拉雪兹神父的信,北京,1699 年 11 月 30 日。原件见 Bibliothèque Nationale, MS. Fr. 17240, f⁰ˢ 43-52。另见 *Lettres édifiantes*, t. 16, pp. 340-356。"白晋神父下船时也遇到了一些麻烦。在'安菲特里特号'的所有旅客中,他是唯一了解中国的,因为担心我们的水手们的活跃急躁和不良品行在一个严肃的民族引起丑闻,他竭尽全力采取预防措施。"奥雷欧说,他就此引述了白晋神父致拉雪兹神父的一封信,但未注明日期。

缴纳的测量税和锚地停泊税。*

康熙派苏霖（Suarez）和刘应两位神父以及一位满洲贵族到广州迎接他的"钦差"。他召新到的传教士中的五位入宫，让其余人完全自由地在他的帝国内四处"宣讲天主之道"。他还允许法国商人在广州购买一处房屋，建立他们的商行。①

康熙皇帝当时正在南巡，到了南京附近，派人把南光国神父、翟敬臣神父、雷孝思神父、卫嘉禄修士和杰拉尔蒂尼召到金山（Kin-chan），一座"迷人的小岛"。两位艺术家立即投入工作，白晋神父讲述道：

> 当时，我与杰拉尔蒂尼先生和我们的卫嘉禄修士一起坐在一艘小船上，皇帝陛下每天白天都在这条船上待一段时间；他们两个在试画这位对绘画之美有鉴赏力的皇帝的画像。②

路易十四送给康熙的礼物包括一本装帧豪华的画册，里面收录了国王的所有版画，还有皇室家族的肖像画。国王骑在马上的肖像引起了特别的关注。

返回北京后，或许是为了奖赏他顺利完成使命，白晋神父被封为康熙皇帝的三十五个儿子中的七皇子的翻译③。他并没有因此放松他的传教事业，"……从早到晚忙于教育那些来了解我们的神圣宗

---

*　同上页注释。

①　Bouvet, ibid.

②　白晋神父的信，写于常州，1699 年 4 月 12 日，引述见 P. Pelliot, op. cit. p. 59, et par le P. J. Dehergne, op. cit., *Bull. Université Aurore*, p. 680。

③　胤礽，第二子，系一位皇后所生，1675 年 7 月 28 日，被康熙指定为太子。（其他儿子的母亲均是妃嫔）。胤礽因行为蛮横无理被废，后又重新立为太子，于 1712 年最终被废。1725 年，他死在他父亲之前。Cordier, *Histoire générale de la Chine*, t. 3, p. 337.

教的人们，"沙守信神父（P. de Chavagnac）在 1701 年写道。[①] 他还继续个人的研究；1699 年，他被任命为王家科学院的古耶神父（P. Gouye）的通讯员，他与莱布尼茨之间经常交流伟大的观点，这些观点越来越吸引他。他对欧洲的访问促成了北京法国传教会的成立。因为，鉴于皇宫中的法国耶稣会士的重要地位和不断增长的人数，耶稣会会长蒂尔兹·贡萨雷（Thyrse Gonzalez）神父于 1700 年 11 月 3 日创建了这个传教会，与葡萄牙神父们的传教会划清界限，张诚神父为第一任会长。康熙在戏剧性地病愈之后赐给他们的一块地上修建的教堂于 1703 年完工，于 12 月 9 日星期日，举行了祝圣仪式，现场聚集了许多信徒和好奇的人们。张诚神父与助祭和副助祭一起主持了弥撒，仪式最后为众多初学教理者施了洗礼。在场者欣赏着教堂的罗马式柱头、壁画和上楣的镀金、具有立体感的天花板和祭坛后方装饰屏上的绘画——杰拉尔蒂尼和卫嘉禄修士的杰作。"凡是能激起中国人的好奇心、吸引官员和帝国最重要的人物们的东西无一遗漏，目的就是借此机会向他们介绍上帝，告诉他们基督教的奥义……"，洪若翰神父写道。[②]

法国传教会可以为它已经获得的成果感到自豪，尽管他们一到中国就遇到了"障碍"。1685 年与肖蒙骑士一起离开布雷斯特的那五位耶稣会士，通过他们的知识、耐心和忘我精神，使他们的信仰和他们国家的影响在中国放射光芒。我们应该将 1692 年的《容教令》归功于他们。他们的人数两次增加，第一次是 1698 年由白晋神父带回的增援，第二次是 1700 年由洪若翰神父带回的增援。他们完成的

---

① 写给郭弼恩（Le Gobien）神父的信，涿州，1701 年 12 月 30 日，*Lettres édifiantes*, t. 17, pp. 70-71。

② 洪若翰神父致拉雪兹神父的信，伦敦，1704 年 1 月 15 日，*Lettres édifiantes*, t. 17, p. 285。

事业引人注目，无论是在各省，还是在皇宫里，他们赢得了皇帝的尊重和信任。① 然而，即使得蒙圣宠，他们有时还不免遇到严峻的困境，比如将白晋神父牵涉进去的一次令人遗憾的事件。

1704 年 2 月，为太子服务、制作数学仪器的陆伯嘉修士（Frère Brocard）接到一名太监传达的命令，将数块异形的铁器涂成蓝色。被叫来做翻译的白晋神父相信在这些铁器中看到了一个"皮影"或偶像权杖的组成部分。他回答这个太监：

> 根据我们的宗教原则，我们不会制作这种器物，以免使我们自己在上帝面前犯下极大的罪过，而且太子非常公正，他是不会要求我们做这个的。②

太子看到他们违抗自己的命令，恼羞成怒。他召集了所有传教士，宣称这个"皮影"根本不是一个偶像，而是他自己用的。这个东西没有任何隐秘的原因，因为我们可以在剧院的戏剧演员手里看到它。白晋神父不同意他的说法：

> 他很清楚，皮影可以用作不同的用途；但是……正如他在某本中国历史书中读到的，人们将这种器具用来做一些事……（违背基督教的事），他有理由担心这个皮影也属于那一类，而普通人的道德尚不能抵御这种铸成大错的手段。*

---

① 皇室多位成员后来成为了基督教徒。Cordier, op. cit., p. 339. 1701 年左右，康熙的一个孙子临死前接受了洗礼，由樊继训修士（Frère Frapperie）施洗。Pfister, op. cit., p. 563.

② 杜德美神父致洪若翰神父的信，北京，1704 年 8 月 2 日，*Lettres édifiantes*, t. 18, pp. 12-15。

* 同上。

　　白晋神父坚持自己观点的坚定态度变成了"欺君罔上罪"，可能被贬为奴隶，甚至处以死刑。传教士们焦急不安地等待了五天。最终，闵明我神父（P. Grimaldi）扭转了形势，白晋神父可能暂时失宠，被逐出宫。正是在这个时期，他积极参与组织"北京圣体善会……因为罗马教宗已经授予了所有必要的权限"。这个善会不是谁想加入就能加入，只有那些不仅在生活中堪称楷模，而且"对拯救灵魂怀有极大的热忱，乐于致力于各种慈善行为……的人才能加入"[①]。

　　我们的传教士并未远离皇宫太久；1705 年，当铎罗（Charles Maillard de Tournon）——安提阿牧首、教宗特使——来到北京时，他又回到了皇宫。这次到访留下了一个插曲，在欧洲和远东同时引起了关于中国礼仪的不同观点的长期争论。白晋神父在其中也发挥了一定作用。

　　从耶稣会在中国传教之初，[②] 利玛窦神父和他的同伴们就遇到了两个微妙的问题。首先，如何将"Dieu"一词翻译成汉语？已经存在的三种译法似乎被大多数传教士所接受，但其他传教士仍然希望引入"天主"一词，即"Deus"对应的汉语。第二个问题更难解决。祭孔和祭祖的仪式充满迷信色彩，因此应受到谴责，还是应容许新教徒继续采用？官员或文人的改宗对民众有很大的影响，耶稣会士

---

① 白晋神父的信，北京，1706 年，*Lettres édifiantes*, t. 18, pp. 62–67。善会分为四类：第一类，受到圣依纳爵（Saint Ignace）的庇护，负责为成年基督教徒服务，教育新教徒，唤回迷途的羔羊。第二类，受到圣天使（Saints Anges）的庇护，负责被遗弃的或垂死的儿童的洗礼和年轻基督徒的教育。第三类，受到圣若瑟（Saint Joseph）的庇护，探望病人、帮助垂死的人，负责掩埋死者。第四类，受到圣方济各–沙勿略的庇护，负责"将最初的信仰的种子撒播到崇拜偶像之人的心中，在他们准备好改宗时，将他们带到传教士的跟前"。我们还记得勒内·布威·德·拉布里埃先生于 1669 年在贡里建立了一个圣体善会。

② 在近 50 年中，只有耶稣会在中国传教。1631 年多明我会、1633 年方济各会、1680 年奥古斯丁会、1683 年外方传教会步其后尘，之后还有其他修会也来到中国。改宗的人数的确有所增加，但是困难也相应增多。1634—1635 年间，各传教团体之间爆发了中国礼仪之争。

认为这是使平民阶级皈依基督教的一种可靠的途径。这些观点似乎被已经取得的成果证明是合理的。因此，为了在更大范围内传播天主教，应使新的教徒变成文人，如果他们还不是的话。然而，科举考试尊崇儒家学说。在对中国古文和多位信奉基督教的文人的答复进行深入研究后，耶稣会士们得出结论，祭孔和祭祖"纯属世俗行为"，可以与基督教兼容。因此他们达成了共识，对于大多数人，允许他们采用这些做法。[①] 最早来到福建的多明我会修士们，对这种宽容感到愤慨，于 1635 年提请乌尔班八世（Urbain VIII）教宗的注意。十年后，英诺森十世（Innocent X）教宗依据黎玉范神父（P. Moralez O. P.）的报告，谴责了这些中国礼仪。因此，为了自我辩护和自我证明，耶稣会士们派卫匡国（Martino Martini）神父前往罗马，1656 年，根据他的报告，亚历山大七世（Alexandre VII）宣布，这些祭礼作为"世俗的、政治的"仪式，是可以容许的。

　　然而，争论远远没有结束。我们还记得这些争论在欧洲掀起的轩然大波，帕斯卡（Pascal）在他的第五号省修会令中引用了它们。[②]

　　1669 年，克雷芒九世教宗颁布通谕，确认他的两位前任的两种答复都是有效的。"应根据当地情况是符合黎玉范的报告还是符合卫匡国的报告来遵守其中一种命令"。[③] 1693 年 3 月 26 日，事件再起波澜。福建宗座代牧主教颜珰发布了一份主教训谕，谴责中国的做法。他要求罗马对这个问题给出最终解决办法，并指出，亚历山大七世给予的许可是在对事实的不实报告基础上得出的。作为回应，耶稣会士们向罗马的克雷芒十一世寄去一封信，附带 1700 年得到的

---

① De la Servière, *Les anciennes missions de la Compagnie de Jésus en Chine*, Chang-haï 1924, pp.43–45. 某些耶稣会士，如龙华民神父（P. Longobardi）不赞同采用中国的做法。参见 Pfister, op. cit., p. 61。

② 1656 年 3 月 20 日颁布。

③ De la Servière, op. cit., p. 45.

康熙皇帝的一份证明，在这份证明中，他为祭天、祭孔和祭祖的解释做出了担保。白晋神父是在这份翻译成拉丁文的文件落款处签名的五位神父之一。[①] 然而，这一举动不仅远远没有平息这场争论，反而遭到了猛烈的抨击。有人指责神父们求助于一位世俗君主来解决一件属于教会的事务。1701 年的另一份文件上有白晋神父和抗议最近的恶意诽谤的其他九位耶稣会士的签名。[②]

1705 年 12 月 4 日，当安提阿牧首到达北京时，带来了克雷芒十一世送给康熙的豪华的礼物，这是为了试图在北京成立一个宗座代表处，最终解决礼仪之争。然而，康熙皇帝不是一个允许外国人干预他认为属于他的权限内的事务的人。欧洲人的观点差异和分歧对他来说毫无意义，而且立即激怒了他。他支持了自己聘用的这些耶稣会士们，因他们受到教宗特使的批评而为他们辩护。当他想要送给教宗礼物，并让铎罗先生选择信使时，他指定了他的门生萨比尼（Sabini）先生。[③] 由于萨比尼先生不懂汉语，康熙皇帝认为有必要派白晋神父陪同他，[④] 并由白晋神父保管盛放礼物的箱子的钥匙。[⑤] 在途中，因为优先权问题方面出现了一些困难，皇帝召已经到达广

---

① 《关于礼仪的声明……》（参见下文，参考书目一，第 19 条），由闵明我、徐日升、安多、张诚、白晋五位神父签名。

② 《北京耶稣会士的抗议书……》（参见下文，参考书目一，第 20 条），由安多、闵明我、徐日升、张诚、苏霖、白晋、纪里安、雷孝思、佩诺蒂（Pernoti）和巴多明十位神父签名。另见，（参考书目一，第 21 条），《简要报告……》，与上述文件同一天由白晋和其他九位神父签名。

③ 此名见 *Lettres édifiantes*, t. 26, p. 262；他的实际姓名是 Sabino Mariani。

④ A. van den Wyngaert & G. Mansaert, *Sinica Franciscana*, Rome 1954, vol. V, p. 489. 另见 "Extrait d'un Mémorial envoyé de la Chine par le Père Thomas Vice-Provincial, au Père Général de la Compagnie", *Bibliothèque de l'Arsenal*, MS. 6318, f°s 285-286; 刊登于 *Lettres édifiantes*, t. 26, pp. 262, sq.。

⑤ "皇帝的礼物包含从鞑靼的河流中采集的 10 颗漂亮的大珍珠、一盒珍贵的称作'人参'的根、50 张制备精良的黑貂皮、10 床有十分精美的刺绣边饰的锦被、30 匹中国最好的精工细作的各色丝绸……", *Extrait des Ephémérides de Macao*, Marques Pereira, 被费赖之引用, op. cit., p. 435。

州的白晋神父回京。^①在这戏剧性的故事中，教宗特使指责耶稣会士
们对康熙施加影响来反对他。康熙断然驳斥了他的抱怨：

> 第一，他为白晋神父辩护；第二，他警告教宗特使不应干
> 涉宗教以外的事务；第三，他只讨论从根源上消除纠纷，不管
> 其他；第四，欧洲人在此之前在他的国家的行为一直端正，只
> 是从特使到来后才被挑唆不和；第五，他威胁特使，今后未经
> 港口检查的传教士不得进入中国境内。^②

一条敕令强制想留在中国的所有传教士遵守中国礼仪方面的既
定习俗。作为交换，特使还收到一张特许令或曰"票"。如果他拒绝
接受中国礼仪，他可能被驱逐出境。铎罗先生不得不于 1706 年 8 月
离开皇宫。他的访问动摇了耶稣会传教会在中国已建立的大厦，正
如白晋神父写于 1707 年 11 月 5 日的一封沮丧的信中所表现的：

> 这个可怜的传教会，因为安提阿牧首想要所有传教士遵守
> 的某些规则，完全陷入了最后的悲痛，距离它的消失和完全毁
> 灭仅咫尺之遥……^③

这"某些规则"是指南京的主教训谕，由教宗特使于当年年初
发布，^④当时他已经知道宫里的耶稣会士们申请并收到了"票"。他规

---

① Visschers, *Onuitgegeven Brieven van eenige Paters der Societeit van Jesus*, Arnhem 1857, pp. 50-57, et 78-84.

② 中国耶稣会省会副会长安多神父寄往欧洲的备忘录，*Lettres édifiantes*, t. 26, p. 262。

③ 参见参考书目二，第 99 条中的信。

④ De la Servière, op. cit., p. 57. 这一争论直到很久之后，克雷芒十一世教宗颁布了谕旨 "Ex illadie"（1715 年 3 月 19 日）以及本笃十四世（Benoît XIV）颁布了谕旨 "Ex quo singulari"（1742 年 7 月 11 日），才以对中国礼仪的谴责而告终。

定了如何回答特许证申请时提出的问题，违者开除教籍，这导致许多传教士被驱逐出境。

所有这些争论给传教事业带来了一次沉重的打击。在宫里，本来期待着好日子的耶稣会士们被剥夺了所有职务，接受调查。康熙命令他们执行一项长期的工作：为帝国绘制地图。这项工作始于1708 年，止于 1717 年。长城及其周边地区的绘图工作委托给了雷孝思、杜德美和白晋三位神父。白晋神父未能承受住奔波之苦，于两个月后病倒，不得不回京。①

从那时起，直至生命终结，白晋神父全身心地投入到论证工作中，他从中国古籍（或称"经"）中获得了大部分的论据。铎罗先生已经禁止出版他的最初几部著作中的一部，《天学本义》(*Observata de vocibus Sinicis T'ien et Chang-ti*)，这本书中支持的假设是，在古代，中国人已经知道了"真正的活着的上帝"，称之为"天"和"上帝"。然而，这些典籍晦涩难懂，甚至连文人们自己都难以理解。人们通常把《易经》用作占卜手册。他已经尝试从《书经》中找到与《圣经》的一致性。白晋神父长期以来一直想要参透这些资料中藏在隐喻、符号和图形背后的意义。他从中发现了"真正的宗教的遗迹"，以及基督教奥义的隐晦征兆。这一观点对他来说并不新鲜，我们还记得，它已经出现在他 1686 年 6 月写给做修女的姐姐的一封关于与一名泰国僧侣的会晤的信中。在北京，在他回法国之前，这位传教士曾经与康熙讨论过一些中国哲学文章：

"这位君王，"他写道，"相信中国古代圣贤已经像他一样知道并崇拜一位上帝……而这就是中国古人的道的根本，也是我们的宗教

---

① Pfister, op. cit., pp. 530–532. 原始地图保存在法国外交部档案馆，巴黎，第 1648ᵃ 号地图册。它们绘制在蓝色丝绸镶边的中国宣纸上。从这个地图册中，我们看到，在大部分中文城市名的旁边，用红色墨水标注了俄文译名。

的根本。"①

1697 年，当他与莱布尼茨通信时，这位德国哲学家正在研究二进制，白晋神父在这一体系中看到：

> 中国科学奠基人伏羲帝于 4000 多年前留下的一个古老的中国之谜的真正意义，还有这个帝国的真正意义，表面上在他的世纪以及以后的许多个世纪世代相传，但可以肯定的是，其中的智慧早在 1000 多年前已经消失，尽管许多文人学者进行了大量研究工作，他们也只抓住了一些浅薄的、虚幻的寓意。这个谜存在于一条实线和一条虚线的不同组合中，实线或虚线被重复若干次。假设这条实线为 1，虚线为 0，我们就会发现二进制给出的同样的数字表达方式。②

自 1698 年起，我们的这位传教士就相信这些虚线或伏羲的"卦"代表着"一种非常简单、非常自然的方式……这一完美的玄学体系"在孔子出现之前，已被中国人遗忘了很久。白晋神父从中看到了重建"真正的、合理的哲学原理……并可能使这个国家重新认识真正的上帝"的一个方法。③ 这一发现照亮了《易经》的晦暗，白晋神父

---

① 白晋神父的信，写于巴黎—枫丹白露，1697 年 8 月 30 日—10 月 15 日，被 P. H. 贝尔纳-迈特尔（P. H. Bernard-Maître）引用，*Sagesse chinoise et philosophie chrétienne*, Cathasia, Paris 1950, p. 142。读者可以在这本博学的著作中找到对索隐派和白晋神父的一些理论的杰出的研究。

② *Histoire de l'Académie Royale des Sciences*, année 1703 (Paris 1705), pp. 58–63. 另见 "Explication de l'arithmétique binaire ... par M. Leibnitz", dans les Mémoires de l'Académie Royale des Sciences, année 1703 (Paris 1720) pp. 85–89. 阿朗贝尔（Alembert）在《百科全书》（*Encyclopédie*）中提到了白晋神父，Paris 1751, t. II, p. 257。

③ 白晋神父写给莱布尼茨的信，拉罗歇尔，1698 年 2 月 28 日，引述见 P. H. Bernard, "Comment Leibniz découvrit le livre des mutations", *Bull. Université Aurore*, 1944, sér. III, t. 5, n° 2, p. 436。

从中看到了越来越多的光明。

> 一门如此纯粹、如此健全的哲学——而且我斗胆补充，或
> 许比我们今天的哲学更加坚实、更加完美……正是在我在中国
> 古籍中的几百处发现的他们的思想和原则与我们的古代圣贤关
> 于所有科学、甚至宗教的思想和原则的不可思议的关系的基础
> 上，我说服自己这很可能是一回事，至少在根源上，而且很有
> 可能，伏羲体系的图形就像由古代某个非凡的天才——比如赫
> 尔墨斯·特利斯墨吉斯忒斯（Mercure Trismégiste）——发明的
> 一个宇宙符号，用来形象地表示所有科学的最抽象的原理。[①]

白晋神父的假设，如果到此为止，可能还相对地不引人注意，
但他在另一封信中进一步阐述了它，甚至断言他发现了：

> 圣言的化身、拯救者的生与死的主要奥秘，以及他的神圣
> 职务的主要职能……以一种预言的方式包含在中国古代的这些
> 珍贵典籍中。您会同我一样惊讶地看到，这只是新的法则之真
> 相的一连串影子、图形或预言。[②]

这样一个结论，对于一个耶稣会士必须确定地证明自己的观点
比白晋神父的观点更保守的时代，是最不合时宜的。我们可以根据
对 1696 年出版的李明神父的《新回忆录》（*Nouveaux Mémoires*）中
的一条引文的评论来做出判断：

---

① 白晋神父写给郭弼恩神父（P. Le Gobien）的信，北京，1700 年 11 月 8 日，摘自
  Leibnizii Epistolae, éd. Kortholt, t. III, pp. 5–14。
② 白晋神父写给莱布尼茨的信，北京，1702 年 11 月 8 日，摘自 *Leibnizii Epistolae*, éd.
  Kortholt, t. III, pp. 15–22。

这些中国人近两千年来一直保留了对真正的上帝的认识，并以一种甚至堪称基督徒的楷模和指导的方式尊重他。"① 教会的批评者对此补充道："这一主张是虚假的、鲁莽的、可耻的、错误的，使基督教蒙羞。②

尽管他的大多数同事都不认可，但白晋神父还是继续写更多的书来支持他的论点：1706 年的《古今中国人对天之敬拜》（*De cultu celesti Sinarum veterum et modernorum*），1707 年左右的《论从中国最古老的书籍中发现的三位一体的奥秘》（*Essai sur le mystère de la Trinité tiré des plus anciens livres chinois*），然后是关于《诗经》的一篇论文，1712 年的《易经大意》（*Idea generalis doctrinae libri Ye Kim*），后来修改并发展为 200 页的长篇研究论文。③ 我们这位传教士还形成了自己的学派：马若瑟、傅圣泽（Foucquet）和郭中传（de Gollet）三位神父赞同他的观点，④ 在"经"的谜语中辨认出的不是中

---

① Le Comte, *Nouveaux Mémoires* sur l'Etat présent de la Chine, Paris 1697, t. II, p. 114.

② 参见 *Journal historique des assemblées tenues en Sorbonne pour condamner les "Mémoires de la Chine"*，引述见 C. Jourdain, *Histoire de l'Université de Paris au XVIIᵉ et au XVIIIᵉ siècles*, Paris 1888, t. II, p. 67。

③ 白晋神父不是第一个解释中国书籍的：卫匡国神父曾于 1658 年出版了《中国上古史》（*Sinicae historiae decas prima, res a gentis origine ad Christum natum complexa*），他在《书经》（Chou-King）中发现了中国历史在基督纪年之前的未曾被人发觉的内容。伯里耶（Beurrier）神父，圣艾蒂安·德·蒙礼拜堂（curé de Saint-Etienne du Mont）的本堂神父（曾在帕斯卡临死前陪伴过他），曾于 1663 年在他的书《三段论中的基督教教义》（*Speculum christianae religionis in triplici lege*）中断言："可以肯定的是，中国人已经掌握了关于创世、关于第一个人类的诞生、关于他的堕落、关于大洪水、三位一体和救世的同样的真理"，t. I, p. 259。柏应理神父，在他 1687 年出版的《中国哲学家孔子》（*Confucius Sinarum philosophus*）一书的前言中，鼓励年轻的传教士们去中国，让中国人看到他们的古籍中的某些段落与《圣经》是相符的。他们可以因此说服中国文人们，他们的国家已经知道了真正的上帝，在几个世纪的黑暗中迷失的对上帝的信仰在儒家思想的纯粹性中留下了可以辨认的遗迹。

④ Pfister, op. cit., notices 235, 243, 250.

国的历史，而是基督教教义的遗迹，不是中国最早几位帝王的形象，而是圣经中的族长们的形象。虽然他们在年代学的某些观点上未能达成共识，但这些索隐派们，总体来说，都得出了相同的研究结论，即古代中国人已经是一神论者，而且，与通常的观点不同，当今的文人并非无神论者。"经"的钥匙为基督教打开了中国的大门。

"我很满意地看到，"白晋神父于1718年写道，"我二十年来的主要工作，远远不是承受这令人悲伤的形势，相反，是从中吸取这一优势，我现在利用它，从早到晚将所有时间都投入一项工作，在上帝的帮助下，这项工作，比起我在中国连续传教1000年所能做的事情，对中国人的改宗更有用。"①

实际上，他被他的同行们谨慎地监视着，费尽心思不让他发表他的索隐派理论。②

随着时间的流逝，专注于伟大梦想中的他逐渐看到第一批到中国的传教团如此耐心地建立的事业在他周围逐渐坍塌。在对传教有毁灭性打击的礼仪之争之后，1722年，康熙的驾崩加速了基督教的毁灭，康熙统治时期耶稣会数学家们享受的优惠制度被取消了。新皇帝雍正于1724年颁布了一道圣旨，将帝国所有的传教士都流放到了广州。他允许精通天文学的神父们留在宫内：因为制定历法少不了他们的效力。

至于留在北京的白晋神父，他从未停止继续研究将两个至今为止互不兼容的传统在许多方面综合起来的伟大构想。

"单纯从科学角度讲，否认他的功绩，"荣振华神父写道，"是不合理的。白晋没有像当时的其他传教士一样，无休止地排斥唯物主义的儒家学说，白晋的直觉——这种眼光很深刻——引导他去检验

---

① 1718年12月1日的信，参见本书后"白晋神父的作品与书信的目录"，第126条。
② 殷弘绪神父（P. d'Entrecolles）的信，1711年2月13日，*Bibliothèque Nationale,* MS., Fr. n.a. 6556, f°s 81—95。

传统学说……即中国圣贤的早期学说的纯粹性。"[1]

1729 年，他仍然致力于证明中国编年史与七十子希腊文本《圣经》中的历史的一致性。1730 年 6 月 28 日，在勇敢地承受了一场急病之后，他去世了。[2]

这位"和蔼可亲的、乐于助人的、诚实的人……耶稣会规则的严格遵守者……一位真正的优秀的耶稣会士"[3] 的颂词，没有康熙的评语——这位中国文人对这位基督教文人的褒奖——就不完整："在中国之众西洋人，唯白晋一人稍知中国书义……"[4]

---

[1] *Bull. Université Aurore*, 1943, sér. III, t. 4, p. 675.

[2] 龚当信（Contancin）神父写给杜巴尔克先生（M. du Parc）的信，路易港，1731 年 7 月 30 日。信中详细描述了白晋神父的最后几天。"六月，他的两肩之间靠近脖颈处长了一个肿瘤。由于他对自己非常严格，他尽可能地掩盖病情，但最终不得不告知大家。6 月 24 日，卢塞（Rousset）修士，熟练的外科医生，切开了这个肿瘤……然而，患者让人招来中国医生，他们对这种创伤很有经验，但仍然无济于事。" *Bibliothèque Nationale*, MS. Fr. 9355, f⁽ˢ⁾ 82–83. 白晋神父葬于正福寺法国人公墓（第 10 号墓，Cordier, *Bibliotheca indo-sinica*, t. II, col. 1035）。

[3] 巴多明神父的信，写于北京，1730 年 6 月 29 日，被龚当信神父在他写给杜巴尔克先生的信中引用——"杜赫德神父说，我们在他身上看到了一个人在一个团体中受人爱戴、堪称典范的全部个人品质和宗教美德；他性格温和、亲切，平易近人，总是乐于奉献，始终注意不打扰到任何人；最后，他怀着细腻的慈悲之心，从来不会忘记任何人的诉苦，而对于那些他认为有正当理由表示不满的人，他也不会忘记对他们的困境做出的任何承诺。另外，他严格遵守我们的教规，十分关注贫困和苦难，抵制舒适的生活，直至剥夺了自己的必需品：这是所有有幸与他一起生活过的人们回忆起他时的证词。" Pfister, op. cit., pp. 436–437.

[4] 引述见 Yuan Tsouan Lin, *Essai sur le P. du Halde et des description[s] de la Chine*。1937 年提交给弗里堡大学文学院的论文，1937 年，摘自 1928 年在北京找到的一系列资料中的第八篇："关于康熙皇帝统治时期在中国的梵蒂冈教廷代表的未公布的资料"。同一资料的英文译稿见 A. Sisto Rosso, O.F.M., *Apostolic legations to China*, South Pasadena, 1948, p. 368："在中国之众西洋人，并无一通中国文理者。唯白晋一人稍知中国书义……"。

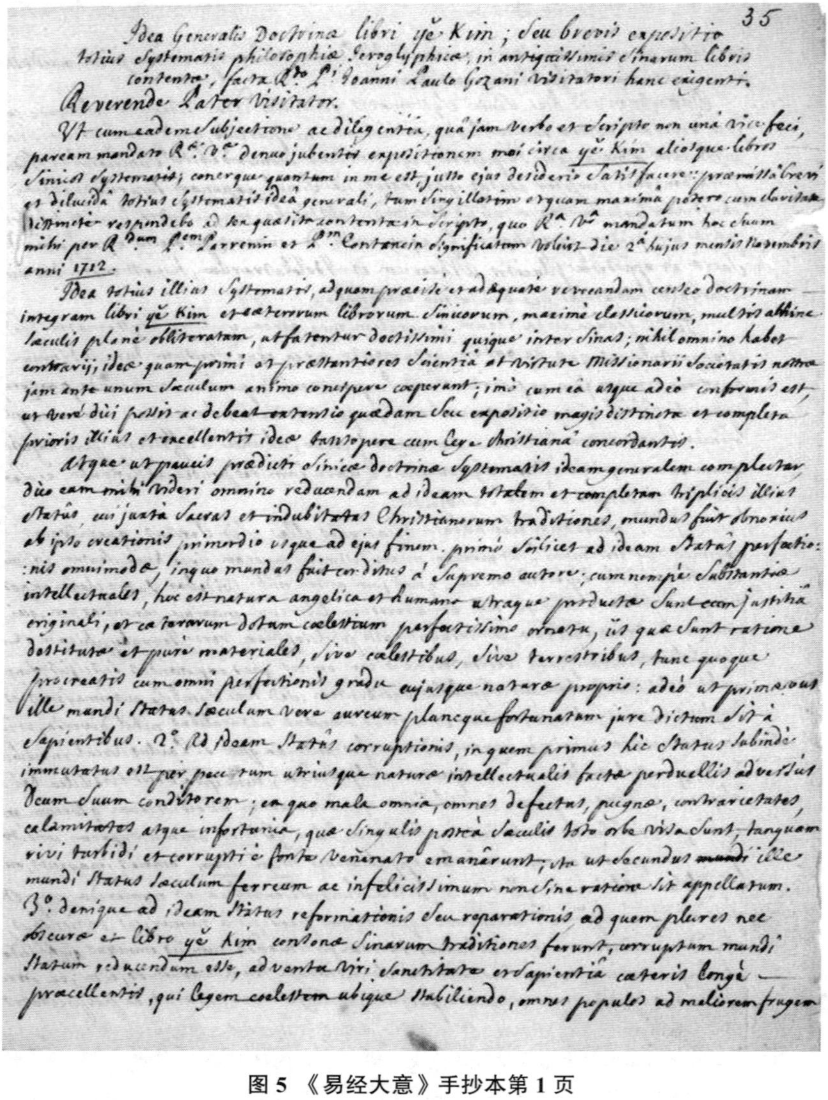

Idea Generalis Doctrinæ libri yě Kim; Seu brevis expositio totius Systematis philosophiæ Hieroglyphicæ, in antiquissimis Sinarum libris contentæ, facta R.do P.ri Ioanni Paulo Gozani Visitatori hanc exigenti.

Reverende Pater Visitator.

Ut cum eadem subjectione ac diligentia, quam jam verbo et scripto non una vice feci, pareám mandato R.æ V.æ denuo jubentis expositionem meam circa yě Kim aliosque libros Sinicos Systematicos; conérque quantum in me est, justo ejus desiderio satisfacere: præmitto brevi et dilucidâ totius Systematis ideâ generali, tum singillatim erycam maximâ poterò cum claritate distinctè respondebo ad ea quæ sit contenta in scripto, quo R.æ V.æ mandatum hoc etiam mihi per R.dum P.rem Perrenin et P.rem Contancin significatum voluit die 2.a hujus mensis Novembris anni 1712.

Idea totius illius Systematis, ad quam præcisè et adæquatè vereandam censeo doctrinam integram libri yě Kim et cæterorum librorum Sinicorum, maximè classicorum, multis abhinc sæculis plenè obliteratam, ut fatentur doctissimi quique inter Sinas; nihil omnino habet contrarij; idea quam primi et præstantiores Scientiâ et virtute Missionarii Societatis nostræ jam ante unum sæculum animo conspicere cœperunt; imò cum eâ atque adeò conformis est, ut verè dici possit ac debeat extremis quædam seu expositio magis distincta et completa prioris illius et excellentis ideæ tantopere cum Lege christianâ concordantis.

Atque ut paucis prædictæ Sinicæ doctrinæ Systematis ideam generalem complectar, diu eam mihi videri omnino reducendam ad ideam totalem et completam triplicis illius Status, cui juxta Sacras et indubitatas Christianorum traditiones, mundus fuit obnoxius et ipso creationis primordio usque ad ejus finem. primò scilicet ad ideam Status perfectionis omnimodâ, in quo mundus fuit conditus à Supremo autore: cum nempe substantiæ intellectuales, hoc est natura angelica et humana utraque producta Sunt cum justitiâ originali, et ea rerum tum cælestium perfectissimo ornatu, iis quæ sunt ratione destitutæ et purè materiales, sive cælestibus, sive terrestribus, tunc quoque procreatis cum omni perfectionis gradu cujusque naturæ proprio: adeò ut primævus ille mundi Status sæculum verè aureum planeque fortunatum jure dictum sit à sapientibus. 2.o Ad ideam Status corruptionis, in quem primus hic Status subindè immutatus est per peccatum utriusque naturæ intellectualis factæ perduellis adversus Deum Suum conditorem; eaque mala omnia, omnes defectus, pugnæ, contrarietates, calamitates atque infortunia, quæ singulis postea sæculis toto orbe visa Sunt, tanquam vivi turbidi et corrupti è fonte venenato emanârunt, ita ut secundus mundi ille mundi Status sæculum ferreum ac infelicissimum non sine ratione sit appellatum. 3.o denique ad ideam Status reformationis seu reparationis ad quem plures nec obscura e libro yě Kim contenta Sinarum traditiones ferunt, corruptum mundi Statum reducendum esse, adventu viri sanctitate et sapientiâ cæteris longè praecellentis, qui legem cælestem ubique stabiliendo, omnes populos ad meliorem frugem

图 5 《易经大意》手抄本第 1 页

来源：法国国家图书馆

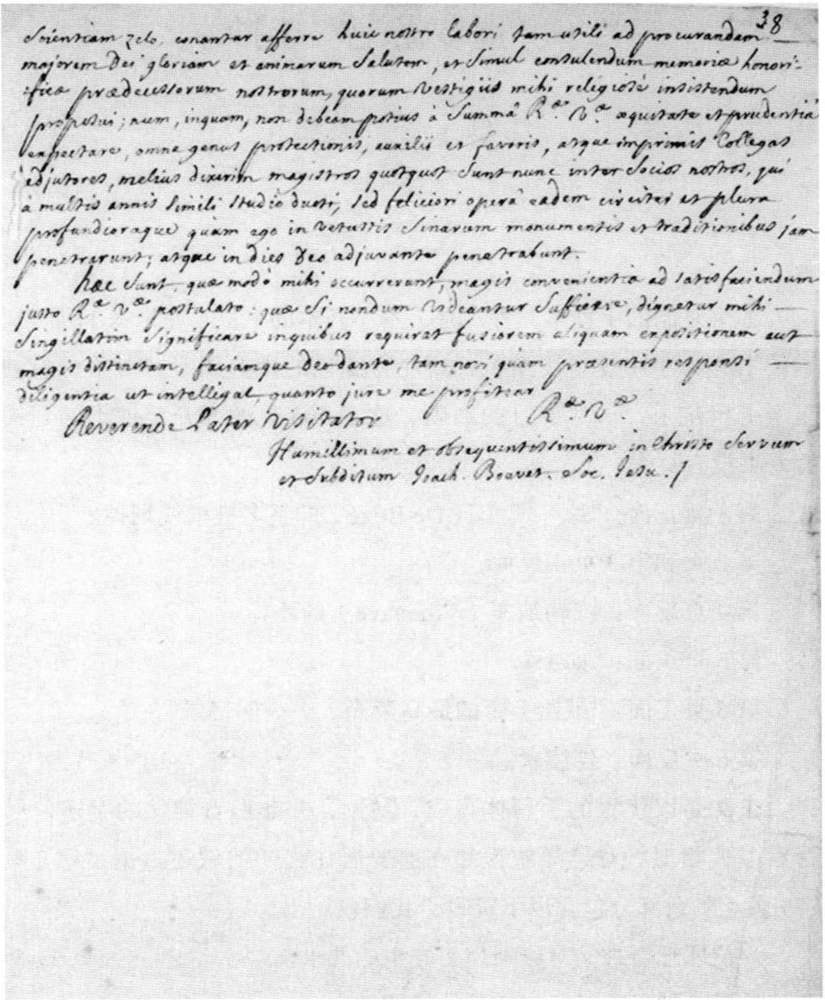

scientiam zelo, conantur afferre huic nostro labori tam utili ad procurandam
majorem Dei gloriam et animarum salutem, et simul consulendum memoriæ honori-
ficæ prædecessorum nostrorum, quorum vestigiis mihi religiose insistendum
propositui; cum, inquam, non debeam potius à Summa R. V. æquitate et prudentia
expectare, omne genus protectionis, auxilii et favoris, atque imprimis Collegas
adjutores, melius dixerim magistros quotquot sunt nunc inter Socios nostros, qui
à multis annis simili studio ducti, sed feliciori opera eadem ureteres et plura
profundioraque quam ego in vetustis Sinarum monumentis et traditionibus jam
penetrarunt; atque in dies Deo adjuvante penetrabunt.

Hæc sunt, quæ modo mihi occurrerunt, magis convenientia ad satisfaciendum
jusso R. V. postulato: quæ si nondum videantur sufficere, dignetur mihi
sigillatim significare in quibus requirat fusiorem aliquam expositionem aut
magis distinctam, facturque de cetante, tam novi quam præsentis responsi
diligentia ut intelligat, quanto jure me profitear R. V.

Reverende Pater Visitator   R. V.

Humillimum et obsequentissimum in Christo servum
et subditum Joach. Bouvet. Soc. Jesu. /

图 6 《易经大意》手抄本最后 1 页
来源：法国国家图书馆

关于《暹罗游记》手抄本

J. C. 盖蒂　整理

本书复制的手抄本，外观是一本小开本的书：17厘米 × 11厘米。它的书壳为小牛皮全皮精装，封底有褪色的烫金图案，似乎可追溯至十七世纪末，历尽岁月的磨砺。这本405页的8开手抄本的开头有6页没有页码：

第1页正面："德·博泽"（De Bozé）的签名被横线划掉。

第2页和第3页正反面：空白。

第4页反面：维勒纳夫（Villenave）的注释。

第5页正面："如上"。

第6页正面："献给上帝的最高荣光。……回忆录"

第6页反面：告读者。

正文是以优雅的手写体写成，易读，并非白晋神父的字迹，尽管看上去相似。对越洋旅程和在暹罗居住之初的叙述占据了第1—279页。剩余部分包含以下资料，我们仅给出标题：

六位耶稣会神父对康斯坦丁先生的要求。

拉雪兹神父致南怀仁神父的信的副本。

六位耶稣会神父觐见暹罗国王时向国王的致辞。

笃信基督的路易十四陛下致暹罗国王的国书的副本。

法国大使先生向暹罗国王的致辞。

洪若翰神父 1686 年 2 月 26 日写给他的一位耶稣会士朋友的一封信的副本。

白晋神父写给他的家人的七封信的副本，其中六封至今仍不为目录编制者所知。（见本书书信目录中的第 1、3、6、7、8、9、10 条）。

白晋神父致利聂尔神父的一封信的片段，尚不为目录编制者所知。（见本书书信目录中的第 5 条）。

封里贴有一张"社会科学院"米歇尔·沙斯勒（Michel Chasles）的藏书标签。索默沃格尔（Sommervogel）和费赖之都没有提到过这个手抄本；而安萨特引用过它，但没有介绍，只是给出了题目。以下是考狄所述，见 *Bibliotheca sinica*, MS. pet. in-8 6ff. prel. n. ch. p. 405; dans sa Bibliotheca indosinica: MS. in-12 3 ff. n.c., p. 405——Streit 介绍过这本手抄本，参见 *Bibliotheca Missionum*: MS. 8° 3ff nc., p. 405。

这本手抄本的拥有者：

它似乎属于德·博泽先生，他可能正是它的誊抄者，他的签名出现在第一页的正面，被横线划掉，变得模糊。或许在布威家人手中保存了一段时间之后，《暹罗游记》辗转于一些外国人之手，可能卖给了马修·德·维勒纳夫（Mathieu de Villenave，1762—1846），他在第 4 页反面写了注释。这位文学家兼政论家，法国考古学家协会秘书长和多个学者协会的成员，拥有一个藏书 25000 卷的图书馆，其中那些稀有的藏书是欧洲收藏家最为追捧的收藏之一。

之后，这本手抄本为米歇尔·沙斯勒所有，对此我们毫不惊讶，这位著名的几何学家自夸爱好稀有的亲笔手稿和文件。他于 1851 年被选为科学院院士（因此那张藏书标签只能是在这个时间之后贴上的），但这不排除他此前就拥有《暹罗游记》的可能性，在维勒纳夫去世之后。之后，这本手抄本被直接收入了亨利·考狄（Henri

Cordier, 1849—1925）的图书馆，他以拥有丰富的远东相关藏书而闻名。这本书被这位汉学家借给了路易·拉涅（Louis Lanier）[1]，他曾提到这本书，查理·德·拉隆谢尔（Charles de la Roncière）[2]也曾提到过它。1925 年，考狄去世时，保罗·哥特内（Paul Geuthner）——东方学学者出版社的编辑——买下了这本手抄本，最终于 1952 年卖给了康奈尔大学，现在属于与远东相关的沃森藏品。

在展示这本游记时，我们试图不让页脚累积的注释妨碍阅读的进程。引言中已经向读者提供了主要细节和这次旅行的基本框架。

对于正文本身，不可能保留老版本的排版、分栏符 s 的高度、用来表示 i 的字母 j、优雅而复杂的花体大写字母以及能够使叙述展现出它所处的世纪的所有细节。当然，我们还很遗憾地放弃了一些不太重要的原始印章，因为在保留未发表的完整文本的本真的同时，正文清晰可读更为重要。

这本回忆录是未曾发表的珍藏品。

其中包含六位耶稣会神父向暹罗宰相康斯坦丁先生提出的请求；拉雪兹神父写给北京的南怀仁神父的一封信；六位耶稣会神父觐见暹罗国王时向国王的致辞；路易十四致暹罗国王的国书；法国大使向暹罗国王的致辞；派往中国的耶稣会士的长上洪若翰神父的一封信；白晋神父 1685—1686 年从暹罗写给家人的多封信；其中一封信是写给他的亲戚德·博泽先生的，这本游记的第二页上有他的签名，而且他好像誊抄了白晋神父寄

---

① L. Lanier, *Etude historique sur les relations de la France et du royaume de Siam de 1662 à 1703*, Versailles, Aubert 1883, pp. 9 et 203.

② Ch. de la Roncière, *Histoire de la Marine française*, Paris, Plon 1899-1932, 6 vol.; dans le vol. 6, p. 33.

给他的这本游记。我们在白晋神父的《告读者》中读到："我恳请您不要将它给任何人看，除了您知道的我对他们毫无保留的那些人，因为它还没有达到可供其他人阅读的状态。"

其中还有白晋神父写的《中国（康熙）皇帝历史画像》，这本书于 1697 年在巴黎呈送法国国王御览，12 开珍藏本。（维勒纳夫）

1697 年，白晋神父将康熙皇帝送给法国国王的 42 卷中国典籍带回巴黎——国王图书馆当时仅有 4 卷中文书籍：见《百科全书》（*Encyclopédie*）及萨利尔（Sallier）关于国王图书馆目录的历史回忆录……字迹无法辨认。

白晋神父的作品与书信的目录

J. C. 盖蒂　整理

　　这份目录既要清楚，又要尽可能能为白晋神父的著作列出一份完整的清单。为了避免繁复，除例外情况，对于每本书或每封信，我们仅提供一条参考，以作者姓名开头，而不过于频繁地罗列我们想让读者参阅的下述大部分文献。[①]

---

① 参考文献：

Ansart, L., *Bibliothèque littéraire du Maine*, Châlons-Paris-LeMans 1784.

de Backer, A. et A., et Sommervogel, C., *Bibliothèque des écrivains de la Compagnie de Jésus*, 11 vol., Bruxelles-Paris 1890–1932. Supplément, Louvain 1960.

Cordier, H., *Bibliotheca sinica*, 4 vol., Paris 1904–1908. Supplément 1924.

Courant, M., *Catalogue des livres chinois de la Bibliothèque Nationale*, 3 vol., Paris 1902–1912.

Dehergne, le P. J., "Un envoyé de l'Empereur K'ang-hi à Louis XIV: le P. Joachim Bouvet", *Bulletin de l'Université l'Aurore*, Shanghaï1943, série III, t. 4, n° 3, pp. 651–683.

Article "Bouvet", *Dictionnaire des Lettres Françaises*, publié sous la direction du Cardinal Grente, Paris 1960, vol. XVIIIᵉ s., pp. 222–223.

Hauréau, B., *Histoire littéraire du Maine*, Paris 1871, t. 2, pp. 240–255.

Leprout, A., "Un missionnaire manceau en Chine, J. Bouvet", dans *La Province du Maine* 1941, XXI, pp. 145–156.

Pfister, L., *Notices biographiques et bibliographiques sur les Jésuites de l'ancienne mission de Chine*, Chang-haï 1932, t. I, pp. 433–439.

Streit, R., *Bibliotheca Missionum*, 18 vol., Münster-Aix-la-Chapelle 1916–1955.

缩写：

Ajuda – 阿茹达图书馆，里斯本（文集"亚洲的耶稣会士"）。

一、作品

1. *Voiage de Siam*（《暹罗游记》），记述了路易十四陛下派往中国的六位法国耶稣会神父从布雷斯特到暹罗航行途中的大部分见闻；摘自白晋神父的手抄本原稿，1685 年。

   MS. Wason Collection, Cornell University, Ithaca, N.Y. Etats-Unis.

2. *Relation sur une mine d'aimant*（《磁铁矿纪行》），与刘应神父合作撰写，插入洪若翰神父写于 1687 年 5 月 12 日的一封信中，引述见 *Second voyage du Père Tachard*（《塔夏尔神父的第二次旅行》）, Paris 1689, pp. 237-249, 及 *Observations sur des plantes et des animaux du pays* (de Siam)（《暹罗国动植物观察》）, ibid., pp. 265-276。

   Sommervogel 1960, 970.

3. *Voyage de Siam à Pékin par Macao*（《从暹罗经澳门到北京的游记》）(Ansart).

   参见 "Route que tinrent les PP. Bouvet, Fontaney, Gerbillon, Le Comte et Visdelou depuis le port de Ning-Po jusqu'à Pékin"（《白晋、洪若翰、张诚、李明、刘应等神父从宁波港到北京的路线》）, 1688, dans du Halde, *Description de la Chine*（《中华帝国全志》）, Paris 1735, t. I, pp. 61-81。

（接上页）

AMEP – 外方传教会档案馆，巴黎。

APGS.SI – 耶稣会北方高卢省会档案馆。

APP.SI – 耶稣会巴黎省会档案馆。

ARSI – 耶稣会罗马档案馆。

    JS – 日本-中国——日本和中国各省。

    FG – 耶稣会档案。

B. Nat. – 巴黎国家图书馆。

    Rés. – 馆藏。

L. E. –《耶稣会士书简集》，图卢兹，1810 年。

Mazarine – 马萨林图书馆，巴黎。

Observatoire – 天文台图书馆，巴黎。

Vaticana – 梵蒂冈教廷图书馆，梵蒂冈城。

    对于书信，我们会尽可能指明：手抄本、原稿、副本、亲笔或非亲笔手稿。除了写给家人的信用法文外，如果在引用时未说明，我们会指明：法文、拉丁文文本、葡萄牙文、意大利文译文。

4. *Les éléments d'Euclide mis en langue tartare*（《鞑靼语欧几里得基础知识》）（Ansart），1689.

5. *Corps de Géométrie pratique, avec toute la Théorie, en Tartare*（《实用几何体及其全部理论（鞑靼语）》）。康熙皇帝命人把这两本书（即第 4 和第 5 条）翻译成汉语。"他亲自为这两本书作序并试验了每一本书的内容，随后命人审校后在宫内印发。"1690 年。Bouvet, *Histoire de l'Empereur de la Chine, Kam-Hy*（《康熙皇帝传》），La Haye 1699, pp. 89, 96.

6. *18 ou 20 petits Traitez sur autant de maladies différentes*（《关于 18—20 种不同疾病的小论文》），1691—1692 年前后为康熙编写的。据白晋神父说，康熙对这本书非常满意，并借此机会于 1692 年 3 月 22 日发布了《容教令》（*Edit de Tolérance*）。

    Bouvet, *Histoire de l'Empereur...*, p. 103.

7. *Philosophie en tartare à l'usage de l'empereur*（《鞑靼语御用哲学》）。这本书可追溯至 1692 年；参见下文第 43 条中的书信。

    Bouvet, *Histoire de l'Empereur...*, pp. 99-100.

8. *Traité d'anatomie*（《论解剖学》），"内容非常丰富"，共 8 卷，带有铜版插图。参见原书第 LXVI 页，注释 3。

    Bouvet, *Histoire de l'Empereur...*, pp. 101-102.

9. *Journal à la Cour de Pékin*（《北京宫廷日记》），白晋神父为康熙授课的情况。只有日记中关于白晋神父记录他给皇帝讲课的细节的片段。非常生动，有许多关于传教士日常工作的注释：对草乌臼树、蚕、石榴的观察，课本空白处的素描；中国境内的游记，地方服饰、庆典、葬礼。原稿。

    B. Nat., MS. Fr. 17240 f°s 263—290v^o.

10. *Journal de voyage à Canton*（《广州游记》）。上一篇日记之后的片段，但不属于上一篇日记，因为两篇日记的日期不一致，中间间隔一段时间。可追溯至 1706 年，当时白晋神父被选中陪伴萨比诺·马里亚尼（Sabino Mariani）先生，他携带康熙送给教宗的礼物，后因与他的同伴发生分歧而被从广州召回京城。原稿。

    B. Nat., MS. Fr. 17240 f°s 291—317v^o.

11. *Plans*（北京四座寺庙和两个礼堂的平面图），可能出自白晋神父之手，因为图上的图例，根据我们确认，是他的笔迹；因此似乎可以认为是他绘制的。

    B. Nat., MS. Fr. 17240 f°s 345—350.

12.　*Voyage de Pékin à Paris*（《北京到巴黎之行》），1693—1697。（见本文集第三卷《白晋使法行记》）

参见 *Jurnal des voyages du P. Bouvet Jésuite Missionnaire, Envoyé par l'Empereur de la Chine vers Sa Majesté très Chrétienne*（《中国皇帝向笃信基督的陛下派遣的特使——耶稣会传教士白晋神父的游记》），München, Bayerische Staatsbibliothek, MS. In-4 191p., Codex Gallicus 711, t. VII n° 1326.

参见 *Route que tint le P. Bouvet depuis Pékin jusqu'à Canton, lorsqu'il fut envoyé par l'Empereur Cang-hi en Europe en l'année 1693*（《1693 年白晋神父被康熙皇帝派往欧洲时从北京到广州的路线》），dans du Halde, *Description de la Chine*, Paris 1735, t. I, pp. 95-104。其他版本：海牙，1736 年。译本：英文，伦敦，1746 年；德文，莱比锡，1749 年（Streit V 2728）。

另见 *De la magnificence des Chinois dans leurs voyages, dans les ouvrages publics*（《中国人的旅行及公共工程的宏伟壮观》），包含"春节"和"元宵节"，du Halde, op. cit., t. II, pp. 95-97; *la Réception du vice-roi de Nan-tchang-fou au P. Bouvet «Kin-tchai», en route pour Canton*（《赴广州途中南昌府太守对'钦差'白晋神父的接待》）和 *Récit d'un grand repas à Canton où le P. Bouvet avait été invité*（《记白晋神父在广州应邀参加的一次盛宴》），du Halde, op. cit., t. II, pp. 108-109 et pp. 113-117。这些段落都出自白晋神父，尽管他仅以第三人称出现。

13.　*Summa eorum quae inter PP. Gallos Regis Christianissimi Mathematicos et Lusitanos in Sinensi imperio gesta sunt,* ab exeunte anno 1691 ad annum 1694, Reverendo admodum P. N. Generali oblata a P. Joachimo Bouvet. ARSI, MS. JS 199/II f°ˢ 376-411（白晋神父编的页码：1—72 页），拉丁文原稿，照相副本，72 张 4 开照片：APGS.SI，MS. A 2560。【Jap. Sin.199/I 和 II 组成 204 页手稿或原稿，由《研究》（*les Études*）杂志于 1899 年买下，并于 1921 年送给罗马档案馆】。

14.　*L'Estat présent de la Chine en figures*（《中国现状图鉴》），由 Giffart 刻版，印在白晋神父带给路易十四的画册中，巴黎，1697 年。对开 43 版，每一版都是黑白两色，对开本，金色突出主要部分，描绘了穿着汉族和鞑靼服饰的人物。题名献给勃艮第公爵和公爵夫人。（见本文集第二卷中的《中国见闻录》）

B. Nat., Rés. O^2 n. 31.

15. *Portrait historique de l'Empereur de la Chine*(《中国（康熙）皇帝历史画像》)，由耶稣会中国传教士白晋神父献给路易十四国王。Paris, Etienne Michallet, 1697, in-12 p. 264.

B. Nat., Rés. O^2 n.250.

第二版，Paris, Robert Pépie et Nicoloas Pépie, 1698, in-12 264p.。

B. Nat., Rés. O^2 n. 250A.

第三版法文，题目略有变化：*Histoire de l'Empereur de la Chine, Kam-hy*（《中国皇帝康熙传》)，由耶稣会中国传教士白晋神父献给路易十四国王。La Haye, Meyndert Uytwerf, 1699, in-12, 171p. (Sommervogel II 55) 这是本书引用的版本。

由莱布尼茨在他的 *Novossima Sinica*（《中国近事》）中翻译成的拉丁文译本："Icon regis Monarchiac Sinarum nunc regnantis, ex gallico versa", 1699。

B. Nat., Rés. O^2 n. 251 (2).

英文译本：F. Coggan, London 1699, in-8 111p. (Sommervogel II 55)。

荷兰文译本：A. Schouten, Utrecht 1699, in-4 52p. (Sommervogel II 55) et G. Kribber, Utrecht 1710, in-4 52p. (Sommervogel II 55)。意大利文译本：G. Corona, Padova 1710, in-8 97p. (Sommervogel II 56)。 参见 J. J. Heeren, "Father Bouvet's picture of Emperor K'ang-Hsi", *Asia Major* VII, 1932, pp. 556-572.

16. *Mémoire du R. P. (Bouvet) envoyé par l'Empereur de la Chine en France*（《中国皇帝派往法国的特使（白晋）神父回忆录》)。"他证明了中国皇帝授予他的身份，陈述了这位君主的意图，要求国王对此给予积极的答复"。Archives des Colonies, MS. C^{1}8 f°s 64-72. 抄本.

17. *Voyage de La Rochelle à Canton, et de Canton à Pékin*（《拉罗歇尔到广州及广州到北京的旅程》)（Ansart）。

18. *Observata de vocibus Sinicis T'ien et Chang-t'i*（《天学本义》)，被铎罗先生禁止，并要求上交所有印书（Pfister, p. 438）。这本书是在 1699 年 9 月前写的。这位教宗特使于 1705 年 12 月 4 日到 1706 年 8 月 28 日之间在北京暂住，可能正是在这个时期，他没收了白晋神父的这项研究成果。意大利文译本：Ristretto delle notizie circa l'uso della voce Cinese Xam-ti che significa supremus Imperator ò vero Alti Dominus, e della voce Tien che significa coelum. Presentate alla Sagra Congregazione del S. Officio,

dalla Compagnia di Giesu, in settembre 1699, 39p. (Streit V 2785)。

参考多种与礼仪问题有关的手抄本，题目略有不同，Mazarine, MS. no 2813 "Affari della Cina 1699—1700" (Cordier II 874)。

19. 1700 年 12 月 30 日，白晋神父与闵明我、徐日升、安多和张诚四位神父一起签署了 *Declaratio rituum*（《关于礼仪的声明》）quorumdam seu consuetudinum Sinicarum eo sensu quo Societas Jesu hactenus Sinis eas permisit oblata imperatori Camhi, die Novembris anno Domini 1700, in Epistola ad Pontificem 1701。

(Streit VII 2158).

20. 1701 年 7 月 29 日，他与安多、闵明我、徐日升、张诚、苏霖、纪里安、雷孝思、佩诺蒂（Pernoti，音译）和巴多明等神父一起签署了针对诽谤的 *Protesta de' Gesuiti di Pechino*（《北京耶稣会士的抗议书》）。

(Streit VII 2221).

21. 同一天，1701 年 7 月 29 日，安多、闵明我、徐日升、张诚、苏霖、白晋、纪里安、雷孝思、佩诺蒂和巴多明等神父及其他耶稣会神父联名签署了 *Brevis relatio*（《简要报告》），其中陈述并声明了中国皇帝康熙关于 1700 年的祭天、祭孔和祭祖仪式……，in-8° 37 p.

B. Nat., Fonds chinois n° 925 et O²n/701.

（Cordier II 892—893 复制题目和签名）

22. *T'ien hio pen yi*（《天学本义》），收集了中国古籍中的词汇，用来确定它们与基督教思想一致。这本书于 1703 年完成，1705 年被铎罗先生禁止（Courant 7160）。参见 Pelliot, *T'oung Pao* XXIX, p. 107。

B. Nat., MS. chinois Nouveau fonds 4983.

De cultu caelesti Sinarum veterum & modernorum，《古今敬天鉴》的拉丁文版本，由赫苍壁（Hervieu）和马若瑟（de Premare）两位神父翻译，作者白晋，耶稣会士，1706 年，8 开，80 页双面，由马若瑟神父手抄。

B. Nat., MS. Latin n.a. n° 155.

据 Pelliot, *T'oung Pao*（《通报》）第二十九期，第 106—108 页，和 Cordier II 902，这是（《古今敬天鉴》）的译本，解释了"天"一词的真实含义，关于古代和现代祭天仪式，含作者 1707 年写的前言。

B. Nat., MS. Chinois Nouveau fonds 2989；无日期版本：2988。

徐家汇图书馆存有《古今敬天鉴》的一份手抄本（Pelliot，出处同上）。另一份由白晋签名的手抄本在直隶（Pfister, p. 438）。第三份手抄本，没有签名，后来保存在莫斯科鲁米杨科夫博物馆（Musée de Rumyancov），Skakčkov 收藏，手抄本，第 552 号。白晋神父很久以来就一直撰写这本书，且多次修改文稿（Courant 7160, 7161, 7162），其中第一次修订，或者最初几个版本中的第一个，于 1705 年被铎罗主教禁止。参见上文第 18 条，*Observata de vocibus Sinicis T'ien et Chang-t'i*。

23. *La carte d'un canton de la Chine*（《中国广州地图》），由安多神父和白晋神父绘制，见白晋神父 1701 年 11 月 4 日写给莱布尼茨的信，刊印于 *Mémoires de Trévoux*, Janvier 1704, vol. XI, p. 155。

24. *Divers écrits contre les prétentions du Patriarche d'Antioche*（《反对安提阿牧首的要求的各种文书》）（Ansart）。

25. *Essai sur le mystère de la Trinité tiré des plus anciens livres chinois*（《论从中国最古老的书籍中发现的三位一体的奥秘》）（Ansart），在 1707 年 11 月 5 日的一封信中提及。参见以下第 99 条的书信引文。

26. *Traité du Messi*（《论救世主》）（Ansart）。

27. *Traité du mystère de la réparation du monde*（《论世界修复的奥秘》）（Ansart）。这两本书（第 26 条和第 27 条）应该是在 1707 年末和 1708 年撰写的。1707 年 11 月 5 日的信中指出，它们正处于构思阶段。

28. *Méthode facile pour prêcher l'Evangile aux Chinois*（《向华人宣讲福音的简单方法》）（Ansart）。

29. *Concordance de leurs livres sacrés avec les principaux articles de notre foi*（《他们的圣贤书与我们的宗教的主要文章的一致性》）（Ansart）。

30. *Dictionnaire chinois-français*（《汉法词典》）。在这本手抄书的第一页上，我们读到，用铅笔写的"耶稣会白晋编写的词典"。共 50 页，每页两栏，中国字后面跟着法语译文，有时有西班牙语译文。
    法兰西学会图书馆，巴黎，手抄本 n° 1779。

31. *De significatione verborum sinensium*（《汉语动词释义》），MS. in-4 中文（Pfister, p. 438）。这份手抄本最初保存在勒芒图书馆，后来应该寄给了法兰西学会图书馆，但考狄（Cordier）在那里没有找到它（Cordier I 514）。

32. *Carte de la Grande Muraille*（《长城地图》），由白晋、雷孝思和杜德美三位神父在 1708 年 7 月 4 日至 1709 年 1 月 19 日期间绘制。
    外交部档案馆，巴黎，Atlas n° 1648。

33. *Dissertation sur le Che king*（关于《诗经》的论文）（Pfister, p. 438）。我们

在 Cordier II 1372—1376 和 V 3644 中找到了关于这个题目的参考书目。

34. *Traduction en chinois d'un Bref du Pape Clément XI à K'ang-hi*（《克雷芒十一世教宗致康熙皇帝的敕书的中文译稿》），1709 年 3 月 2 日，要求康熙皇帝的信仰基督教的臣民免除某些"与基督信仰相违背的"中国习俗。这份敕书于 1710 年 7 月底铎罗主教去世后不久送达。参见 AMEP, MS. V. 424 p. 188。

在另一个参考文献中，该敕书是在 1712 年 11 月 29 日送达的，根据康熙皇帝的命令，德里格（P. Pedrini）神父和马国贤（P. Ripa）神父与白晋神父于 1712 年 12 月 1 日一起翻译了它。AMEP, MS. V. 424 p. 190.

35. *Idea generalis doctrinae libri Ye-Kim*（《易经大意》）简要介绍了古代中国阴阳二元论的整体哲学体系，应 Joanni Paulo Gozani 神父要求撰写。1712 年 11 月，拉丁文原稿。

B. Nat., MS. Fr. 17239 f°s 35–38.

36. *Un Bref de Cam hi*（《康熙诏书》），1712 年 12 月 16 日在上面签名的有耶稣会的白晋、苏霖、纪里安、巴多明和傅圣泽等神父，以及山遥瞻（Bonjour）、德里格和马国贤神父。

ARSI, MS. JS 174 f° 290.

1716 年 4 月 23 日，一道圣旨批准了白晋神父的研究工作。圣旨上提到了关于《易经》的一个研究项目，鼓励白晋神父可进行研究，"亦不必忙"。参见 A. S. Rosso, *Apostolic legations to China*, pp. 303–305。它可能指的是以下第 40 条。

37. 1716 年 10 月 31 日，*Manifeste rouge*（《红色声明》）（用红墨水写成），由白晋神父和其他 15 位传教士签名，其中 13 位是耶稣会士。这项声明是关于康熙皇帝于 1706 年和 1707 年派往罗马却杳无音讯的薄贤士（de Beauvollier）、德·巴罗（de Barros）、阿克索（Arxo）和艾若瑟（Provana）四位神父。教宗对这几封皇帝来信的回复直到 1720 年才与嘉乐（Mezzabarba）主教一起到来。《红色声明》的某个版本曾被印刷分发。

沃森收藏品，康奈尔大学（2 份）。

APP. SI, Brotier vol. III f° 121（荣振华神父告知）。

大英博物馆（Cordier II 918）。

普林斯顿大学，普林斯顿，纽约州，美国（1 份）。

38. 白晋神父的证词驳斥了德里格神父的游记中的一个观点，北京，1721 年 10 月 11 日。拉丁文原稿。

ARSI, MS. JS 199/I f° 271. 影印副本：APGS.SI, MS. A 2556 f°s 148-149.

39. *Relation du voyage que M. le légat Mezzabarba a fait à la Chine*(《教宗特使嘉乐先生的中国游记》)，关于中国礼仪，书中详细记叙了中国皇帝在这些礼仪方面对他说的话和特使对皇帝的答复。这部游记由耶稣会士们呈送给教宗英诺森十三世，他们中的多位在上面签了字……（其中有白晋神父），1723 年。

40. *Le Travail de 200 pages sur une découverte faite dans l'Y King*（关于在《易经》中的一个发现的 200 页论文），包括象形文字智慧的整个体系（Pfister, p. 439）。曾对 1723 年 11 月 22 日的一封信的收信人提到，同时提到了白晋神父 "20 年前" 寄来的一本 30—40 页的《回忆录》。（参见下面书信清单第 132 条）。

   Le Travail de 200 pages sur une découverte faite dans l'Y King 似乎回应了以下叙述："以前有一本写得很好的对开手抄本，据说白晋神父花了20—30 年的时间才写成，他在书中论述了中国古代文化，想要在《易经》中找到全部宗教思想。这个手抄本丢失了，无影无踪，而我无意中成为它丢失的原因；在我到达北京时，正如大家看到的，我满腔热情地想要了解与中国有关的事，到处搜寻相关书籍，我们的两位老（遣使会）会员有白晋神父的这个手抄本，他俩商量：如果这本书落到了他的手中，他会变得精神恍惚，把所有时间都浪费在这些幻想中，就像那么多其他人那样……过了一段时间，我看到了这个手抄本中散落的几页，我问他们要……他们说都丢了。"遣使会的拉米奥（Lamiot）先生的信，北京，1812—1831 年，摘自 *Mémoires de la Congrégation de la Mission*, t. VIII, p. 422。副本：APGS.SI, MS. 922 f° 196（荣振华神父告知）。另一方面，这本消失的手抄本有可能找回来。因为，如果这是白晋神父在他 1723 年 11 月 22 日从北京写给 X. 先生的那封信中提到的那本书，销毁的手抄本可能是神父的私人藏本，他另外寄了两本给图尔讷米讷神父（P. Tournemine）和奥利神父（P. Orry），并请求他们将其中一本转交给这位 X 先生。这似乎给了我们希望，这本书的三部手抄本中的一部幸存下来了，且终有一天会重新问世。

41. *17 cahiers sur la chronologie*（《编年史 17 册》），寄给了苏西埃（Souciet）神父，他于 1726 年 12 月 13 日前全部收到。参见白晋神父写给苏西埃神父的信，1727 年 10 月 18 日，*Revue de l'Extrême-Orient*, t. III, p. 218。

42. *Ecrit de 20 à 30 pages*（《20—30 页文书》），图尔讷米讷神父在 1727 年

前收到。1727 年 10 月 18 日的信中提到了它，参见上条出处，第 219—
220 页。这本书可能是 1723 年写成的。参见白晋神父写给苏西埃神父
的信，1725 年 10 月 27 日，*Revue de l'Extrême-Orient*, t. III, pp. 67—68。

43. *Recueil de diverses pièces sur la philosophie, les mathématiques, l'histoire*
（《各种哲学、数学、历史文献汇编》），还有白晋神父寄给莱布尼茨
的两封信，信中论述了哲学和中国传教团，Kortholt, Hambourg 1734,
in-8 114p.。

(Streit VII 3193).

在 1811 年 12 月 21 日的 *Gazette de France*（《法兰西公报》）上，我们
可以读到，萨尔特省图书馆拥有一箱珍贵的手抄本，其中有一本汉语
字典和白晋神父撰写的多份关于这种语言的论文，还有四份各种游记。
1828 年前后，这些资料还在勒芒，雷慕莎（Rémusat）曾见过它们。另
一方面，1850 年前后，奥雷欧（Hauréau）写道，这些资料已经寄给了
法兰西学会；考狄五十多年后去找，没有找到。今天，这个谜题仍未解
开，但很有可能白晋神父的一些著作和书信还有待发现，除了已经消失
的那些。

二、书信

1. 白晋神父致全家人的信，寄给马雷先生——法国国库驻阿朗松镇司库
（白晋神父的姐夫），写于好望角；未注明日期，但提供了中途停靠的大
概时间范围：1685 年 5 月 31 日至 6 月 7 日。
   副本见 MS. *Voiage de Siam*，pp. 297-300。

2. 致韦尔朱思神父的信，写于暹罗，1685 年 12 月 13 日。信中赞扬了福
西蒂（Fuciti）神父，白晋神父将福西蒂神父的回忆录寄给了韦尔朱思
神父。"这份回忆录完全是这位神父对人们在罗马针对他的指责给予的
简洁的回应。"
   B. Nat., MS. Fr. 9773 f° 41.

3. 白晋神父致全家人的信，寄给在阿朗松当修女的姐姐，写于暹罗，1685
年 12 月 14 日。玛丽-路易丝·布威·德·拉布里埃是传教士白晋的姐
姐。她在阿朗松圣母修道院当修女，四次当选修道院院长。白晋神父
提到了从布雷斯特到暹罗的旅行的"一份详细的游记""寄给了巴黎的
德·利聂尔神父（P. de Lynières），我的一位好朋友，他会将此游记通

过阿朗松神学院院长神父寄给你们。"这可能就是我们此处介绍的这份手抄本的原稿。

AMEP, MS. V. 879 pp. 249-252. 副本参见 MS. *Voiage de Siam*, pp. 300-314。

4. 白晋神父致家人的信，寄给杜巴尔克先生（白晋神父的哥哥），写于暹罗王国的罗斛城，1686 年 2 月。只在 *Voiage de Siam* 手抄本后面第 313 页被提到："这里少了一封白晋神父的信……可追溯至 1687 年 5 月。"

5. 致他的一位朋友利聂尔神父（后来成为路易十五的忏悔神父）的信的一部分，未注明日期。看似在 1685 年 11 月之后写于暹罗，或许在 1686 年 7 月 2 日之前，这是他第一次从阿瑜陀耶城出发前往中国的日子。根据 1685 年 11 月 8 日到达北京的安多神父的一封信，白晋神父的这封信介绍了日本和中国的 "最新消息"。

副本参见 MS. *Voiage de Siam*, pp. 395-405。

6. 致德·拉布里埃夫人（白晋神父的母亲）的信，写于暹罗，1686 年 6 月 20 日。为第二次出发前往中国做准备，这次将乘坐康斯坦丁先生提供给传教士们使用的一艘船。这是那莱王表现出来的仁慈。

副本参见 MS. *Voiage de Siam*, pp. 330-340。

7. 致阿朗松圣母修道院修女德·拉布里埃的信，写于暹罗，1686 年 6 月 21 日。解释了李明神父留在暹罗的原因。记述了与一位暹罗僧侣的会面，并评论了暹罗人的宗教。介绍了暹罗人的宗教典籍与《旧约》的相似之处。

副本参见 MS. *Voiage de Siam*, pp. 341-357。

8. 致议会议长杜巴尔克先生的信，写于暹罗，1686 年 6 月 22 日。记述了解剖两条鳄鱼的过程以及人们猎捕鳄鱼的方法。"我们将努力工作，修建教堂、天文台并根据陛下的命令为我们在此等候的 12 位法国神父修建房屋。"

副本参见 MS. *Voiage de Siam*, pp. 358-367。

9. 致勒芒市法院推事德·博泽先生（白晋神父的弟弟）的信，写于暹罗，1686 年 6 月 23 日。记述得到了两头大象并附有驯服它们的 "陷阱" 的素描。

副本参见 MS. *Voiage de Siam*, pp. 368-382。

10. 致马雷先生的信，暹罗，1686 年 6 月 23 日。记述了 1686 年 6 月 3 日的月食，那莱王应该也观测了这次月食。月亮消失了片刻，国王也不再出现，"……就这样，这天晚上发生了两次月食，而我们一次也没看见。"还描述了在肖蒙骑士出访结束时到达暹罗的波斯大使的细节。有消息说他是来向那莱王介绍《古兰经》的，但"这个使团没为这个王国里的伊斯兰教徒们带来任何好处。"另一方面，"……伊斯兰教从未像现在一样扩张，人们甚至说，它如今在中国也开始有所进展。"

副本参见 MS. *Voiage de Siam*, pp. 382-392。

11. 致耶稣会巴黎修道院的韦尔朱思神父的信，写于暹罗，1686 年 6 月 23 日。关于这个国家的语言的评论。"……在五六天里，我怀着好奇心，顺便了解了一下暹罗语、勃固语、柬埔寨语、老挝语和巴厘语，后者是所有这些民族的学术语言……我发现，它们之间有如此多的相似性，正如拉丁语、意大利语、西班牙语、法语和葡萄牙语之间的相似性……而且比起我前面提到的那几种语言，暹罗较少使用巴厘语，然而王宫里的语言，即暹罗人对他们的国王讲话时用的语言，是纯粹的巴厘语；如果谁在这种场合使用暹罗语中的自有词汇，会在宫殿上遭到众人嘘声反对，并被视为粗俗。"白晋神父正准备出发去中国，他提到了他的"转为研究伟大的鞑靼语的计划"，韦尔朱思神父已经知道了这个计划，但他"尚未对任何人透露过"。原稿。

APP.SI, MS. Brotier vol. 88 f°s 1-3（荣振华神父告知）。

12. 致访客西茂·马尔士斯神父的信，1687 年 12 月 1 日。到达杭州后，白晋神父等候他的命令。葡萄牙语译文。

Ajuda, MS. 49-IV-63 f° 90.

13. 致巡阅使菲利普齐神父的信，写于北京，1688 年 5 月 29 日。在遗憾地得知他到中国来妨碍了某些人后，白晋神父肯定他的意图是协助葡萄牙人的工作，也是为法国国王——"我们耶稣会真正的父亲"——效力。葡萄牙语译文。

Ajuda MS. 49-IV-63 f° 181v^{o}; Cf. Madrid, Archivo Historico Nacional, Clero-S.J. Legs. 271 n° 14.

14. 致菲利普齐神父的信，1688 年 9 月 19 日。关于耶稣会的谣言开始平息。东方传教团中对法国天主教会的工作进展的阻挠。

白晋神父被告知保留他的胡子，因为这胡子今后可能会对他有用。葡萄牙语译文。

Ajuda, MS. 49-IV-63 f° 226.

15. 致菲利普齐神父的信，1689 年 1 月 2 日。回复 10 月 28 日的一封信。白晋神父有一本（别人写的）书，通篇都是针对耶稣会及其在日本和中国的传教团的卑鄙指责。这本用法文写成、在荷兰印刷的书已开始在法国、德国和其他欧洲国家流传。葡萄牙语译本。

Ajuda, MS. 49-IV-65 f°s 14–15.

16. 致菲利普齐神父的信，1689 年 1 月 11 日。关于要求前往鞑靼利亚传教的许可以及学习该国语言的必要性。葡萄牙语译文。

Ajuda, MS. 49-IV-65 f°s 12v°–13.

17. 致菲利普齐神父的信，1689 年 1 月 27 日。省会副会长建议白晋神父和张诚神父不要参与测绘和编制地图册的工作，因为"这可能会使皇帝不高兴，让他觉得我们可疑"。这两位传教士让这位来访的神父放心，他们在这件事上会保持最大的谨慎。葡萄牙语译文。

Ajuda, MS. 49-IV-65 f°s 21v°–24.

18. 致菲利普齐神父的信，1689 年 4 月 13 日。这位巡阅使神父已经下达了关于传教士自 1645 年起以允许的方式执行洗礼和临终圣事的命令。白晋神父指出，鉴于罗马宗教法庭此前的反应，这些命令的执行可能会造成麻烦。葡萄牙语译文。

Ajuda, MS. 49-IV-65 f°s 54v°–55v°.

19. 致菲利普齐神父的信，1689 年 8 月 13 日。回复这位巡阅使神父的两封信，感谢他努力改善教团现状的"父亲般的"热情。对于耶稣会的攻击进一步升级，白晋神父看不到其他解决办法，只能执行巡抚的命令。葡萄牙神父们也应得到警告。葡萄牙语译文。

Ajuda, MS. 49-IV-65 f° 111.

20. 致南京的省会副会长约阿姆·多明戈斯·伽比亚尼的信，1689 年 12 月 5 日。这份译文是经省会副会长本人"证明与原文相符"的。白晋神父和张诚神父的一封来信中的重点：巡阅使神父没有再给他们看从欧洲寄给他们的信。针对他们的同胞的反对意见有增无减。形势到了无法容忍的地步。他们求见省会副会长本人。葡萄牙语译文。

Ajuda, MS. 49-IV-65 f°s 157v°–158v°.

21. 致洪若翰神父的信，1689 年 12 月 5 日。白晋神父和张诚神父写的这封信的译文的副本与上封信一起寄给了伽比亚尼神父。这两位法国耶稣会士面对误解和欺压，丧失了勇气和耐心。他们最近被迫听命于一名初学修士。他们会在一段时期内没有食物和其他生活必需品，因为在广州，一些中国官员阻止盖梅内（Quéméner）院长靠近英国舰船。葡萄牙语译文。

Ajuda, MS. 49-IV-65, f° 159.

22. 致刘应神父的信，1690 年 3 月 24 日。白晋神父开始研究鞑靼语，但不得不中断他的研究。他收到了利聂尔神父寄来的一台显微镜，但没有书，也没有法国的来信。这封信的译文的一份副本由神学院院长苏霖神父寄给了省会副会长和巡阅使神父。葡萄牙语译文。
    Ajuda, MS. 49-IV-65, f°s 187–188v°.

23. 白晋神父和张诚神父对苏霖院长于 1690 年 4 月 18 日转交的罗马命令的回复。拉丁语。
    Ajuda, MS. 49-IV-64, f°s 123v°–124v°.

24. 致省会副会长伽比亚尼的请愿书，白晋神父和张诚神父写于 1690 年 5 月 26 日，要求他进行调查，确定他们是否曾试图摆脱对（一位葡萄牙修道会会长）的服从。拉丁语。
    Ajuda, MS. 49-IV-64, f° 143v°.

25. 致耶稣会总会长（1687—1705）蒂尔兹·贡萨雷神父的信，写于北京，1690 年 9 月 25 日。白晋神父和张诚神父描述了葡萄牙神父们对新到来的法国耶稣会士们的敌意。拉丁文原稿。
    ARSI, MS. JS 164 f°s 296–299【带 ARSI 编号的信的摘要由弗朗西斯·鲁洛（F. A. Rouleau）神父告知】。

26. 致贡萨雷神父的信，北京，1690 年 10 月 2 日。白晋神父和张诚神父抱怨葡萄牙人；然而法国人从未拒绝服从这些修道会会长们。拉丁语原稿。
    ARSI, MS. JS 164 f°s 302–305.

27. 致贡萨雷神父的信，北京，1690 年 10 月 18 日。与上一封信相同的意见。两位神父教康熙数学。拉丁语原稿。
    ARSI, MS. JS 164 f°s 312–315.

28. 致福州的李明神父的信，北京，1691 年 10 月 20 日。关于李明神父下一次出发去欧洲。白晋神父教宗帝哲学。法文原稿。
    ARSI, MS. JS 165 f°s 100–102.

29. 至福州外方传教会的里奥讷修道院院长的信，北京，1691 年 10 月 24 日。一些日常细节；寄了一盒纸，让他转交给李明神父。法文原稿（？），或亲笔手稿副本。
    ARSI, MS. JS 165 f°s 105–106.

30. 致保罗·德·冯丹神父——法国驻罗马的助理神父，写于北京，1690 年 11 月 29 日。白晋神父和张诚神父抱怨葡萄牙人。法文原稿。

ARSI, MS. JS 164 f°s 349–353.

31. 未标明收信人的信，写于北京皇宫，1691 年。仅由 Ansart 引用过："这些验证过程（在皇宫内设置的实验室里）使白晋神父如此厌烦，以至于他在 1691 年写道，他自从来到中国皇宫之后，从未经历过比这更艰难、更令人讨厌的时候。"

32. 致南京或苏州的洪若翰神父的信，北京 1691 年 11 月 2 日。家常细节和科学问题。法语原稿。
 ARSI, MS. JS 165 f°s 116–117.

33. 致曼恩公爵的信，1691 年 11 月 30 日。白晋神父和张诚神父用较长篇幅描写了他们在京城的工作，并将康熙与路易十四做了比较。法语亲笔手稿副本。
 ARSI, MS. JS 165 f°s 137–148.

34. 致本地治里的塔夏尔神父的信，北京，1691 年 12 月 1 日。白晋神父和张诚神父抱怨葡萄牙人的理由。法语原稿。
 ARSI, MS. JS 165 f°s 153–155.

35. 致苏州的洪若翰神父的信，北京，1691 年 12 月 1 日。葡萄牙人的虐待。法文原稿（？），或亲笔手稿副本。
 ARSI, MS. JS 165 f°s 156–160.

36. 致暹罗的勒布勒耶神父的信，北京，1691 年 12 月 2 日。关于在暹罗遇到的麻烦和被监禁者的释放。白晋神父和张诚神父抱怨葡萄牙人。法语原稿（？），或亲笔手稿副本。
 ARSI, MS. JS 165 f°s 164–165.

37. 致暹罗的拉诺主教的信，北京 1691 年 12 月 2 日。关于暹罗的动乱和中国的情况。法语亲笔手稿副本。
 ARSI, MS. JS 165 f°s 166–167.

38. 致王家科学院的信，北京，1691 年 12 月 11 日。记述了张诚神父与皇帝的四次出行。白晋神父和张诚神父的气象观测，以及不同的假设和解释。法语原稿。
 ARSI, MS. JS 165 f°s 173–177.

39. 致暹罗的勒布勒耶神父的信，北京，1691 年 12 月 11 日。白晋神父和张诚神父打听在暹罗的法国人获释的情况。在中国与葡萄牙人的紧张关系。法语原稿。
 ARSI, MS. JS 165 f°s 178–183.

40. 致江西省外方传教会巴塞先生的信，北京，1691 年 12 月 15 日。白晋神父和张诚神父讲述了暹罗的动乱。法语原稿（？），或亲笔手稿副本。ARSI, MS. JS 165 f°s 186–187.

41. 致广州外方传教会德·西塞先生的信，北京，1691 年 12 月 14 日。关于在浙江省遭受的迫害。法语原稿（？），或亲笔手稿副本。ARSI, MS. JS 165 f°s 201–204.

42. 致广州外方传教会的杜卡尔蓬先生，北京，1691 年 12 月 15 日。白晋神父和张诚神父写的友好的信；提到了皇帝、罗历山（Ciceri）和闵明我两位神父以及浙江的局势。法语原稿（？），或亲笔手稿副本。ARSI, MS. JS 165 f°s 205–206.

43. 致罗萨利主教里奥讷主教的信，北京，1692 年 6 月 8 日。白晋神父感谢巴塞先生借给他杜哈梅尔（Du Hamel）的《物理学》，用于给皇帝授课。"我继续像往常一样每两天进一次宫，我在将我们欧洲的哲学翻译成鞑靼语。"原稿。AMEP, MS. V. 405 pp. 15–17.

44. 致勒芒的布威夫人的信，1692 年 10 月 1 日或 2 日，仅安萨特（Ansart）提到过。"我们的传教士告知他的母亲，皇帝允许他在中国范围内宣讲福音。他希望基督教世界的各方为中国人皈依基督教而团结起来，所有教士，无论是世俗的还是修会的，不是绝对需要留在欧洲的，都到中国来。这项工程是巨大的，但是它们必定会结出最丰硕的果实。"

45. 致阿朗松圣母修道院的修女布威·德·拉布里埃女士（白晋神父的姐姐）的信。"这封信与上一封信日期相同，"唯一引用过这封信的安萨特说，"并且包含关于中国传教团的几乎相同的细节"。

46. 致广东省传教会的德·西塞先生的信，写于佛山和广州之间，1693 年 8 月 22 日。白晋神父高兴地期待很快见到德·西塞先生和夏尔莫（Charmot）先生，"他是我特别尊重的一个人……我们在暹罗时就有幸认识了。"原稿。AMEP, MS. V. 427 pp. 1095–1096.

47. 致广州修道院的夏尔莫先生，未注明日期，但写于上一封信之后，1693 年底。出现了一些困难，无法为航行搞到一艘船。白晋神父"几乎下定决心放弃去澳门岛的船，……转去厦门坐船。"但是形势有所好转，"一旦一切就绪，将立即通知"夏尔莫先生。原稿。AMEP, MS. V. 427 pp. 1287–1290.

48. 致安托万·韦尔朱思神父的信，摘自 1693 年 11 月 11 日写于广州的一封信。白晋神父接到了前往欧洲的命令。刘应神父和洪若翰神父被皇帝召回北京。张诚神父治好了皇帝的热症。法语副本。

    ARSI, MS. JS 165 f°s 419−420.

49. 致德·西塞先生的信，写于"幸运号"船上（英国舰船），日期 1693 年 1 月 3 日有误，应为 1694 年。"这是我们登船后的第 3 天，可能也是我们起航前的第 8 天或第 15 天……"感谢德·西塞先生提供的服务。原稿。

    AMEP, MS. V. 954 pp.5−8.

50. 致德·西塞先生的信，写于"幸运号"船上，1694 年 1 月 7 日。记述了海关发生的趣事。直到登船前，白晋神父的行李还一直因为"钦差"的头衔而得到优待。但刚一上船，"一位小个子海关官员……用龃龉语向我要求看一下我随身带的物品的清单……户部已下令严格检查我的行李"。这位海关官员看着皇帝赠送的富丽堂皇的礼物头晕目眩。原稿。

    AMEP, MS. V. 954 pp. 9−12.

51. 致德·西塞先生的信，写于"幸运号"船上，1694 年 1 月 10 日。即将出发：定于 1 月 10 日或 11 日。白晋神父将宫里的耶稣会神父们的事情委托给德·西塞先生。法语原稿。

    AMEP, MS. V. 955 pp. 1−4.

52. 未注明收信人的信，1694 年 12 月 1 日。关于中国礼仪。据费赖之所述（p. 439）——他错误地引用了考狄（II 874）的话，这封信可能在马萨林图书馆，MS. nº 2813，"Affari della Cina 1699−1700"。我们没有在那里看到这封信。相反，这封信可能与这个手抄本中的 1697 年 12 月 1 日的那封信混淆了。参见以下第 68 条。

53. 致德·西塞先生的信，苏拉特，1695 年 3 月 1 日。白晋神父和夏尔莫先生之间相处融洽，一直到达苏拉特（在那里，夏尔莫先生继续经由波斯旅行）。"在我们一起度过的漫长的航行中，我不知多少次注意到，中国皇帝派我前往法国给我带来的荣耀使夏尔莫先生不快。"副本。

    AMEP, MS. V. 956 pp. 45−50. 第二份副本：V. 962 pp. 297−300.

54. 致法国驻罗马助理让·博米耶神父的信，苏拉特，1695 年 12 月 21 日。关于中国基督教的情况。法语原稿。

    ARSI, MS. JS 166 f°s 92−101.

55. 致耶稣会法国各省会会长的信，苏拉特，1695 年 12 月 21 日。关于在中国与葡萄牙神父们的关系。法语原稿。

ARSI, MS. JS 166 f⁰ˢ 102-103.

56. 未注明收信人的信，【致德·拉维涅（de la Vigne）先生、西塞先生、巴塞先生？】，苏拉特，1696 年 2 月 8 日。关于白晋神父的旅行的细节。他本想经由红海到达法国。在到达吉奥达（Giodda）港之后，"一个说葡萄牙正在与法国交战的谣言"使他回到了苏拉特。一支法国舰队刚刚到达那里，船上有塔夏尔神父和他的七位同伴，"其中五位是教士"。所有人都去了暹罗。原稿。

AMEP, MS. V. 956 pp. 263-265. Cf. copie, à M. de la Vigne, V. 963 pp. 13-14.

57. 致贡萨雷神父的信，苏拉特，1696 年 9 月 25 日。感谢李明神父转交给他的信。白晋神父对中国的葡萄牙耶稣会士们的不满。拉丁文原稿。

ARSI, MS. JS 166 f⁰ˢ 124-125。

58. 致贡萨雷神父的信，巴黎，1697 年 3 月 31 日。感谢耶稣总会会长神父的仁慈。白晋神父的计划。一些信被拦截了；他表明了他的立场，从他的观点出发介绍了这件事。拉丁文原稿。

ARSI, MS. JS 166 f⁰ˢ 187-188.

59. 致法国驻罗马救济院秘书约瑟夫·德·吉贝尔神父的信，巴黎，1697 年 3 月 31 日。白晋神父表达了他对葡萄牙人的不满。在中国的宗座代牧主教委托他将一些信转交给教廷传信部。法语原稿。

ARSI, MS. JS 166 f⁰ˢ 189-190.

60. 致贡萨雷神父的信，巴黎，1697 年 6 月 10 日。为白晋神父和中国的其他耶稣会神父们辩护。8 月份去罗马的旅行计划。提到一份"辩护词"，可能是上述著作中的第 13 条。拉丁文原稿。

ARSI, MS. JS 166 f⁰ˢ 196-197.

61. 致德·吉贝尔神父的信，巴黎，1697 年 6 月 23 日。关于葡萄牙神父。1696 年 9 月 20 日，贡萨雷神父向拉雪兹神父出让租界，供法国人使用。法语原稿。

ARSI, MS. JS 166 f⁰ˢ 200-202.

62. 致贡萨雷神父的信，巴黎，1697 年 6 月 24 日。不要相信北京的安多神父和南京的罗历山主教对在华法国耶稣会士不利的评判。康熙皇帝鼓励基督教的传播。白晋神父为他的同伴们和他自己申请某些优惠条件。拉丁文原稿。

ARSI, MS. JS 166 f°s 203−204.

63. 致贡萨雷神父的信，巴黎，1697 年 8 月 4 日。白晋神父抱歉未能去罗马为礼仪之争作证，因为他即将登船前往东方。因为他在华居留期间一直住在北京，他对这场争论了解得不够，并推荐了有力地反驳颜珰主教的聂仲迁神父（P. Adrien Grelon）的论文。拉丁文原稿。

ARSI, MS. FG 704 fasciculus 2.

64. 致贡萨雷神父的信，巴黎，1697 年 8 月 30 日。对谴责中国仪式的颜珰主教的训谕的反驳。拉丁文原稿。

ARSI, MS. FG 730（1697 年的书信），9p.（无档案馆的印章）。

65. 从巴黎寄至枫丹白露的信，1697 年 8 月 30 日—10 月 15 日，未注明收信人。从巴黎寄往枫丹白露。Sommervogel（II 58）说，该信对中国礼仪很重要。副本，12 开，法语，32 页。

APPSI, MS. Vivier t. 1 pièce 52（由荣振华神父告知）。

在献县（Hien-hien）档案馆有一份副本，参见 P. H. Bernard-Maître, *Sagesse chinoise et philosophie chrétienne*（《中国智慧与基督教哲学》），p. 142。

66. 致罗马的德·吉贝尔神父的信，1697 年 10 月 4 日。白晋神父反对颜珰主教关于康熙皇帝是无神论者且在中国推行无神论的断言。法语原稿。

ARSI, MS. JS 166 f°s 254−255.

67. 致莱布尼茨的信，1697 年 10 月 18 日。

(Dehergne, *Bull. Univ. Aurore*, p. 680).

68. 未注明收信人的信，巴黎，1697 年 12 月 1 日。关于"敬天"匾额的使用。拉丁文副本，第 4 页。

Mazarine, MS no 2813, "Affari della Cina 1699−1700", 420p. (Cordier II 874).

69. 未注明收信人的信，巴黎，1697 年 12 月 1 日。可能寄给总会长神父，以提交给教廷传信部。白晋神父反驳颜珰主教对中国皇帝的无神论的指责（参见以上第 66 条）的证词。白晋神父在这位皇帝身边生活了六年，并教授他哲学和数学，他认为自己足够了解康熙，知道他对宗教的态度。拉丁文原稿。

ARSI, MS. JS 166 f°s 259−260.

70. 致贡萨雷神父的信，巴黎，1697 年 12 月 2 日。即将与六位同伴（另外六人已经出发）一起启程去中国，白晋神父想要替皇帝带去给总会长神父的一封信和礼物。他向总会长推荐了勒泰利埃（Le Tellier）神父的书 *Défense des nouveaux Chrestiens et des missionnaires de la Chine…*（《为中国的新基督教徒和传教士们辩护……》）以及他自己的书 *Portrait historique de l'Empereur*（《中国（康熙）皇帝历史画像》）。拉丁文原稿。ARSI, MS. JS 166 f°s 261-262.

71. 致莱布尼茨的信，拉罗歇尔，1698 年 2 月 28 日。关于汉字："我毫不怀疑，我们有一天会对其进行完美的分析，或许能将它们简化成埃及人的象形文字，而且我们能够证明，汉字和埃及象形文字都是大洪水前的先贤使用的文字。""卦"构成了完美哲学的完整体系，中国人在孔子之前已经丧失关于它的知识很久了（Merkel, *Leibniz und China*, de Gruyter, Berlin 1952, pp. 19-20）。

    Le P. Dehergne, p. 680, 认为索隐主义的起源在这个日期前后。

72. 写自好望角的信，1698 年 6 月 5 日，发表于 *Mercure Galant* de mars 1699, pp. 43-52 (Streit V 2764)，后面有德·贝特兰先生（M. de Bétauland）写给白晋神父的一首诗，pp. 53-67 (Pfister p. 439)。

73. 写自常州的信，1699 年 4 月 12 日，参见 Pelliot, *Le premier voyage de l'Amphitrite en Chine*（《"安菲特里特号"赴中国的第一次航行》），pp. 59。

74. 致贡萨雷神父的信，北京，1699 年 9 月 6 日。白晋神父刚刚和他的 12 位同伴到达北京。他强烈建议将中国的法国耶稣会士与葡萄牙耶稣会士完全隔离开。拉丁文原稿。

    ARSI, MS. JS 166 f°s 359-360.

75. 1699 年 9 月 11 日的信，写自中国。

    (Dehergne, *Bull. Univ. Aurore*, p. 680).

76. 致阿朗松的修女布威·德·拉布里埃女士的信，1699 年 9 月 18 日。仅安萨特引用过这封信："如果您有点抱怨我的命运，感谢上帝，您只需要与我一起享受他想要为我们的旅行带来的成功，它澄清了曾造成我的全部苦难的疑惑和猜疑。"

77. 致拉雪兹神父，北京，1699 年 11 月 30 日。讲述了乘坐"安菲特里特号"从拉罗歇尔到广州的航行，以及广州到南京的旅行。法语原稿。

    B. Nat., MS. Fr. 17240 f°s 43-52.

78. 致郭弼恩神父，北京，1700 年 11 月 8 日。

    (*Leibnizii Epistolae*, éd. Kortholt, t. III pp. 5-14).

    "白晋 1700 年 11 月 8 日致郭弼恩的这封信表现出他正致力于对古代的

研究。他避开了当时儒家学派的酸腐的评论。今天我们知道,《周易》
歪曲了儒家学说;但是《周易》是康熙时代的统治思想。在这一点上,
可以肯定白晋是对的。"(Dehergne, p. 675).

79. 致莱布尼茨先生的信,北京,1701 年 11 月 1 日。关于中国古代信仰
的研究的益处。可能刊登在 *Mémoires de Trévoux*, Janvier 1704, vol. XI
(Pfister p. 439, Cordier II 902, Streit VII 2213)。我们没有在其中找到它。
参见以下 1701 年 11 月 4 日的信。

80. 致莱布尼茨先生的信,1701 年 11 月 4 日。白晋神父寄去了一张"伏羲
六十四卦次序图"和两幅六十四卦方位图,他说,六十四卦之谜被二进
制算法解开了。"对于您对这些数字的伟大发现以及您从中得出的确立
创世信条的论证,需要等待某个合适的机会来谈论它,并将您引荐给皇
帝……这是传教士们在这里运用的逐渐摧毁恶魔帝国的新武器,以便在
这里牢固地建立耶稣的帝国。"副本。

B. Nat., MS. Fr. 17240 f°s 75–88.

莱布尼茨在他的 "Explication de l'arithmétique binaire qui se sert des seuls
caractères 0 et 1, avec des remarques sur son utilité et sur ce qu'elle donne
le sens des anciennes figures chinoises de Fohi"(《对只用数字 0 和 1 的
二进制算法的阐述兼论其用途及其对中国古老的伏羲卦图的意义》)
中提到了这封信,这封信 1703 年 5 月 5 日被转交给王家科学院。参
见 *Mémoires de l'Académie Royale des Sciences,* année 1703, 2e éd. Paris
1720, pp. 85–89, 和 *l'Histoire de l'Académie Royale des Sciences*, année
1703, Paris 1705, pp. 58–63。

这封信刊登于 *Mémoires de Trévoux*(《特雷武纪事》),1704 年 1 月刊,
第十一卷,第 128—165 页。据费赖之所述,1701 年 11 月 1 日和 4 日
的两封信后来一起刊登在同一部文集中;我们在其中没有找到 11 月 4
日的那一封。

81. 致莱布尼茨先生的信,北京,1702 年 11 月 8 日。"莱布尼茨的新数字
计算法与伏羲体系"。

(Merkel, *Leibniz und China*, p. 20). 另见 Ravier, *Bibliographie des Œuvres
de Leibniz*, Alcan 1937, p. 221。参见日内瓦出版的 *Œuvres de Leibniz*,
1768, t. IV pp. 165 sq., 或 *Leibnizii Epistolae*, Kortholt, t. III pp. 15–22。

82. 致莱布尼茨的信,1703 年。"白晋神父根据最古老的手抄本和书籍证明
中国的原始居民遵从真正的宗教原理,我们只能将这种教义的变化归因

于这个帝国的频繁革命。这封信对于中国的宗教问题辩论家们非常有用。"（Ansart）。我们从中找到了白晋神父对埃及象形文字的观点："我难以相信，它们与汉字有某些契合。因为我觉得埃及文字更普及，而且与一些有感觉的生物极其相似，比如动物和其他，因此它们更富有寓意；而汉字可能更具有哲理，看似建立在更加理性的考虑之上，比如数字、顺序和关系。"

(Merkel, *Leibniz und China*, p. 20).

白晋神父在他的一封信中将鞑靼语和汉语的周日祈祷文寄给莱布尼茨。

(*Thesauri epistolici Lacroziani ex Bibliotheca Jordaniana*, edidit lo Ludovicus Uhlius, Lipsiae, t. III p. 20)

关于白晋神父和莱布尼茨的往来书信，参见瑞士纳沙泰尔（Neuchâtel）的哲学教授和柏林王家科学院院士布尔格先生（M. Bourgues）的信，写给白晋神父，1707 年 3 月 6 日；刊登于 *Mercure Suisse*, 1734. 副本保存在巴黎国家图书馆，MS. Fr. 12215 f°s 216–246。

83. 致修道院院长比尼翁先生的信，北京，1704 年 9 月 15 日。关于中国人的宗教和历史，关于他们的正典，"自然法则的最古老的遗迹"，尤其是《易经》。"出于一些非常可靠的原因，我们也深信，这部古老而神秘的著作的真正作者以及整个象形文字学的真正创造者……从来都不是别人，而是圣人族长以诺（St. Patriarche Enoch），特土良（Tertullien）说以诺的著作已经被犹太人抛弃，因为他们过于清楚地谈到了救世主和一个必须亲自来拯救世界的上帝的化身。"原稿。

B. Nat., MS. Fr. 17240 f°s 17–36. 据 Cordier II 1057 和 Streit V 2728，这封信有 39 页，因为原始编码包括每一页的反面。

84. 一封未指明身份的信的补充部分，继以上第 83 条的信之后。对"自然法则"的思考，以便澄清此前对中国人的宗教的认识。使中国人皈依基督教应遵循的方法"是从那些不信基督教的人奉为信仰准则的书籍和传统中吸取一些原则，能使他们承认他们所排斥的或者不了解的天主教教义的一些论据。"这可能是在 1704 年 9 月 15 日致修道院院长毕尼翁的信的后续。

B. Nat., MS. Fr. 17240 f°s 318–325.

85. 致一位耶稣会士的信，北京，1704 年 10 月 27 日。白晋神父向这封信的收信人（不是拉雪兹神父，也不是韦尔朱思神父）推荐画家杰拉尔蒂尼（Gherardini），为他寻求一份工作，因为"中国之行并未使他领略这个世界的所有好处。"原稿。

B. Nat., MS. Fr. 17240 f°s 260-261.

86. 致总会长贡萨雷神父的信，北京，1704 年 10 月 28 日。关于与葡萄牙人的纠缠。白晋神父对中国典籍的含义的发现。拉丁文原稿。

ARSI, MS. JS 168 f°s 154-155.

87. 未注明收信人的信，北京，1706 年。描述了"我们在北京建立的以圣体命名的"善会。

L. E., t. 18 pp. 62-67. 其他版本，参见 Cordier II 931。

88. *Protestation solennelle*（《严正声明》），写于 1706 年，可能写于广州。白晋神父声明，他被康熙任命携带皇帝的礼物去罗马，他并不知情，也并非他的本意。拉丁文原稿。

ARSI, MS. JS 169 f° 366.

写于 1706 年，修道会长上殷弘绪神父（P. Dentrecolles）对白晋神父的判断。ARSI, MS. 169 f° 384. 复印件：APGS.SI, MS. A 2577.

89. 致北京的教宗特使铎罗红衣主教的信；写于广州，1706 年 8 月 30 日。"Responsum Patris Joachimi Bouvet Missionarii et Sacerdotis e Societate Jesu pro diluendis quibusdam querelis et accusationibus contra ipsum prolatis ab Illustrissimo ac Reverendissimo Domino Carolo Maigrot Episcopo Cononensi"。捍卫他关于"天"和"上帝"的观点，以及颜珰主教的批评。这封信可能没有寄给特使。拉丁文原稿，页边有中文。

ARSI, MS. JS 169 f°s 222-242（原始编码为 1—41）。

90. 致殷弘绪神父（？）的信，1706 年 10 月 26 日。在殷弘绪神父的一封信中被引用，胶州，1711 年 2 月 13 日。

B. Nat., MS. Fr. n.a. 6556 f° 91.

91. 致耶稣会总会长（1706—1730）米开朗琪罗·坦布里尼（Michelangelo Tamburini）神父的信，北京，1707 年 1 月 15 日。记述了康熙皇帝送给教宗礼物的事件。白晋神父在其中的作用，他的辩解。拉丁文原稿。

ARSI, MS. JS 170 f°s 14-15.

92. 致外方传教会的德·蒙蒂尼先生的信；写于距杭州 200 里，1707 年 5 月 1 日。"我们正按照计划努力获得皇帝颁发的特许令"（"票"）。回复了一些礼仪问题，关于觐见太子和皇帝的方式。白晋神父建议他不要求见皇帝，而只在陛下召见他时才去觐见。他寄了一份要求所有在华传教士提交的"文书的格式范本"，"所有耶稣会士都要单独签名提交此文书……此文书为拉丁文写成，还要求另一份汉语写成的，我也会将格式寄给你。"副本。

AMEP, MS. V. 430 pp. 389-391.

93. 致北京的安多神父的信，杭州，1707 年 5 月 10 日。白晋神父感谢皇帝对他表现出的好意。拉丁文原稿。

ARSI, MS. JS 170 f° 166a.

94. 致北京的安多神父的信，北京，1707 年 7 月 28 日。关于利玛窦（Ricci）神父和他进入中国的事，以及他与中国历史的关系。拉丁文原稿。

ARSI, MS. JS 170 f°s 301-307.

95. 致罗马的薄贤士神父的信，北京，1707 年 10 月 25 日。白晋神父寄给他一些文件，证明古代中国人已经了解了真正的上帝。法文原稿。

ARSI, MS. JS 171 f°s 42-43.

96. *Attestation*（《证明》），皇帝任命白晋为他的第一位特使出访罗马；北京，1707 年 10 月 25 日。拉丁文原稿，两份。

ARSI, MS. JS 171 f° 46 et f° 47.

97. 致艾若瑟神父的信，即将离开北京赴罗马，写于北京，1707 年 10 月 26 日。白晋神父委托带回欧洲的书的清单。法文原稿。

ARSI, MS. JS 171 f°s 51-52.

98. 未注明收信人的信，北京，1707 年 10 月 30 日。收入 *Etat présent de l'Eglise de la Chine*（《中国教会现状》），1709 年，第 303—308 页。

(Cordier V 3644).

99. 致一位耶稣会士的信，1707 年 11 月 5 日。安萨特提到并引用了多段："上帝乐于同时从各方面折磨我们：使他的圣名被祝福，而这个可怜的传教团全体处于最后的悲痛之中，它的消失和最终毁灭近在咫尺……这封信是这一年的唯一一封，没有心情再写更多，因为我们已经写了很多信和文章来为这个新生的基督教国家辩护……如果我能让您像我一样清楚地了解，在上帝的帮助下，这里有不可思议的便利条件，仅仅几年后，我们将使整个中国皈依基督，也就是说，只要给我们一点时间让我们竭尽全力将我们在古籍中得到的这些幸福的发现公之于世……今年我会寄给您一篇关于三位一体的奥义的小论文，它足以很好地证明我所承诺的关于救世主和救赎世界的奥义，这就是我们将要严肃研究的内容。"参见以上著作目录第 25、26、27 条。

100. 先生（老师，教授：白晋）致奎恩（Kouei Uen，音译）神父同时致诺

克（No Ke，音译）和隆初（Long Tchu，音译）的信的节选，1707 年
12 月 3 日。关于《易经》释义。"应该承认这本内容深刻的书的丰富性，
它在《河图》和《洛书》的星图的十字和方形的基础上，创造了百科全
书式的圆形和方形图形的神奇体系，为我们指明了应从中吸取的优点，
让我们一直深入到这门宇宙科学隐藏最深的隐蔽之所中。"引用了莱布
尼茨写给白晋神父的一封信，关于他发现了一种"新的数字计算法……
不是用于普遍的实践，而是用于科学理论……根据这种方法，所有数字
都可以写成 1 和 0 的组合，正如所有生物都只来自上帝和虚无。在数学
中几乎没有什么比宗教的运用更加美妙"。复制了"莱布尼茨先生寄给
先生的那枚神秘的纪念章"。白晋神父的评论："如果莱布尼茨先生收到
了我对这封信的回复，他会惊奇地了解到，中国人从他们的君主体制建
立时起，就掌握了他刚刚开始发现的这种新科学，而我亲眼见到，他凭
借自己的禀赋发现了一种知识，而我深信，世界上最早的族长们正是从
上帝本身那里得到了这种知识。"解释了"最简单的级数就是二进制级
数或双数级数"。算术级数的几何图形；和谐的级数。引用汉语。"在
我能够确定从创世时期开始到世界被救赎时为止经过的世纪数和年数之
前，我可能无法在《易经》的数字上研究得太深入。"副本，由傅圣泽
神父（P. Foucquet）手抄。

Vaticana, MS. Borg. lat. 515 f[os] 205–220.

101. 致马若瑟神父的信，无日期的摘抄，但可能写于 1707 年 12 月；应该写
     于以上第 100 条的那封信之后不久，因为有一页拉丁文，补充了手稿的
     第 309 页的一封退信，即 f[o] 214 Borg. lat.。
     伏羲六边形、算法、"神奇的"图形。"当我有兴趣时，在上帝的帮助下，
     我会证明，不仅中国的象形文字，而且连世界上的主要字母符号，尤其
     是希伯来文、希腊文和拉丁文，以及数字符号，甚至是我们使用的阿拉
     伯数字或印度数字，都来源于《易经》。"副本，由傅圣泽神父手抄。
     Vaticana, MS. Borg. lat. 515 f[os] 199–201v[o].

102. 致冯秉正神父的信，北京，（1708 年？）3 月 17 日。一份关于耶稣救世
     的介绍的片段，白晋神父认为它可以用《河图》中交叉的十字来表现。
     许多图形。对《洛书》的几何分析。"《易经》的神奇历法的天体运动
     等式"。（这可能是 1708 年 3 月 17 日的信，被殷弘绪神父引用：胶州，
     1711 年 2 月 13 日；参见 B. Nat., MS. Fr. n.a. 6556 f[os] 90v[o]–91）。
     法文副本，由傅圣泽神父手抄。

Vaticana, MS. Borg. lat. 515 f°s 160–163.

103. 致冯秉正神父的信，1708 年 3 月 24 日。这封信是第 102 条中那封信的后续。关于一篇《洛书》的分析论文。由傅圣泽神父手抄。

Vaticana, MS. Borg. lat. 515 f°s 163v^o.

104. 北京，1709 年 3 月 19 日。关于中国礼仪。

马德里，国家历史档案馆，Clero-SJ.271 J。

105. 致冯秉正神父的信（不确定），1710 年 6 月 24 日。暗示这封信是写在第 106 条的那封信的空白处，对编年史的某一点的简略评论。由傅圣泽神父手抄。

Vaticana, MS. Borg. lat. 515 f°s 171v^o.

106. 致冯秉正神父的信，未注明日期，但根据正文空白处的一个注释，应写于 1710 年 6 月 24 日之后。在《易经》之后对中国编年史的研究。许多计算。法文副本，由傅圣泽神父手抄。

Vaticana, MS. Borg. lat. 515 f°s 172–175.

107. 致冯秉正神父的信，1710 年 7 月的摘录。更正之前的一封信，关于"应从三个安息年内减去而不是加上一个月 30 日"。傅圣泽神父手抄副本。

Vaticana, MS. Borg. lat. 515 f°s 175.

108. 致 X 神父、冯秉正神父和马若瑟神父的信，无日期。"应首先假设《易经》中的天文学和象征性与大洪水前后的世界上的古老族长们的圣迹和神学是一回事，我们在埃及的象形文字中，在古老哲学家和诗人的不朽著作中，尤其是毕达哥拉斯和柏拉图、亚里士多德、赫西俄德、荷马、奥维德的著作，以及在世界所有国家的古老传统中，在特里斯梅吉斯斯的著作中——尤其是在希伯来人对《旧约》的传统解释中，以及在宗教典籍，尤其是《创世纪》……《以赛亚》、《启示录》和《福音书》的大部分寓言中，找到了它们的许多遗迹。"后面跟着 39 个编了号的段落，确定了白晋神父对《易经》释义的立场。空白处的评论，或许来自不赞同白晋神父所有索隐观点的收信人（冯秉正神父作为历史学家，而不是象征派神学家，接受了中国古代史）。信中解释的图形没有全部被复制。伏羲的大图，第 187 页。傅圣泽神父手抄副本。

Vaticana, MS. Borg. lat. 515 f°s 178–189.

109. 致马若瑟神父，无日期。"我尤其希望知道诺克、奎恩和您如何看待这篇解释象征性的八卦图和伏羲的'卦'的自然序列的应用方式的小论文……"与前一封信相同，这封由 26 个编号段落组成的信被重新抄写，页边距很大，上面有一些计算、伏羲的六角形和一篇拉丁语驳文的开头。傅圣泽神父手抄副本。

Vaticana, MS. Borg. lat. 515 f⁰ˢ 190–198v°.

110. 未注明收信人的信（可能是写给殷弘绪神父的），北京，1710 年 7 月 7 日，和北京，1710 年 7 月（可能是同一封信）。在殷弘绪神父 1711 年 2 月 13 日写于胶州的一封信中提到并引用了这封信。

B. Nat., MS. Fr. n.a. 6556 f⁰ 90v° et f⁰ˢ 85v°–86.

111. 未注明收信人的信，北京，1710 年 7 月 10 日。一位鞑靼贵夫人曹太太的改宗。

刊登在 *L. E.* 中（Streit VII 2679）。

德文译稿见 Welt-Bott, P. Stöcklein, n° 128。

112. 致修道会会长殷弘绪神父的信，未注明日期，但似乎写于 1711 年 5 月 24 日圣灵降临节之后。白晋神父跟随皇帝去鞑靼利亚时从马上摔了下来。"圣灵降临节的周一，他召见我，带着我所有的书和作品……这次会见持续了将近两个小时，我向陛下汇报了我的小研究（关于《易经》）的整体计划，使他感受到这些发现的最特别、最惊人的特征，我很高兴带着陛下的批准出来了……他命令我在这里专心研究，并将我的研究成果通过驿站逐页呈送给他。"皇帝迫不及待地要看完成的作品，以至于他要求白晋指定一个在京的欧洲人来协助他。最终"因为担心冒犯他……我被迫说"江西的某个人也在"潜心"研究中国典籍。为此，康熙下令召此人进京：傅圣泽神父。傅圣泽神父手抄副本。

Vaticana, MS. Borg. lat. 566 f⁰ˢ 149–149v°.

113. 致傅圣泽神父的信，未注明日期。交换了此前讨论的一篇文章中的某些段落。法文原稿。

Vaticana, MS. Borg. lat. 516 f⁰ 73.

114. 致坦布里尼神父的信，北京，1712 年 10 月 30 日。关于《易经》的真实意义。白晋神父为他对这本典籍的解释辩护，因为中国其他传教士反对他的解释。拉丁文原稿。

ARSI, MS. JS 174 f⁰ˢ 266–267.

115. 致坦布里尼神父的信，北京，1712 年 11 月 20 日。皇帝命令白晋神父写一本关于中国典籍中包含的教义的书。拉丁文原稿。

ARSI, MS. JS 174 f⁰ˢ 279–280.

116. 八篇系列短文，致一位或多位未写明姓名的神父（可能是殷弘绪神父和傅圣泽神父），无日期。提到了白晋神父提交给他们审查的笔记本。法文原稿。

Vaticana, MS. Borg. lat. 565 f°s 6, 7, 21, 32, 33, 42, 44, 45.

117. 致坦布里尼神父的信，北京，1714 年 11 月 3 日。要求撤销阻止白晋神父继续研究中国典籍中的"基督教"的禁令。他相信这是使中国改信基督的唯一方法。他认为皇帝赞成将法国耶稣会士与葡萄牙耶稣会士隔离开。拉丁文原稿。

ARSI, MS. JS 176 f° 114.

118. 致罗马的德·吉贝尔神父的信，北京，1715 年 1 月 15 日。白晋神父的一篇有说服力的报告将被寄往罗马教廷，以证明中国典籍中存在基督教的奥义。意大利文译稿。

ARSI, MS. JS 176 f° 186.

119. 致龚当信神父的信，北京，1715 年 8 月 18 日。中国经典中关于真正信仰的本质。经认证的真实副本。

ARSI, MS. JS 176 f° 340.

120. 致纪里安神父的信，北京，1716 年 7 月 27 日。主题是傅圣泽神父在一次"天文学事件"中的态度可能为传教团带来损害。否认公元前五世纪之前的中国历史的全部真实性的傅圣泽神父不得不离开中国耶稣会传教团，并于 1725 年在罗马成为埃勒夫特罗波利斯教区主教（évêque d'Eleuthéropolis）。拉丁文副本，傅圣泽神父手抄。

Vaticana, MS. Borg. lat. 566 f°s 175–175v°.

121. 致坦布里尼神父的信，北京，1716 年 11 月 25 日。中国耶稣会士服从礼仪禁令。白晋神父关于他在中国典籍中发现的基督教元素的理论；"《福音书》的证明"。这一体系的总体观点。拉丁文原稿。

ARSI, MS. JS 177 f° 219–222.

122. 致法国驻罗马助理德·吉贝尔神父的信，北京，1716 年 12 月 21 日。白晋神父抱怨他的长上们不批准他对中国典籍的研究。法文原稿。

ARSI, MS. JS 177 f° 232–233.

123. 致北京巡阅使詹保罗·戈扎尼神父的信，1716 年 12 月 29 日。"Examen examines, seu Responsum ad scriptum Censoris anonymi." 陈述了他的理论体系，回复了一位监察员的 10 条反对意见。拉丁文副本。

ARSI, MS. JS 177 f° 240–259.

124. 致德·吉贝尔神父的信，北京，1716 年 12 月。关于审查他对中国宗教的研究的事情。拉丁文原稿。

ARSI, MS. JS 177 f° 263–264.

125. 致坦布里尼神父的信，北京，1717 年 11 月 1 日。皇帝做出了反对基督
     教的裁决。应撰写一份答辩书，请皇帝撤销这一裁决。拉丁文原稿，一
     式两份。

ARSI, MS. JS 177 f°s 446–447 et f°s 449–450.

126. 致一位耶稣会士的信，1718 年 12 月 1 日。引用这封信的安萨特认为，
     这封信的收信人与第 99 条中的收信人相同。"在这个传教团所处的可悲
     状态下，传教士们需要自行中止其职责范围内的所有工作，一方面要继
     续服从罗马教廷的禁令，另一方面还担心如果继续履行他们的职责，可
     能会毁掉这里的整个基督教，我满意地看到我 20 年来的主要工作，因
     为远离这些可悲的情形，反而因此受益，我现在从早到晚所有的时间都
     用来做一项工作，在上帝的帮助下，这项工作比我连续传教 1000 年所
     能做的更有利于中国人的改宗……"这些研究在于"确立一些从今往后
     向中国人宣传信仰的方法，使他们不得不承认，我们在此向他们宣传的
     作为西方根基的《福音书》是在他们的典籍中写明的真理，以上千种方
     式、非常明确地存在于构成这些书的大部分的谜语、寓言、寓意画和符
     号中"。

127. 致坦布里尼神父的信，北京，1718 年 12 月 30 日。白晋神父对总会长
     神父对他的评价感到惊讶。他试图辩护自己关于索隐主义的观点。拉丁
     文原稿。

ARSI, MS. JS 178 f°s 251–253.

128. 致坦布里尼神父的信，北京，1719 年 11 月 14 日。被皇帝召见的白晋
     神父向他谈起自己的工作，他向罗马寄了一份报告，供教廷审查。拉丁
     文原稿。

ARSI, MS. JS 178 f°s 339.

129. 致法国王后的忏悔神父德·兰耶尔神父的信，北京，1720 年 12 月 6 日。
     关于一本书的审查。法文原稿。

ARSI, MS. JS 182 f°s 395–396.

130. 致坦布里尼神父的信，北京，1721 年 11 月 24 日。关于对他的书的审
     查和法国耶稣会士应团结还是分裂的问题。拉丁文原稿。

ARSI, MS. JS 179 f°s 133–134.

131. 致卡拉希奥利·卡拉法侯爵的信，他是前皇帝骑兵部队将军，娶了

N.·布威——勒芒议会议长布威·杜巴尔克先生的长女，是白晋神父的侄女婿；北京，1721 年 12 月 2 日。关于中国传教团事务的状况。"……嘉乐主教来了，没有带来任何令皇帝满意的授权，皇帝 15 年来一直在等罗马的授权，因为多位传教士以可耻的方式在全国范围内公开攻击帝国的法理和礼仪所造成的麻烦，给予他们一种与中国文人告诉他的意义完全相反的意义……皇帝，在东方被视为上帝的意志，他制定了礼仪和法理，正如我们的圣父在基督教世界所做的，他认为我们应遵守他的决定，而且这么多年来他一直在抱怨几个对汉字和汉学一无所知的传教士的诬告，他们在罗马谴责这种法理和这些礼仪，在这个帝国发布了罗马教廷自己的教谕（中国人的说法），到处惹是生非……"嘉乐主教丝毫没有考虑康熙的意见；这激怒了皇帝。副本。

亚眠市立图书馆，MS. 1031 nº 8（荣振华神父告知）。

132. 致 X 先生的信，北京，1723 年 11 月 22 日（收信人可能是比尼翁修道院院长；参见第 83 条的信）。"深切感受到我们整个传教团对您给予的极大恩惠所怀有的最强烈的感激之情，尤其是我个人的感激……我 20 年前就想给您写信，寄给您一份 30—40 页的草稿，包含我在中国典籍中的重要发现，特别是与每一门科学，尤其是宗教有关的发现。"白晋神父告知他寄给图尔讷米讷神父和奥利神父两本他的最新作品（或许是关于在《易经》中的发现的 200 页的论文，参见著作目录第 40 条）。他请两位神父"送给您其中任何一本"；他在结尾写道，"请您保重贵体"。原稿。

APP.SI, MS. Vivier t. I pièce 51（荣振华神父告知）。

133. 致巴黎的傅圣泽神父的信，北京，1723 年 11 月 24 日。关于他寄给傅圣泽神父或将要寄给他的东西。法文原稿。

ASRI, MS: JS 183 fˢ 121–123.

134. 致坦布里尼神父的信，北京，1724 年 11 月 1 日。关于白晋神父的书（关于先知时代的体系），该书于五年前寄出，要求转交给图尔讷米讷神父。拉丁文原稿。

ASRI, MS. JS 183 fº 156.

135. *Déclaration par serment*（《宣誓声明》），由白晋神父和苏霖神父签名，北京，1724 年 11 月 2 日。关于中国礼仪。

ASRI, MS. JS 199/I fº 325（荣振华神父告知）。

136. 白晋、殷弘绪、雷孝思、巴多明和冯秉正几位神父写的信，1724 年 11

月 11 日。揭穿和反驳对中国耶稣会士在遵守关于中国礼仪的教谕方面的指责。拉丁文原稿。

ASRI, MS. JS 179 f°s 382–383.

137. 致苏西埃神父的信，北京，1725 年 10 月 27 日。这封信，正如以下第 140 条和第 143 条中的信，是关于白晋神父认为从中国宗教经典中找出了与七十子希腊文本圣经的相同之处。刊登于 *Revue de l'Extrême-Orient*, Paris 1885, t. III pp. 67–69。

138. *Déclaration datée de Pékin*（《北京声明》），1725 年 10 月 29 日。白晋神父和苏霖神父宣称没有说任何话，也没有做任何事来唆使皇帝反对嘉乐主教和他的八项许可（关于被禁止的礼仪）。白晋神父和苏霖神父的签名。副本。

AMEP, MS. V. 432 p. 63 et p. 201（第二份副本）。

139. 致本笃三世教宗的信，北京，1725 年 11 月 9 日。白晋、雷孝思、巴多明和冯秉正几位神父的信。他们感谢教宗，并提出了针对某些指责的辩护。拉丁文原稿。

ASRI, MS. JS 180 f°s 106–107.

140. 致苏西埃神父的信，北京，1727 年 10 月 18 日。参见书信目录第 137 条。刊登于 *Revue de l'Extrême-Orient*, t. III pp. 218–220。

141. 致 X 神父（苏西埃神父？）的信，北京，1727 年 11 月 18 日；这是我们在手抄本上辨认出来的日期，但费赖之给出的日期是 1729 年 11 月 13 日。白晋神父没有收到对他此前关于中国的"经"中的基督教起源的重要书信的答复。"……尽管我们后来丢失了这些珍贵古籍中的一大部分，最精明的、最忠诚的作家一致认可，两千多年来，这些古籍中的智慧在他们中间已经丧失殆尽了，今天这对任何一位神学家来说仍然很容易，只要他对索隐派有些兴趣，对象形文学的研究有些好感，而且如果假设'经'和其他中国古籍源于最早的族长们，他会连续多年严谨地进行这一研究；我认为，今天仍然很容易清楚地了解基督教所有最崇高的真相，它们表现出如此光辉的特征和特性，以至于他认为很容易借此说服中国和欧洲最渊博的学者们。"原稿。

B. Nat., MS. Fr. n.a. 22435 f°s 19–20v°.

142. 我们在龚当信神父于 1730 年 10 月 30 日从广州写给苏西埃神父的一封信中读到："去年 10 月 8 日和 29 日，我给您写了两封信。第二封经由英国邮寄，因为法国船已经走了；里面有白晋神父的一封信（指以下第

144 条中的信），这封信到得太晚了。1727 年，他给我们写了四封信，分别写于 9 月 1 日，10 月 15 日、26 日和 29 日。"

Observatoire, MS. B^1 10 Portef. 150.

143. 致苏西埃神父的信，北京，1728 年 11 月 23 日。内容与第 140 条和第 141 条中的信非常相似。

刊登于 *Revue de l'Extrême-Orient*, t. III pp. 64–65.

144. 致巴黎的苏西埃神父的信，北京，1729 年 10 月 12 日。«Traité de l'identité de Fohi et d'Enoch»（《论伏羲和以诺的身份》）。最初对这一理论感兴趣的图尔讷米讷神父现在变成了"最反对那些宣称福音法则最深的奥义存在于中国古籍中的新发现的人之一"。对苏西埃神父的反对意见的回复。提到了已经了解中国古籍的大卫（David）和约书亚（Josué）。"《易经》整体基于先知时代直至救世主两次降临期间的星宿变化的神秘次数。这一神秘时期的神圣数字与圣约翰的《启示录》中的那些数字相同。"白晋神父在第二年宣布了一项更加明显的证明。参考了他的两本笔记，后文会参考。原稿。

Observatoire, MS. B^1 10 Portef. 150 Delille 7, 11p.

145. 致 X 先生，无日期，44 页的长论文。白晋神父陈述了他对中国宗教经典中包含的基督教真相的解释体系。法文原稿。

ARSI, MS. FG 731, fasciculus sine data，无档案馆印章。

　　带有 ARSI 编号的书信不包含白晋神父或者白晋和张诚神父与中国的长上们的往来信函。这种往来信函几乎全部是关于法国耶稣会士和葡萄牙耶稣会士之间的令人遗憾的国别冲突。另一方面，伯希和认为，"众多与白晋神父对《易经》的研究相关的文件在梵蒂冈图书馆，在傅圣泽神父的论文中，在埃玛努埃尔二世图书馆，在耶稣会档案中"。（Streit VII 2213）

　　这些文件中有多份现在已经编入目录，包含在我们的参考书目中。还有一些文件有待发现，它们有助于填补某些空白，即白晋神父漫长职业生涯中仍然不为人知的那些年。

译名对照表

A

阿迪耶勒　Athieules

阿方索国王　Roy Dom Alphonse

阿戈姆　Agom

阿克索　Arxo

阿朗松圣母院　Notre-Dame d'Alençon

阿瑜陀耶　Ayuthia

阿泽维多神父　P. Azevedo

埃马努埃尔·费雷拉　Emanuel Ferreira

埃斯特雷德元帅　maréchal d'Estrées

艾若瑟　Provana

安波那岛　Amboine

安的列斯群岛　Antilles

安多　Antoine Thomas

安菲特里特号　Amphitrite

安南　Annam

安瑟尼斯　Antheuniss

安条克　Antioche

安汶岛　Amboine

奥兰治王子莫里斯　Prince Maurice d'Orange

奥利维院长　l'abbé d'Olivet

B

巴达维亚　Batavia

巴多明　Dominique Parrenin

巴隆　Baron

巴塞　Basset

巴约圣母主教座堂　cathédrale de Bayeux

白晋　Joachim Bouvet

柏讷维勒　Benneville

柏应理　Philippe Couplet

邦加海峡　détroit de Banka

薄贤士　Antoine de Beauvollier

保尔·菲利普·德·肖蒙　Paul Philippe de Chaumont

保罗·哥特内　Paul Geuthner

北大年府　Patani

贝鲁特主教郎伯特　Lambert de la Motte

贝兹神父　P. de Bèze

比布里　Pipli

比利　Billy

彼得·马特　Peter Martyr

毕嘉　Joannes Gabiani

博雷利先生　M. Borelli

博什罗　Bocheros

博韦　Beauvais

卜嘉　Gabriel Barborier

布尔日　Bourges

布雷斯劳　Breslau
布雷斯特　Brest
布列托尼埃　Bretonnière
布罗-德朗德　Boureau-Deslandes
布歇　Boucher

C

查尔斯·马亚尔·德·铎罗　Charles Maillard de Tournon
查理·德·拉隆谢尔　Charles de la Roncière
查理二世　Charles II

D

达尔布维勒　d'Arbouville
大孔代亲王　le Grand Condé
丹老　Mergui
当若院长　l'abbé de Dangeau
德·埃利奥波利斯　de Héliopolis
德·奥热先生　M. des Augers
德·巴尔伯爵夫人　comtesse des Barres
德·巴罗　P. de Barros
德·博泽先生　M. de Bozé
德·布尔日　de Bourges
德·弗朗西讷先生　M. de Francine
德·弗雷特维勒先生　M. de Fréteville
德·海耶斯先生　Mr des Hayes
德·考利东先生　M. de Coriton
德·科瓦西先生　M. de Croissy
德·拉布罗斯-伯诺先生　sieur de la Brosse-Bonneau
德·拉罗克骑士　chevalier de la Roque
德·拉玛尔先生　sieur de la Mare

德·拉伊尔先生　Mr de la Hyre
德·李斯勒先生　sieur de l'Isle
德·桑西夫人　Madame de Sancy
德·沙莫罗先生　M. de Chamoreau
德·圣罗曼先生　Mr de St Romain
德·沃德里库尔先生　M. de Vaudricourt
德克鲁佐先生　M. Desclouzeaux
德里格　Teodoricus Pedrini
德那第　Ternate
德塞讷　Deseynes
迪布瓦·科洛舍　Dieppois Graucher
迪亚斯　Diaz
笛卡尔先生　Mr. Descartes
蒂尔兹·贡萨雷　Thyrse Gonzalez
蒂雷纳元帅　Maréchal de Turenne
杜阿尔特·科埃略　Duarte Coelho
杜巴尔克先生　M. du Parc
杜德美　Petrus Jartoux
杜尔班　Turpin
杜飞骑士　chevalier du Fay
杜哈梅尔先生　M. Duhamel
杜凯恩　Duquesne
杜韦尔内先生　M. du Verney
多米尼克·福西蒂　Dominique Fuciti

E

航海家恩里克　Henri le Navigateur
法兰西学术院　l'Académie française

F

樊继训　Pierre Frapperie
范·弗列特　van Vliet

圣马尔索　Saint-Marceau

圣马太角　Cap de St Mahé/St Mathieu

圣玛丽学院　Collège de Sainte-Marie

圣美达尔教堂　église Saint-Médard

圣乔治堡　Fort Saint-George

圣热莱修院　Saint-Gelais

圣桑修道院　Saint-Seine en Bourgogne

圣依纳爵　Saint-Ignace

舒瓦齐院长　l'abbé de Choisy

双子座卡斯托尔和波鲁克斯　Castor & Pollux

斯卡万王家学院　Académie Royale des Scavans

斯皮尔曼总督　Général Speelman

斯泰伦博斯　Stelenboke

斯特鲁伊斯　Struys

宋卡　Singor

苏拉特　Surate

苏拉威西岛　Célèbes

苏霖　Joseph Suarez

索尔特的圣伯诺瓦修院　Saint-Benoît du Sault

T

塔布勒山　Table

塔韦尼耶　Tavernier

塔夏尔　Guy Tachard

泰尔特　Tertre

汤若望　Johann Adam Schall von Bell

汤尚贤　Pierre-Vincent de Tartre

天神报喜节　l'Annonciation

W

乌尔班八世　Urbain VIII

瓦尔万先生　Mr Varvin

瓦讷　Vannes

瓦斯科·达·伽马　Vasco de Gama

瓦谢　Vachet

外方传教会　la Société des Missions Étrangères

万丹　Bantam

汪儒望　Joannes Valaat

王家科学院　Académie royale

王室驻中国公司　Compagnie Royale de Chine

威廉三世　Guillaume d'Orange

韦尔朱思　Antoine Verjus

维布兰德·范·华威　Wybrand van Waerwyck

维尔南萨尔　Vernansal

维拉哈都因　Villehardouin

卫嘉禄　Charles de Belleville

卫匡国　Martino Martini

X

西布瓦骑士　chevalier de Cibois

西里西亚　Silésie

西塞　Cicé

西斯都四世　Sixte IV

西蒙·范·德·斯特尔　Simon van der stel

夏尔莫　Charmot

肖蒙骑士　Chevalier de Chaumont

谢拉院长先生　M. l'abbé du Chaila

徐日升　Thomas Pereira

巽他海峡　détroit de la Sonde
巽他群岛　archipel de la Sonde

Y

雅克·德·布尔日　Jacques de Bourges
雅克·帕昌　Jacques Pallu
亚伯奎　Albuquerque
亚历山大（一世）·德·肖蒙　Alexandre de Chaumont
亚历山大六世　Alexandre VI
亚历山大七世　Alexandre VII
亚历山大·罗德神父　Père Alexandre de Rhodes
亚奇　Achem
颜珰　Charles Maigrot
颜理伯　Philibert Geneix
耶稣会　la Compagnie de Jésus
伊萨基　Ithaque

伊莎贝尔·杜布瓦德古尔　Isabelle du Bois des Cours
殷铎泽　Prospero Intorcetta
殷弘绪　Franois-Xavier Dentrecolles
尤利西斯　Ulysse
于格·德·肖蒙　Hugues de Chaumont
于利修道院院长　l'abbé de Jully
约克公爵　Duc d'York
英诺森十世　Innocent X

Z

扎斯　Zas
翟敬臣　Charles Dolzé
詹姆斯·兰开斯特爵士　Sir James Lancaster
詹姆斯二世　James II
张诚　Jean-Francois Gerbillon
昭披耶哥沙铁菩提　Barcalon

编后记

本卷《白晋暹罗游记》的诞生，首先应该归功于本书法语版的编撰者盖蒂女士。白晋的《暹罗游记》在其生前只是零散的日记手稿，并未出版，是盖蒂女士将手稿集结整理，并配了几乎等量的研究性内容，才将其系统性地呈现于世人前。盖蒂女士是法国历史学界著名学者，后在美国康奈尔大学从事学术活动。她可算是学界将白晋作为独立人物进行研究的第一人，在那个资料检索殊为困难的年代，梳理出了数十页的相关参考书目与信件，为后来的白晋及索隐派研究打下重要基础。编者曾因版权问题试图联系盖蒂女士，却在兜兜转转终于联系上康奈尔大学之时，得到了盖蒂女士已于2020年去世的消息……扼腕之余，唯有借本书中文版的问世向这位白晋研究的开路先锋致敬。

译者祝华是北京外国语大学法语系（今法语语言文化学院）的优秀毕业生，接受任务后，她排除种种困难，按时、高质量地完成了译稿。虽非汉学领域的专门研究者，但译者的专业精神和认真态度，促使她查阅了多种资料与文献，较为顺利地解决了这份历史性文献中存在的诸多翻译难题，多处人名和术语亦处理得非常准确。在出版社的建议下，译者还为本书制作了译名对照表，凡400余条，译者的敬业精神与良好的翻译习惯可见一斑。

本卷及总文集的整体策划和人员分工，由主编张西平教授统筹。商务印书馆学术编辑中心文史室陈洁主任和安晓露编辑以专业的素养和温柔的同理心与耐心，给予编辑团队莫大的支持。康奈尔大学的詹姆斯·爱德华·纳吉（James Edward Nagy）先生和萨拉·格罗斯曼（Sarah E.M. Grossman）女士等人数次耐心回复了编者关于盖蒂女士的询问，其高效而热情的工作令人印象深刻，也为此书寻求版权之路提供了方向性的指引。对于中外学者的倾情投入和学术公心，我们深表感佩——这也是本文集继续编撰下去最大的动力和支持。

张西平　全慧

2021 年冬

图书在版编目(CIP)数据

白晋文集.第 1 卷,白晋暹罗游记/(法)白晋著;(法)
J. C. 盖蒂整理;祝华译. —北京:商务印书馆,2024
ISBN 978 - 7 - 100 - 22860 - 2

Ⅰ.①白… Ⅱ.①白… ②J… ③祝… Ⅲ.①游记—
作品集—法国—近代 Ⅳ.①I565.64

中国国家版本馆 CIP 数据核字(2023)第 165553 号

总主编:张西平 全慧

白晋文集

第一卷

白晋暹罗游记

〔法〕白晋 著

〔法〕J. C. 盖蒂 整理

祝华 译

商 务 印 书 馆 出 版
(北京王府井大街 36 号 邮政编码 100710)
商 务 印 书 馆 发 行
北京艺辉伊航图文有限公司印刷
ISBN 978 - 7 - 100 - 22860 - 2

2024 年 1 月第 1 版 开本 880×1240 1/32
2024 年 1 月北京第 1 次印刷 印张 9¼

定价:69.00 元